HEYNE<

Das Buch
Nach vierzehn Jahren Ehe sind die New Yorker Steven und Meredith Whitman noch so glücklich wie am ersten Tag. Wenn die Börsenmaklerin Meredith geschäftlich unterwegs ist oder Steven als Chirurg lange Überstunden machen muss, vermissen die beiden sich nach wie vor sehr. Jetzt wünscht Steven sich eigene Kinder, doch Merediths Leidenschaft gehört ihrem Beruf. Auf einer langen Geschäftsreise lernt Meredith den charismatischen Callan Dow näher kennen, der ihr bald eine Top-Position in seinem Unternehmen in Kalifornien anbietet. Steven ermutigt sie, den Job in San Francisco anzunehmen, er selbst will bald nachkommen. Dort verbringt Meredith viel Zeit mit ihrer neuen Aufgabe und mit Callan Dow. Ihm vertraut sie auch die Sorge um ihre Ehe an. Auch Steven, der beruflich noch länger in New York bleiben muss, trifft sich abends mit einer befreundeten Chirurgin, um nicht so einsam zu sein. Währenddessen erkennt Meredith, wie sehr sie sich zu Callan hingezogen fühlt.

Die Autorin
Danielle Steel kam in New York als Tochter einer portugiesischen Mutter und eines deutschen Vaters zur Welt. Aufgewachsen in Frankreich, besuchte sie verschiedene europäische Schulen und studierte dann Romanistik in New York. Bereits ihr erster Roman wurde 1977 ein überwältigender Erfolg. Seitdem hat sie mehr als 50 weitere Romane verfasst, die Jahr für Jahr an den Spitzen der internationalen Bestsellerlisten stehen.
Im Wilhelm Heyne Verlag erscheinen :
*Die Traumhochzeit* (01/13632), *Licht am Horizont* (01/13622), *Der Kuss* (01/13830).

# DANIELLE STEEL
# Herzstürme

Roman

Aus dem Amerikanischen
von Rafa P. Ströder

WILHELM HEYNE VERLAG
MÜNCHEN

HEYNE ALLGEMEINE REIHE
Nr. 01/12567

Titel der Originalausgabe
IRRESISTIBLE FORCES

*Umwelthinweis:*
Dieses Buch wurde auf
chlor- und säurefreiem Papier gedruckt.

Redaktion: lüra – Klemt & Mues GbR, Wuppertal

Taschenbuchausgabe 10/2003
Copyright © 1999 by Danielle Steel
Copyright © der deutschsprachigen Ausgabe 2003 by
Ullstein Heyne List GmbH & Co. KG
Copyright © dieser Ausgabe 2003 by
Ullstein Heyne List GmbH & Co. KG, München
Der Wilhelm Heyne Verlag ist ein Verlag der
Ullstein Heyne List GmbH & Co. KG
Printed in Germany 2003
Umschlagillustration und Umschlaggestaltung:
Hauptmann und Kampa Werbeagentur, München – Zürich
Druck und Bindung: Elsnerdruck, Berlin

ISBN: 3-453-87511-7

http://www.heyne.de

Für meine wunderbaren Kinder Beatrix, Trevor,
Todd, Nick, Samantha, Victoria, Vanessa,
Maxx und Zara.

Mein besonderer Dank gilt Tom
für unsere eigenen Herzstürme.

Mit all meiner Liebe
D. S.

# 1

Es war ein strahlender, sonniger Tag in New York. Die Temperatur hatte schon lange vor Mittag die Dreißig-Grad-Marke überschritten, und auf den Bürgersteigen hätte man Eier braten können. Kinder schrien, Leute saßen auf den Stufen ihrer Hauseingänge unter ramponierten Vordächern. Aus den beiden Hydranten an der Ecke 125th Street und Second Avenue spritzte das Wasser, und Kinder liefen vor Freude quiekend durch die Fontänen. In den Rinnsteinen hatte sich bereits ein knöcheltiefer Bach gebildet. Um vier Uhr nachmittags schien sich die halbe Nachbarschaft draußen in der Hitze aufzuhalten. Die Menschen plauderten miteinander und schauten den Kindern beim Plantschen zu.

Plötzlich peitschten Schüsse durch das Stimmengewirr, das Gelächter und das Rauschen des Wassers – ein Geräusch, das in diesem Teil der Stadt durchaus nichts Ungewöhnliches war. Die Leute verharrten einen Augenblick lang regungslos, dann begannen sie, Zuflucht in den Hauseingängen zu suchen oder sich an die Mauern zu drücken. Zwei Mütter liefen zu einem Hydranten und zerrten ihre Kinder von den Wasserfontänen fort. Doch noch ehe sie einen schützenden Hauseingang erreicht hatten, dröhnte eine weitere Salve von Schüssen durch die Luft, lauter und näher diesmal. Drei junge Männer stürmten auf die Menschen zu, die noch bei den Hydranten standen, überrannten die Kinder und rempelten eine junge Frau so heftig an, dass sie der Länge nach ins Wasser fiel. Als kurz darauf zwei Polizisten um die Ecke bogen, ertönten Schreie. Die beiden waren den jungen Leuten auf den Fersen und hatten ihre Waffen im Anschlag. Kugeln zischten durch die Luft.

Es geschah alles so schnell, dass die Menschen weder Zeit hatten auszuweichen, noch, sich gegenseitig zu warnen. Während sich aus einiger Entfernung mehrere Streifenwagen und ein Rettungswagen mit heulenden Sirenen näherten, knallten erneut Schüsse. Diesmal sank einer der jungen Männer zu Boden. Es hatte ihn an der Schulter erwischt. Einer seiner Kumpane fuhr herum und schoss einem Polizisten direkt in den Kopf. Ein kleines Mädchen schrie entsetzt auf und fiel zu Boden. Menschen kreischten und stoben in alle Richtungen davon, während die Mutter der Kleinen aufhalf und sie mit sich in einen schützenden Hauseingang zog.

Einen Augenblick später war der ganze Spuk bereits vorüber. Zwei der jungen Männer lagen mit dem Gesicht nach unten auf der Straße. Sie waren von einem Schwarm Polizisten überwältigt worden und wurden nun mit Handschellen gefesselt, während der dritte Mann bereits von Sanitätern versorgt wurde. Ein Polizist war tot, und nur wenige Meter entfernt lag ein kleines Mädchen auf der Erde. Eine Kugel hatte es mitten in der Brust getroffen. Die Kleine blutete stark. Ihre Mutter, die neben ihr am Boden kniete und von dem Wasserstrahl aus dem Hydranten bereits vollkommen durchnässt war, schluchzte hysterisch, während sie ihre sterbende Tochter in den Armen hielt. Schließlich nahmen sich die Sanitäter der Fünfjährigen an, und innerhalb weniger Sekunden schoben sie sie auf einer Rollliege in den Rettungswagen. Die Mutter stieg ebenfalls ein. Sie weinte immer noch und war sichtlich verstört.

Solche und ähnliche Szenen hatten die Bewohner dieses Stadtteils schon Dutzende, wenn nicht gar Hunderte Male miterlebt, doch sie nahmen im Grunde nur dann wirklich Anteil, wenn sie jemanden kannten, der direkt in das Drama verwickelt war – eines der Opfer, die verletzt oder gar getötet wurden, oder einen der Täter.

An der Ecke zur 125th Street hatte sich bereits eine lange Autoschlange gebildet. Der Rettungswagen hatte alle Mühe, sich mit heulender Sirene und blinkenden Scheinwerfern durch das Gewühl hindurchzuarbeiten. Die Menschen standen ratlos mitten auf der Straße, während ein zweiter Rettungswagen den verletzten Täter abholte. Aus allen Richtungen kamen jetzt Streifenwagen herbeigefahren. Die Polizisten hatten im Radio gehört, dass es einen ihrer Kollegen erwischt hatte. Die Leute in der Gegend wussten, was es bedeutete, wenn diese Neuigkeit erst die Runde machte. Die Gemüter würden sich erhitzen, schwelende Vorurteile neue Nahrung erhalten. In der stickigen Hitze konnte alles geschehen. Dies war Harlem, es war August, das Leben war ohnehin hart, und soeben war ein Polizist erschossen worden.

In dem Rettungswagen, der in Richtung Stadtzentrum raste, umklammerte Henrietta Washington die Hand ihrer Tochter und beobachtete mit wachsender Panik, wie die Sanitäter um ihr Leben kämpften. Im Augenblick sah es nicht danach aus, als ob sie es schaffen würden. Das kleine Mädchen war ganz grau im Gesicht und lag regungslos da. Alles war voller Blut: der Boden, das Laken, die Arme des Kindes, die Rollliege, Gesicht, Kleid und Hände der Mutter. Es war ein furchtbarer Anblick, Folge eines Gemetzels, dessen Sinn niemand kannte. Die Kleine war eines der zufälligen Opfer, die der endlose Krieg zwischen Polizei und Verbrechern, Bandenmitgliedern, Dealern und Drogenabhängigen immer wieder forderte. Den Tätern bedeutete Dinella Washington nichts, wohl aber ihren Freunden und Nachbarn, ihren Schwestern und ihrer Mutter. Sie war das älteste von vier Kindern, die Henrietta zwischen ihrem sechzehnten und zwanzigsten Lebensjahr bekommen hatte. Doch wie arm sie auch war und wie hart sie in dieser Gegend auch Tag für Tag kämpfen musste, um zu überleben – die junge Frau liebte ihre Kinder.

»Wird sie sterben?«, fragte sie mit erstickter Stimme. Mit großen Augen schaute sie einen der Sanitäter an.

Doch der Mann kannte die Antwort nicht und sagte nur: »Wir tun, was wir können, Ma'am.«

Für die Sanitäter waren das angeschossene Kind und seine Mutter nur ein Fall von vielen, ein Aktenzeichen, das seinen Platz in irgendeiner Statistik finden würde. Doch die zweiundzwanzigjährige Henrietta Washington war viel mehr als das. Sie war eine junge Frau, fast noch ein Mädchen, und gleichzeitig Mutter. Sie wollte einen Arbeitsplatz, der ihr ein Auskommen sicherte, und sie wollte eines Tages einen guten Mann heiraten, der sie und ihre Kinder liebte und für sie sorgte. Bisher hatte sie einen solchen Mann noch nicht kennen gelernt. Im Augenblick lebte sie allein mit ihren Kindern, denen sie nichts als ihre Liebe schenken konnte.

Henrietta hatte einen Freund, der sie von Zeit zu Zeit zum Dinner ausführte und selbst drei Kinder zu versorgen hatte. Seit einem halben Jahr war er arbeitslos, und jedes Mal, wenn sie gemeinsam ausgingen, trank er zu viel. Für sie beide gestaltete sich das Leben nicht gerade leicht. Sie hielten sich mit Hilfe der Wohlfahrt und irgendwelcher Gelegenheitsjobs über Wasser und lebten von der Hand in den Mund. Beide hatten die Schule vorzeitig verlassen, und sie lebten in einer Art Kriegsgebiet. Das Leben, das sie führten, kam für ihre Kinder einem Todesurteil gleich.

Sobald der Rettungswagen mit kreischenden Bremsen vor dem Eingang des Krankenhauses gehalten hatte, stürzten die Sanitäter mit Dinella auf der Rollliege hinaus. Das Mädchen erhielt eine Infusion und hatte eine Sauerstoffmaske über dem Gesicht, doch es atmete nur noch schwach. Henrietta lief in ihrem blutbeschmierten Kleid hinter der Liege her in die Notaufnahme, doch sie gelangte gar nicht mehr in die Nähe ihrer Tochter. Ein Dutzend Krankenschwestern und Assistenzärzte hatten sich um das Kind herum versammelt und liefen neben der Rollliege her quer durch die Halle in die Unfallchirurgie.

Henrietta rannte einfach hinterher, in der Hoffnung, jemanden fragen zu können, was nun geschehen würde, was die Ärzte mit ihrer Tochter vorhatten. Sie wollte wissen, ob Dinella wieder gesund werden würde. Tausend Fragen schossen ihr durch den Kopf, als ihr jemand ein Klemmbrett und einen Kugelschreiber vor die Nase hielt.

»Unterschreiben Sie das!«, forderte eine Krankenschwester barsch.

»Was ist das?«, fragte Henrietta besorgt.

»Wir müssen operieren ... schnell ... unterschreiben Sie!«

Henrietta gehorchte, und in der nächsten Sekunde stand sie allein auf dem Gang. Sie beobachtete, wie zahlreiche Rollliegen mit Patienten hastig an ihr vorübergeschoben wurden. Krankenschwestern und Ärzte in Kitteln schwirrten zwischen den Operationssälen und den Krankenzimmern hin und her. Henrietta fühlte sich vollkommen verloren und hatte große Angst. Sie stand da und begann vor Entsetzen zu schluchzen.

Plötzlich trat eine Schwester in einem grünen OP-Kittel auf sie zu und legte einen Arm um ihre Schultern. Die junge Frau führte Henrietta zu einer Reihe von Stühlen und setzte sich neben sie. »Für Ihre Tochter wird das Möglichste getan«, versicherte sie ihr mit freundlicher Stimme. Die Schwester hatte bereits gehört, dass das Kind sich in einem sehr kritischen Zustand befand und wahrscheinlich nicht überleben würde.

»Was geschieht jetzt mit ihr?«

»Man wird versuchen, die Blutung zu stoppen und die Wunde zu versorgen. Sie hat eine Menge Blut verloren.«

Diese Feststellung war untertrieben. Ein Blick auf die Mutter genügte, um zu wissen, wie ernst die Situation tatsächlich war: Henrietta war über und über mit Blut beschmiert.

»Sie haben auf Dinella geschossen ... einfach geschossen ...« Sie wusste nicht einmal, ob es die Polizisten oder die Männer, die diese verfolgt hatten, gewesen waren. Im Grunde war es auch gleichgültig. Wenn Dinella starb, was spielte es für eine Rolle, wer sie umgebracht hatte? Die Guten oder die Bösen – wen interessierte das noch?

Die beiden Frauen hielten sich an den Händen, und Henrietta schluchzte vor Verzweiflung.

Die Schwester hörte, dass Dr. Steven Whitman ausgerufen wurde. Er war die Vertretung des Chefs der Unfallchirurgie und einer der besten Spezialisten für innere Verletzungen in ganz New York.

Sofort wandte sich die Schwester an Henrietta. »Wenn jemand Ihre Tochter retten kann, dann Dr. Whitman. Es gibt keinen Besseren. Sie haben Glück, dass er Bereitschaftsdienst hat.«

Doch für Henrietta konnte von Glück keine Rede sein. In ihrem ganzen Leben hatte sie noch kein Glück gehabt. Ihr Vater war gestorben, als sie noch ganz klein war. Während eines Straßenkampfes, ähnlich dem, den sie soeben selbst erlebt hatte, war er erschossen worden. Ihre Mutter hatte sie und ihre Geschwister nach New York gebracht, doch das Leben hatte sich nicht verändert. Schwierigkeiten und Probleme waren ihnen einfach gefolgt. Ja, in New York war sogar alles noch schlimmer geworden. Henriettas Mutter hatte geglaubt, in der großen Stadt eine bessere Arbeit finden zu können. Doch die Hoffnung trog. Alles, was sie fand, war das harte Leben in Harlem, ein Leben in Armut und ohne Hoffnung auf eine bessere Zukunft.

Die Schwester bot Henrietta etwas Wasser und eine Tasse Kaffee an, doch die junge Frau schüttelte nur den Kopf und kauerte sich auf dem Stuhl zusammen. Sie weinte immer noch und sah ebenso erbärmlich aus, wie sie sich fühlte. Eine riesige Uhr an der Wand fraß die Minuten. Mittlerweile war es fünf Minuten vor fünf.

Um Punkt fünf Uhr stürzte Dr. Steven Whitman in den Operationssaal. Ein Assistenzarzt versorgte ihn hastig mit den nötigen Informationen. Steven Whitman war groß, kräftig und lebhaft, hatte kurzes dunkles Haar und fast schwarze Augen. An seinem Gesichtsausdruck konnte man ablesen, dass er angespannt war. Dies war bereits die zweite Schussverletzung an diesem Nachmittag. Ein fünfzehnjähriger Junge, der bei einem Straßenkampf drei Mitglieder einer rivalisierenden Gang erschossen hatte, bevor es ihn selbst erwischt hatte, war um zwei Uhr gestorben. Steven hatte alles versucht, um den Jungen zu retten, doch es war zu spät gewesen. Dinella Washington dagegen hatte vielleicht eine Chance. *Vielleicht.* Der Assistenzarzt hatte schon Recht: Diese Chance war sehr klein. Das Mädchen hatte einen Lungendurchschuss erlitten, danach hatte die Kugel das Herz gestreift, bevor sie am Rücken wieder ausgetreten war. Doch trotz der wenig ermutigenden Schilderung seines Kollegen war Steven Whitman nicht bereit, die Hoffnung aufzugeben.

Während der folgenden Stunde bellte er im Operationssaal seine Befehle in die Runde. Wie ein Löwe kämpfte er um das Leben der Kleinen. Als ihr Herz zu versagen drohte, massierte er mehr als zehn Minuten lang Dinellas Brustkorb. Doch das OP-Team hatte schlechte Karten. Die Verletzungen waren zu schwerwiegend, das Kind noch zu klein, und am Ende waren die bösen Mächte stärker als Stevens Erfahrung und sein Skalpell.

Dinella Washington starb um eine Minute nach sechs. Steven Whitman stieß einen erbitterten Seufzer aus. Ohne ein Wort trat er vom Operationstisch zurück und riss sich voller Zorn den Mundschutz vom Gesicht. Er hasste es, ein Menschenleben zu verlieren, und wenn es sich dabei um ein Kind handelte, das nur ein unschuldiges Opfer war, konnte er es kaum ertragen. Selbst bei dem Jungen wenige Stunden zuvor war es ihm ähnlich ergangen, obwohl der drei Menschen umgebracht hatte, bevor ihn selbst eine Kugel erwischt hatte. Steven verabscheute die Sinnlosigkeit all dessen, die Verzweiflung, die vollkommen überflüssige Zerstörung menschlichen Lebens. Doch wenn er eine Schlacht gewann – und das geschah sehr oft –, dann war es ihm jede Anstrengung wert: die langen Stunden im Operationssaal, die endlosen Tage, die in noch längere Nächte mündeten. Steven kümmerte es nicht, wie lange er bleiben oder wie hart er arbeiten musste, wenn er nur das Leben eines Menschen retten konnte.

Er warf die Handschuhe fort, wusch sich die Hände, streifte den Kittel ab und schaute in den Spiegel. Einundsiebzig Stunden Dienst hatten ihre Spuren hinterlassen. Steven bemühte sich zwar stets, nicht länger als achtundvierzig Stunden in einer Schicht zu arbeiten, gleichgültig, ob er Bereitschaft oder Dienst hatte, doch das gelang ihm nur selten. In der Unfallchirurgie gab es nun einmal keine Stechuhr.

Steven wusste, was er nun zu tun hatte. Die Mutter der Kleinen wartete draußen. Er spürte, wie sich die Muskeln in seinem Kiefer anspannten, als er auf den Flur trat und auf die junge Frau zuging. Henrietta sah ihn kommen und wusste im selben Moment, dass sie das Gesicht dieses Arztes niemals vergessen würde, dass dieser Augenblick sie ihr ganzes Leben lang verfolgen würde. Steven erging es ähnlich: Auch er würde sich sein Leben lang an die Kleine erinnern, so wie er sich an all die anderen erinnerte, denen er nicht hatte helfen können. Die Erinnerungen an jeden Einzelnen von ihnen, an die Umstände, die Verletzungen, den Ausgang der Operation, würden ihn für immer verfolgen, und er würde sich nie damit abfinden können, dass er diese Menschen nicht hatte retten können. So wenig er auch über seine Patienten wusste – ihnen galt seine ganze Sorge.

»Mrs Washington?«

Die Frau nickte, die Augen weit aufgerissen vor Furcht.

»Ich bin Dr. Whitman.« In derartige Situationen geriet er immer wieder, viel zu oft, dachte Steven manchmal. Sie waren ihm allzu vertraut. Er wusste, dass er es schnell hinter sich bringen musste, damit er in der jungen Frau keine falschen Hoffnungen weckte. »Ich habe schlechte Nachrichten.«

Henrietta sog scharf den Atem ein, während sie ihm ins Gesicht blickte. Sie ahnte bereits, was er ihr zu sagen hatte.

»Ihre Tochter ist vor fünf Minuten gestorben.«

Steven nahm Henrietta sanft beim Arm, während er die

Worte aussprach, doch sie bemerkte es nicht einmal. Auch das Mitgefühl in seiner Stimme entging ihr. *Gestorben ... gestorben*, dröhnte es in ihren Ohren.

»Wir haben alles getan, doch die Kugel hat zu großen Schaden angerichtet.«

Steven schalt sich innerlich selbst wegen dieser unnötigen Grausamkeit. Es war dumm, es der jungen Frau mit solchen Einzelheiten noch schwerer zu machen. Eigentlich war es ohne Bedeutung, was die Kugel in dem kleinen Körper angerichtet hatte. Sie hatte das Kind getötet. Alles andere war ohne Belang. Das Mädchen war ein weiteres Opfer, das der hoffnungslose Krieg, in dem sie alle lebten, gefordert hatte, eine weitere Nummer in der Statistik. »Es tut mir so Leid.«

Henrietta klammerte sich plötzlich an ihn, in den Augen blankes Entsetzen, und rang verzweifelt nach Luft. Die Nachricht hatte sie wie ein Schlag getroffen.

»Wollen Sie sich nicht setzen?«

Henrietta hatte sich von ihrem Stuhl erhoben, als Steven auf sie zugetreten war, und nun schien sie jeden Augenblick ohnmächtig zu werden. Ihre Augen verdrehten sich nach oben. Steven half ihr zurück auf den Stuhl und gab einer Schwester ein Zeichen, damit sie ein Glas Wasser brachte.

Schnell eilte die junge Frau herbei, doch die Mutter des kleinen Mädchens brachte nicht einen Tropfen hinunter. Sie gab erstickte Schluchzer von sich, während sie versuchte, die furchtbare Nachricht zu begreifen.

Steven Whitman fühlte sich wie ein Mörder, als sei er der Mann, der mit der Waffe auf die Kleine gezielt hatte. Er hätte das Mädchen gern gerettet, so wie es ihm manchmal auch bei anderen Opfern sinnloser Schießereien gelang. Es hatte schon Ehefrauen, Mütter und Ehemänner gegeben, die ihn vor lauter Dankbarkeit und Erleichterung in ihre Arme gerissen hatten, doch diesmal war alles anders. Er verabscheute solche Situationen zutiefst. Allzu oft hielt er eben ein schlechtes Blatt in seinen Händen.

Er blieb noch eine Weile bei Henrietta Washington und überließ sie dann der Obhut der Schwestern. Der nächste Notfall wartete auf ihn: Ein vierzehnjähriges Mädchen war aus einem Fenster im zweiten Stock gefallen. Die Operation dauerte vier Stunden, und erst um halb elf verließ Steven den Operationssaal in der Hoffnung, dass sie überleben würde. Erschöpft ging er in sein Büro. Der ruhige Teil der Nacht lag nun vor ihm. Die schlimmsten Fälle würden erst nach Mitternacht eingeliefert werden. Er nahm die Tasse mit kaltem Kaffee von seinem Tisch und aß dazu zwei muffige Kekse. Seit dem Frühstück hatte er nichts mehr gegessen. Zwei Dienstschichten lagen nun hinter ihm: seine eigene und die eines Kollegen, dessen Frau in den Wehen lag. Er hatte sie übernommen, um dem Kollegen einen Gefallen zu tun. Es schien ihm, als sei er seit Ewigkeiten nicht mehr zu Hause gewesen. Auf seinem Tisch lag ein Stapel Papiere, die auf seine Unterschrift warteten. Wenn er das erledigt hatte, konnte er endlich nach Hause fahren. Ein anderer Arzt hatte die nächste Schicht bereits übernommen.

Steven stieß einen langen Seufzer aus und griff zum Telefon. Meredith war bestimmt noch wach, vielleicht sogar noch im Büro. In den letzten Wochen war sie sehr beschäftigt gewesen, und es war durchaus möglich, dass sie immer noch in irgendeiner Besprechung saß.

Das Telefon klingelte nur ein Mal, dann war sie schon am Apparat. Ihre Stimme war so ruhig und kühl wie sie selbst. Steven und Meredith ergänzten einander vollkommen. Ihre sanfte Art passte wunderbar zu Stevens impulsiver Lebhaftigkeit. Manchmal schien die ganze Welt aus den Fugen zu geraten, doch Meredith blieb auch mitten in der heftigsten Krise die Ruhe selbst. Sie war sanft, elegant und kühl. Ihr ganzes Wesen war das Gegenteil von dem ihres Mannes.

»Hallo?«, fragte sie in den Hörer. Sie ahnte schon, dass es Steven war, obwohl es auch einer ihrer Mitarbeiter sein konnte, denn sie befand sich mitten in den Verhandlungen zu einem großartigen Geschäftsabschluss. Trotzdem war sie nach

Hause gegangen. Meredith Smith Whitman war Teilhaberin einer der bedeutendsten Investmentbanken an der Wall Street und erfreute sich der Hochachtung der ganzen Branche. Sie lebte in der Welt der Großfinanz, in der sie vollkommen aufging, so wie Steven sich vollkommen seinem Beruf als Arzt hingab. Die Arbeit bedeutete ihnen beiden sehr viel.

»Hallo, ich bin's.« Steven war müde und traurig und gleichzeitig erleichtert, weil sie schon zu Hause war.

»Du klingst, als wärest du am Boden zerstört.« Meredith sprach voller Mitgefühl.

»Das bin ich auch. Und wie ist es bei dir?«

Steven lächelte, als er die Antwort hörte.

»Ich habe einen typischen Tag im Büro hinter mir. Eigentlich waren es mal wieder drei auf einmal.«

Es war Freitagnacht, und seit Dienstagmorgen hatten sie sich nicht mehr gesehen. Seit Jahren schon lebten sie auf diese Weise. Sie hatten sich inzwischen daran gewöhnt und gelernt, ihr Leben um die Arbeit herum zu gestalten. Meredith waren Stevens wahnsinnige Zwei- und Drei-Tage-Schichten inzwischen nur allzu vertraut, ebenso wie die Notfälle, derentwegen er schon wenige Stunden, nachdem er zu Hause angekommen war, wieder ins Krankenhaus gerufen wurde. Doch beide respektierten die Arbeit des anderen. Sie hatten geheiratet, als Steven noch Assistenzarzt war und Meredith noch studierte. Vierzehn Jahre war es nun her, und manchmal schien es Steven, als seien erst wenige Wochen vergangen. Er liebte Meredith immer noch wie am Anfang, und ihre Ehe war aus verschiedenen Gründen sehr glücklich geworden. Sie hatten gar keine Zeit, sich miteinander zu langweilen, denn im Grunde hatten sie überhaupt keine Zeit. Ihrer beider Berufstätigkeit nahm sie so sehr in Anspruch, dass sie bisher nicht einmal darüber nachgedacht hatten, ob sie sich eigentlich Kinder wünschten. Manchmal sprachen sie zwar darüber, doch diese Möglichkeit hatten weder Steven noch Meredith jemals ernsthaft in Erwägung gezogen.

»Wie läuft's denn mit deinem Riesendeal?«, fragte Steven.

Seit zwei Monaten arbeitete Meredith an dem Prospekt für den Börsenauftritt eines High-Tech-Unternehmens in Silicon Valley. Ihre Aufgabe war es, die Firma an der Börse einzuführen und potentielle Investoren davon zu überzeugen, Anteile zu kaufen. Für Merediths Firma war dies ein wichtiger Auftrag, obwohl er nicht so viel Prestige einbrachte wie manch andere Geschäfte, die in der Vergangenheit abgewickelt worden waren. Doch Merediths besonderes Interesse galt den Unternehmen in Silicon Valley und den faszinierenden Möglichkeiten, die sich mit ihnen eröffneten. Die traditionellen Geschäftsverbindungen nach Boston und New York waren längst nicht so aufregend.

»Wir kommen langsam zum Ziel«, entgegnete sie und klang ebenfalls ein wenig müde. In der vergangenen Nacht war sie bis Mitternacht im Büro geblieben. Wenn Steven auch Dienst hatte, war das kein Problem. Im kommenden Monat würde sie die internationale Roadshow für den Börsengang leiten, mögliche Investoren über das Unternehmen informieren und sie dazu ermutigen, Anteile an der Firma zu erwerben. Zwei Wochen lang würde sie unterwegs sein.

Steven hoffte, dass sie vorher noch etwas Zeit miteinander würden verbringen können, und wollte sich zum Wochenende um den ersten Mai herum ein paar Tage freinehmen.

»Mit dem Red Herring bin ich beinahe fertig.«

Steven kannte den Jargon. Dieser Ausdruck wurde für den Emissionsprospekt verwendet, denn die für den Börsengang entscheidenden, zunächst nur geschätzten Daten wurden darauf in Rot gedruckt. So schrieb es die staatliche Börsenaufsicht vor.

»Wann kommst du denn nach Hause, Liebling?«, fragte Meredith und unterdrückte ein Gähnen. Sie war selbst noch nicht lange zu Hause, und es war schon nach halb elf.

»Ich muss nur noch ein paar Papiere unterschreiben, dann hab ich's geschafft. Hast du schon gegessen?«

Stevens Interesse galt nur noch seiner Frau. Die Papiere auf seinem Schreibtisch starrte er geistesabwesend an.

»Mehr oder weniger. Vor ein paar Stunden im Büro hat's gerade mal für ein Sandwich gereicht.«

»Ich werde uns ein Omelett machen, sobald ich zu Hause bin. Oder soll ich lieber von unterwegs etwas mitbringen?«

Obwohl seine Arbeit beinahe seine ganze Zeit stahl, war Steven meist derjenige, der das Kochen übernahm. Er prahlte gern damit, dass er besser kochte als Meredith. Offensichtlich fand er auch größeren Gefallen daran als sie. Meredith war noch nie besonders häuslich gewesen. Sie aß lieber ein Sandwich oder einen Salat am Schreibtisch, als sich zu Hause mit der Zubereitung eines Vier-Gänge-Dinners zu plagen.

»Ein Omelett wäre toll«, sagte sie lächelnd.

Meredith vermisste ihren Mann, selbst wenn sie sehr beschäftigt war. Ihre Beziehung war unkompliziert und liebevoll, und die gegenseitige Anziehungskraft war auch in den vergangenen vierzehn Jahren nicht verblasst. Trotz des anstrengenden und hektischen Berufsalltags, der sie jeden Tag aufs Neue überfiel, waren sie einander leidenschaftlich ergeben.

»Wie ist es dir denn nun ergangen?«

Meredith hörte am Klang seiner Stimme, wenn etwas nicht in Ordnung war. Sie kannten einander besser als die meisten Menschen und nahmen stets Anteil an den Siegen oder Niederlagen des anderen.

»Zwei Kinder sind unter meinen Händen gestorben«, antwortete Steven deprimiert.

Seine Gedanken waren immer noch bei der jungen Farbigen, die fünf Stunden zuvor ihre Tochter verloren hatte. Wie sehr wünschte er sich, dass das Schicksal eine andere Wendung genommen hätte! Doch er war Arzt und kein Zauberer.

»Einen Fünfzehnjährigen, der in eine Schießerei mit einer rivalisierenden Bande geraten war. Drei von ihnen hat er umgelegt, bevor es ihn selbst erwischt hat. Und vor ein paar Stunden ein kleines Mädchen. In Harlem gab es eine Schießerei zwischen der Polizei und drei Jungen. Die Kleine hatte überhaupt nichts damit zu tun, sie war ganz zufällig dort. Ein Schuss in die Brust. Wir haben zwar sofort operiert, doch sie hat es nicht geschafft. Anschließend habe ich noch eine Vierzehnjährige operiert, die aus einem Fenster im zweiten Stock gefallen war. Sie ist zwar in einer lausigen Verfassung, aber ich bin ziemlich sicher, dass sie wieder gesund wird.«

Meredith hätte Stevens Arbeit verabscheut: der tägliche Todeskampf seiner Patienten, die Verzweiflung, die Trauer, die zerbrochenen Herzen. Sie wusste nur allzu gut, wie sehr er von all dem mitgenommen wurde, und sie hörte an seiner Stimme, welchen Tribut dieser Tag wieder einmal von ihm verlangt hatte.

»Das klingt ja nach einem miserablen Tag, Schatz ... es tut mir Leid. Komm doch nach Hause und schalte einfach mal ab. Das ist genau das, was du jetzt brauchst.«

Seit drei Tagen war Steven nicht mehr zu Hause gewesen, und er klang erschöpft und entmutigt. »Du hast Recht. Ich brauche mal eine Pause. In zwanzig Minuten bin ich da. Wehe, du gehst vorher ins Bett!«

Meredith lächelte. »Wo denkst du hin? Meine Aktentasche ist voll mit Arbeit.«

»Gut, dann stell sie weg, wenn ich da bin, Mrs Whitman. Ich bestehe darauf, deine ungeteilte Aufmerksamkeit zu erhalten.«

Steven verzehrte sich danach, Meredith endlich wiederzusehen. Zu ihr nach Hause zurückzukehren gab ihm immer das Gefühl, als ließe er die Arbeit und die Verantwortung, die auf ihm lasteten, auf einem anderen Planeten zurück. Meredith war seine Zuflucht, ein Hauch von frischer Luft und gesunder Normalität, der sichere Hafen vor der Brutalität und der Gewalt, mit denen er jeden Tag konfrontiert wurde. Er konnte es kaum noch erwarten, sie endlich wiederzusehen, und er wollte nicht nach Hause kommen und sie schlafend oder über ihre Arbeit gebeugt antreffen.

»Ich werde Sie mit meiner ungeteilten Aufmerksamkeit verwöhnen, Herr Doktor, das verspreche ich. Und jetzt bewegen Sie endlich Ihren Hintern nach Hause!« Meredith grinste in den Hörer.

Steven lächelte und sah sie im Geiste schon vor sich: schön und begehrenswert wie immer. »Trink inzwischen ein Glas Wein, Merrie. Ich bin in ein paar Minuten bei dir.« Was die Zeit betraf, war er immer allzu optimistisch, doch Meredith hatte sich auch daran gewöhnt.

Es kam, wie es kommen musste: Steven wurde aufgehalten. Einer der Assistenzärzte benötigte seinen Rat wegen des gebrochenen Beckens einer zweiundneunzigjährigen Frau, und bei der Vierzehnjährigen, die aus dem Fenster gefallen war, hatten sich Komplikationen ergeben.

Steven wusste besser als jeder andere, dass er dringend nach Hause musste. Er war vollkommen erschöpft. Nachdem er sich um die Patienten gekümmert hatte, erledigte er hastig den Papierkram auf seinem Schreibtisch und meldete sich für das Wochenende ab. Erst am Montag würde er wieder zum Dienst in der Unfallchirurgie erwartet. Erleichtert verließ er endlich das Krankenhaus. Genug war genug. Als er auf der Straße stand, war er so müde, dass er kaum noch einen klaren Gedanken fassen konnte.

Vor dem Krankenhaus winkte er sich ein Taxi heran, und zehn Minuten später war er zu Hause. Als er die Wohnung betrat, hörte er leise Musik, und der Duft von Merediths Parfum stieg ihm in die Nase. Er fühlte sich, als ob er nach drei Tagen in der Hölle nun endlich in den Himmel gelangt wäre. Im Grunde lebte er nur für die Stunden, die er mit Meredith verbrachte, obwohl er seine Arbeit liebte wie sie die ihre.

»Merrie?«, rief er.

Er erhielt keine Antwort. Meredith stand unter der Dusche. Dort fand er sie, schlank und rank, blond, unglaublich schön und anmutig. Während ihrer Zeit am College hatte sie als Model gearbeitet, um sich etwas dazuzuverdienen. Beide hatten sie nur mit Hilfe von Stipendien studieren können, und beide waren sie Einzelkinder und hatten ihre Eltern noch während der Collegezeit verloren. Merediths Eltern waren bei einem Autounfall in Südfrankreich ums Leben gekommen, als sie zum ersten Mal seit zwanzig Jahren Urlaub machten. Stevens Vater als auch seine Mutter waren innerhalb von nur sechs Monaten an Krebs gestorben. Seit Jahren waren Meredith und Steven daher füreinander nicht nur Mann und Frau, sondern auch die einzige Familie, die sie hatten.

Als Meredith ihren Mann erblickte, lächelte sie breit, drehte das Wasser ab und griff nach einem Handtuch. Aus ihrem schulterlangen Haar tropfte das Wasser und rann über ihre Brüste. Ihre grünen Augen strahlten sexy und warm. Sie war ebenso glücklich wie er, dass er endlich zu Hause war. Er küsste sie und zog sie, nass wie sie war, an sich. Es störte ihn nicht. Er wollte sie nur in den Armen halten.

»Himmel, was machst du nur mit mir? Ich frage mich, warum ich überhaupt noch zur Arbeit gehe«, stöhnte er selig.

»Damit du Leben rettest, das ist doch klar«, entgegnete Meredith, schlang die Arme um seinen Hals und presste sich an ihn.

Steven fühlte sich sofort erfrischt und erwachte zu neuem Leben. Dies hier war besser als jeder Urlaub oder der Schlaf einer ganzen Nacht. Er küsste sie wieder. Trotz der aufreibenden sechsundsiebzig Stunden, die er im Krankenhaus hinter sich gebracht hatte, erregte Meredith ihn. Schon immer hatte sie eine betörende Wirkung auf ihn gehabt.

»Was möchtest du zuerst? Mich oder das Omelett?«, fragte Steven mit einem jungenhaften Lächeln.

Meredith erwiderte seinen Blick mit gespielter Entrüstung. »Das ist wirklich schwer zu entscheiden. Inzwischen bin ich doch hungrig geworden.«

»Ich auch«, sagte Steven grinsend. »Also fangen wir mit dem Omelett an. Anschließend springe ich schnell unter die Dusche, und dann können wir feiern, dass ich über Nacht zu

Hause bin. Ich hatte schon Angst, dass die anderen mich doch nicht gehen lassen würden. Gott sei Dank habe ich wenigstens am Wochenende frei. Ich kann kaum glauben, dass wir tatsächlich zwei Tage miteinander verbringen können.«

Kaum hatte er die Worte ausgesprochen, verfinsterte sich Merediths Miene. »Hast du etwa vergessen, dass ich am Sonntag nach Kalifornien muss?« Sie schaute ihn entschuldigend an.

Es gefiel ihr gar nicht, dass sie ausgerechnet dann verreisen musste, wenn er frei hatte. Es kam selten genug vor, dass sie ein ganzes Wochenende für sich hatten. Als stellvertretender Chefarzt war es für Steven beinahe eine Selbstverständlichkeit, auch an den Wochenenden zu arbeiten. Wenn er dann die Woche über frei hatte, war Meredith natürlich im Büro.

»Ich muss mich noch einmal mit Callan Dow treffen, und zwar vor der Roadshow. Wir haben es jetzt bald geschafft, und ich möchte den Prospekt noch einmal mit ihm durchsprechen.« Meredith nahm es auch mit den Einzelheiten sehr genau.

»Ich weiß. Mach dir keine Sorgen. Ich hab's wirklich vergessen.« Steven gab sich Mühe, sich seine Enttäuschung nicht anmerken zu lassen.

Er schaute ihr noch einen Augenblick lang dabei zu, wie sie ihr Haar mit dem Handtuch trocken rieb. Dann ging er in die Küche und machte sich daran, das Omelett zuzubereiten.

Fünf Minuten später gesellte sich Meredith in einem weißen Kaschmir-Bademantel zu ihm. Ihr Haar war immer noch feucht, und Steven sah, dass sie unter dem Bademantel nackt war.

»Blende mich nicht, sonst lasse ich noch das Omelett anbrennen«, warnte er. Dann gab er mit einer Hand die Eimischung in die Pfanne, mit der anderen goss er sich ein Glas Wein ein.

Meredith sagte nichts. Die Erschöpfung stand Steven ins Gesicht geschrieben. Unter seinen Augen hatten sich dunkle Schatten gebildet, und es war ihm anzusehen, dass er seit drei Nächten nicht mehr geschlafen hatte.

»Es ist schön, wieder zu Hause zu sein«, sagte er und schenkte seiner Frau ein müdes Lächeln. Gleichzeitig betrachtete er sie mit unverhohlener Bewunderung. »Ich habe dich vermisst, Merrie.«

»Ich dich auch«, entgegnete sie, schlang die Arme um ihn und küsste ihn. Dann setzte sie sich auf einen der hohen Lederhocker an der Küchenbar.

Die Wohnung war in jenem kühlen New Yorker Stil eingerichtet, der eher Merediths Geschmack entsprach. Sie legte sehr viel Wert auf Stil und Eleganz, und die Einrichtung passte zu der Aura von Kompetenz und Erfolg, die Meredith stets umgab. Stevens Erscheinung dagegen bestätigte das Klischee vom zerzausten, zerknitterten, ständig überarbeiteten Arzt. Seit Wochen schon hatte er keine Zeit mehr gehabt, zum Friseur zu gehen, und seit zwei Tagen hatte er sich nicht mehr rasiert. Er wirkte jünger, als er mit seinen zweiundvierzig Jahren tatsächlich war, doch kaum jemand wusste, wie er ohne die übliche Krankenhauskluft aussah. Im Augenblick trug er Sportsocken, die nicht einmal zusammenpassten, und ein ramponiertes Paar Clogs, die für die Arbeit ausgesprochen bequem waren. Es war schwierig, ihn sich in einem Jackett, einer grauen Flanellhose und einer Krawatte vorzustellen, doch wenn er solche Dinge trug, sah er einfach großartig aus. Meistens begnügte er sich, wenn er nicht im Dienst war, mit ausgewaschenen Jeans und T-Shirts. Oft war er ohnehin zu müde, um darüber nachzudenken, was er anziehen sollte.

»Also, was fangen wir denn mit dem Tag morgen an? Ich meine, außer zu schlafen, uns zu lieben und bis zum Dinner im Bett zu bleiben?«, fragte er und lächelte Meredith spitzbübisch an, während er ihr das Omelett servierte.

Die Küche war ganz in Beige und Weiß gehalten und hätte ohne weiteres in eine elegante Wohnzeitschrift gepasst.

»Mir ist eigentlich alles recht. Ich muss nur noch einmal kurz ins Büro, um ein paar Papiere zu holen, die ich noch lesen muss. Ich brauche sie für die Besprechung in Kalifornien«, entgegnete Meredith entschuldigend und warf Steven einen reumütigen Blick zu.

»Kannst du das denn nicht im Flugzeug erledigen?« Die Enttäuschung stand ihm ins Gesicht geschrieben, während er die eine Hälfte des Omeletts verschlang.

»Da müsste ich schon nach Tokio fliegen. Aber ich werde nicht länger daran arbeiten als unbedingt nötig. Versprochen!«

»Das klingt sehr beunruhigend«, lächelte Steven und schenkte für beide Wein nach.

Es war ein großartiges Gefühl, nicht im Dienst zu sein. Er war nur verantwortlich für seine Frau, für sonst niemanden. Er konnte es kaum noch erwarten, endlich ins Bett zu gehen und sie zu lieben. Anschließend würde er bis zum Mittag des folgenden Tages einfach nur schlafen.

»Also, wie läuft's im Büro? Was macht die Neue Mission?« Steven wusste, wie viel Meredith ihre Arbeit bedeutete.

Ihre Augen strahlten, als sie antwortete: »Es läuft alles ganz fantastisch. Ich kann die Roadshow kaum noch erwarten. Ich weiß, dass wir Erfolg haben werden. Heute Morgen habe ich mit Dow gesprochen. Wie ein Kind wartet er auf seine Gelegenheit zum Homerun beim Play-off. Er ist wirklich ein netter Kerl. Er würde dir bestimmt gefallen. Er hat seine Firma aus dem Nichts geschaffen und ist verdientermaßen stolz auf sein Werk. Jetzt bringt er das Unternehmen an die Börse. Für ihn ist es ein Traum, der endlich wahr wird. Und es ist sehr aufregend, ihm zu zeigen, wie das alles funktioniert.«

»Hoffentlich ist das alles, was du ihm zeigst«, warf Steven mahnend ein und drohte Meredith spielerisch mit der Gabel.

Sie lachte und neigte sich zu ihm, so dass er den Ansatz ihrer hellen Brüste im Ausschnitt des Bademantels sehen konnte.

»Hier geht es nur ums Geschäft«, sagte sie. Für sie ging es nie um etwas anderes.

»Was dich betrifft, stimmt das vielleicht. Ich hoffe nur, dass der Typ klein, fett und hässlich ist und eine Freundin hat, die ihn ordentlich rannimmt. Dich mit einem Kerl auf die Straße zu schicken ist in etwa so, als würde man mit einem Fisch vor einem Schweinswal herumwedeln. Verdammt große Versuchung, Schatz.«

Steven schaute Meredith bewundernd an. Es war unmöglich, darüber hinwegzusehen, wie umwerfend sie aussah, und er war davon überzeugt, dass die Männer, mit denen sie zusammenarbeitete, es ebenfalls bemerkten. Außerdem war sie klug und witzig. Vierzehn Jahre lang hielt sie nun schon sein Interesse und seine Leidenschaft wach. Es spielte gar keine Rolle, wie müde er war. Immer war er versessen darauf, mit ihr ins Bett zu gehen, und Meredith hatte ihre Freude daran.

»Glaub mir, diese Jungs denken nur ans Geschäft«, versicherte Meredith. »Auch Callan Dow. Seine Firma ist sein Baby, sein Traum, der nun wahr wird. Die Liebe seines Lebens. Er würde nicht einmal bemerken, wenn ich wie Godzilla aussähe. Außerdem liebe ich dich. Es interessiert mich nicht, ob er aussieht wie Tom Cruise. *Du* bist der Mann, den ich liebe.« Sie lächelte Steven zu.

»Gut.« Er schien zufrieden zu sein, warf ihr dann aber einen bestürzten Blick zu. »Wo du gerade davon sprichst ... sieht er denn so aus?«

»Wie?« Meredith war verwirrt. Außerdem fielen ihr vor Müdigkeit bereits beinahe die Augen zu.

»Sieht er aus wie Tom Cruise?«

»Natürlich nicht!« Sie lachte und sagte dann: »Eher wie Gary Cooper. Oder Clark Gable.«

»Sehr komisch!«

Sie hatte es zwar ernst gemeint, aber Meredith legte keinen Wert darauf, diesen Punkt ausführlicher zu besprechen. Es hatte für sie ohnehin keinerlei Bedeutung.

»Eine Ähnlichkeit mit Peter Lorre wäre besser für ihn, sonst kann er seine Kampagne mit einer anderen Partnerin machen. Abgesehen davon sind zwei Wochen sowieso zu lang. Es wird sehr einsam für mich werden. Es gefällt mir nicht, wenn du so lange fort bist.«

»Mir auch nicht«, stimmte Meredith zu, doch beide wussten, dass dies nicht ganz der Wahrheit entsprach. Wenn ein Unternehmen ihr sehr am Herzen lag, war sie sogar sehr gern unterwegs. Sie war mit Leib und Seele bei der Arbeit, und Börsengänge waren eine besondere Herausforderung für sie. »Zehn Städte in zwei Wochen ... das ist nicht gerade ein Spaziergang«, fügte sie hinzu.

»Es gefällt dir, und ich weiß es.« Steven leerte sein Glas und betrachtete seine Frau voller Bewunderung. Sie war entspannt, schön und sehr sexy. Er seinerseits sehnte sich verzweifelt nach einer Rasur und einer Dusche. Er wusste, dass er schrecklich aussah. Doch im Krankenhaus war sein Aussehen das Letzte, woran er einen Gedanken verschwendete. Erst wenn er zu Hause war, kümmerte es ihn, und selbst dann war er manchmal zu erschöpft, um sich umzuziehen.

»Manchmal gefallen mir die Roadshows tatsächlich. Aber nicht immer. Wenn sie gut sind, machen sie eine Menge Spaß und gleichzeitig eine Menge Arbeit. Das hängt von dem Unternehmen ab. Diesmal ist es eine gute Firma. Die Kurse werden explodieren.« Steven wusste, dass das High-Tech-Unternehmen medizinische Instrumente herstellte. Einige davon hatte Callan Dow selbst entwickelt. Meredith hatte Steven erzählt, dass Dows Vater ein Kleinstadt-Chirurg gewesen war, der sich gewünscht hatte, dass sein Sohn ebenfalls Chirurg würde. Stattdessen hatte Callan sich für die Geschäftswelt und High-Tech-Erfindungen interessiert und ein Unternehmen gegründet, das sich der Herstellung von komplizierten chirurgischen Instrumenten widmete. Steven kannte die Produkte, die tatsächlich ausgesprochen beeindruckend waren, doch er interessierte sich nicht für Aktien, obwohl seine Frau der Meinung war, dass es sich um ein viel versprechendes Unternehmen handelte. Meredith kümmerte sich auch um die gemeinsamen finanziellen Angelegenheiten. Das konnte sie am besten, denn Steven verstand überhaupt nichts davon.

Meredith räumte das Geschirr in den Geschirrspüler und

schaltete das Licht in der Küche aus. Steven ging unter die Dusche, und als er nach Mitternacht das Schlafzimmer betrat, lag seine Frau bereits im Bett. Er schlüpfte neben sie, nahm sie in die Arme und zog sie an sich. Als sie spürte, wie sehr er sie begehrte, lächelte sie. Auch sie sehnte sich nach ihm und küsste ihn. Leise stöhnte sie auf, als er begann, sie zu streicheln. Bald waren das Krankenhaus und die Roadshow vergessen. Nun war nur noch ihre private Welt von Bedeutung, eine Welt, die nur sie beide miteinander teilten, und in der die Leidenschaft sie aufblühen ließ.

## 2

Als Steven am Samstagmorgen erwachte, war Meredith bereits im Büro. Sie hatte angenommen, wieder zurück zu sein, bevor ihr Mann überhaupt die Augen öffnete, doch als sie in weißen Hosen und einem weißen T-Shirt die Wohnung betrat, die Aktentasche unter dem Arm, saß er am Tisch und las die *New York Times*. Er hatte bereits geduscht und sich ein Handtuch um die Hüften geschlungen.

»Du kannst doch unmöglich eine Investmentbankerin sein. So alt siehst du gar nicht aus«, sagte Steven lächelnd, als er Meredith erblickte, die die Aktentasche neben die Couch fallen ließ. Sie sah glücklich und zufrieden aus. Die vergangene Nacht war schön wie immer gewesen, vielleicht sogar noch schöner. Sie führten ein Vier-Sterne-Sexualleben und waren glücklich, wenn sie zusammen sein konnten. Leider ergaben sich diese Gelegenheiten viel zu selten. Meredith fragte sich manchmal, ob es vielleicht auch an ihren unberechenbaren Terminkalendern lag, dass sie noch so viel Leidenschaft füreinander empfanden. Nach vierzehn Jahren Ehe erging es doch den meisten Paaren ganz anders.

»Was hältst du davon, wenn wir zum Lunch ausgehen?« Es

war zwar immer noch sehr heiß, doch Steven wollte unbedingt an die Luft. »Wie wär's mit *Tavern-on-the-Green*?«

»Das klingt gut«, antwortete Meredith. Eigentlich musste sie unbedingt die Papiere lesen, doch das konnte sie auch noch später erledigen. Steven hatte nach drei Tagen Dienst im Krankenhaus etwas Ablenkung verdient. Das Elend, mit dem er bei der Arbeit ständig konfrontiert wurde, forderte einen Ausgleich, und er hoffte, dass Meredith ihn dabei unterstützte. Sie brachte es nicht übers Herz, ihm zu sagen, dass sie sich im Grunde sofort an die Arbeit begeben musste.

Er reservierte einen Tisch, und gegen Mittag verließen sie Hand in Hand die Wohnung. Überrascht stellten sie fest, dass es draußen noch heißer geworden war. Die Hitze des New Yorker Sommers war drückend und so feucht, dass sie kaum noch atmen konnten, als sie auf der Straße standen.

Zum Restaurant fuhren sie mit einem Taxi. Während des Essens erzählte Meredith ausführlicher von dem Börsengang, an dem sie arbeitete, und Steven lauschte ihr voller Interesse. Er hörte seiner Frau gern zu. Im Augenblick war ihre Arbeit ihre einzige Leidenschaft, doch auch das gefiel ihm an ihr. Sie war erstaunlich zielstrebig und unerbittlich konzentriert, wenn sie an einer bestimmten Sache arbeitete. Auch aus diesem Grund war sie eine so gute Bankerin. Außerdem verfügte sie über ein außergewöhnlich präzises Urteilsvermögen. In der Firma wurde sie von allen respektiert, und doch hatte Meredith manchmal den Eindruck, dass sie trotz allem nicht dieselben Möglichkeiten hatte wie ein Mann. Seit vier Jahren war sie Teilhaberin, doch häufig erledigte sie den Löwenanteil der Arbeit und übernahm die wirklich kreativen Aufgaben, für die dann ein männlicher Kollege die Lorbeeren erntete. Das ärgerte sie schon seit Jahren, aber so etwas schien einfach zur Natur einiger Unternehmen an der Wall Street zu gehören. Sie arbeitete in einer exklusiven kleinen Welt, in der die Männer die Macht in den Händen hielten. Diese Art der Geschäftsführung war sehr konservativ und beschränkte gleichzeitig Merediths Möglichkeiten. Sie hatte sich dafür entschieden, in der Welt der Männer zu arbeiten und den Gipfel zu erobern, doch es wurde ihr nicht immer gegönnt. Einer der männlichen Seniorpartner würde sie am folgenden Tag zur Westküste begleiten. Meredith war sehr verärgert, weil er sich davon nicht hatte abbringen lassen. Anfangs hatte niemand mit ihr an dem Auftrag arbeiten wollen, und nun, da alle spürten, welche Bedeutung er gewonnen hatte, versuchte man, auf den fahrenden Zug aufzuspringen. Immerhin wusste wenigstens Callan Dow, dass sie diejenige war, die seine Sache von Beginn an vertreten hatte.

Während des Kaffees sprachen Meredith und Steven über einige der Probleme, die er im Krankenhaus hatte. Er war seit fünf Jahren der zweite Mann in der Unfallchirurgie, und er hätte gern die Leitung übernommen. Harvey Lucas, der Chef der Abteilung, hatte schon oft angekündigt, sich um eine andere Stelle zu bemühen, doch dann schien er wie festgewachsen. Seit einigen Jahren schon sprach er davon, nach Boston zu ziehen, aber offenbar konnte er sich kaum losreißen. Daher waren Steven die Hände gebunden. Er musste sich damit zufrieden geben, Lucas' Stellvertreter zu sein. Immerhin arbeitete er aber in der besten Unfallchirurgie der Stadt, so dass er keinerlei Ambitionen hatte, den Arbeitsplatz zu wechseln. Außerdem war Lucas einer seiner besten Freunde.

Nach dem Essen streiften Steven und Meredith durch den Park. Verschiedene Musikgruppen gaben ihr Können zum Besten, der kleine See lud zu einer Bootsfahrt ein, Kinder spielten am Ufer. Von Zeit zu Zeit sprachen Steven und Meredith darüber, selbst Kinder zu bekommen, doch mit jedem Jahr, das verging, schien diese Perspektive sich immer weiter zu entfernen. Neuerdings schnitt Steven das Thema häufiger an, doch Meredith hatte immer noch kein Ohr dafür. Sie war keineswegs sicher, ob sich das jemals ändern würde. Mit ihren siebenunddreißig Jahren glaubte sie inzwischen, dass es kaum jemals Platz für Kinder in ihrer beider Leben geben würde. Sie waren beruflich viel zu sehr eingespannt. Zudem fürchtete Meredith, dass ein Kind sich zwischen sie und ihren Mann stellen könnte. Steven dagegen war davon überzeugt, dass es sie einander noch näher bringen würde. Schon der Gedanke an ein Kind wirkte auf Meredith wie eine Bedrohung. Sie würde sich zwischen Kind und Beruf hin- und hergerissen fühlen, und das wollte sie auf keinen Fall.

Gegen Abend war die Hitze immer noch drückend. Als die beiden wieder in ihrer Wohnung angelangt waren, streckten sie sich erschöpft nebeneinander auf der Couch aus.

»Was hältst du heute Abend von einem netten Film in einem klimatisierten Kino? Vorher mache ich uns noch etwas zu essen.« Steven war glücklich und entspannt und hatte mit dem Mann, der in der Nacht zuvor auf allen vieren nach Hause gekrochen war, nichts mehr gemeinsam. Ein paar Stunden mit Meredith und etwas Schlaf genügten, um seine Lebensgeister zu wecken. Er fühlte sich schon viel besser und lebendiger.

»Ich kann nicht ins Kino gehen, Steve.« Bedauernd schaute Meredith ihren Mann an. »Ich muss noch packen, und außerdem warten die Unterlagen auf mich. Ich muss sie unbedingt lesen.«

»Das ist wirklich schade.« Steven war offensichtlich enttäuscht. Andererseits war so etwas nicht ungewöhnlich. Meredith brachte so gut wie immer Arbeit mit nach Hause. »Wann musst du denn eigentlich los?«, fragte er und streckte sich. Er trug eine khakifarbene Hose zu einem blauen Hemd. Meredith fand, dass er ausgesprochen gut aussah. Etwas Bräune hätte ihm noch besser gestanden, doch er hatte nie Zeit für ein Sonnenbad. Sein blasses, kantiges Gesicht betonte sein dunkles Haar, und auch seine Augen schienen noch dunkler zu sein.

»Mein Flugzeug geht gegen Mittag«, erklärte Meredith. »Um zehn Uhr muss ich los.«

»Also ist der ganze Sonntag dahin«, stellte Steven betrübt

fest, doch es war nicht zu ändern. Arbeit war nun einmal Arbeit, und Meredith musste sich in Kalifornien mit Callan Dow treffen. Das verstand er durchaus.

Abends schaute er fern, während Meredith in dem kleinen Zimmer arbeitete, das sie sich als Büro eingerichtet hatten. Der Raum war voll gestopft mit medizinischer Fachliteratur, und Meredith bewahrte ihre Bücher mit den neuesten Bestimmungen der Börsenaufsicht dort auf. Außerdem gab es eine Sammlung medizinischer Fachzeitschriften, Literatur zum Finanzwesen und einige Romane. Merediths Computer stand ebenfalls dort. In gewisser Hinsicht waren ihre Interessen sehr verschieden, doch jeder nahm Anteil an den Dingen, die den anderen beschäftigten. Steven stellte immer wieder belustigt fest, dass er von der Welt der Finanzen überhaupt nichts verstand. Meredith hingegen gelang es stets, sich in seine Arbeit einzudenken. Sie war auch mehr daran interessiert. Andererseits hatte Steven großen Respekt davor, dass sie mehr Geld verdiente. Sie bekam ein ansehnliches Gehalt, das er in seinem Berufsfeld niemals erreicht hätte. Meredith ärgerte sich zwar darüber, dass sie nicht noch mehr Geld verdiente, denn sie war der Ansicht, dass es ihr zustand. Dennoch hatten sie beide insgesamt mehr als genug, um ein angenehmes Leben zu führen. Seit fünf Jahren wohnten sie in derselben Wohnung, die ihnen gemeinsam gehörte. Meredith hatte die erforderliche Summe auf einen Schlag bezahlt, als sie Teilhaberin geworden war. Steven hätte sich gern daran beteiligt gehabt, doch er hatte es einfach nicht gekonnt. Die unterschiedlichen Gehälter waren nie ein Thema zwischen ihnen gewesen. Sie akzeptierten einfach, dass es so war und stritten sich nicht wie andere Paare um Geld. Bei ihren Auseinandersetzungen ging es eher um die Frage nach eigenen Kindern.

Meredith saß bis kurz vor Mitternacht über ihren Unterlagen. Steven hatte entspannt und zufrieden vor dem Fernseher eine halbe Flasche Wein geleert und war auf der Couch eingeschlafen. Meredith packte ihren Koffer, bevor sie ihn weckte.

Es war bereits ein Uhr, als sie ihn küsste. Steven schlief tief und fest und rührte sich kaum.

»Lass uns ins Bett gehen, Liebling. Es ist schon spät. Ich muss morgen früh aufstehen«, sagte Meredith sanft.

Steven hatte am Nachmittag einen Freund angerufen. Wenn sie zum Flughafen aufgebrochen war, würde er sich mit ihm zum Tennis treffen.

Verschlafen folgte Steven seiner Frau ins Schlafzimmer. Wenige Minuten später lagen sie im Bett und hielten sich umschlungen, und kurz darauf schnarchte Steven bereits. Bis sechs Uhr am nächsten Morgen schliefen beide tief und fest, dann wurden sie durch das Klingeln des Telefons geweckt. Es war jemand vom Krankenhaus am Apparat. Harvey Lucas war mit einem Kollegen, der sich im letzten Jahr der Facharztausbildung befand, und zwei weiteren Ärzten in der Chirurgie. Nach einem Frontalzusammenstoß zweier Wagen waren vier Verletzte eingeliefert worden, und die Kollegen waren auf Stevens Unterstützung angewiesen. Er hätte sich weigern können, denn er hatte keinen Bereitschaftsdienst, doch das Ganze klang so dringend, dass er nicht ablehnen und die anderen im Stich lassen konnte. So etwas brachte er nicht über sich. Er warf Meredith einen Blick zu und sagte, dass er sich so schnell wie möglich auf den Weg machen würde. Zwei der Opfer waren Kinder, und beide waren schwer verletzt. Das eine hatte eine Verletzung an der Wirbelsäule, und man befürchtete, dass das Rückenmark beschädigt war. Es lag seit der Einlieferung im Koma, und niemand wusste, ob es überleben würde. Der Neurochirurg war bereits auf dem Weg. Die Eltern der Kinder befanden sich ebenfalls in kritischem Zustand.

»Jetzt muss ich auch noch vor dir aus dem Haus. Das gefällt mir gar nicht«, sagte Steven, während er in seine Jeans schlüpfte und ein sauberes weißes T-Shirt überzog. Erst im Krankenhaus würde er seine OP-Kleidung anziehen. Mit nackten Füßen stieg er in die Clogs, die er gewöhnlich bei der Arbeit trug.

»Es ist schon in Ordnung«, lächelte Meredith verschlafen. Wie er war sie an solche Situationen gewöhnt. »Ich muss ohnehin bald aufstehen.«

»So viel zum Tennis und Faulenzen am Sonntag. Na ja, vielleicht bin ich ja schon in ein paar Stunden wieder zurück.«

Beide wussten, dass dies nur ein frommer Wunsch war, aber Meredith wäre dann ohnehin schon fort. Wenn Steven erst einmal im Krankenhaus war, hätte er dort genug zu tun. Er würde es sich nicht nehmen lassen, auch nach seinen anderen Patienten zu sehen. Wahrscheinlich würde er nicht vor Mitternacht nach Hause zurückkehren. Wenn es genug zu tun gab, würde er die Nacht dort verbringen. Am folgenden Morgen musste er ohnehin seinen Dienst antreten. Meredith kam zwar am Dienstag schon zurück, doch er hatte bis Mittwoch Dienst, und sie würden sich erst spät am Abend wiedersehen.

»Ich rufe dich von Kalifornien aus an.« Meredith wusste nicht einmal, wo sie wohnen würde. Callan Dow hatte angeboten, sich darum zu kümmern.

»Sorg du einfach dafür, dass Cary Grant oder Gary Cooper – oder wem dieser Kerl auch immer ähnlich sieht – dich nicht aufs Kreuz legt, während ich damit beschäftigt bin, Leben zu retten.« Steven lächelte, doch Meredith erkannte die leichte Besorgnis in seinen Augen. Offenbar beunruhigte ihn der Gedanke, dass sie mit Callan Dow unterwegs sein würde.

»Du brauchst dir keine Sorgen zu machen«, entgegnete sie.

Steven setzte sich auf die Bettkante und küsste sie.

»Das will ich hoffen.« Er strich zärtlich über ihre nackte Brust, küsste sie erneut und blickte sie bedauernd an. »Ich wollte dich eigentlich noch einmal lieben, bevor wir beide wieder in den Krieg ziehen.«

So war es schon immer gewesen, seit sie zusammenlebten: zerschlagene Hoffnungen, aufgeschobene Pläne, Versprechungen und Vertröstungen. Aber sie waren beide daran gewöhnt und ärgerten sich nur noch selten darüber.

»Vergiss es trotzdem nicht! Am Mittwoch, wenn ich aus

dem Büro zurückkehre, sehen wir uns. Ich versuche, so früh wie möglich zu Hause zu sein.«

»Das ist ein Angebot.«

Steven lächelte ihr zu, befestigte seinen Piepser am Gürtel und strich sich mit den Fingern durchs Haar. Einen Kamm brauchte er nicht. Dann putzte er sich die Zähne. Auf eine Rasur verzichtete er. Sein Beruf verlangte kein elegantes und gepflegtes Erscheinungsbild, und meistens legte er selbst ebenfalls keinen Wert darauf. Es gab wichtigere Dinge, an die er zu denken hatte.

»Gute Reise!«, sagte er und winkte seiner Frau von der Schlafzimmertür aus noch einmal zu.

Kurz darauf hörte Meredith, wie Steven die Wohnungstür hinter sich ins Schloss zog. Sie blieb im Bett liegen und dachte an ihn. Er hatte sich in den vierzehn Jahren nicht verändert. Als sie sich kennen gelernt hatten, war er noch Assistenzarzt gewesen. Sein ganzes Leben drehte sich um seine Arbeit, wie das ihre auch. Dann schweiften ihre Gedanken zu dem Unternehmen, das sie an die Börse bringen würde, und die Dinge, die sie noch zu erledigen hatte, damit alles glatt lief.

Meredith stand auf und holte sich einen Stapel Papiere ins Bett, in denen sie zwei Stunden las. Dann war sie zufrieden und fühlte sich für das Meeting in Kalifornien gewappnet. Es gab noch einige letzte Fragen, die sie mit Callan Dow zu klären hatte. Vor allem wollte sie ihn noch genauer darüber informieren, was ihn während der Roadshow erwartete. Er hatte noch nie ein Unternehmen an die Börse gebracht, war also in dieser Hinsicht ein Newcomer und auf ihren Rat und ihre Erklärungen angewiesen. Meredith fühlte sich kompetent und bedeutend, aber gleichzeitig ein wenig schuldig. Manchmal fragte sie sich, ob sie ihre Arbeit so liebte, weil sie sich durch sie mächtig und unabhängig fühlte. Ihr Beruf gefiel ihr ebenso wie die Welt der Hochfinanz, in der sie sich bewegte. Vom ersten Augenblick an hatte sie dieses Leben mit der gleichen Leidenschaft, mit der Steven Arzt war, genossen. In gewisser Hinsicht waren sie beide sehr verschieden, doch sie liebten beide ihre Arbeit und wussten, dass ihre Tätigkeiten für den Rest der Menschheit wichtig war. Steven rettete Leben, und Meredith half den Leuten dabei, die Früchte jahrelanger Arbeit zu bewahren. Auch dies war nicht unerheblich, obwohl ganz anders als Stevens Tätigkeit.

Während Meredith sich ankleidete, klingelte das Telefon. Es war Steven, der soeben die chirurgische Abteilung des Krankenhauses verlassen hatte. Der Junge mit der Wirbelsäulenverletzung hatte gerettet werden können, und der Orthopäde war der Meinung, dass er sich wieder vollkommen erholen würde. Der Kleine hatte großes Glück gehabt. Steven hatte bei der Operation assistiert und würde noch eine Weile im Krankenhaus bleiben. Die Mutter war gestorben, das andere Kind lag im Koma. So oder ähnlich war es oft gewesen, obwohl jeder neue Fall der wichtigste in Stevens Leben zu sein schien. Meredith lächelte, während sie seiner Stimme lauschte. Er war von ganzem Herzen bei der Sache. Sie dagegen freute sich mit ebensolcher Begeisterung auf die Reise nach Kalifornien und darauf, den Börsenprospekt und die Roadshow noch einmal mit Callan Dow zu besprechen.

»Ich werde dich vermissen, Merrie«, sagte Steven.

Sie lächelte und dachte voller Zärtlichkeit an ihn. »Ich dich auch«, antwortete sie.

Doch Steven lachte nur. »Ja, vielleicht für zehn Minuten. Dann wirst du nur noch an deinen Red Herring und an die Roadshow denken. Ich kenn dich doch.«

»Ja, allerdings, du kennst mich nur zu gut.«

Nachdem Meredith den Hörer aufgelegt hatte, fuhr sie fort, sich anzukleiden. Dabei dachte sie über Stevens Worte nach. Er kannte sie in der Tat ebenso gut wie sie ihn, sie kannten die Ziele, Schwächen und Ängste des anderen ganz genau. Beide arbeiteten sie leidenschaftlich gern und widmeten sich ihrem Beruf mit absoluter Hingabe – und dies war auch der Grund dafür, dass sie keine Kinder hatten. In ihrem Leben gab es einfach keinen Platz für Kinder. Steven war häufig drei Tage hintereinander im Krankenhaus, Meredith war oft auf Geschäftsreisen und ebenfalls kaum zu Hause. Was hätten sie einem Kind schon bieten können? Nicht viel jedenfalls, davon war Meredith überzeugt, und deshalb hatte sie es bisher nicht darauf angelegt, schwanger zu werden. Sie war eine gute Bankerin, da war sie sicher, aber sie war weit weniger davon überzeugt, dass sie auch eine gute Mutter wäre. Vielleicht später. Das sagte sie Steven sehr oft. Doch später wäre womöglich *zu* spät, und beide wussten es. Meredith fragte sich, ob sie es nicht eines Tages bereuen würde, dass sie die Verwirklichung des Kinderwunsches auf die lange Bank geschoben hatte, doch im Augenblick zog sie es einfach nicht ernsthaft in Betracht.

Sie steckte die Papiere in ihre Aktentasche, knöpfte die Jacke ihres Kostüms zu und warf einen Blick in den Spiegel. Sie sah ebenso makellos aus wie Steven zerzaust, als er gegen sechs die Wohnung verlassen hatte. Er brauchte nicht auf sein Äußeres zu achten, wenn er im Operationssaal stand und versuchte Patienten zu retten, deren Leben an einem seidenen Faden hing. Er musste einfach nur dort sein und wissen, was zu tun war. Sein Aussehen spielte dabei wahrhaftig keine Rolle. Meredith hingegen musste Kompetenz ausstrahlen. Dabei half ihr auch die entsprechende Kleidung, und der Blick in den Spiegel bestätigte ihr wieder einmal, dass es ihr gelungen war. Zufrieden nahm sie ihre Aktentasche und verließ die Wohnung. Sie hatte auch einen Laptop und ihr Mobiltelefon bei sich, ebenso wie den letzten Entwurf des Börsenprospekts, den sie gemeinsam mit den Juristen der Bank erarbeitet hatte.

In einem Taxi fuhr sie zum Flughafen. Dort würde sie sich mit Paul Black treffen, ihrem Partner, der sie begleiten würde. Während der Fahrt betrachtete sie die New Yorker Skyline und dachte darüber nach, wie sehr sie das Leben in dieser Stadt genoss. Es gab tatsächlich nichts in ihrem Leben, was sie ändern wollte. Was sie betraf, war es einfach vollkommen.

# 3

Im Flugzeug arbeitete Meredith für eine Weile an ihrem Laptop und las noch einmal die Unterlagen, die sie für Callan vorbereitet hatte. Paul Black verschlief die meiste Zeit des Fluges. Nur während der letzten halben Stunde sprach er mit seiner Partnerin über das Meeting, das am nächsten Morgen stattfinden würde. Er vertraute darauf, dass Meredith die nötigen Vorbereitungen getroffen hatte, und wie immer war er davon überzeugt, dass sie den Kunden durch ihr Organisationstalent überzeugen würde.

Eigentlich hatte Black den Kunden akquiriert, doch Merediths Erfahrungen auf dem Gebiet der Spitzentechnologie hatten ihn dazu veranlasst, ihr das Feld zu überlassen. Meredith wusste immer, was sie tat, dessen konnte man sich sicher sein. Auf dem Flug hatte sich Black ihr gegenüber noch einmal entsprechend geäußert. Sein herablassender Ton hatte sie jedoch verärgert. Stets war sie darauf vorbereitet, dass er seine Äußerungen mit einem gönnerhaften »Girlie« garnieren würde. Paul Black war einer der Seniorpartner des Unternehmens, und Meredith war ihm nicht besonders zugetan. Sie hatte den Eindruck, dass er seine Zeit damit verbrachte, mit seinen gesellschaftlichen Verbindungen zu prahlen und sich auf seinen Lorbeeren auszuruhen. Für derartigen Zeitvertreib hatte Meredith nur wenig übrig. Blacks ursprüngliche Verbindung zu Callan Dow war verwandtschaftlicher Art: Dow war sein Schwager. Nachdem er ihn wie einen großen Fisch an Land gezogen hatte, war sein Interesse jedoch spürbar zurückgegangen. Meredith hatte die Vorarbeiten erledigt, so dass *Dow Tech* nun an der Börse eingeführt werden konnte.

Um Viertel nach drei landete das Flugzeug. Callan Dow hatte einen Wagen geschickt, der bereits auf Meredith und Paul Black wartete. Sie würden im *Rickie's* in Palo Alto, ganz in der Nähe von Dows Büro, wohnen. Kaum hatten sie ihre Zimmer bezogen, verabschiedete sich Black von Meredith. Er war in San Francisco mit Freunden zum Dinner verabredet.

Überall schien er Verbindungen zu haben, und niemals forderte er Meredith auf, ihn zu begleiten.

Meredith jedoch war zufrieden damit, dass sie im Hotel bleiben würde. So konnte sie noch einmal die Unterlagen für die Besprechung mit Callan Dow durchgehen. Gegen acht Uhr abends klingelte das Telefon. Meredith freute sich, dass Steven gleich anrief. Sie hatte angenommen, dass er noch im Krankenhaus war, und ihm daher die Telefonnummer des Hotels auf seiner Mailbox hinterlassen.

»Hallo, Schatz«, sagte sie, sofort nachdem sie den Hörer aufgenommen hatte. Außer Steven wusste schließlich niemand, wo sie sich aufhielt.

»Gleichfalls hallo, Schatz«, ertönte die tiefe Stimme eines Mannes am anderen Ende der Leitung. Es war gar nicht Steven. Der Anrufer lachte. Meredith erkannte die Stimme nicht sofort, und sie war verwirrt.

»Wie war der Flug?«

»Alles in Ordnung, aber wer spricht denn da?«

»Ich bin's, Callan. Ich wollte mich nur davon überzeugen, dass es Ihnen gut geht und das Hotel Ihren Vorstellungen entspricht. Ich danke Ihnen, dass Sie hergekommen sind. Ich freue mich schon auf unser Treffen.«

»Ich auch«, entgegnete Meredith und lächelte verlegen. »Es tut mir Leid, aber ich dachte, es wäre mein Mann, der anruft.«

»Das habe ich mir gedacht. Wie weit sind wir denn?«

»So gut wie fertig. Ich möchte Ihnen den letzten Entwurf für den Red Herring vorstellen und noch einmal die Einzelheiten für die Roadshow durchsprechen.«

»Ich kann es kaum noch erwarten«, gab Dow zu. Trotz aller Erfahrung, Kultiviertheit und seines Erfolges in der Geschäftswelt klang er vor Aufregung wie ein kleiner Junge. Er hatte am Aufbau seines Unternehmens hart gearbeitet, und die Herausforderung, es an die Börse zu bringen, hatte ihn schon lange beschäftigt. »Wann geht's denn endlich los?«

»Am Dienstag nach Labor Day. So weit ist alles gründlich vorbereitet. Es fehlen nur noch ein paar Kleinigkeiten für Minneapolis und Edinburgh. In den anderen Städten wird alles reibungslos laufen. Ich gehe übrigens davon aus, dass die Aktien überzeichnet werden. Alle Welt ist ganz aufgeregt, und das Ereignis ist in aller Munde.«

»Hätte ich es doch nur früher gewagt!«

Dows Stimme klang faszinierend tief, und unter anderen Umständen hätte Meredith sie als sinnlich bezeichnet. Während des vergangenen Sommers hatte ihr die Arbeit mit Dow großen Spaß gemacht.

»Dies ist genau der richtige Zeitpunkt, Cal. Früher wären Sie nicht ausreichend vorbereitet gewesen.«

»Ja, Sie haben eigentlich Recht, Meredith. Ich habe übrigens nach wie vor Schwierigkeiten mit Charles, meinem Finanzchef. Er ist immer noch nicht damit einverstanden, dass ich das Unternehmen an die Börse bringe, und besteht darauf, dass ich der alleinige Eigentümer bleiben sollte«, sagte Dow. Er wusste, wie hart Meredith an dem Auftrag gearbeitet und wie wenig sein Finanzchef sie dabei unterstützt hatte. Im Grunde hatte er ihr nur Steine in den Weg gelegt.

»Das ist ein durch und durch altmodischer Standpunkt«, entgegnete Meredith lächelnd.

Beide wussten, dass die zweiwöchige Tour mit Charles im Schlepptau alles andere als ein Vergnügen werden würde.

»Er beschwert sich schon jetzt über unsere Kampagne.«

»Seien Sie unbesorgt. Spätestens morgen bringen wir ihn dazu, doch noch auf den fahrenden Zug aufzuspringen. Ich werde Paul Black bitten, mit ihm zu sprechen. Er ist ebenfalls sehr konservativ, aber trotzdem bereits ganz aus dem Häuschen.«

»Wo ist er denn? Ich dachte, dass Sie mit ihm zum Dinner ausgehen würden.«

»Nein, er hat sich mit Freunden in San Francisco getroffen. Ich wollte den Red Herring noch einmal durchgehen und mir für morgen ein paar Notizen machen.«

»Sie arbeiten zu viel. Soll das etwa bedeuten, dass Black Sie allein gelassen hat? Haben Sie denn schon gegessen?«

»Vor einer Stunde hat der Zimmerservice mir etwas gebracht, danke. Glauben Sie mir, ich habe noch jede Menge zu tun.«

So war es immer. Meredith ging ohne ihre Aktentasche gar nicht erst aus dem Haus. Steven nahm sie deswegen häufig auf den Arm.

»Und wie steht's morgen mit einem gemeinsamen Frühstück, Meredith? Wir könnten uns doch irgendwo treffen, bevor wir uns in mein Büro begeben.«

»Das klingt gut. Um halb acht hier im Hotel? Beim Einchecken habe ich gesehen, dass es einen Speisesaal gibt. Ich werde Paul noch eine Nachricht hinterlassen, damit wir alle morgen früh zusammenkommen können.« Meredith dachte nur noch ans Geschäft und war wie Dow eifrig darum bemüht, es voranzutreiben. »Ihr Finanzchef kann doch auch zu uns stoßen.« Das war ein durchaus angemessener Vorschlag.

»Eigentlich wollte ich zuerst mit Ihnen allein sprechen. Wir treffen ihn anschließend im Büro.«

»In Ordnung. Dann bis morgen.«

»Arbeiten Sie nicht die ganze Nacht hindurch, Meredith. Morgen bleibt uns noch genug Zeit.« Dows Stimme klang nun beinahe väterlich. Er war vierzehn Jahre älter als Meredith, sah mit seinen einundfünfzig Jahren aber kaum älter aus als Steven. Callan Dow entsprach genau den Ansprüchen, die man in Kalifornien an das Aussehen eines Mannes stellte: Er strahlte Gesundheit und Energie aus, war von der Sonne gebräunt und gut aussehend. Meredith jedoch war ausschließlich auf geschäftlicher Ebene an ihm interessiert, als Mann war er ihr gleichgültig.

»Bis morgen«, wiederholte sie und legte den Hörer auf.

Anschließend hinterließ sie für Paul eine Nachricht auf seiner Mailbox und berichtete ihm von der Verabredung für den Morgen des nächsten Tages. Nachdem Meredith geduscht hatte, legte sie sich ins Bett und versuchte noch einmal, Steven zu erreichen, jedoch vergeblich. Er hatte offenbar alle Hände voll zu tun.

In Kalifornien war es zwei Uhr morgens, als Steven sich endlich meldete. Verschlafen griff Meredith nach dem Hörer.

»Hallo, Schatz ... habe ich dich geweckt?«

»Wo denkst du hin? Paul und ich sind mitten in einer Partie Poker.«

Meredith war noch nicht ganz wach, doch Steven war viel zu angespannt, um es überhaupt zu bemerken.

»Im Ernst?«

»Na klar ... du weißt doch, wie unterhaltsam Paul immer ist.«

Endlich begriff Steven. »Ach, es tut mir Leid ... ich wollte dich nicht wecken. Hier ist es fünf Uhr. Ich war von Mitternacht bis jetzt im OP. Deine Nachricht habe ich erst jetzt erhalten.«

»Wie lief es denn?« Meredith gähnte.

»Diesmal haben wir den Kampf gewonnen. Endlich. Ein Betrunkener hat einen Siebenjährigen angefahren und ihm höllische Kopfschmerzen beschert. Dazu ein paar gebrochene Beine und Rippen, aber der Junge wird sich wieder erholen ... keine bleibenden Schäden.« Eine der Rippen hatte zwar die Lunge durchbohrt, doch Steven hatte hervorragende Arbeit geleistet und den Jungen durch eine komplizierte Operation gerettet.

»Was treibt der Kleine denn um Mitternacht auf der Straße?«

»Er saß auf einem Hydranten. Hier ist es immer noch entsetzlich heiß.«

»Willst du denn nicht endlich nach Hause gehen?« Meredith gähnte erneut, wälzte sich auf die andere Seite und warf einen Blick auf die Uhr. Es war wirklich spät, doch sie freute sich trotzdem, Stevens Stimme zu hören.

»Zu Hause wartet doch niemand auf mich. Ich glaube, ich

werde einfach hier schlafen. In drei Stunden muss ich sowieso wieder antreten.«

»Steven Whitman, du bist der einzige Mensch, den ich kenne, der noch härter arbeitet als ich.«

»Auf diesem Feld habe ich so ziemlich alles von dir gelernt. Wie läuft's denn bei dir? Hast du deinen Kunden schon getroffen?«

»Den sehe ich erst morgen früh beim Frühstück ... in ein paar Stunden eben. Aber ich bin fertig. Die Arbeit habe ich im Flugzeug erledigt. Gestern Abend habe ich mit ihm gesprochen, und er klang, als sei er ordentlich aufgeregt.«

Mittlerweile war Meredith hellwach und fragte sich, ob sie überhaupt wieder würde einschlafen können.

»Du solltest weiterschlafen ... Ich wollte dir nur sagen, dass ich dich liebe und vermisse.«

»Ich vermisse dich auch, Steve«, lächelte Meredith in die Dunkelheit und umklammerte den Hörer fester. »Ich werde zurück sein, bevor du überhaupt merkst, dass ich fort war.«

»Genau, und währenddessen sitze ich hier wie eine Ratte in einem Käfig, wie üblich. Hast du eigentlich schon mal darüber nachgedacht, wie verrückt unser Leben ist?«, fragte er am anderen Ende der Leitung. Sie waren beide immer so verdammt beschäftigt. Manchmal war es einfach zu viel.

»Erst heute, als ich los musste, ging mir das auch wieder durch den Kopf. Wenn wir Kinder hätten, wäre es einfach unmöglich. Wir müssten zaubern können. Ein solches Leben könnten wir dann nicht mehr führen, Steve. Ich glaube, dass wir deshalb erst gar kein Kind bekommen haben.«

»Wir würden das schon schaffen, wenn es denn sein sollte. Anderen Leuten gelingt es schließlich auch, und die haben genauso viel zu tun wie wir.« Stevens Stimme klang jetzt wehmütig.

»Nenn mir nur zwei Namen«, sagte Meredith zweifelnd, »ach was, einer würde schon genügen. Mir fällt niemand ein, der so lebt wie wir. Du bist oft tagelang nicht zu Hause, und auch ich bin ständig unterwegs oder im Büro. Das wäre ein großartiges Leben für ein Kind! Wir müssten Namensschilder mit *Mom* und *Dad* darauf tragen, damit es uns erkennt, wenn es uns zu Gesicht bekommt.«

»Ich weiß, ich weiß ... du glaubst, wir sind noch nicht so weit. Ich befürchte einfach nur, dass ich, wenn wir noch lange so weitermachen, zu alt sein werde.«

»*Dafür* wirst du niemals zu alt sein«, lachte Meredith, obwohl sie wusste, dass Steven es ernst meinte. Ihm lag viel mehr daran als ihr. Sie fühlte sich nicht bereit für Kinder und war sich auch nicht sicher, ob sich daran jemals etwas ändern würde. Sie konnte sich einfach nicht vorstellen, wie sie in ihrem überlasteten Alltag die Mutterrolle überhaupt ausfüllen sollte, und der Gedanke daran hatte Meredith im Laufe der Jahre immer mehr abgeschreckt, obwohl sie Steven auf keinen Fall enttäuschen wollte. Sie wusste genau, wie viel eigene Kinder ihm bedeutet hätten. Deshalb hatte sie sich auch noch nicht endgültig dagegen entschieden. Aber sie sehnte sich nicht danach, aus seinem Wunsch Wirklichkeit werden zu lassen.

»In den nächsten Tagen müssen wir noch einmal darüber sprechen, Merrie.«

»Aber nicht vor dem Börsengang von *Dow Tech*«, gab Meredith alarmiert zurück.

Mit seinem Gerede von eigenen Kindern trieb Steven sie jedes Mal in die Defensive. Es gab eben immer wieder ein Unternehmen, das sie an der Börse einführte, irgendeinen Börsengang, der zur wichtigsten Angelegenheit in ihrem Leben wurde, irgendein Unternehmen, das auf ihre Unterstützung angewiesen war, irgendein Geschäft, das sie abschließen, irgendeine Roadshow, die sie zu Ende bringen musste. In vierzehn Jahren hatte es nie den richtigen Zeitpunkt gegeben, ernsthaft über Kinder nachzudenken, und Steven glaubte schon, es würde auch niemals dazu kommen. Er empfand eine große Leere, wenn er sich vorstellte, dass sie vielleicht tatsächlich niemals ein Baby bekommen würden. Aber er hatte sich schon immer mehr als seine Frau nach einer richtigen Familie gesehnt. Meredith dagegen behauptete immer, Steven sei die Familie, die sie brauchte.

»Du solltest lieber noch ein bisschen schlafen, Merrie, sonst kommst du morgen früh kaum auf die Beine.«

Steven wusste, dass sie einen langen Tag vor sich hatte. Wahrscheinlich würde sie den Nachtflug nehmen und um sechs Uhr am Dienstagmorgen in New York landen. So wie er seine Frau kannte, würde sie anschließend nach Hause fahren, duschen und sich umziehen, um dann bis halb neun abends ins Büro zu gehen.

»Ich rufe dich morgen an, sobald ich kann«, versprach Meredith und unterdrückte ein Gähnen. Um halb sieben musste sie aufstehen, und sie hoffte, dass sie vorher noch ein wenig Schlaf finden würde.

»Kein Problem. Ich werde da sein. Du weißt, wo du mich findest.«

»Danke für deinen Anruf«, sagte Meredith und gähnte erneut. »Gute Nacht ... ich liebe dich.«

Dann legte sie den Hörer auf, und ihre Gedanken wanderten von Steven zu der Besprechung mit Callan Dow am folgenden Morgen. Eine halbe Stunde später schlief sie wieder ein. Als der Wecker klingelte, schienen nur wenige Minuten vergangen zu sein.

Meredith sprang aus dem Bett und ging unter die Dusche. Dann zog sie sich an und wand ihr Haar zu einem strengen Knoten. Für eine geschäftliche Besprechung schien ihr diese Frisur angemessen. In einem dunkelblauen Leinenkostüm begab sie sich auf den Weg zum Speisesaal des Hotels. Als sie dort um Punkt sieben Uhr dreißig erschien, fiel ihre makellose Erscheinung in Kostüm, hochhackigen Schuhen, mit Perlenohrringen und der Aktentasche in der Hand jedem auf. Meredith selbst bemerkte das Aufsehen, das sie erregte, nicht. Sie hätte ebenso gut ein Model sein können, das als leitende

Angestellte auftritt, und einige Köpfe drehten sich nach ihr um, während sie zu dem Tisch eilte, an dem Paul Black sie bereits erwartete. Zu seinem dunkelgrauen Sommeranzug trug er ein klassisches weißes Hemd und eine konservative Krawatte und erfüllte damit jedes Klischee des Investmentbankers von der Wall Street.

»Wie war's gestern Abend?«, erkundigte Meredith sich höflich, während sie sich setzte und eine Tasse Kaffee bestellte.

»Sehr angenehm. Nur die Fahrt in die Stadt war recht lang. Ich bin viel zu spät ins Bett gekommen. Da haben Sie es viel klüger angestellt.«

Meredith wies ihn nicht darauf hin, dass er ihr gar keine Wahl gelassen hatte, sondern erzählte ihm stattdessen von Callan Dows Anruf. »Er ist sehr zufrieden mit unserer Vorarbeit für die Tour.«

»Dazu hat er auch allen Grund. Nach dem, was Sie mir erzählt haben, bin ich davon überzeugt, dass alles wunderbar laufen wird. Für seine Firma wird es ein voller Erfolg werden.«

»Genau das habe ich ihm auch gesagt.«

Ehe Meredith weiter ausholen konnte, erblickte sie Callan Dow, der sich suchend umschaute, in der Tür zum Speisesaal. Er hatte sich nicht verändert. Er war groß und gut gebaut, ein attraktiver Mann mit sandfarbenem Haar, lebhaften blauen Augen und der Figur eines Athleten. Er sah schon beinahe zu gut aus, und obwohl er aus dem Osten stammte, entsprach er doch dem Bild des typischen Kaliforniers. Seine Haut war tief gebräunt, er trug ein blaues Hemd, dazu eine blau-gelbe Krawatte von Hermès, einen gut geschnittenen khakifarbenen Anzug und polierte Halbschuhe. Er sah aus wie ein Model aus einem Hochglanz-Lifestyle-Magazin, und die Feststellung, dass er Gary Cooper ähnlich sah, war nicht aus der Luft gegriffen. Schnell hatte er Meredith und Paul ausgemacht und kam mit einem breiten Lächeln herüber. Offensichtlich erfreut reichte er ihnen nacheinander die Hand.

»Es ist schön, dass Sie beide hergekommen sind«, sagte er ungezwungen und setzte sich.

Zum Frühstück bestellte Dow Rührei und Obst, Meredith entschied sich für Toast und Marmelade, Paul nahm Egg Benedict und Haferflocken.

Während sie aßen, sprachen sie angeregt über die bevorstehende Kampagne und Callans Zukunftspläne. Meredith zerstreute all seine Bedenken und Unsicherheiten und reichte ihm dann den Prospekt, den er schnell überflog, während er eine zweite Tasse Kaffee trank.

»Sieht so aus, als wäre alles schon in vollem Gange.«

»Schön wär's. Morgen in zwei Wochen geht's in Chicago los.«

Sie hatten sich für Chicago entschieden, weil die Stadt für die Präsentation nur von geringer Bedeutung war. Dadurch erhielten sie die Möglichkeit, etwaige Ungereimtheiten festzustellen und noch auszubügeln. Von Chicago aus führte der Weg nach Minneapolis und über L.A. nach San Francisco. Das Wochenende würde Callan Dow zu Hause verbringen, Meredith ihrerseits wollte nach New York zurückkehren. Dann würden sie sich in Boston treffen und nach Europa aufbrechen. Meredith hatte für Edinburgh, Genf, London und Paris bereits alles organisiert. Damit wäre ihre Arbeit erledigt, und sie hoffte, dass sich die Anteile an Dows Unternehmen über den blühenden elektronischen Handel verkaufen würden.

Callans Augen leuchteten wie die eines Kindes, während sie darüber sprachen.

Gegen Ende des gemeinsamen Frühstücks brachte er noch einmal die Schwierigkeiten mit seinem Finanzchef, Charles McIntosh, zur Sprache. Der ließ sich mit dem Börsengang immer noch alle Zeit der Welt, und offensichtlich war Callan ernsthaft verärgert deswegen. Charles' Widerstand gegen Callans unternehmerische Ziele war so groß, dass er entschlossen war, so wenig wie möglich zu kooperieren.

»Ich habe unglaublich viel Zeit damit verschwendet, ihn

davon zu überzeugen, dass wir auf dem richtigen Weg sind. Trotzdem glaubt er, dass er versuchen muss, mich davon abzubringen. Er ist ein guter Kerl, ich kenne ihn seit Jahren. Er ist absolut loyal, aber er ist auch wahnsinnig stur«, erklärte Callan mit offenkundiger Besorgnis.

»Sie sollten ihn besser noch ins Boot holen, bevor wir die Tour starten«, sagte Meredith beunruhigt. »Es wird die Menschen verunsichern, wenn er den Eindruck erweckt, als hätte er Vorbehalte gegen das ganze Unterfangen. Die Leute werden nicht verstehen, dass seine Vorbehalte rein persönlicher Natur sind, und könnten seine Haltung ganz falsch deuten«, ergänzte sie mit fester Stimme.

»Keine Sorge, Meredith, das wird kein Problem werden.«

»Und warum nicht?«, fragte sie überrascht.

»Weil ich ihn umbringen werde«, entgegnete Callan mit einem rauen Lachen. »Wir arbeiten seit Jahren zusammen, und er ist ein Miesepeter. Er gehört zu den Leuten, die es flussaufwärts zieht, selbst wenn alle anderen flussabwärts schwimmen. Er ist ein verdammt kluger Kopf, doch manche seiner Ideen gehören wirklich ins finsterste Mittelalter.«

Callan hatte ganz klare Visionen für sein Unternehmen, doch er war auch jünger als Charles und ein ungewöhnlich fortschrittlich denkender Mann.

»Ich habe nicht den Eindruck, dass er Ihnen eine große Hilfe ist«, stellte Meredith lächelnd fest. Sie vertraute Callans Urteilsvermögen vollkommen, ebenso wie seiner Fähigkeit, seine Mitarbeiter zu führen. Sonst wäre er bisher nicht so weit gekommen. Wenn er behauptete, seinen Finanzchef unter Kontrolle zu haben, musste sie sich darauf verlassen.

»Da kann ich Ihnen nicht einmal widersprechen«, gab Callan zu, während Paul die Rechnung unterschrieb. »Aber das ist ein ganz anderes Thema. Im Augenblick ist alles in Ordnung, aber ich kann auch nicht in die Zukunft schauen. Charles arbeitet schon viele Jahre für mich, und ich hoffe, dass er diese Kurve auch noch nimmt.«

Meredith nickte.
Die drei verließen das Restaurant und gingen gemeinsam zum Parkplatz. Dort wartete Callans Chauffeur, um sie ins Büro zu bringen.
Während der Fahrt unterhielten sie sich über die Firma, Callan erzählte von seinem Haus ganz in der Nähe und seinen drei Kindern. Meredith hatte vergessen, dass er Kinder hatte, und war überrascht, als die Rede auf sie kam. Offensichtlich lebten sie bei ihm, und Meredith fragte sich, ob seine Frau gestorben war oder ob sie ihn verlassen hatte. Es kam ihr merkwürdig vor, dass ein derart erfolgreicher Geschäftsmann als alleinerziehender Vater seine Kinder aufzog. Er erzählte, dass die drei den Sommer in seinem Haus am Lake Tahoe verbracht hatten. Callan sagte, dass er seine Kinder gern um sich habe.
»Normalerweise nehme ich im August Urlaub, um mit ihnen zusammen zu sein. Aber in diesem Sommer musste ich ständig hin- und herfahren.«
Auch Callan war mit dem Börsengang seines Unternehmens sehr beschäftigt gewesen, und soweit Meredith es beurteilen konnte, hatte er all seine Hausaufgaben erledigt.
Als sie in seinem Büro eintrafen, war Meredith sehr beeindruckt. Alles war bis ins Detail vorbereitet, und jede nur denkbare Information, die Meredith oder Paul noch benötigten, lag bereits vor. Callans Kenntnisse in der Spitzentechnologie waren tatsächlich ebenso imponierend wie die Art und Weise, wie er sein Unternehmen führte.
Das einzige Haar in der Suppe war Charles McIntosh. Er schien gegenüber allem und jedem eine Menge grundloser Vorbehalte zu haben, und Paul und Meredith misstraute er aus tiefstem Herzen. Die Tatsache, dass eine Frau die Organisation und die Vorbereitungen für den Börsengang übernommen hatte, gefiel ihm erst recht nicht, doch er hütete sich, sein Missfallen laut auszusprechen. Dennoch ließ sein Verhalten keinerlei Zweifel daran, so dass Callan sich genötigt sah, sich

dafür zu entschuldigen, als Charles mit Paul im Schlepptau endlich den Raum verließ.

»Ich fürchte, Charlie ist ein unverbesserlicher Chauvinist, Meredith, und ich kann leider gar nichts daran ändern«, sagte Callan zerknirscht.

Doch Meredith lachte nur, obwohl Charles' Äußerungen sie mehr als einmal geradezu empört hatten. »Seien Sie unbesorgt, daran bin ich gewöhnt«, entgegnete sie gelassen. »Paul ist auch nicht gerade der aufgeschlossenste Partner.«

Paul und Charles hatten sich zurückgezogen, um sich in Charles' Büro in Ruhe zu unterhalten. Meredith und Callan waren dabei, noch einmal die letzten Einzelheiten der Roadshow zu besprechen. Alles deutete darauf hin, dass sich Charles während der Tour zu einem Quälgeist entwickeln würde, doch Meredith tröstete sich damit, dass auch Callan dabei sein würde und Charles es dann sicher nicht wagen würde, sich allzu unangemessen über den Börsengang des Unternehmens zu äußern. Offenbar hatte er immerhin Skrupel, Callan vor den Kopf zu stoßen. Ohne Zweifel jedoch war seine Gesellschaft alles andere als angenehm, und er würde kaum einen Beitrag zur Unterstützung des Projektes leisten.

»Sie werden darauf achten müssen, ihn während der Roadshow unter Kontrolle zu behalten«, sagte Meredith.

»Das wird kein Problem«, entgegnete Callan optimistisch. »Charles liegt die Firma sehr am Herzen, und letztendlich will er nur das Beste, auch wenn seine Ansichten darüber, wie das zu erreichen ist, nicht mit den meinen übereinstimmen. Bei all seiner Kurzsichtigkeit ist er doch ausgesprochen loyal.«

»Ich bin schon überrascht, dass er Ihnen trotzdem freie Hand lässt.«

»Er hat gar keine andere Wahl«, stellte Callan nachdrücklich fest.

Meredith spürte, dass er von Charles nichts anderes akzeptierte als seine uneingeschränkte Unterstützung. Offenbar war sich der Finanzchef dessen nur allzu bewusst.

»Es tut mir trotzdem Leid, wenn er Ihnen ein Dorn im Auge ist.«

»Ach, es gibt Schlimmeres. Mit ein bisschen Chauvinismus komme ich schon zurecht. Charles macht mir keine Angst. Er darf nur den Leuten keinen falschen Eindruck vermitteln.«

»Dazu wird es nicht kommen, das verspreche ich Ihnen.«

Zu viert aßen sie im Konferenzraum zu Mittag. Anschließend lud Charles Paul zu einer kleinen Tour durch die Stadt ein. Meredith überging er, doch das passte vollkommen in ihre eigenen Pläne. Sie war zufrieden damit, den Rest des Nachmittags mit Callan zu verbringen und noch ein wenig an den Daten, die im Red Herring genannt werden mussten, zu feilen. Als die beiden älteren Männer schließlich zurückkehrten, hatten Meredith und Callan alles erledigt. Es war inzwischen beinahe halb sechs.

»Wann geht denn Ihr Flug?«, fragte Callan. Bisher hatte er keinerlei Gedanken daran verschwendet. Den ganzen Nachmittag über waren sie in ihre Arbeit versunken gewesen, und Meredith war sehr zufrieden mit den Ergebnissen. Es gab keine offenen Fragen mehr. Selbst Charles McIntosh schien deutlich entspannter. Paul hatte ihn offensichtlich doch noch überzeugen können.

»Wir haben den Nachtflug gebucht«, erklärte Meredith und warf einen Blick auf ihre Uhr. Sie hatten noch Zeit. Erst um halb neun mussten sie zum Flughafen aufbrechen.

»Was halten Sie von einem frühen Dinner?«, fragte Callan.

Meredith wollte jedoch nicht mehr von seiner Zeit beanspruchen als unbedingt erforderlich. »Wir kommen schon zurecht«, versicherte sie. »Paul und ich haben noch einiges zu besprechen. Wir können ebenso gut im Hotel essen und anschließend zum Flughafen fahren.«

»Ich würde Sie gern einladen«, entgegnete Callan und schloss Paul mit ein.

Charles McIntosh hatte sich bereits verabschiedet und war dabei auch Meredith gegenüber höflich gewesen. Sie hatte den Eindruck gewonnen, als sei er beinahe eifersüchtig auf sie und ihren Einfluss auf Callan. Der Umstand, dass sie für Callan arbeitete, bereitete Charles ernsthafte Schwierigkeiten, und Meredith war sich dessen ebenso bewusst wie ihr Klient. Charles gab ihr die Schuld daran, dass das Unternehmen an der Börse eingeführt wurde. Wiederholt hatte er Callan darauf aufmerksam gemacht, dass sie, wenn es erst Aktionäre gäbe, die Kontrolle über die Firma verlieren würden. Charles empfand diese Aussicht als eine Katastrophe. Den gewaltigen Zustrom an Kapital und die Möglichkeiten, die sich mit den Aktienverkäufen eröffneten, übersah er dabei vollkommen. Vor allem aber betrachtete er Meredith als die Ursache aller zukünftigen Probleme. Deshalb war seine Abneigung gegen sie unerschütterlich. Bereits vor langer Zeit hatte er vergessen, dass der Börsengang ursprünglich nicht Merediths Idee gewesen war, sondern Callans.

»Mögen Sie chinesische Küche?«, fragte Callan.

Meredith nickte, zögerte aber immer noch, die Einladung anzunehmen. Sie wollte schon dankend ablehnen, als Paul erfreut akzeptierte, so dass sie schließlich zu dritt das Büro verließen.

Es wurde ein angenehmer Abend. Die gemeinsame Arbeit des Tages hatte dazu geführt, dass sie nun vollkommen ungezwungen miteinander umgingen. Selbst Paul war ganz entspannt und benahm sich längst nicht so herablassend wie üblich. Er gab einige amüsante Geschichten von vergangenen Roadshows zum Besten. Als Callan seine Gäste schließlich vor dem Hotel absetzte, fühlten sie sich wie alte Freunde, und Meredith und Paul bedauerten es beinahe, sich von ihm verabschieden zu müssen.

»Bis in zwei Wochen«, sagte Callan mit einem breiten Lächeln und schüttelte Merediths Hand.

»Rufen Sie an, wenn Sie noch Fragen oder irgendwelche Probleme haben«, forderte sie ihn auf.

»Ich glaube, ich verstehe gar nicht genug von all dem, um

mir irgendwelche Sorgen zu machen.« Er lachte gutmütig. Um diese Uhrzeit sah er – genau wie Meredith – immer noch ebenso makellos aus wie um halb acht am Morgen desselben Tages. Beide hatten blondes Haar und helle Augen, und der nonchalante, aber gleichwohl elegante Stil, den sie beide pflegten, führte dazu, dass man sie für Geschwister hätte halten können.

Callan winkte lässig zum Abschied und lief durch die Lobby des Hotels zu seinem Wagen, der vor dem Eingang auf ihn wartete. Er hatte versprochen, ihn später zurückzuschicken, damit Meredith und Paul ohne Probleme zum Flughafen gelangten. Für den Heimweg vom Büro würde er seinen Ferrari nehmen. Den Wagen hatte Meredith am Morgen auf dem Parkplatz von *Dow Tech* bemerkt, und sie hatte sich gefragt, wem er wohl gehörte. Es war ein knallrotes Cabriolet und sehr auffallend.

»Er ist ein netter Kerl«, stellte Paul fest und klang dabei beinahe überrascht. »Die Roadshow mit ihm wird Ihnen sicher Spaß machen. Er hat einen großartigen Sinn für Humor.«

»Ja, das stimmt«, sagte Meredith. »Außerdem weiß er, was er tut – und wenn er es einmal nicht weiß, hat er auch keine Angst davor, es zuzugeben.« Sie vermutete zwar, dass Callan auch über ein ausgeprägtes Ego verfügte, doch Bescheidenheit zur richtigen Zeit gehörte trotzdem zu seinen Stärken. Solche Eigenschaften waren in der Welt, in der er sich bewegte, mehr als selten.

»Ich glaube, Sie haben großartige Arbeit geleistet«, sagte Paul anerkennend.

Eine halbe Stunde später trafen sie sich mit dem Gepäck in der Hotellobby wieder. Zuvor hatte Meredith erfolglos versucht, Steven zu erreichen und eine Nachricht auf seiner Mailbox zu hinterlassen. Dann waren Meredith und Paul auch schon auf dem Weg zum Flughafen.

Das Flugzeug startete planmäßig. Meredith arbeitete noch eine Weile, während Paul auf dem Sitz neben ihr sofort einschlief. Schließlich schaltete auch sie das Licht aus. Erst als die Maschine um sechs Uhr morgens auf dem Kennedy-Flughafen landete, wachte sie wieder auf. Wie Steven es vorhergesagt hatte, nahm sie ein Taxi, fuhr nach Hause, duschte und zog sich um. Gegen halb neun saß sie bereits an ihrem Schreibtisch im Büro, machte sich Notizen zu der Besprechung mit Callan Dow und besprach dann mit den Juristen die letzten Feinheiten des Börsenprospekts.

Mittags rief Steven zwischen zwei Operationen im Büro an und freute sich, dass seine Frau unversehrt zurückgekehrt war.

»Schön, dass du wieder in New York bist«, sagte er erleichtert. »Wenn du so weit weg bist, vermisse ich dich immer wahnsinnig.«

Meredith fragte sich unwillkürlich, was es für einen Unterschied machte, da sie sich ohnehin nicht so bald sehen würden. Manchmal hatte sie das Gefühl, sie lebten auf zwei verschiedenen Planeten. Stevens Welt war so verschieden von ihrer eigenen, und wenn sie sich das klarmachte, fühlte sie sich sehr einsam. Doch für solche Gedanken hatte sie nun gar keine Zeit. Der Börsengang von *Dow Tech* machte immer noch sehr viel Arbeit.

Am Nachmittag rief Meredith Callan Dow an. Er war immer noch begeistert von dem Meeting am Tag zuvor und offenbar in Anbetracht der bevorstehenden Ereignisse ziemlich aufgeregt.

»Es dauert jetzt nicht mehr lange«, sagte Meredith ermutigend und fühlte sich beinahe wie eine Henne, die darauf wartete, dass ihr Küken endlich schlüpfte.

Tatsächlich ersetzten ihre Kunden und deren Unternehmen für sie die Kinder, die sie nie bekommen hatte. Und es waren die einzigen, die sie im Augenblick wollte. Davon hätte sie Steven nie ein Wort gesagt, doch sie vermutete, dass es auch gar nicht nötig war. Wie alles andere, würde er auch das von ihr wissen.

Bis in den späten Abend hinein war Meredith mit ihrer Arbeit für *Dow Tech* beschäftigt. Sie schaute aus dem Fenster in die New Yorker Nacht hinaus und dachte an ihren Mann. Er war wahrscheinlich gerade im OP, rettete Leben, tröstete ein Kind oder sprach einer Mutter Mut zu. Seine Arbeit verlangte ein großes Herz. Und doch war Meredith tief in ihrem Inneren davon überzeugt, dass ihr Beruf bei weitem aufregender war. Sie war von der Welt der Finanzen nun einmal absolut begeistert.

Für einen Augenblick dachte sie darüber nach, Steven anzurufen, doch vermutlich würde sie ihn ohnehin nicht erreichen, also ließ sie es schließlich bleiben. Bis zwei Uhr morgens saß sie an ihrem Schreibtisch. Dann erst verließ sie mit einem zufriedenen Lächeln auf den Lippen das Büro, schloss die Tür und ging hinunter, um sich ein Taxi heranzuwinken. Wie immer hatte sie die Aktentasche unter dem Arm. Nur dieses Leben kannte sie, nur dieses Leben liebte sie. Ein anderes konnte sie sich nicht einmal vorstellen.

# 4

Während der nächsten zwei Wochen sahen sich Steven und Meredith nur selten. Meredith blieb jeden Tag bis gegen Mitternacht im Büro und arbeitete mit ihren Kollegen an dem Konzept für ein Bankenkonsortium, das das Angebot von *Dow Tech* absichern sollte. Beinahe dreißig Investmentbanken hatten bereits ihr Interesse bekundet. Meredith führte stundenlange Gespräche mit den Analysten ihrer eigenen Firma, die gleich zu Beginn in das Geschäft einsteigen würde. Viel Zeit verbrachte sie auch mit den Brokern, um sich davon zu überzeugen, dass alles unternommen wurde, damit die wichtigsten institutionellen Investoren in den Städten, die sie während der Roadshow bereisen würden, ihre

Leute zu den Veranstaltungen schickten. Versicherungsgesellschaften, große Universitäten, einfach jeder, der über ein entsprechendes Vermögen verfügte, das er zu investieren bereit war, sollte berücksichtigt werden und von dem bevorstehenden Ereignis erfahren. Außerdem traf Meredith sich regelmäßig mit den Juristen ihres Unternehmens, um die Unterlagen für die Börsenaufsicht vorzubereiten und die letzten offenen Fragen bezüglich *Dow Tech* zu klären. Es war noch nicht entschieden worden, wie viele Anteile überhaupt zum Kauf angeboten werden sollten, und auch der Ausgabekurs war noch nicht festgelegt worden. Der Börsenprospekt, der mittlerweile mehr als hundert Seiten umfasste, enthielt nur vorläufige Angaben. Ein unglaublich hoher Berg von Arbeit war noch zu bewältigen, und die Aufgabe verlangte Merediths ungeteilte Konzentration. Jedes Mal, wenn sie nach Mitternacht endlich nach Hause ging, fühlte sie sich, als hätte sie tagsüber nur die Hälfte des erforderlichen Pensums geschafft.

Callan Dow zeigte sich über die Maßen beeindruckt, wenn Meredith ihn am Telefon über den Fortgang der Arbeit informierte. Es war ihr sogar gelungen, das Kapitel im Prospekt, in dem es um die Risikofaktoren ging, in eine geradezu optimistische Abhandlung über die Entwicklung seines Unternehmens zu verwandeln. Darauf hatte Meredith besonders viel Zeit verwandt und ein regelrechtes Kunstwerk zustande gebracht. Callan war entzückt von ihrer Arbeit und konnte kaum glauben, dass er das große Glück hatte, mit ihr zusammenzuarbeiten.

Schließlich blieb nur noch eine Woche Zeit bis zum Start der Roadshow. Die endgültige Version des Prospekts war fertig gestellt und wurde nun zur Börsenaufsicht geschickt, die die Genehmigung erteilen würde. Callan war verständlicherweise nervös, doch Meredith beruhigte ihn. Sie war davon überzeugt, dass sein Unternehmen wie kaum ein anderes die Qualitätskriterien für Neuemissionen erfüllte. Callans Besorgnis hielt sie für vollkommen unbegründet.

Die losen Enden aller Fäden waren nun miteinander verknüpft worden, und Meredith vertraute darauf, dass sie nichts übersehen hatte. Das Konsortium hatte sich zusammengefunden, die Analysten waren begeistert, und auch die Broker standen wie sie und Callan hinter *Dow Tech*. Die Börsenaufsicht machte ebenfalls keinerlei Schwierigkeiten.

Am Ende der Woche vor dem Labor-Day-Wochenende gab es nur eine Sache, die Meredith betrübte: Sie hatte viel zu wenig Zeit mit Steven verbracht. Aus den Telefonaten, die sie mit ihm geführt hatte, wusste sie, dass er darüber sehr verärgert war. Doch während der vergangenen zwei Wochen hatte sie nichts dagegen unternehmen können. Für ihren Ehemann war einfach keine Zeit geblieben.

»Ich komme mir langsam vor, als wäre ich mit einer Frau verheiratet, die nur in meiner Fantasie existiert«, klagte Steven Donnerstagnacht, als er Meredith vom Krankenhaus aus anrief. Um ein Uhr morgens war sie immer noch im Büro. Er selbst hatte ebenfalls erst kurz zuvor den Operationssaal verlassen. Bis Freitagmittag hatte er noch Dienst, und seit Dienstagmorgen hielt er sich nun schon im Krankenhaus auf. Über das Wochenende hatte er Bereitschaft gehabt und war insgesamt viermal zu Notfällen gerufen worden, so dass er sich kaum darüber beschweren konnte, dass Meredith gleichfalls viel zu tun hatte.

»Es tut mir Leid«, sagte sie. Ihre Stimme klang müde, doch gleichzeitig zufrieden. Bisher war mit dem Börsengang von *Dow Tech* alles glatt gegangen, und es kam immerhin selten genug vor, dass nicht doch noch in letzter Sekunde irgendeine Katastrophe eintrat. Während der Arbeit für *Dow Tech* war ihr so etwas erspart geblieben. »Die beiden letzten Wochen waren einfach verrückt, aber es hat sich gelohnt. Ich glaube, wir waren noch nie auf einen Börsengang so gut vorbereitet wie auf diesen.« Meredith war nicht nur von der Zuverlässigkeit des Unternehmens überzeugt, sondern auch von der Qualität der Produkte. Selbst Steven hatte erzählt, dass die

Instrumente, die *Dow Tech* herstellte, außergewöhnlich gut seien. Von Anfang an hatte Meredith mit ihm über das Projekt gesprochen, und er hatte sie in ihrem Vorhaben unterstützt.

»Wenn du am Wochenende arbeitest, Merrie, bringe ich dich um.« Stevens Stimme klang so, als ob er es durchaus ernst meinte.

»Bis morgen Mittag habe ich hier alles erledigt, das schwöre ich dir. Dann gehöre ich bis Montag nur dir.« Meredith hatte sich vorgenommen, sich das Labor-Day-Wochenende auf jeden Fall freizuhalten. Das hatte sie Steven versprochen, und er hatte es wirklich verdient. »Du hast doch keine Bereitschaft, Schatz, oder?«

»Das fehlte noch! Und wenn ganz New York verblutet oder im Central Park ein Vulkan ausbricht ... ich habe frei. Morgen Mittag landet mein Piepser im Mülleimer. Ich habe vor, das Wochenende mit dir im Bett zu verbringen, und wenn ich dich dafür fesseln muss.«

»Das klingt ja richtig gefährlich«, kicherte Meredith, doch sie hörte an seiner Stimme, dass auch Steven erschöpft war.

Als er am folgenden Tag gegen Mittag nach Hause kam, wartete sie schon auf ihn. Die Luft war schwül, und es war diesig, doch darauf war jeder New Yorker Ende August vorbereitet. Meredith trug nur ihre Unterwäsche, als Steven in seiner verknitterten Krankenhauskluft und mit dem üblichen Drei-Tage-Bart die Wohnung betrat. Er hatte mal wieder nicht die Zeit gehabt, sich zu rasieren. Eine höllisch anstrengende Woche lag hinter ihm, doch wie versprochen hatte er das Krankenhaus gegen Mittag verlassen. Grinsend warf er seiner Frau einen Blick zu und warf den Piepser auf die Anrichte in der Küche.

»Wenn dieses Ding in den nächsten drei Tagen losgeht, bringe ich jemanden um«, sagte er und nahm sich ein Bier. Dann streckte er sich auf der Couch aus und betrachtete seine Frau voller Bewunderung. »Ich hoffe, dass dies nicht eine Art

Vorschau darauf sein soll, was du während der Roadshow tragen wirst. Wahrscheinlich wirst du einen Haufen Aktien verkaufen und gleichzeitig für jede Menge Aufruhr sorgen.«

Meredith beugte sich zu ihm hinunter und küsste ihn. Steven strich mit erfahrener Hand über ihren seidigen Oberschenkel. Dann nahm er einen Schluck von dem eiskalten Bier.

»Gott, bin ich müde!«, seufzte er. »Halb New York hat während der letzten Wochen um sich geschossen, die andere Hälfte ist hingefallen und hat sich die Knochen gebrochen. Wenn ich noch einen einzigen zerschundenen Körper sehe, werde ich zum Psychopathen.« Steven warf Meredith ein Lächeln zu. Er spürte, dass er sich allmählich von dem Druck, der in der Unfallchirurgie geherrscht hatte, zu befreien begann. »Es tut gut, dich zu sehen. Ich habe mich schon gefragt, ob wir eigentlich noch verheiratet sind. Langsam kommt es mir so vor, als ob ich eine Flugbegleiterin geheiratet hätte. Jedes Mal, wenn ich zu Hause bin, bist du unterwegs, und wenn du da bist, bin ich bei der Arbeit. Manchmal ist das ganz schön öde!«

»Das finde ich auch, aber ich konnte nichts daran ändern. Wenn ich wieder zurück bin, wird sich alles beruhigen, das verspreche ich dir.«

»Ja, ja, für ungefähr zwei Minuten«, entgegnete Steven ungewöhnlich missmutig, doch er hatte in den letzten zweiundsiebzig Stunden nur sechs Stunden geschlafen.

Meredith fragte sich oft, wie er das überhaupt durchhielt. Sie selbst konnte wenigstens jeden Abend nach Hause zurückkehren und sich ein bisschen ausruhen, bevor sie am folgenden Morgen wieder ins Büro hetzte.

»Ich hoffe jedenfalls, dass dir innerhalb der nächsten sechs Monate nicht noch ein Börsengang droht«, fügte Steven hinzu.

Meredith lächelte. »Ich glaube, dass meine Partner auch nicht gerade begeistert davon wären«, sagte sie und nahm einen Schluck von Stevens Bier.

Dann ließ sie sich neben ihn auf die Couch fallen. Obwohl

die Klimaanlage tat, was sie konnte, war es in der Wohnung sehr warm. Während der letzten Wochen war es tagsüber immer über dreißig Grad heiß gewesen, und auch nachts waren die Temperaturen nur knapp unter diese Marke gesunken. Einige Male war in der Stadt der Strom ausgefallen, doch Meredith und ihre Mitarbeiter hatten trotz der stehenden Hitze weitergearbeitet. Nur die Krankenhäuser waren verschont geblieben, denn sie hatten Generatoren, weil sie in den Operationssälen und auf den Intensivstationen auf keinen Fall auf Strom verzichten konnten.

»Wonach steht dir denn an diesem Wochenende der Sinn?«, fragte Steven und schaute Meredith liebevoll an. Sanft strich er ihr über das hellblonde Haar. Er war todmüde, doch er nahm trotzdem wahr, wie sexy und hübsch sie war. Für ihn war sie eigentlich nie die Investmentbankerin, sie war einfach eine sehr schöne Frau, die zufällig auch beruflich sehr erfolgreich war. Für Steven war das ebenso bedeutungslos wie ihr Einkommen. Er war stolz auf Meredith, doch es hatte ihn nie interessiert, wie viel Geld sie verdiente. Als er sie geheiratet hatte – damals hatte sie noch die wirtschaftswissenschaftliche Fakultät an der Columbia besucht –, war sie auf ein Stipendium angewiesen gewesen und hatte keinen Penny übrig gehabt. Das ansehnliche Vermögen und die beträchtlichen finanziellen Anerkennungen, die seither wie ein warmer Regen über sie gekommen waren, gefielen Steven zwar ganz gut, doch es hätte ihn auch nicht gestört, wenn sie in einem Ein-Zimmer-Apartment an der Upper West Side gewohnt und von der Hand in den Mund gelebt hätten. Von seinem Gehalt allein hätten sie sich jedenfalls kaum mehr leisten können, doch darüber verloren sie nie auch nur ein Wort. Meredith verdiente sehr gut und hatte über die Jahre einige kluge Investitionen vorgenommen, doch für Steven spielte das keine große Rolle. Eine tiefere Bedeutung hatte all das Geld für ihn nicht.

»Ich würde gern zu einem Baseball-Spiel gehen«, sagte Meredith grinsend.

Wie Steven war sie ein begeisterter Baseball-Fan und nutzte gern die seltenen Gelegenheiten, die sich ergaben, ein Spiel zu besuchen.

Doch Steven schien von dem Vorschlag nicht eben angetan. »Bei dieser Hitze? Schatz, ich liebe dich, aber ich glaube, du bist verrückt. Was hältst du stattdessen von Kino? Aber erst nachdem wir die nächsten vierundzwanzig Stunden im Bett verbracht haben. Immer hübsch der Reihe nach, Mrs Whitman.«

Steven lächelte Meredith verführerisch an, und sie lachte. Stets hatte er einen gesunden Appetit auf Sex mit ihr, selbst wenn er todmüde war. Nur, wenn er einen ungewöhnlich deprimierenden Tag im Krankenhaus verbracht und einen seiner Patienten verloren hatte, fehlte ihm manchmal die Energie, mit ihr ins Bett zu gehen. Meredith wusste, wie sehr Steven litt, wenn jemand starb, ganz besonders, wenn es sich um ein Kind handelte.

»Eigentlich hatte ich vor, heute Nachmittag schon mal mit dem Packen anzufangen. Dann habe ich es am Wochenende schon aus dem Kopf. Ruh du dich doch ein bisschen aus, entspann dich und halt ein Nickerchen. Wenn du aufwachst, ist alles erledigt.«

»Das ist gar keine schlechte Idee. Ich bin tatsächlich völlig erledigt. Aber ich bin nur einverstanden, wenn du schwörst, dass du nicht noch mal ins Büro verschwindest, während ich hier schlafe.«

»Ich schwöre es. Die rechnen in den nächsten zwei Wochen sowieso nicht mit mir. Außerdem möchte ich dich daran erinnern, dass ich, sobald wir in San Francisco fertig sind, am nächsten Wochenende schon wieder nach Hause komme, um mit dir zusammen zu sein. Callan wird das Wochenende mit seinen Kindern verbringen, und ich nehme am Freitagabend den Nachtflug. Am Samstagmorgen um sechs Uhr landet die Maschine. Am Sonntag geht's dann weiter nach Boston. Bis dahin werde ich hier sein.«

»Das ist immerhin etwas. Wahrscheinlich soll ich dir auch für kleine Gefallen dankbar sein.«

»Du weißt genau, dass wir uns am Wochenende darauf in London oder Paris treffen können, wenn die Roadshow vorbei ist.«

Steven schaute interessiert auf, während er darüber nachdachte und kurz nachrechnete. »Um welches Wochenende handelt es sich? Das in zwei Wochen?«

Meredith nickte.

»Mist, da habe ich Bereitschaft. Lucas muss nach Dallas zu einem Meeting, deshalb bin ich dran.«

»Ist nicht so schlimm, dann komme ich eben nach Hause. Paris läuft uns nicht davon.«

Meredith beugte sich zu ihm und küsste ihn. Dann erhob sie sich, ging ins Schlafzimmer und begann zu packen. Steven stellte sich für eine halbe Stunde unter die Dusche, um sich den Krankenhausgeruch, die Erschöpfung und das Leid der Unfallchirurgie vom Körper zu spülen. Anschließend legte er sich entspannt und nackt auf das Bett und beobachtete Meredith dabei, wie sie leise im Raum hin und her huschte und ihre Taschen packte. Fünf Minuten später war er bereits eingeschlafen. Meredith hielt ein- oder zweimal inne, um ihren gut aussehenden Mann zu betrachten. Obwohl das Leben und die Arbeit sie beide sehr beanspruchten, liebten sie einander immer noch sehr. Meredith wusste sehr wohl, dass dies auch daran lag, dass Steven so verständnisvoll und geduldig war. Sie kannte eine Menge anderer Männer, die sich von einer derart in ihren Beruf eingespannten Frau bedroht gefühlt hätten. Doch Steven war anders. Er war glücklich, dass sie Freude an ihrer Arbeit hatte, und fand in seinem eigenen Beruf ebenfalls Erfüllung. Diese Kombination war vollkommen.

Es war bereits nach vier Uhr, als Meredith den Reißverschluss der letzten Tasche zuzog. Zufrieden setzte sie sich und nahm zur Entspannung ein Magazin zur Hand. Nur allzu selten hatte sie Gelegenheit dazu, doch nun hatte sie alles erledigt, und selbst der immer und immer wieder überarbeitete Red Herring war endlich fertig. Die Aktentasche stand neben dem übrigen Gepäck, und für die nächsten zweieinhalb Tage wartete keine Arbeit mehr auf sie. Meredith hatte endlich Zeit für ihren Mann.

Steven schlief immer noch tief und fest und schnarchte leise, als ein merkwürdiges Summen an Merediths Ohren drang. Es war Stevens Piepser. Für einen langen Augenblick lauschte Meredith dem Geräusch voller Misstrauen, als käme es von einem Tier, das sie angreifen könnte, wenn sie ihm zu nahe kam. Gleichzeitig fühlte sie sich schuldig, weil sie mit dem Gedanken spielte, den Piepser einfach zu ignorieren. Im Krankenhaus wusste man schließlich, dass Steven keine Bereitschaft hatte. Trotzdem versuchte man offenbar, ihn zu erreichen. Wahrscheinlich war es wichtig, irgendein Notfall, der ohne Stevens Hilfe nicht zu bewältigen war. Meredith ging langsam in die Küche, wo das Gerät immer noch auf der Anrichte lag, und warf einen Blick auf das Display. Es blinkte rot, und die 911 flackerte immer wieder auf. Zweifellos handelte es sich um eine dringende Angelegenheit. Meredith nahm den Piepser in die Hand und starrte ihn unentschlossen an. Dann wusste sie, was zu tun war. Leise ging sie ins Schlafzimmer und strich sanft über Stevens Schulter. Sofort richtete er sich auf und lächelte sie verschlafen an. Seine Hände suchten nach ihren Brüsten. Er war bereit, das zuvor gegebene Versprechen zu erfüllen, doch dann hörte auch er das Summen des Piepsers und runzelte die Stirn. Er öffnete die Augen ganz und schaute Meredith an. Schweigend hielt sie ihm das Gerät vor die Nase, und er erblickte die Nummer.

»Sag, dass es ein Albtraum ist«, stöhnte Steven und rollte sich herum, um Meredith den Piepser aus der Hand zu nehmen. »Lucas ist doch über das Wochenende dort. Die brauchen mich nicht.«

»Vielleicht solltest du doch besser anrufen«, sagte Meredith sanft und setzte sich auf die Bettkante. »Womöglich braucht er in einer dringenden Angelegenheit deinen Rat.«

Steven und Lucas arbeiteten sehr eng zusammen und respektierten und bewunderten ihre Arbeit gegenseitig.

Steven seufzte und setzte sich auf. Mit unglücklicher Miene griff er nach dem Telefon, das neben dem Bett stand. »Hoffentlich ist es nichts Schlimmes«, sagte er, während er die Tasten drückte und in den Hörer lauschte. Wie immer dauerte es ewig, bis endlich jemand an den Apparat ging, doch das Krankenhaus hatte nicht genügend Personal, und alle waren immer sehr beschäftigt.

»Hier ist Dr. Whitman«, sagte Steven schließlich angespannt. »Ich hatte gerade einen Ruf von 911 auf meinem Piepser, in Rot. Sag bitte, dass es ein Irrtum war, Barbie.«

Dann lauschte er eine Weile aufmerksam. Es war für Meredith unmöglich zu erraten, was er hörte. Sein Gesichtsausdruck war für einen langen Augenblick vollkommen leer, dann kniff er die Augen zusammen. »Scheiße! Wie viele? Und wie viele haben wir?« Er stöhnte laut, als er die Antwort hörte. »Wo bringt ihr sie hin? In die Garage? Sind denn alle verrückt geworden? Was sollen wir denn mit hundertsiebenundachtzig Verletzten in kritischem Zustand anfangen? Das klingt ja nach dem Schlachtfeld von Gettysburg, verdammt noch mal ... ja, ja ... in Ordnung ... in zehn Minuten bin ich da.«

Steven legte auf und schaute seine Frau zerknirscht an. Nicht nur die Nacht war dahin, sondern das ganze Wochenende und wahrscheinlich auch die ganze kommende Woche. »Schalt doch mal den Fernseher ein«, bat er. »Um vier Uhr haben irgendwelche durchgeknallten Idioten versucht, das Empire State Building in die Luft zu jagen. Der Zeitpunkt war bewusst gewählt: Die Angestellten befanden sich in den Büros, und eine Menge Touristen waren auch noch dort. Beinahe hundert Tote sind bis jetzt zu beklagen, über tausend Menschen sind verletzt. Wir bekommen zwischen zwei- und dreihundert von den Schwerverletzten. Die anderen werden auf die Krankenhäuser in der ganzen Stadt verteilt. Wir haben aber nur fünfundsiebzig Notbetten. Mehr als hundert Menschen liegen in den Hallen und Fluren und werden von Sanitätern versorgt. In der nächsten Stunde werden weitere hundert dazukommen. Man ist bereits dabei, medizinisches Personal von Long Island und New Jersey zusammenzutrommeln. Unser Wochenende ist dahin. Es tut mir Leid, Schatz.«

Meredith stürzte zum Fernseher, während Steven sich anzog. Jeder Kanal brachte Meldungen und Bilder von dem Unglück. Ein klaffendes Loch gähnte in einer Seite des Gebäudes, überall waberten Rauchschwaden, die auf die Brände, die die Explosion verursacht hatte, zurückzuführen waren. Die Szenerie erinnerte an einen Vulkanausbruch.

Steven und Meredith starrten fassungslos auf den Bildschirm. Die Kameras schwenkten zu den heulenden Rettungs- und Feuerwehrwagen, immer noch wurden Menschen aus dem Gebäude herausgeführt. Manche waren verletzt und blutüberströmt Hunderte von Stufen durch Rauch und Dunkelheit nach unten gekrochen. Leblose Körper wurden mit Planen bedeckt. Es war ein grausiges Beispiel für die Untaten, zu denen die Menschheit zuweilen in der Lage ist, und zeigte auf der anderen Seite, womit Steven jeden Tag zu tun hatte.

»Wie kann jemand nur so etwas tun?«, fragte Meredith mit bebender Stimme, während Steven in seine Hose und die Clogs schlüpfte.

Er hatte immerhin ein wenig geschlafen und fühlte sich wieder wie ein Mensch. Doch nun hatte er eine lange Durststrecke vor sich.

»Soll ich dich begleiten?« Meredith konnte den Gedanken kaum ertragen, tatenlos herumsitzen zu müssen. Das Herz tat ihr weh, während sie die Fernsehnachrichten verfolgte.

»Ich glaube nicht, Liebling. Freiwillige sind bei einer solchen Katastrophe keine große Hilfe. Die Stadtverwaltung wird uns sicher ein paar Leute vom Zivilschutz zur Verfügung stellen. Barbie hat sogar was vom medizinischen Personal der

Nationalgarde aus New Jersey erzählt. Ich ruf dich an, sobald ich kann.«

Meredith ahnte, dass dies nicht so bald der Fall sein würde. Zwei Minuten später war Steven fort, und sie setzte sich auf die Couch. Ungläubig und voller Entsetzen starrte sie auf den Fernsehschirm, während einige Augenzeugen interviewt wurden. Sie schaltete in einen anderen Kanal, doch dort waren die Bilder zu den Nachrichten noch grausiger. Meredith wollte nicht einmal daran denken, was Steven nun im Krankenhaus würde mit ansehen müssen, dort, wo nur die Schwerverletzten hingebracht wurden.

In den folgenden vierundzwanzig Stunden meldete sich Steven nicht. Meredith blieb zu Hause. Sie wollte seinen Anruf auf keinen Fall verpassen, wenn es ihm schon gelingen würde, sich für eine Minute zu einem Telefon zu stehlen. Schließlich zog sie ihre Unterlagen für die bevorstehende Roadshow hervor, denn sie hatte nichts Besseres zu tun.

Erst am Samstag um Mitternacht rief Steven an. Einunddreißig Stunden zuvor hatte er die Wohnung verlassen. In der Zwischenzeit hatte er keine ruhige Minute gehabt, sich weder kurz ausgeruht noch geschlafen. Gegessen hatte er nur ein paar Kartoffelchips und Doughnuts, seit er Meredith zuletzt gesehen hatte. Zweiundfünfzig der beinahe dreihundert Schwerverletzten waren bereits gestorben, und die übrigen befanden sich immer noch in einem sehr kritischen Zustand. Natürlich waren auch Kinder darunter und eine Gruppe von Touristen, die einen Tagesausflug unternommen hatte.

»Geht's dir denn gut?«, fragte Meredith voller Sorge.

»Ja, bei mir ist alles in Ordnung, Schatz. So ist es eben. Ich hätte auch Hautarzt werden können, wenn mir Urlaub und freie Wochenenden so viel bedeuteten. Es tut mir nur Leid, dass ich nun ausgerechnet dieses Wochenende nicht mit dir verbringen kann.«

Doch das war nun einmal ihr Alltag, und Meredith hatte es schon vor langer Zeit akzeptiert.

»Ich glaube nicht, dass ich bald zu Hause sein werde«, fügte Steven bedauernd hinzu.

»Mach dir deshalb keine Sorgen. Wir sehen uns dann am nächsten Wochenende.«

»Bis dahin bin ich wahrscheinlich hier. Ich ruf dich später noch mal an. Jetzt muss ich los.«

Steven operierte immer noch. Ununterbrochen wurden weitere Verwundete eingeliefert, die zuerst in anderen Kliniken untergebracht worden waren, doch dort war man häufig mit den schweren Verletzungen überfordert. Steven wusste, dass er die nächsten Tage im Chaos verbringen würde, und als er später noch einmal bei Meredith anrief, hatte sich die Situation nicht wesentlich entspannt.

Dann hörte Meredith erst am Sonntagvormittag wieder von ihm. Diesmal klang seine Stimme vollkommen erschöpft. Er behauptete zwar, dass er in der Nacht zuvor ein paar Stunden geschlafen hätte, doch in Wahrheit hatte er kein Auge zugetan, seit er von zu Hause aufgebrochen war. Er lebte von schwarzem Kaffee.

»Du musst schlafen, Steve.« Meredith war besorgt, denn der Schlafmangel konnte das Urteils- und Entscheidungsvermögen ihres Mannes beeinträchtigen. Dazu war es bisher allerdings noch nicht gekommen. Steven achtete meistens darauf, zwischen seinen Schichten ein wenig Schlaf zu bekommen, doch bei besonderen Notfällen wurden alle Grenzen und Leitlinien über Bord geworfen. In einem Fall wie diesem würde er so lange im Krankenhaus bleiben, wie es nötig war. Steven schien ewig auf seinen Füßen stehen zu können, und Meredith wusste, dass er im Grunde dabei aufblühte. Die Ereignisse, wegen der seine Patienten eingeliefert wurden, gefielen ihm zwar nicht, doch wenn diese Menschen erst einmal in seiner Obhut waren, gab er alles. Deshalb war er auf seinem Gebiet so gut. Er verfügte über ein unglaubliches Durchhaltevermögen.

»Ich werde mich jetzt für ein paar Stunden hinlegen«, versprach Steven. »In der Chirurgie bin ich erst später wieder eingeteilt. Lucas ist auch da und übernimmt jetzt für mich.«

Die beiden Männer waren ein großartiges Team, und Meredith war davon überzeugt, dass sie seit dem Attentat zahllose Leben gerettet hatten. Eine Gruppe von militanten Irren hatte inzwischen die Verantwortung für den Anschlag übernommen, doch bisher hatte man noch keinen der Übeltäter ergreifen können.

»Ich rufe dich noch mal an, bevor du morgen aufbrichst.«

Es war schwer zu glauben, dass der Montag bereits vor der Tür stand. Selbst Meredith erschien die Roadshow inzwischen geradezu erschütternd oberflächlich und bedeutungslos angesichts der Tragödie, die das Leben so vieler unschuldiger Menschen gefordert hatte.

»Mach dich früh genug auf den Weg zum Flughafen, Schatz«, fügte Steven hinzu. »Die Sicherheitsvorkehrungen werden überall verschärft, und es kann eine Weile dauern, bis du eingecheckt hast.«

Meredith war dankbar für den Hinweis und nahm sich vor, eine Stunde früher als geplant aufzubrechen, obwohl sie nur nach Chicago flog.

»Ich ruf dich von unterwegs aus an. Mach dir keine Gedanken, wenn du nicht zum Telefonieren kommst. Ich weiß, dass du viel zu tun hast«, sagte sie.

Steven lachte, denn die Behauptung, dass er viel zu tun habe, kam der Wirklichkeit kaum nahe. In der Notaufnahme konnte man kaum noch einen Fuß vor den anderen setzen. Leute lagen auf Rollliegen oder Tragbahren, die die Sanitäter einfach irgendwo abgestellt hatten, und manche Verletzten lagen sogar auf Matratzen auf dem Boden. Die Station war total überfüllt und die Mitarbeiter vollkommen erschöpft.

»Gott sei Dank werden die meisten Verletzten künstlich ernährt, so dass wir sie wenigstens nicht füttern müssen«, sagte Steven ironisch.

Die Nationalgarde war vor dem Gebäude mit Lastwagen

aufgefahren und stellte die Lebensmittelversorgung des Krankenhauspersonals sicher. Das Rote Kreuz hatte ein ganzes Bataillon von Freiwilligen, die in Erster Hilfe ausgebildet waren, zur Unterstützung geschickt.

»Ich wünsche dir eine gute Reise, Merrie ... und steck sie in Chicago alle in die Tasche!«

»Danke, Liebling. Pass gut auf dich auf. Verausgabe dich nicht allzu sehr, wenn es irgendwie geht.«

»In Ordnung. Morgen werde ich einfach ein bisschen Tennis spielen und mich anschließend massieren lassen. Sei du ein gutes Mädchen, und tritt bloß nicht in Unterwäsche auf ... Ach, und dieser Kerl, dieser Dow ...«

Steven hatte den Vergleich mit Gary Cooper nicht vergessen. Er hatte ihm überhaupt nicht gefallen, doch er vertraute Meredith. Sie war ihm immer treu gewesen, doch es behagte ihm einfach nicht, dass sie keine Zeit füreinander hatten. Zwei Wochen lang ging das nun schon so. Doch Steven hoffte, dass es sich ändern würde, wenn sich die Lage nach der Katastrophe erst einmal entspannt hatte und Merediths Reise vorüber war.

»Vielleicht können wir ja bald einmal für ein Wochenende verreisen.«

»Das wäre schön.«

Unmittelbar bevor Meredith am Montagnachmittag zum Flughafen aufbrach, rief Steven noch einmal an, doch er hatte nur ein paar Sekunden Zeit, denn er musste sofort wieder in den Operationssaal zurück. Anschließend nahm Meredith ihre Koffer und ihre Aktentasche und winkte sich vor dem Haus ein Taxi heran. Steven hatte Recht gehabt, am Flughafen herrschte große Aufregung. Die Sicherheitsvorkehrungen waren deutlich verschärft worden, und Meredith brauchte mehr als eine Stunde, um für den Flug nach Chicago einzuchecken. Es schien ihr, als habe sie vor, ein Kriegsgebiet zu verlassen. Überall war bewaffnetes Sicherheitspersonal und sogar Soldaten mit Maschinengewehren zu sehen.

Doch dann konnte Meredith endlich das Flugzeug besteigen, und sie seufzte erleichtert auf, als die Maschine in Chicago landete. Eine Stunde später war sie im Hotel und stellte fest, dass Callan Dow noch nicht eingetroffen war. Kurz darauf rief er sie jedoch schon aus seinem eigenen Zimmer an. Seine Stimme klang wie die eines Kindes, das zum ersten Mal an einem Ferienlager teilnimmt: ein bisschen ängstlich und sehr aufgeregt.

»Was ist das nur für eine Stadt, in der Sie da wohnen!«, rief er ohne Vorwarnung. »Seit Freitag sind die Nachrichten voll von dieser Katastrophe. Mein Gott, es ist wirklich schrecklich!«

»Ja, das stimmt. Mein Mann arbeitet am bedeutendsten Unfallkrankenhaus in ganz New York. Seit Freitag sind dort mehr als dreihundert Schwerverletzte eingeliefert worden.«

»Dann hat er ja jede Menge zu tun«, stellte Callan mit bewunderndem Unterton fest.

»Allerdings. Seit dem Anschlag habe ich ihn nicht mehr gesehen, aber was er am Telefon erzählte, klang alles ganz entsetzlich. Die Explosion hat bis jetzt beinahe zweihundert Tote gefordert. Aber lassen wir das. Wie geht es Ihnen? Ist für die große Show morgen alles bereit?«

Am folgenden Morgen würde man mit den Vertretern der Institutionen, die als mögliche Investoren in Frage kamen, bereits zum Frühstück zusammentreffen, um das Projekt vorzustellen. Für den Anfang war eine Beamer-Präsentation geplant, anschließend würde Meredith eine kurze Ansprache halten und Callan Dow vorstellen, der seinerseits einige Worte an die Versammlung richten und sein Unternehmen präsentieren würde. Daran würde sich der Vortrag seines Finanzchefs Charles McIntosh anschließen. Zum Schluss hatten sie ein wenig Zeit eingeplant, um eventuelle Fragen aus dem Publikum beantworten zu können. Um die Mittagszeit herum würde vor einer anderen Gruppe von Investoren alles wieder von vorn beginnen. Gegen Ende der Woche würde Callan mit all dem vollkommen vertraut sein, doch nun, da alles noch vor ihm lag, spürte Meredith erwartungsgemäß seine Nervosität. Der große Augenblick, für den sie alle so hart gearbeitet hatten, rückte immer näher. Nur Meredith war die Ruhe selbst. Für sie war es faszinierend zu sehen, wer die Veranstaltungen besuchte, es entzückte sie, dass sie diejenige war, die die Fäden in der Hand hielt und für die Abstimmung auch des kleinsten Details verantwortlich war. Besondere Freude bereitete es ihr, wenn die Aktien überzeichnet waren wie im Fall von *Dow Tech*. Die zum Verkauf angebotenen Anteile an dem Unternehmen reichten bei weitem nicht aus, um die Nachfrage zu stillen. Die Überzeichnung war immer Merediths Ziel, denn sie garantierte einen guten Ausgabekurs, wenn der Handel erst einmal eröffnet war und nicht genügend Anteile zur Verfügung standen. In diesem Fall würde sie den Greenshoe, die Zeichnungsreserve, die ein Volumen von etwa fünf bis zehn Prozent weiterer Anteile hatte, anbieten, aber immer noch nicht jede Order befriedigen können. Es war höchst erstrebenswert, dass potentielle Investoren nach mehr verlangten, denn dies wäre ein großer Sieg für Callans Unternehmen und das Konsortium.

»Es gefällt mir zwar überhaupt nicht, aber ich muss zugeben, dass ich ordentlich Muffensausen habe«, sagte Callan. »Ich fühle mich wie eine Jungfrau vor dem ersten Mal.«

»Dieser Zustand wird nicht mehr lange andauern«, lachte Meredith. »Wenn wir erst in New York sind, haben Sie sich bereits zum Profi gemausert, und ich garantiere Ihnen: Sie werden begeistert sein. Man wird abhängig davon.«

»Wenn Sie es sagen ...«

Meredith erklärte ihm, wer am folgenden Tag am Frühstück und am Lunch teilnehmen würde. Unmittelbar nach der zweiten Präsentation würden sie nach Minneapolis fliegen, um dasselbe noch einmal bei einem Dinner vorzuführen und am Mittwochmorgen erneut bei einem Frühstück. Daran schloss sich wieder ein Dinner an, diesmal in Los Angeles.

Dort würden sie den ganzen Donnerstag verbringen und nach dem Abendessen nach San Francisco weiterfliegen. Dort warteten am Freitag wieder ein Frühstück und ein Mittagessen auf sie. Anschließend würde Callan nach Hause fliegen und Meredith den Nachtflug nach New York nehmen, voller Hoffnung darauf, das Wochenende mit Steven zu verbringen. Dann hätte sie ihn eine Woche nicht gesehen, und bestimmt würden sie beide vollkommen erschöpft sein, doch sie sehnte sich danach, ihren Mann wiederzusehen. In der Zwischenzeit wartete jedoch ein Haufen Arbeit auf sie.

»Ich bin schon vollkommen erledigt, wenn ich nur an unseren Terminplan denke«, sagte Callan. »Wenn nur einer unserer Flüge sich verspätet, geht die ganze Sache den Bach runter.« Seine Stimme klang besorgt.

»Ich habe für alle Fälle Ersatzflüge gebucht. Wir werden sehen, wie sich alles entwickelt. Morgen jedenfalls ist es bis Minneapolis nur ein Katzensprung.«

Wie immer hatte Meredith die Dinge unter Kontrolle. Sie hatte an alles gedacht. Daran war sie gewöhnt, denn auch um das kleinste Detail kümmerte sie sich selbst. Über Callans Sekretärin hatte sie sogar herausgefunden, was er gern trank. Deshalb standen auf seinem Zimmer eine Flasche Chardonnay und die Zutaten für einen Sapphire-Martini bereit. Callan hatte dies bereits anerkennend festgestellt, als er sich in der Suite umgeschaut hatte. Meredith verstand ihr Handwerk.

»Sie sollten sich gründlich ausruhen, damit Sie morgen für unsere erste Präsentation fit sind«, sagte sie jetzt und klang dabei wie die Hausmutter einer Jugendherberge.

Callan lachte. »Ich hatte im Stillen gehofft, dass Sie mit mir zu Abend essen würden. Es braucht ja nicht so lange zu dauern, Meredith. Aber wenn ich jetzt allein hier herumsitze und an morgen denke, werde ich noch verrückt.«

Meredith zögerte lange. Sie hatte ohne Steven zu Hause ein ruhiges Wochenende verbracht, und ein Dinner reizte sie durchaus. Trotzdem entgegnete sie vorsichtig: »Ich bin nicht sicher, ob das eine gute Idee ist. Es darf auf keinen Fall zu spät werden, Cal. Ich möchte nicht, dass Sie heute Abend zu lange aufbleiben.«

Callan lachte wieder und versprach, sich sofort nach dem Essen auf sein Zimmer zurückzuziehen. »Sie klingen so ähnlich wie ich, wenn ich mit meinen Kindern spreche. Ich werde ein guter Junge sein. Das verspreche ich. Ich werde nach dem Essen sofort auf mein Zimmer gehen und bis morgen früh Martinis trinken.«

»Großartig!«, lachte Meredith. »Vielleicht sollte ich doch dafür sorgen, dass die Flaschen aus Ihrem Zimmer verschwinden. Eine Schlaftablette, die Sie aus den Latschen kippen lässt, wäre eine gute Alternative. Es wird alles glatt gehen. Sie werden sehr stolz auf *Dow Tech* sein, wenn alles vorüber ist. Wir alle werden sehr stolz sein.«

»Ich bin Ihnen so dankbar für alles, was Sie für mich getan haben, Meredith. Sie sind einfach unglaublich.« Das klang ehrlich und fast ein bisschen ehrfürchtig.

»Für jedes andere Unternehmen hätte ich dasselbe getan, Cal«, entgegnete Meredith bescheiden. »Außerdem haben auch eine Menge anderer Leute daran mitgearbeitet. Die Analysten und die Börsenleute waren ebenso wie meine Partner eine große Hilfe.«

»Selbst die Börsenaufsicht hat es gut mit uns gemeint«, ergänzte Callan zufrieden. Der Börsenprospekt war sehr aussagekräftig gewesen, und offenbar hatte er überzeugt. »Wie dem auch sei ... wir sollten ausgehen und feiern. Wahrscheinlich ist dies das letzte anständige Dinner, das wir in der ganzen Woche zu uns nehmen können.«

Callan hatte bereits gehört, dass die Mahlzeiten, die bei den Roadshows serviert wurden, ungenießbar waren. Im Grunde aber interessierte ihn dieses Thema kaum. Auf die Präsentationen kam es an, und unter Merediths kompetenter Leitung fühlte er sich beinahe ebenso optimistisch wie sie selbst.

Sie verabredeten sich für halb acht in der Lobby des Hotels. Callan versprach, einen Tisch im *Pump Room* zu reservieren. Es gehörte zu Merediths Lieblingsrestaurants in Chicago. Sie war schon oft dort gewesen, und es gefiel ihr ausgesprochen gut.

Pünktlich um halb acht war Meredith in der Lobby. Callan hatte eine Limousine bestellt, die sie zu dem Restaurant bringen würde. Der Wagen stand bereits vor dem Hotel. Callan war wie immer elegant gekleidet und sah mit seinem sonnengebräunten Teint sehr gut aus. Er erinnerte Meredith eher an einen Filmschauspieler oder ein Model als an einen Geschäftsmann, doch sie hatte nun schon so lange mit ihm zusammengearbeitet, dass sie es gar nicht mehr bemerkte. Am besten gefielen ihr an ihm ohnehin seine wache Intelligenz, sein flinker Witz und sein unbekümmerter Sinn für Humor. In Callans Gesellschaft verging die Zeit stets wie im Fluge.

Auf dem Weg zu dem Restaurant unterhielten sie sich angeregt. Sie bekamen einen Tisch in einer ruhigen Ecke zugewiesen und bestellten Wein und Steaks.

Dann schaute Callan Meredith plötzlich lächelnd an und sagte unvermittelt: »Erzählen Sie mir von diesem ›Dr. Kildare‹, mit dem Sie verheiratet sind. Die Arbeit auf einer Unfallstation ist sicher sehr anstrengend, erst recht nach einer solchen Katastrophe wie der vom Wochenende. Wahrscheinlich sehen Sie beide sich nicht sehr oft?«

»Das stimmt leider«, lächelte Meredith. »Aber ich habe ja auch recht viel zu tun. Das gleicht sich wieder aus.«

»Sind Sie schon lange verheiratet?«

Callan schien sehr an ihr interessiert zu sein, doch Meredith sprach normalerweise nicht über ihr Privatleben. Bisher hatten sich ihre Gespräche auf das Dienstliche beschränkt.

»Vierzehn Jahre. Wir haben geheiratet, als ich noch an der Columbia Wirtschaftswissenschaften studierte.«

Der Kellner schenkte ihnen Wein ein.

»Haben Sie Kinder?«

»Nein«, antwortete Meredith mit fester Stimme.

Callan hob eine Augenbraue. Ihr Ton irritierte ihn. »Das klingt nach einem sehr nachdrücklichen Nein. Offenbar reizt Sie die Vorstellung nicht besonders.« Er war wirklich neugierig.

»Im Augenblick nicht. Wir haben beide keine Zeit. Ich dachte immer, dass sich das eines Tages ändern würde ... aber inzwischen glaube ich nicht mehr daran. Wahrscheinlich werden wir nie Kinder haben.«

»Wären Sie dann enttäuscht?« Callan schien begierig darauf, mehr über Meredith zu erfahren, und sie unterhielt sich gern mit ihm. Während der folgenden beiden Wochen würden sie ohnehin viel Zeit miteinander verbringen. Welchen Schaden sollte es da anrichten, wenn sie etwas mehr voneinander wussten?

»Nein, ich wäre nicht enttäuscht«, antwortete sie offen. »In gewisser Hinsicht wäre es sogar eine Erleichterung, denn dann würde mich diese Frage nicht mehr beschäftigen, ich müsste mich nicht mehr fragen, wie und ob wir es überhaupt schaffen könnten, dass weder die Kinder noch wir beide zu kurz kommen. Aber mein Mann wäre enttäuscht, wenn wir keine Kinder bekämen. In letzter Zeit spricht er immer häufiger davon.«

»Und Sie? Sprechen Sie das Thema auch an?« Callan ließ nicht locker.

Meredith lächelte. »Ich spreche über den Börsengang Ihrer Firma, über Ihren Red Herring ... darüber spreche ich.«

»Das sagt doch eine ganze Menge, oder?« Callan lächelte ihr zu.

»Es hat einfach keinen Sinn, Kinder zu bekommen, wenn ich meistens bis Mitternacht im Büro bin, manchmal sogar bis zwei Uhr morgens. Und wenn es im Krankenhaus richtig zur Sache geht, übernimmt Steven Achtundsechzig- oder sogar Zweiundsiebzig-Stunden-Schichten. Wenn dann noch ein Notfall dazwischenkommt, bleibt er womöglich noch länger fort. Wann sollten wir uns bei diesem Leben um Kinder kümmern? An den gelegentlichen langen Wochenenden oder für eine Woche im Sommer? Das wäre nicht fair. Kinder brauchen mehr von ihren Eltern als so etwas. Aber was ist denn mit Ihnen? Wie kommen Sie damit zurecht? Sie haben doch drei Kinder. Als ich in Kalifornien war, haben Sie von ihnen erzählt.«

»Ja, das stimmt. Ihre Mutter gleicht Ihnen in mancher Hinsicht sehr. Sie arbeitet als Anwältin für die Unterhaltungsindustrie. Als ich sie kennen lernte, arbeitete sie in L.A. Damals lebte ich auch dort. Sie wollte eigentlich nicht einmal heiraten. Ich habe sie überredet – dazu gezwungen, hat sie später behauptet. Als ich dann nach San Francisco zog und mich im Silicon Valley engagierte, weigerte sie sich mitzukommen.«

»Und das war das Ende Ihrer Ehe?« Meredith war überrascht, dass Callans Frau so unnachgiebig geblieben war. San Francisco war kein schlechter Ort, um dort zu leben, und sicher gab es dort auch Arbeit für Anwälte mit einem solchen Spezialgebiet, wenn auch nicht so viel wie in L.A.

Callan lächelte. »Nein, das war noch nicht das Ende. Zunächst pendelte sie ständig hin und her. Es war eine verrückte Zeit. Wir waren nie zur selben Zeit in derselben Stadt, und wenn es doch einmal dazu kam, waren wir entweder wegen irgendetwas verärgert, fanden keinen Zugang zueinander oder waren schlicht erschöpft. Es wird Sie vielleicht überraschen, dass wir damals trotzdem beschlossen, Kinder haben zu wollen. Nun ja, *beschlossen* ist wohl nicht das richtige Wort. Das erste war ein Unfall, und die beiden anderen waren das Resultat meiner Anstrengungen, meine Frau davon zu überzeugen, dass es nicht richtig ist, nur ein Kind zu haben.«

»Ich bin ein Einzelkind«, stellte Meredith amüsiert fest.

»Ich auch«, gab Callan zu.

Das überraschte Meredith nicht. Er verfügte über die in ihren Augen für Einzelkinder typischen Eigenschaften: Ehrgeiz, jede Menge Energie und ein starkes Verlangen nach Erfolg.

»Heute ist es natürlich in Ordnung, aber als ich klein war, fand ich es nicht so toll. Also glaubte ich, dass es für unser Kind ein Segen wäre, Geschwister zu haben. Schließlich waren meine Frau und ich sehr beschäftigt.«

»Es überrascht mich, dass sie sich von dieser Theorie überzeugen ließ.«

»So richtig hat es ja dann auch nicht funktioniert, obwohl meine Frau es für eine Weile ernsthaft versucht hat. Wir wollten beide, dass es klappt, doch ich glaube, ich war nicht realistisch genug. Sie war nie sehr mütterlich und viel mehr an ihrem Beruf interessiert als an ihren Kindern. Also engagierte sie sofort eine Nanny, und nachdem sie das dritte Kind bekommen hatte, machte sie sich mit dem nächsten Flugzeug auf den Weg nach L.A. Sie war für die Kinder eher wie eine Tante, die sie am Wochenende besuchte, weniger ihre Mutter. Und dann kam sie immer seltener nach Hause. Es war ihr zu laut, das Durcheinander zu groß. Die Wahrheit ist, dass die Kinder sie verrückt machten – das werde ich ihnen allerdings niemals erzählen.«

Es war eine traurige Geschichte, die Meredith sich für ihr eigenes Leben ganz und gar nicht wünschte. Sie fragte sich, wie es Callans Kindern ging und wie hoch der emotionale Preis war, den sie für das üble Verhalten ihrer Mutter hatten zahlen müssen.

»Wo ist sie jetzt?«

»Das ist eine ganz andere Sache. Ich hatte nicht gewusst, dass sie und ihr Geschäftspartner schon Jahre, bevor wir uns kennen lernten, eine Beziehung miteinander gehabt hatten – und die nahmen sie während unserer Ehe wieder auf. Wir waren bereits sieben Jahre miteinander verheiratet, als sie mir davon erzählte. Da hatten wir schon drei Kinder, und sie wollte fort. Das Sorgerecht überließ sie mir, ohne mit der Wimper zu zucken. Ein Jahr später schlossen die beiden ihre Kanzlei in L.A. und zogen nach London, um dort eine neue zu eröffnen. Seit acht Jahren sind wir jetzt geschieden. Vor ein paar Jahren hat sie wieder geheiratet, und ich glaube, die beiden sind sehr glücklich miteinander. Überflüssig zu sagen, dass sie keine Kinder haben.«

»Besucht sie denn die Kinder manchmal?«

»Ein- oder zweimal im Jahr fliegt sie für ein paar Tage herüber, normalerweise wenn einer ihrer Mandanten einen Film in L.A. dreht. Dann besucht sie auch die Kinder. Außerdem verbringt sie jeden Sommer ein paar Wochen mit ihnen in Südfrankreich.«

Das alles klang in Merediths Ohren ziemlich herzlos, und unwillkürlich empfand sie großes Mitgefühl mit Callans Kindern.

»Hassen sie ihre Mutter denn nicht ... oder hat es ihnen das Herz gebrochen?«

»Weder noch. Ich glaube, sie akzeptieren sie so, wie sie nun einmal ist. Etwas anderes haben sie nie kennen gelernt. Außerdem bin ich ja so gut wie immer bei ihnen. Normalerweise arbeite ich nicht bis spät in die Nacht, und sie können mich im Büro immer erreichen, wenn es irgendwelche Schwierigkeiten gibt. Ich wohne nur fünf Minuten vom Büro entfernt. Die Wochenenden sind mir heilig, und im Sommer nehme ich mir jedes Jahr ein paar Wochen frei, die wir in Tahoe verbringen. Es läuft alles recht gut, auch wenn es nicht das ist, was ich mir am Anfang vorgestellt habe. Ich hatte geglaubt, dass wir eine von diesen kleinen, perfekten Familien mit einer Mommy und einem Daddy und einer Schar von kleinen Kindern sein würden. Stattdessen gibt es nur mich und die Schar Kinder ... oder besser noch: die Schar Kinder und mich.« Callan lächelte. »Wir haben viel Spaß miteinander, und sie halten mich ganz schön auf Trab ... meistens an den Wochenenden.«

»Es überrascht mich, dass Sie nicht wieder geheiratet haben«, sagte Meredith offen. »Es ist bestimmt nicht einfach, allein drei Kinder großzuziehen.«

»In gewisser Weise schon«, entgegnete Callan mit erstaunlicher Unbefangenheit. »Man braucht mit niemandem über

Erziehungsfragen zu streiten. Es gibt keine Auseinandersetzungen darüber, was für die Kinder richtig oder falsch ist. Man trifft eigene Entscheidungen. Wir haben ein gutes Verhältnis, und ich glaube, dass sie mich respektieren. Um ehrlich zu sein, Charlotte hat mich geheilt. Ich habe nie das Verlangen verspürt, mich noch einmal in eine solche Beziehung zu stürzen. Die Ehe ist irgendwie eine unglaublich verlogene Angelegenheit.«

Besonders wenn die eigene Frau während der ganzen Zeit mit ihrem Geschäftspartner schläft, dachte Meredith, doch sie hütete sich, diesen Gedanken laut auszusprechen. Vielleicht würden sie eines Tages Freunde werden, doch im Augenblick war Callan vor allem ihr Kunde.

»Es hat Sie sicher sehr verletzt, als Sie die Wahrheit erfuhren«, sagte Meredith sanft. »Waren Sie denn überrascht oder hatten Sie vielleicht sogar damit gerechnet?«

»Nicht eine Sekunde lang. Ich hielt sie für die ehrlichste Frau unter der Sonne. Sie sich selbst im Übrigen auch. Sie war allen Ernstes stolz darauf, dass ihr Partner der einzige andere Mann war, mit dem sie während unserer Ehe geschlafen hatte. In ihren Augen war das beinahe ebenso gut wie wirkliche Treue. Ich sah das alles ganz anders, und lange Zeit war ich deswegen verbittert.«

»Und jetzt?«

Sie hatten gerade das erste Glas Wein geleert und begannen mit dem Essen. Die Unterhaltung war sehr interessant und erlaubte Meredith, einen unverhofften Blick auf den Privatmann Callan Dow zu werfen. Seine Geschichte erfüllte sie mit Bedauern. Wenn Steven jemals eine Affäre hätte, würde es ihr das Herz brechen. Doch sie wusste, dass es dazu niemals kommen würde. Callans Frau schien jedoch aus ganz anderem Holz geschnitzt zu sein.

»Empfinden Sie immer noch Bitterkeit?«

»Nein, nicht mehr. Manchmal, wenn ich daran zurückdenke, ärgere ich mich. Es war alles andere als ein faires Spiel, doch manchmal geschieht so etwas eben. Aber ich werde mich nie wieder auf etwas so Idiotisches einlassen. Ich habe es nicht nötig, meinen Kopf auf die Schlachtbank zu legen und jemandem damit die Gelegenheit zu geben, ihn abzuschlagen oder mir das Herz aus der Brust zu reißen. Die Ehe ist manchmal ein Schlachtfeld, eine Arena wie das Colosseum. Ich habe nicht mehr das Bedürfnis danach, mich den Löwen zum Fraß vorwerfen zu lassen.«

Callans Vergleiche waren drastisch, und das Bild, das er zeichnete, war es ebenso. Er war von der Frau, die er geliebt und der er vertraut hatte, von der Mutter seiner Kinder, verraten worden, und es war offensichtlich, dass er ihr weder verziehen noch sich von dem Betrug erholt hatte. Meredith konnte ihn kaum dafür verurteilen.

»Wie alt sind Ihre Kinder denn?«

Callan lächelte, kaum dass sie die Frage gestellt hatte. Es war nicht zu übersehen, dass er seine Kinder sehr liebte.

»Mary Ellen ist vierzehn, ein nicht gerade unkompliziertes Alter, ehrlich gesagt. Bis vor einem Jahr hielt sie mich für den Größten. Doch inzwischen geht es ihrer Meinung nach mit meinem IQ rapide bergab. Sie hält mich mittlerweile für senil. Julie ist zwölf und findet mich ganz in Ordnung, doch sie schlittert bereits in dieselbe rote Zone wie ihre Schwester. Noch ein Jahr, dann geht's mit mir in ihren Augen genauso schnell bergab. Andrew ist neun. Wunderbarerweise glaubt er immer noch, dass ich großartig bin. Ich hoffe, dass Sie sie irgendwann einmal kennen lernen, Merrie.«

Ohne darum gebeten worden zu sein, verwendete Callan denselben Kosenamen wie Steven, doch Meredith störte es nicht.

»Das hoffe ich auch. Es scheinen wirklich nette Kinder zu sein.«

Trotzdem fragte Meredith sich, ob es nicht schwer für die drei war, ohne Mutter aufzuwachsen. Besonders Mädchen, die schon Teenager waren, hatten sicherlich Schwierigkeiten damit. Es war bestimmt nicht leicht, doch das war es auch für Callan nicht. Es war jedenfalls eine sehr fesselnde Geschichte. Callan war ein Mann mit vielen Gesichtern, und es war interessant, mehr über ihn zu erfahren. Meredith wollte nicht allzu neugierig sein, doch sie fragte sich, ob er eine Freundin hatte oder ob er zu jener Sorte Männer gehörte, die sich, wenn sie erst einmal von einer Frau vor den Kopf gestoßen worden waren, mit einer Reihe vorübergehender Liebschaften begnügten, die sie schnell wieder loswerden wollten, sobald die Beziehung zu eng wurde. Callan schien nach der Geschichte mit seiner ersten Frau nicht bereit zu sein, irgendeine Art von Bindung einzugehen, und Meredith bedauerte ihn deswegen.

Doch mit seiner nächsten Frage überraschte er sie erneut. »Warum glauben Sie eigentlich, dass Sie keine Kinder wollen, Meredith? Sie verpassen eine wundervolle Erfahrung. Menschen, die keine Kinder haben, wissen das gar nicht.«

»Ich hatte nie die Zeit dafür. Ich bin einfach viel zu beschäftigt. Ich möchte auch nicht das tun, was Ihre Frau getan hat: eine Nanny engagieren und jeden Tag ins Büro hetzen. Ich glaube, dass Kinder ein Recht auf eine Vollzeit-Mutter haben, und um ehrlich zu sein, ich glaube auch, dass mir diese Rolle gar nicht gefallen würde. Meine Arbeit macht mir viel zu viel Freude.«

»Sind Sie wirklich davon überzeugt, dass das der Grund ist? Oder zeigt es vielleicht eher die Grenzen der Verbundenheit, die Sie Ihrem Mann gegenüber empfinden?«

Meredith war fassungslos über diese Frage und schüttelte heftig den Kopf. »Ich glaube, dass Steven und ich einander so verbunden sind, wie es zwei Menschen überhaupt nur sein können. Das ist nie ein Thema zwischen uns gewesen. Es hängt tatsächlich nur mit meiner beruflichen Karriere zusammen.«

»Dasselbe hat Charlotte auch gesagt, als ich ihr vorschlug, Kinder zu bekommen. Doch die Wahrheit sah ganz anders aus. Sie liebte einen anderen Mann, der sie aber nicht heiraten wollte. Ich glaube nicht, dass sie sich ihrer Gefühle zu mir so sicher war, wie sie selbst vielleicht dachte. Ich glaube, dass eine Frau, wenn sie einem Mann wirklich vertraut, auch seine Kinder will. Vielleicht sind Sie sich Ihres Dr. Kildare doch nicht so sicher, wie Sie glauben, Meredith ... oder Ihrer Gefühle für ihn.«

Das war ein schockierender Gedanke, und Meredith wollte ihn nicht einmal hören. Nicht ein Körnchen Wahrheit lag darin, ob Callan Dow ihr nun glaubte oder nicht.

»Ich schwöre Ihnen, dass dies bei uns nicht der Fall ist. Wir lieben uns sehr. Vielleicht bin ich einfach eine jener Frauen, die keine Kinder brauchen, und ich bin klug genug, es zu wissen. Ich wäre sicher keine gute Mutter. Doch das alles hat gar nichts mit irgendwelchen Vorbehalten gegenüber meinem Mann zu tun.«

»Ich weiß nicht, ob ich Ihnen das glauben kann, Meredith. Vielleicht sind Sie tatsächlich von Ihrer Ergebenheit Ihrem Mann gegenüber überzeugt. Aber ich hielte es trotzdem nur für natürlich, dass Sie, wenn Sie der Beziehung tatsächlich vertrauen würden, auch seine Kinder wollten.«

Meredith wurde allmählich ärgerlich. »Das ist vollkommen lächerlich, Callan, und das wissen Sie ganz genau. Ich kann nicht glauben, dass Sie wirklich etwas derartig Chauvinistisches überhaupt denken. Sie machen doch Witze!«

»Nein, ganz und gar nicht. Sie brauchen es ja nicht zuzugeben. Aber denken Sie noch einmal darüber nach, wenn Sie allein sind. Warum wollen Sie wirklich keine Kinder von ihm?«

»Weil ich die letzten zwölf Jahre damit zugebracht habe, das zu tun, was ich soeben erst für Sie getan habe: Konsortien zusammenstellen, Red Herrings mit juristischer Unterstützung schreiben, Kunden auf Roadshows begleiten. Wie viel Zeit bliebe denn da Ihrer Meinung nach für Kinder?«

»So viel Sie wollen. Ihre Kunden sind kein Ersatz für einen Säugling, den Sie in Ihren Armen halten, Meredith. Kunden kommen und gehen, aber ein Kind bleibt für alle Zeiten. Vielleicht gilt das aber nicht für Ihre Ehe.«

Plötzlich spürte Callan, dass er Meredith zu nahe getreten war, und mit einem freundlichen Lächeln wechselte er das Thema. Während der folgenden zwei Stunden sprachen sie über den Börsengang und die Roadshow. Doch trotz all der Selbstsicherheit, die Meredith Callan gegenüber verspürt hatte, war es ihm gelungen, sie aus der Fassung zu bringen. Als sie kurz nach zehn Uhr auf ihr Zimmer im Hotel zurückkehrte, dachte sie immer noch über seine Worte nach. Was er gesagt hatte, war einfach lächerlich. Sie hatte schließlich vernünftige Gründe, auf die sich jede Frau berief, die keinen entsetzlichen Fehler begehen wollte: den Fehler, Kinder zu bekommen, wenn sie eigentlich keine wollte oder noch nicht bereit dafür war. Ihre Karriere bedeutete ihr ebenso viel wie Steven die seine, und auf ihre Weise war sie genauso anspruchsvoll. Wenn sie sich beruflich nicht radikal einschränkte oder gar ihrer Firma den Rücken kehrte, gab es keine Möglichkeit, ihr Berufsleben mit Kindern in Einklang zu bringen. Selbst Steven verstand das, und Meredith begriff nicht, warum Callan Dow anderer Meinung war. Die Tatsache, dass er drei Kinder hatte, bedeutete noch lange nicht, dass alle anderen Menschen auch Kinder haben und Freude an ihnen haben mussten. Seine eigene Frau jedenfalls hatte offenbar genauso gedacht, doch in Merediths Augen hatte sie einen großen Fehler begangen. Sie hatte die Kinder bekommen und sie dann aufgegeben, sie praktisch wegen eines anderen Mannes, einer Karriere und dem Leben in einem fremden Land verlassen. So etwas kam für Meredith überhaupt nicht in Frage. Stattdessen zog sie es vor, sich erst gar nicht so zu binden, wie Charlotte Dow es offensichtlich getan hatte, um dann ihrer Verantwortung als Mutter nicht gerecht zu werden. Eher würde Meredith sich sterilisieren lassen. Sie hatte schon häufig darüber nachgedacht, doch sie wusste, dass Steven überhaupt nicht damit einverstanden wäre.

Meredith verstand nicht, warum sie Callan Dow nicht davon überzeugen konnte, dass sie in ihrer Ehe vollkommen glücklich war, und dass die schlichte Tatsache, dass sie keine Kinder wollte, nicht bedeutete, dass sie Steven nicht liebte. Im Gegenteil, sie liebte ihn so sehr, dass sie ihn mit niemandem teilen wollte.

Als sie an jenem Abend zu Bett ging, war sie immer noch erzürnt über die Dinge, die Callan gesagt hatte. Eine halbe Stunde lang lag sie im Bett und zerbrach sich den Kopf, bis sie sich endlich entschloss, Steven anzurufen, um ihm zu sagen, dass sie ihn liebte. Die Schwester, die auf der Unfallchirurgie den Anruf entgegennahm, wusste jedoch nicht, wo Steven steckte. Zehn Minuten zuvor hatte sie ihn zuletzt gesehen. Sie vermutete, dass er auf einer anderen Station war, um Röntgenbilder abzuholen. Meredith wählte ihn anschließend auf dem Piepser an und schickte ihm ihre Nummer. Dann wartete sie auf seinen Anruf, doch auch zwanzig Minuten später hatte er sich noch nicht gemeldet. Sie fragte sich, ob er wohl schon wieder in der Chirurgie war. Während sie auf seinen Anruf wartete, beschlich sie ein quälendes und unbehagliches Gefühl. Doch tief in ihrem Herzen wusste sie, dass sie ihn aufrichtig liebte, und es scherte sie einen Dreck, wer ihr das glaubte, solange nur Steven es tat. Dass sie keine Kinder wollte, war bedeutungslos. Es hieß nur, dass sie für ihr Leben andere Prioritäten setzte, versicherte sie sich im Stillen. Als sie endlich eingeschlafen war, warf sie sich unruhig hin und her. Böse Träume verfolgten sie, in denen Steven und sie sich anschrien und dabei umgeben waren von ganzen Heerscharen von Kindern, die heulten und kreischten und sich wie kleine Teufel an sie klammerten.

5 Die Roadshow, die Meredith für Callan Dow organisiert hatte, war ein Triumph. Chicago wurde ein überwältigender Erfolg, Callans Rede kam sehr gut an, und auch sein Finanzchef schlug sich bewundernswert. Die Fragen, die das Publikum stellte, waren intelligent und präzise, und Callans Antworten entsprachen genau dem, was die Menschen hören wollten. In Minneapolis verlief die Präsentation noch besser.

Als Callan und Meredith schließlich in L.A. ankamen, befanden sich beide in Hochstimmung. Die Anteile waren bereits fast alle verkauft, und es war so gut wie sicher, dass ein Greenshoe angeboten werden musste. Die Investoren standen Schlange, und alle würden nicht bedient werden können.

Meredith war bester Dinge und verstand sich so gut mit Callan, dass sie ihm die lächerlichen Bemerkungen über ihre Ehe, die er in Chicago hatte fallen lassen, schon fast vergeben hatte. Sie war zu dem Schluss gekommen, dass sein Standpunkt das Resultat aus seinen eigenen schlechten Erfahrungen mit der Ehe war. Beide hatten das Thema seit jenem Abend vermieden und während der Reise von Stadt zu Stadt zu einer Art unbefangenen Freundschaft gefunden.

Zweimal hatte Meredith inzwischen mit Steven gesprochen. Die Lage in der Unfallchirurgie hatte sich offenbar spürbar entspannt. Meredith konnte es kaum noch erwarten, ihren Mann endlich wiederzusehen.

Für Los Angeles hatte Meredith ein weiteres Dinner organisiert, und am nächsten Tag waren drei Präsentationen geplant. Zwischen Frühstück und Lunch blieb sogar Zeit für ein persönlicheres Treffen mit zwei wichtigen Investoren. Die Aussichten für den Börsengang von *Dow Tech* waren großartig.

Am Donnerstagabend flog der Stab nach dem zweiten Dinner in L.A. nach San Francisco. Um Viertel nach zehn warteten dort am Flughafen bereits zwei Wagen mit Chauffeur. Der eine würde Meredith zum *Fairmont Hotel* bringen, der andere war für Callan reserviert, der nach Hause wollte, um seine

Kinder zu sehen. Am nächsten Morgen würden sie sich bei der Frühstückspräsentation im *Fairmont* wiedersehen. Die zurückliegenden drei Tage waren sehr anstrengend gewesen, aber die Mühe hatte sich über die Maßen ausgezahlt.

»Werden Sie zurechtkommen?«, fragte Callan besorgt.

Ständig tauschten Meredith und er die Rollen. Während der Meetings und Präsentationen kümmerte sie sich um ihn, und wenn sie wieder unterwegs waren, mimte er für sie den älteren Bruder.

»Es gefällt mir gar nicht, Sie hier am Flughafen allein zurückzulassen.«

Nach drei Tagen, die sie ununterbrochen zusammen gewesen waren, gingen sie wie alte Freunde miteinander um.

»Es wird schon gehen«, lächelte Meredith. »Fahren Sie nur nach Hause zu Ihren Kindern. Ich nehme jetzt erst einmal ein heißes Bad und ruhe mich aus. Wir sehen uns dann morgen.«

»Um halb acht bin ich da«, versprach Callan.

Die Präsentation war für acht Uhr angesetzt. Am Mittag war eine weitere vorgesehen, und anschließend würden sie mit zwei weiteren Privatanlegern – beides Universitäten – zusammenkommen. Dann wartete der Nachtflug auf Meredith.

»Vielleicht haben Sie ja Lust, morgen Abend, wenn wir alles hinter uns haben, mit meinen Kindern und mir zu essen.«

»Warten wir ab, wie Sie sich dann fühlen«, entgegnete Meredith zurückhaltend. »Wahrscheinlich werden Sie meiner überdrüssig sein. Außerdem will ich mich nicht aufdrängen. Ich habe noch viel zu erledigen.« Wie immer hatte sie ihre Aktentasche unter dem Arm.

»Sie brauchen doch auch mal eine Pause. Und meine Kinder würden Sie sehr gern kennen lernen.«

»Wir sprechen morgen noch einmal darüber«, sagte Meredith, während sie an Callans Seite das Flughafengebäude verließ. »Bis dann.« Sie winkte ihm zum Abschied, als sich ihre Wege trennten.

Meredith hatte kaum das Hotelzimmer betreten, als Steven

anrief. »Wann kommst du endlich nach Hause? Ich vermisse dich.«

»Ich vermisse dich auch, Liebling. Am Samstagmorgen um sieben bin ich wieder da. Arbeitest du?«

»Im Augenblick ja. Aber morgen Abend habe ich frei. Komm einfach ins Bett, sobald du da bist, und weck mich.«

»Ein so gutes Angebot hatte ich die ganze Woche über nicht«, sagte Meredith lächelnd. Die hässlichen Dinge, die Callan über ihre Ehe gemutmaßt hatte, waren längst vergessen. Callan war auf dem Holzweg und außerdem ein Zyniker.

»Das will ich hoffen. Dieser Typ hat es doch wohl nicht auf dich abgesehen, oder?«

»Natürlich nicht! Hier geht's nur ums Geschäft.«

»Wie läuft es denn?«

»Großartig! Ich kann es kaum erwarten, dass wir endlich nach New York kommen. Am Montag ist Boston dran und am Dienstag dann endlich New York. Übrigens muss ich erst am Sonntagabend nach Boston. Wir haben fast zwei ganze Tage für uns.«

»Mist! Das hatte ich befürchtet. Ich muss am Sonntag für Lucas einspringen.«

»Schon in Ordnung. Uns bleibt ja immerhin der Samstag.«

»Meine Rede: Im Grunde bin ich mit einer Flugbegleiterin verheiratet. Nur das Dinner servierst du mir nicht.«

»Wenn du willst, bringe ich dir aus dem Flugzeug ein paar von diesen kleinen Tequila-Flaschen mit.«

»Bring einfach nur dich selbst mit. Ich kann es kaum noch erwarten, dich endlich wiederzusehen.«

Für beide war es eine lange Woche gewesen, und auch Meredith sehnte sich nach ihrem Mann. Sie hatte sich am Fernsehschirm über die Folgen des Attentats auf das Empire State Building auf dem Laufenden gehalten. Die Täter waren noch nicht gefasst worden, und inzwischen waren mehr als dreihundert Tote zu beklagen, obwohl Steven und seine Kollegen das Beste gaben.

Das Gespräch mit Steven dauerte nur ein paar Minuten. Anschließend nahm Meredith ein Bad und legte sich mit einem Buch ins Bett.

Kurz darauf klingelte das Telefon erneut. Diesmal war es Callan.

»Es ist seltsam, dass wir nicht mehr zusammen im selben Hotel wohnen. Es könnte durchaus eine Gewohnheit daraus werden.« Seine Stimme klang sorglos und glücklich.

»Sie werden froh sein, wenn Sie mich erst einmal nicht mehr sehen, sobald wir aus Europa zurück sind. Aber zuerst kommt New York. Das wird das Größte.«

»Ich weiß. Ich bin immer noch ein bisschen nervös deswegen.«

»Dafür gibt es gar keinen Grund. Bisher hat alles wunderbar geklappt. Die Nachricht ist inzwischen in aller Munde. In New York werden die Aktien längst überzeichnet sein. Und die Liste der Konsortialbanken auf dem Tombstone wird jeden beeindrucken.« Meredith spielte auf das Inserat an, das an dem Tag, nach dem die Kampagne abgeschlossen wäre, im *Wall Street Journal* erscheinen würde.

»Dank Ihres Einsatzes, Meredith«, stellte Callan fest. »Ich hätte das ohne Ihre Unterstützung niemals fertig gebracht.«

»Reden Sie doch keinen Unsinn!«, sagte sie respektlos.

Callan lachte. Er arbeitete gern mit ihr zusammen und bedauerte es, dass es nun bald vorbei sein würde.

»Wie geht es Ihren Kindern? Die waren doch bestimmt froh, als Sie endlich wieder nach Hause kamen?« Meredith vermutete, dass Callan für die Kinder eine ganz besondere Rolle spielte, besonders da ihre Mutter nicht bei ihnen lebte.

»Sie schliefen bereits. Meine Haushälterin regiert mit eiserner Hand, und das tut ihnen gut. Morgen Abend, wenn ich nach Hause komme, werde ich sie sehen. Vorher fahre ich aber noch im Büro vorbei. Vielleicht haben Sie ja Lust mitzukommen.«

»Sicher. Auf dem Weg zum Flughafen schaffe ich es bestimmt.« Meredith grinste. Sie hatte sich vorgenommen, sich mit ihren Unterlagen in die Erste-Klasse-Lounge zu setzen, in aller Ruhe ein Sandwich zu essen und dann den Nachtflug zu nehmen.

»Darüber sprechen wir noch«, sagte Callan und empfahl ihr dann, ein bisschen zu schlafen, bevor sie sich am nächsten Morgen wiedersehen würden.

Nachdem Meredith den Hörer aufgelegt hatte, legte sie sich auf das Bett und dachte an Callan. Er war ein netter Mann und benahm sich wie ein guter Freund, aber in gewisser Hinsicht bedauerte sie ihn auch. Es war nicht zu übersehen, dass ihn der Verrat seiner Frau schwer getroffen hatte. Er liebte seine Kinder, doch offenbar war in seinem Herzen kein Platz mehr für eine Frau. Charlotte schien etwas in ihm zerstört zu haben, und nun, acht Jahre später, war er immer noch nicht darüber hinweg. Deshalb konnte er auch nicht glauben, dass Meredith und Steven wirklich glücklich waren. Der Gedanke daran brachte Meredith zurück zu Steven, und sie lächelte, als ihr bewusst wurde, wie sehr sie ihn vermisste und wie glücklich sie am Samstagmorgen sein würde, wenn sie endlich wieder bei ihm wäre. Sie waren wirklich sehr glücklich und teilten auch nach vierzehn Jahren immer noch etwas ganz Besonderes. Callans Theorie, dass sie Steven weder genügend liebte noch ihm ausreichend vertraute, um seine Kinder zu bekommen, war blanker Unsinn.

Mit den Gedanken bei Steven sank Meredith in den Schlaf, und in jener Nacht hatte sie friedliche Träume.

Wie vereinbart traf sie mit Callan am nächsten Morgen um halb acht in der Lobby des Hotels zusammen. Sie machten einen kurzen Spaziergang durch den Huntington Park, um ein wenig frische Luft zu schnappen. Meredith war überrascht, weil die Luft recht kühl war. Eine leichte Brise wehte, und Nebelschleier hingen über der Stadt. Trotzdem genoss Meredith die kurze Verschnaufpause außerhalb der stickigen Räume, in denen üblicherweise die Präsentationen stattfanden.

»Bereit für die nächste Runde?«, fragte sie Callan.

»Na klar. Und was ist mit Ihnen? Haben Sie von *Dow Tech* nicht schon längst die Nase voll?« Nach der Nacht in seinem eigenen Bett machte Callan einen ausgeruhten und energiegeladenen Eindruck. Er war glücklich, dass er seine Kinder noch gesehen hatte, bevor er zum gemeinsamen Frühstück mit Meredith aufgebrochen war.

»Wo denken Sie hin?« Meredith warf ihm ein Lächeln zu.

Sie waren unterdessen ins Hotel zurückgekehrt, und eine Kellnerin schenkte ihnen bereits die zweite Tasse Kaffee ein.

»Schließlich haben wir noch einige weitere Städte zu erobern.«

In San Francisco würden sie sicher ein leichtes Spiel haben. Es war Callans Heimatstadt, und die Menschen dort waren mit seinen Erfolgen in Silicon Valley bereits vertraut.

Die erste Präsentation des Tages verlief erfolgreich. Anschließend ergab sich die Gelegenheit für eine kurze Pause, die Meredith für einen Anruf in ihrem Büro nutzte. Dann warteten schon der Lunch und die nächste Präsentation auf sie. Das Essen war wie üblich miserabel, aber um halb drei waren sie bereits fertig und hatten alles zusammengepackt. Callan warf einen Blick auf die Uhr und schlug dann vor, dass Meredith ihn in sein Büro begleiten sollte.

»Ich glaube, ich versuche lieber, einen früheren Flug zu bekommen«, wehrte sie ab. Um fünf Uhr gab es eine Möglichkeit. Sie würde dann gegen ein Uhr morgens in New York landen und Steven eine große Freude machen.

Doch als Meredith die Fluggesellschaft vom Hotel aus anrief, erfuhr sie, dass die Maschine vollkommen ausgebucht war. Für sie blieb also nur der Nachtflug. Zu Callan sagte sie, dass sie im Hotel bleiben und etwas lesen würde. Doch er bestand darauf, dass sie ihn nach Palo Alto begleitete, damit sie noch einmal mit seinen Mitarbeitern zusammentreffen konnte. Anschließend lud er sie zu sich nach Hause ein, um sie seinen Kindern vorzustellen.

»Sie waren doch die ganze Woche unterwegs und haben wahrscheinlich jede Menge zu tun, wobei ich Ihnen besser nicht am Rockzipfel hänge«, wehrte Meredith ab.

»Es gefällt mir, wenn Sie an meinem Rockzipfel hängen. Außerdem bin ich immer offen für Gratistipps.« Callan legte großen Wert auf ihre Meinung, und mittlerweile wusste sie beinahe ebenso viel über *Dow Tech* wie er selbst. Nebenbei war er so stolz auf seine Firma und seine Familie, dass er sie an beidem teilhaben lassen wollte. Daher blieb er beharrlich, und schließlich wäre es ein Affront gewesen, die Einladung weiterhin abzulehnen. Meredith ging also auf ihr Zimmer, holte ihre Sachen, und zehn Minuten später traf sie sich bereits mit Callan in der Lobby. Um halb vier erreichten sie Palo Alto. Die Mitarbeiter im Büro schienen erfreut zu sein, Callan zu sehen, und waren begierig, alles über die Roadshow zu erfahren.

»Bis jetzt ging alles reibungslos über die Bühne«, sagte er mit einem breiten Lächeln und warf einen Blick auf Meredith. »Und das haben wir Mrs Whitman zu verdanken«, erklärte er seinen Mitarbeitern.

Charles McIntosh hatte sich nach dem Lunch im *Fairmont* verabschiedet. Er war kein junger Mann mehr, und die anstrengende Arbeitswoche hatte ihn ermüdet. Meredith hätte gegenüber Callan kein Wort davon verlauten lassen, doch sie war erleichtert, weil sie sich nun nicht mehr mit Charles' missmutigen Bemerkungen auseinander zu setzen brauchte. Es war eine Belastung gewesen, mit ihm zusammenzuarbeiten.

Callan sprach das Thema jedoch von sich aus an, als er später mit Meredith in seinem Büro saß. »Ich weiß nicht, was ich mit ihm machen soll, Merrie. Eigentlich hatte ich geglaubt, dass er spätestens jetzt auf den Zug aufspringt, doch er ist immer noch nicht wirklich damit einverstanden, dass ich die Firma an die Börse bringe. Er hat durchaus gute Gründe dafür, doch sein Verhalten ist nur noch kontraproduktiv. Er ist so stur, dass er sogar die Arbeit, die mit den Analysten, der Börsenaufsicht und den Anlegern auf ihn zukommt, ablehnt. Für ihn ist das Ganze ein riesiger Irrtum. Außerdem will er nicht, dass ihm jemand über die Schulter schaut. Das gilt manchmal sogar für mich. Dass auch er eine ansehnliche Stange Geld verdienen wird, interessiert ihn offenbar überhaupt nicht. Er will einfach nicht, dass ich an die Börse gehe.«

»Vielleicht sollte ich noch einmal mit ihm sprechen«, schlug Meredith vor. Sie hoffte immer noch, dass sie Charles zu einem Meinungsumschwung bewegen könnte. Bis jetzt hatte er sich ihr gegenüber noch nicht abfällig geäußert, aber er war auch keine große Hilfe gewesen.

»Ich weiß nicht, ob das eine gute Idee ist«, gab Callan nachdenklich zurück. Charles' Vorbehalte gegenüber Meredith waren nicht kleiner geworden, und Callan legte keinen Wert darauf, dass sie sich in Zukunft noch verstärkten. »Wir sollten lieber abwarten. Vielleicht beruhigt er sich ja doch noch und kommt von selbst damit klar. Ich will ihn auch nicht allzu sehr drängen.« Callan hatte großen Respekt vor Charles, der schon ein Freund seines Vaters gewesen war.

»Wenn er seine Haltung nicht ändert, werden die Aktionäre alles andere als begeistert sein«, wandte Meredith ein. Wie Callan war auch sie besorgt deswegen.

»Armer, alter Charlie«, seufzte Callan.

Dann wandten sie sich anderen Themen zu. Callan zeigte Meredith eine Reihe von Berichten, und anschließend sprachen sie über einige von Callans Projekten für die Zukunft. Wieder beeindruckte er Meredith durch seine Kreativität und sein visionäres Denken. Diese Eigenschaften trugen wesentlich zu seinem Erfolg bei.

Um halb sechs lehnte Callan sich schließlich behaglich in seinem Stuhl zurück und stellte Meredith eine merkwürdige Frage. »Haben Sie je darüber nachgedacht, dem Investmentbanking den Rücken zuzukehren?«

Meredith leistete hervorragende Arbeit, das wusste er besser als irgendjemand sonst, doch sie war auch sehr an Spitzentechnologie interessiert.

»In meiner Branche wären Sie sicherlich ebenfalls gut, und Sie könnten einen Haufen mehr Geld verdienen.«

»Eigentlich habe ich genug Geld«, gab Meredith zurück und lächelte verlegen.

»Bei mir würden Sie jedenfalls viel mehr verdienen«, wiederholte Callan sanft. »Sollten Sie sich je für einen Wechsel entscheiden, würde ich gern davon erfahren, Merrie. Ich möchte, dass Sie das wissen.«

»Ich fühle mich geschmeichelt. Aber im Augenblick kommt so etwas nicht in Frage.«

Meredith und Steven lebten gern in New York und dachten gar nicht daran umzuziehen. Steven hatte eine gute Position in der Unfallchirurgie, und Meredith war sozusagen mit der Wall Street verheiratet.

»Vielleicht doch eher als Sie glauben«, sagte Callan. »In einem Laden von der alten Garde, wie der Ihre es ist, wie weit werden Sie da wohl kommen, Meredith? Sie sind bereits Teilhaberin, doch es gibt eine ganze Reihe sehr alter, vollkommen unbeweglicher und ausgesprochen konservativer Seniorpartner. Sie werden dort niemals die Leitung übernehmen. Eine Frau würde man in einer solchen Position gar nicht akzeptieren, und das wissen Sie genau.«

»Eines Tages vielleicht doch«, entgegnete Meredith ruhig. »Die Zeiten ändern sich.«

»Die Zeiten haben sich bereits geändert, jedenfalls an anderen Orten. Nur im Investmentbanking ticken die Uhren viel langsamer. Es ist die letzte Bastion der Herren, die daran gewöhnt sind, die Welt zu regieren. Ich glaube, dass Sie sich – vor allem durch Ihre Arbeit im Bereich der Spitzentechnologie – bereits genügend profiliert haben. Trotzdem werden Ihnen immer noch Leute wie Paul Black an die Seite gestellt, damit sie bei Besprechungen mit den Kunden ein Auge auf Sie haben können. Diese Typen haben immer noch viel mehr Macht als Sie. *Sie* erledigen die Arbeit, und die Männer beanspruchen die Lorbeeren für sich.«

Seit Jahren schon dachte Meredith im Grunde dasselbe, doch sie wollte es nicht zugeben. »Sie sind ein Aufwiegler, nicht wahr, Mr Dow?«, fragte sie mit einem breiten Grinsen. »Was soll ich denn Ihrer Meinung nach tun? Kündigen? Nichts würde ihnen doch besser in den Kram passen.«

»Ich glaube, ich sorge nur für ein wenig Unruhe. Wenn ich etwas Gutes sehe, möchte ich es nun einmal haben. Wir sind doch ein gutes Team, Meredith. In vielerlei Hinsicht denken wir dasselbe. Der Gedanke, darauf verzichten zu müssen, gefällt mir überhaupt nicht.«

Im Grunde hatte Callan Recht, doch bis jetzt konnte von Verzicht gar keine Rede sein.

»Ich würde nicht behaupten, dass wir auf irgendetwas verzichtet hätten, oder?«

Immerhin hatten sie gemeinsam eine erstklassige Neuemission an der Börse auf die Beine gestellt.

»Nein, natürlich nicht. Aber bald ist unsere gemeinsame Arbeit erledigt. Und das gefällt mir nun einmal überhaupt nicht. Vielleicht muss ich Sie jeden Tag anrufen, weil ich Ihren Rat brauche. Ich bekomme jetzt schon Entzugserscheinungen, wenn ich nur daran denke.«

Meredith lachte. »Warten Sie's ab. Wenn das alles erst vorbei ist, werden Sie froh sein, wenn Sie mich nicht mehr jeden Tag sehen müssen. Doch Sie dürfen mich natürlich jederzeit anrufen.«

»Wahrscheinlich werden Sie mit irgendeinem anderen Neuling unterwegs sein, der quengelt und jammert und darauf angewiesen ist, dass Sie seine Hand halten, während Sie sein Unternehmen an die Börse bringen.«

»In der nächsten Zeit wird es dazu erst einmal nicht kommen. Die folgenden Wochen werde ich ruhiger angehen lassen. Ich habe meinen Mann schließlich den ganzen Sommer über kaum gesehen.«

»Ich verstehe nicht, wie Sie das machen«, stellte Callan bewundernd fest. »Vielleicht ist das der Grund dafür, dass Ihre

Ehe schon seit vierzehn Jahren funktioniert: weil Sie sich nicht dauernd sehen.«

»Steven behauptet immer, dass er im Grunde mit einer Flugbegleiterin verheiratet ist.«

»Das stimmt nicht ganz.« Callan lächelte. Offenbar konnte er sich nach der hinter ihnen liegenden, anstrengenden Arbeitswoche endlich ein wenig entspannen. Er freute sich darauf, das Wochenende mit seinen Kindern zu verbringen. Am Sonntag würde er dann in Richtung Boston aufbrechen. »Was halten Sie von einem frühen Dinner mit meinen kleinen Monstern? Ich werde Sie rechtzeitig zum Nachtflug zum Flughafen bringen. Vor halb neun müssen wir nicht los.«

Obwohl Meredith bereits ihr Einverständnis erklärt hatte, die Kinder zu treffen, hatte sie bisher die Einladung zum Dinner abgelehnt. Doch nun schien es geradezu peinlich, darauf zu bestehen, dass sie sich nicht aufdrängen wollte. Sie genoss Callans Gesellschaft und war inzwischen sogar neugierig auf die Kinder. »Sind Sie denn sicher, dass es sie nicht stört, wenn Sie eine Fremde aus dem Büro mit nach Hause schleppen?«

»Sie werden es überleben. Außerdem sind sie an Geschäftsfrauen gewöhnt. Denken Sie an ihre Mutter. Meine Arbeit interessiert sie ohnehin nicht besonders. Die Mädchen beschäftigen sich derzeit nur noch mit kurzen Röcken und Make-up. Und Andys ganze Leidenschaft gilt meinem Ferrari. Ich spreche mit ihnen nicht über meine Arbeit.«

»Das ist wahrscheinlich ganz in Ordnung so. Später werden sie noch genug damit zu tun bekommen.«

»Erst letztes Wochenende sind wir aus Tahoe zurückgekehrt, und gestern mussten sie wieder zur Schule. Heute Morgen haben sie nur gejammert.«

Gemeinsam verließen Meredith und Callan das Büro. Die anderen waren schon fast alle fort. Der Ferrari stand auf dem Parkplatz. Callan hatte Meredith mit dem Wagen bereits aus San Francisco abgeholt. Ihr Gepäck lag noch im Kofferraum. Als sie einstieg, öffnete Callan das Verdeck.

»Die Fahrt dauert nur fünf Minuten, und etwas frische Luft wird uns nicht schaden«, sagte er fröhlich.

In Palo Alto war es mindestens fünf Grad wärmer als in der Stadt, und Meredith genoss die kurze Fahrt bei geöffnetem Verdeck.

Sie unterhielten sich angeregt, als Callan in eine Auffahrt einbog, die zu beiden Seiten von Hecken gesäumt war. Ein Tor öffnete sich auf Knopfdruck. Dahinter erblickte Meredith ein hübsches Steinhaus, das von einer weiten Rasenfläche umgeben war, auf der einige schöne alte Bäume standen. Auf der einen Seite befand sich ein großer Swimmingpool, in dem eine Horde Kinder tobte. Andere hockten in Handtücher eingewickelt auf den Liegestühlen. Eine sympathische Frau Mitte dreißig hatte ein Auge auf sie. Ein kleiner Junge spielte mit einem Golden Retriever. Die Szene war idyllisch und ein vollkommener Gegensatz zu Callans Berufsleben. Dies war also die Welt, in die er so gern zurückkehrte. Einige der Kinder winkten, als er den Wagen parkte, und Meredith bemerkte, dass eines der Mädchen sie neugierig in Augenschein nahm.

»Hallo, Kinder!«, rief Callan in Richtung des Pools und ging über den Rasen hinüber.

Mindestens zehn Kinder hatten sich versammelt, und als Meredith sich ebenfalls näherte, erkannte sie sofort, welche Kinder zu Callan gehörten. Die beiden Mädchen, Mary Ellen und Julie, hatten auffällige Ähnlichkeit mit ihrem Vater, und Andy wirkte wie eine Miniaturausgabe von Callan. Die Geschwister starrten Meredith an, als käme sie von einem fremden Planeten.

Callan stellte sie vor. »Wir haben gerade die Roadshow hinter uns gebracht. Wir waren in Chicago, Minneapolis und L.A., und nächste Woche geht's auf nach Europa«, erklärte er.

Andy warf Meredith einen misstrauischen Blick zu. »Sind Sie etwa seine neue Freundin?«

Meredith lächelte, doch Callan verlor keine Zeit und tadelte seinen Sohn: »Andy! Du weißt genau, dass das sehr unhöflich ist!«

»Ja, gut, aber ist sie deine neue Freundin?«, beharrte der Junge. Den Hund, der gerade einen Ball zu seinen Füßen auf die Erde legte, ignorierte er. Meredith auszufragen erschien ihm doch viel interessanter, als mit dem Golden Retriever zu spielen. Auch seine Schwestern lauschten mit großen Augen.

»Nein, ich arbeite nur mit eurem Vater zusammen. Ich bin verheiratet. Mein Mann ist Arzt«, sagte Meredith und hoffte, sich damit freies Geleit zu sichern. Auch die übrigen Kinder kamen langsam näher. Die beiden Mädchen schienen es kaum erwarten zu können, sich wieder zu den anderen zu gesellen.

»Was für ein Arzt denn?«, fragte Andy. »Kümmert er sich auch um Kinder?«

»Manchmal. Er kümmert sich um Leute, die schreckliche Unfälle hatten. Er ist Unfallchirurg.«

»Einmal bin ich vom Fahrrad gefallen und habe mir den Arm gebrochen«, erklärte Andy und lächelte Meredith zu. Er hatte inzwischen entschieden, dass sie zwar eine hübsche Frau war, es aber wohl doch nicht auf seinen Vater abgesehen hatte.

»Das hat bestimmt wehgetan«, stellte Meredith mitfühlend fest.

»Ja, das stimmt. Haben Sie auch Kinder?«

»Nein«, sagte sie und hatte beinahe das Gefühl, sich dafür entschuldigen zu müssen.

Die beiden Mädchen beobachteten sie immer noch, doch keins hatte mehr als Hallo gesagt, als Callan sie vorgestellt hatte. Sie machten aber auch keinerlei Anstalten, sich zurückzuziehen. Stattdessen lauschten sie aufmerksam, was sie auf die Fragen ihres Bruders antwortete, und schienen durchaus zufrieden damit.

»In ein paar Stunden muss ich nach New York«, fügte Meredith hinzu, als wollte sie den Kindern versichern, dass von ihr keine Gefahr ausging. Sie spürte, dass sie sie, obwohl sie verheiratet war, für eine Bedrohung hielten, und es lag ihr daran, ihnen zu signalisieren, dass sie bald wieder verschwinden würde.

Callan bot Meredith ein Glas Wein an, und die Kinder nahmen ihr Spiel wieder auf. Kurz darauf saßen Callan und Meredith mit ihren Gläsern auf der Terrasse und unterhielten sich. Irgendwann war auch der letzte kleine Gast nach Hause gegangen. Callans Kinder verschwanden im oberen Stockwerk, um sich zum Dinner umzuziehen.

»Ihre Kinder sind großartig«, sagte Meredith. »Sie sehen Ihnen unglaublich ähnlich.«

»Charlotte hat immer gesagt, dass Andy wie ein Klon von mir aussieht, schon als er noch ein Säugling war. Die beiden Mädchen ähneln vor allem meiner Mutter. Ich glaube, auch deshalb konnte Charlotte nie eine tiefe Bindung zu ihnen aufbauen.«

Da Meredith jedoch bereits einiges über Callans Ehe erfahren hatte, vermutete sie, dass es gravierendere Gründe gab, warum Charlotte keinen Zugang zu ihren Kindern gefunden hatte: die Affäre mit einem anderen Mann und die Tatsache, dass sie eigentlich nie Kinder gewollt hatte.

»Sie sind nicht daran gewöhnt, dass ich jemanden mit nach Hause bringe. Erst eine oder zwei meiner ›Affären‹ haben sie überhaupt kennen gelernt.«

»Warum denn?« Meredith war überrascht. Gleichzeitig erklärte sich nun das Misstrauen, das die Kinder ihr gegenüber gezeigt hatten.

»Ich bin der Meinung, dass dieser Teil meines Lebens sie überhaupt nichts angeht«, sagte Callan unverblümt. »Außerdem gab es in meinem Leben keine Frau, deren Bedeutung es gerechtfertigt hätte, dass ich sie meinen Kindern vorstelle.«

Es war schwer zu glauben, dass er in den acht Jahren seit seiner Scheidung keine ernsthafte Beziehung zu einer anderen Frau eingegangen war. Meredith war sehr erstaunt darüber, und sie sah sich in ihrer früheren Annahme bestätigt, dass Callan seit dem Verrat seiner Frau unfähig war, sich dauerhaft zu binden, obwohl er selbst behauptete, dass er sich davon erholt hätte.

Sie saßen noch eine Weile draußen und genossen den lauen Abend. Dann lud Callan Meredith ins Haus ein und betrat mit ihr einen großen eleganten Wohnraum, der mit englischen Antiquitäten möbliert und ausgesuchten Kunstwerken dekoriert war. Kurz darauf verkündete die Haushälterin, dass das Dinner angerichtet sei. Wie auf einen Gongschlag kamen auch die Kinder die Treppe heruntergestürmt und blieben an der Tür zum Wohnzimmer stehen. Wieder musterten sie Meredith aufmerksam, so dass sie sich allmählich wie ein Tier im Zoo vorkam. Die beiden Mädchen starrten sie aus großen Augen an, und Meredith fragte sich, was wohl in ihren Köpfen vor sich ging.

Callan erhob sich und fragte lässig: »Wie war's in der Schule?«

Meredith stand ebenfalls auf.

»Ich hasse die Schule«, verkündete Andy, jedoch ohne besondere Leidenschaft. Es klang eher wie eine Standardauskunft.

Julie erklärte widerstrebend, dass sie eine nette neue Lehrerin bekommen hätte.

»Gehst du schon zur High-School?«, fragte Meredith Mary Ellen, die bisher eisern geschwiegen hatte.

Gemeinsam betraten sie das Esszimmer. Callan schob für Meredith einen Stuhl an seiner Seite zurecht.

»Ich hab gerade erst angefangen«, gab Mary Ellen äußerst widerwillig zurück.

Meredith kam urplötzlich ein Wort in den Sinn: *mürrisch*. Dieses Mädchen war ganz anders als sein unbekümmerter Vater. Mary Ellen war zwar hübsch, doch ihr Mangel an Elan und offenbar an Wärme ließ sie weniger anziehend erscheinen. Soweit Meredith es beurteilen konnte, verfügte sie nicht gerade über einen ausgeprägten Charme, doch vor allem schien sie unglücklich zu sein. Meredith fragte sich unwillkürlich, ob Mary Ellen immer so war oder ob ihr Verhalten mit dem unerwarteten Gast zusammenhing und damit, dass sie ihren Vater in Begleitung einer fremden Frau erlebte.

Die Unterhaltung während des Essens verlief in verlegener Stimmung und schleppte sich dahin. Die Kinder sagten nur wenig, und Callan gab vor, es nicht zu bemerken. Meredith gab es bald auf, sie in ein Gespräch zu verwickeln. Ohne es laut auszusprechen, ließen die drei keinerlei Zweifel daran, dass sie kein Interesse daran hatten, sich mit ihr zu unterhalten oder auch nur ihre Fragen zu beantworten. Ohnehin fiel Meredith der Umgang mit Kindern nicht leicht. Nach einer Weile wusste sie gar nicht mehr, was sie sagen sollte, und selbst Callan konnte kaum noch etwas aus den Kindern herausholen. Unmittelbar im Anschluss an den Nachtisch baten sie darum, aufstehen zu dürfen, und liefen sofort nach oben, nachdem ihr Vater zugestimmt hatte. Schon in der Tür hatten sie es so eilig, dass sie einander anrempelten.

»Es tut mir Leid, Meredith«, sagte Callan bedauernd, während die Haushälterin den Kaffee servierte.

Meredith entspannte sich sichtlich. Das Dinner mit den Kindern war eine große Belastung für sie gewesen.

»Ich glaube, sie machen sich Sorgen wegen Ihnen. Normalerweise sind sie überhaupt nicht so. Sie sind gute Kinder. Sie konnten sich einfach keinen Reim darauf machen, wer Sie sind und warum Sie hier sind. Ich werde später mit ihnen darüber sprechen.«

»Das ist doch Unsinn!«, widersprach Meredith. »Wenn Sie nie eine Frau mit nach Hause bringen, ist es doch kein Wunder, dass sie unruhig werden. Ist das denn nicht eigentlich merkwürdig? Haben Ihre Bekanntschaften denn gar kein Interesse daran, Ihre Kinder kennen zu lernen?«

Meredith schien diese Art zu leben tatsächlich seltsam. Außerdem war es nicht gerade höflich, dass die Kinder stocksteif herumsaßen, wenn ihr Vater eine Frau mit nach Hause brachte, selbst wenn es sich nur um eine geschäftliche Beziehung handelte.

»Das, was meine Bekanntschaften wollen, und das, was sie bekommen, sind zwei vollkommen verschiedene Dinge«, lächelte Callan. »Es hat keinen Sinn, sie mitzubringen, wenn die Beziehung ohnehin nicht von Dauer ist.«

»Diesen Standpunkt kann ich nicht begreifen, Cal. Woher wollen Sie denn von Anfang an wissen, ob die Beziehung hält?«

»Ich weiß es einfach. So ist es seit langer Zeit, und wahrscheinlich wird sich daran auch noch ganz lange nichts ändern. Sollte ich meine Meinung jemals ändern, kann ich später immer noch daran arbeiten. Ich möchte meinen Kindern nicht erklären müssen, warum ich eine Frau nicht mehr sehe. Das brauchen sie nicht zu wissen.«

»Ich glaube, dass die Tatsache, dass Sie all diese Dinge vor ihnen verbergen, nur dazu führt, dass Ihre Kinder sehr besitzergreifend werden.«

Meredith wählte ihre Worte mit Bedacht und beschönigte ihren Eindruck, dass die drei sie während der Mahlzeit mit ihren Blicken hätten töten können. Niemand hätte eine solche Situation genossen. Doch sie wollte nicht allzu viel sagen. Trotz allem waren es Callans Kinder, und es stand ihr kaum zu, ihm zu erklären, dass er sie nicht richtig erzog. Bestimmt waren die drei im Grunde ganz nett. Jedenfalls waren sie gesund, sahen gut aus und schienen außerdem auch intelligent zu sein. Allerdings musste Meredith zugeben, dass sie ihr mit unverhohlenem Hass begegnet waren, besonders Mary Ellen. Meredith bedauerte die Frau, die sich vielleicht irgendwann mit diesem Verhalten würde auseinander setzen müssen, weil sie Callan liebte. Trotz all seiner Widerstände konnte es schließlich doch eines Tages dazu kommen.

Sie setzten die Unterhaltung fort und sprachen wieder über Geschäftliches. Punkt halb neun brachte Callan Meredith zum Flughafen. Er half ihr beim Einchecken des Gepäcks und brachte sie in die Erste-Klasse-Lounge. Zum Abschied dankte sie ihm für den interessanten Nachmittag und den schönen Abend. Sie behauptete sogar, dass sie seinen Kindern gern begegnet war.

»Ich wünschte, ich könnte Ihnen glauben«, gab Callan betrübt zurück. »Mir ist klar, dass sie sich grauenhaft benommen haben, Merrie. Ich werde sie wohl an fremde Menschen gewöhnen müssen, an Freunde, wie Sie es sind, zum Beispiel.«

»Auf lange Sicht könnte es die Dinge für sie leichter machen, wenn sie erkennen, dass sich hinter Ihren Gästen keine Bedrohung verbirgt. Von mir haben sie jedenfalls nichts zu befürchten«, entgegnete Meredith offen.

»Ich bin nicht so sicher, ob sie das glauben. Vielleicht dachten sie, ich lüge und habe doch eine Beziehung zu Ihnen. Kann sein, dass sie sogar dachten, dass die Geschichte von Ihrem Mann eine Erfindung war.«

»Warum sollte ich mir denn so etwas ausdenken, Cal?« Diese Vorstellung entsetzte Meredith.

»Ihre Mutter würde nicht davor zurückschrecken, wenn sie sich dadurch einen Vorteil verschaffen könnte. Bezüglich des Mannes, den sie dann sogar geheiratet hat, log sie den Kindern lange etwas vor. Dabei vermuteten sie schon lange, dass sie eine Affäre mit ihm hatte. Ich habe mich immer darum bemüht, mich nicht ebenso zu verhalten ... und so kam es, dass ich ihnen überhaupt nichts erzählt habe.«

»Der richtige Weg liegt wahrscheinlich irgendwo in der Mitte.«

»Ich muss wohl versuchen, ihn zu finden«, sagte Callan lächelnd.

Dann wünschte er Meredith eine gute Reise und verabredete sich mit ihr für Sonntagabend im *Ritz Carlton* in Boston.

»Wahrscheinlich werde ich nicht vor Mitternacht dort sein«, sagte Meredith. »Eigentlich wollte ich die Zeit mit meinem Mann verbringen, doch er muss arbeiten, wie üblich. Immerhin haben wir morgen den Tag für uns. Mein Flug geht am Sonntagabend.«

»Ich werde gegen sieben im Hotel sein«, erklärte Callan. »Wenn Sie sich langweilen ohne Ihren Mann, könnten wir uns doch zum Dinner treffen.«

»In dem Fall rufe ich Sie vorher an. Ich wünsche Ihnen jedenfalls ein schönes Wochenende.«

»Morgen werde ich mit den Kindern Tennis spielen und den Rest des Tages am Pool herumhängen. Ich kann's kaum noch erwarten«, seufzte er.

Meredith lachte und erzählte ihm von ihren eigenen Plänen. »Ich werde Wäsche waschen.«

»Irgendwie passt eine solche Beschäftigung überhaupt nicht zu Ihnen, Meredith.« Auch Callan lachte nun. Sie war viel zu schön und zu strahlend, als dass sie ihre Zeit in einem Waschsalon oder mit einer Waschmaschine verschwenden sollte. Callan konnte sich Meredith beim besten Willen nicht bei der Hausarbeit vorstellen.

»Irgendjemand muss es ja erledigen. Steven kocht dagegen lieber als ich. Und ich bin nicht sicher, ob ich ihm deswegen böse sein soll.«

»Ich sehe schon, irgendwann muss ich diesen Mann unbedingt kennen lernen. Das klingt alles viel zu tugendhaft, um wahr zu sein: Leben retten und kochen. Der perfekte Ehemann.«

»Er ist jedenfalls verdammt nah dran.« Meredith grinste Callan an.

Kurz darauf war er fort und überließ Meredith ihrer Aktentasche. Bereits eine halbe Stunde später wurden die Passagiere zum Einsteigen aufgefordert, und kaum hatte das Flugzeug die Startbahn verlassen, holte Meredith ihren Laptop hervor. Sie arbeitete eine Stunde lang, dann verstaute sie das Gerät wieder, lehnte sich zurück und schloss die Augen. Sie dachte an Callan und konnte sich einfach nicht vorstellen, zu welchem Frauentyp er sich hingezogen fühlte. Sie fragte sich, ob ihm wohl ein hübsches Gesicht, ein kluger Kopf oder Seelenverwandtschaft wichtiger waren. Seine Abneigung gegen die Ehe und sogar gegen länger andauernde Beziehungen machte es unmöglich, es sich vorzustellen. Und während sie noch darüber nachdachte, stellte Meredith fest, dass es sie im Grunde auch überhaupt nichts anging.

Sie hatte eine anstrengende Woche hinter sich, war müde und sehnte sich danach, Steven endlich wiederzusehen. Mit den Gedanken bei ihm sank sie in den Schlaf. Die Flugbegleiterin weckte sie erst, als das Flugzeug bereits landete. Meredith gehörte zu den Ersten, die die Maschine verließen, holte ihr Gepäck und winkte sich ein Taxi heran. Am Samstagmorgen um zehn vor sieben öffnete sie die Tür zu ihrer Wohnung.

Sie stellte die Koffer im Flur ab, streifte sich die Schuhe von den Füßen und schlich sich auf Zehenspitzen ins Schlafzimmer, weil sie Steven nicht wecken wollte. Da lag er, tief schlafend, wie immer nackt, und Meredith zog sich aus und schlüpfte zu ihm unter die Decke. Er streckte sich leicht und zog sie an sich, als ob sie die ganze Nacht dort gelegen hätte. Dann erst öffnete er ein Auge und schaute sie an.

»Du bist zurück«, flüsterte er.

Meredith lächelte und küsste ihn.

»Du hast mir gefehlt«, fügte er hinzu, zog sie noch enger an sich und erwiderte ihren Kuss.

Meredith spürte die Wärme seiner Haut.

»Ich habe dich auch vermisst«, sagte sie und meinte es auch so.

Mit einer Hand folgte Steven den sanften Rundungen ihres Körpers, und Meredith spürte an ihrem Verlangen, wie lange es her war, dass sie ihn zuletzt gesehen hatte. Eine ganze Woche war vergangen, beinahe acht Tage, viel zu viel Zeit, und beide waren vor Sehnsucht wie ausgehungert.

Worte waren nun überflüssig. Es gab nur noch die Leidenschaft, die seit dem Tag, an dem sie sich zum ersten Mal begegnet waren, zwischen ihnen loderte. So kurz die Zeit auch war, die sie füreinander hatten, diese Leidenschaft machte jeden Augenblick umso kostbarer.

Erst lange Zeit später sprachen sie wieder. Merediths zerzaustes, seidiges Haar lag auf Stevens Kissen, und er schaute mit seinem vertrauten Lächeln auf sie hinab. Wieder schlang sie die Arme um ihn und küsste ihn.

# 6

Meredith und Steven verbrachten ein unbeschwertes, ruhiges Wochenende miteinander. Am Samstag blieben sie bis mittags im Bett, dösten immer wieder ein, und als sie schließlich aufstanden, regnete es draußen in Strömen. Sie beschlossen, ins Kino zu gehen, um sich einen Film anzuschauen, den sie schon seit langer Zeit hatten sehen wollen. Im Anschluss an die Vorstellung liefen sie durch den Regen nach Hause und aßen unterwegs ein Eis. Zuerst hatten sie vor, später noch einmal auszugehen, um irgendwo einen Hamburger zu essen, doch schließlich entschieden sie sich doch dafür, einfach zu Hause zu bleiben. Sie sahen sich einen Videofilm an und bestellten sich einen chinesischen Imbiss. Diesmal meldete sich das Krankenhaus nicht. Steven hatte keine Bereitschaft, und es gab keine neuen Katastrophen, die trotzdem seine Anwesenheit im Krankenhaus erfordert hätten. Zum ersten Mal seit Monaten rührte Meredith ihre Aktentasche nicht einmal an.

Gegen elf Uhr gingen sie eng umschlungen zu Bett. Steven verabscheute den Gedanken daran, dass er am folgenden Tag zur Arbeit und Meredith wieder aufbrechen musste. Sie würde am Montagabend mit Callan nach New York zurückkehren, um dann zwei Tage lang in der Stadt zu bleiben, bevor sie am Mittwochabend nach Europa flogen. Steven hatte jedoch bis Mittwochmorgen Dienst, und Meredith zweifelte daran, dass sie sich noch sehen würden. Am Donnerstag würde sie in Edinburgh sein, am Freitag in London, wo sie mit Callan das Wochenende verbringen würde. Am Montag war Genf an der Reihe, am Dienstag Paris, und am Mittwoch würde sie nach New York zurückkehren. Das bedeutete, dass sie Steven insgesamt elf Tage nicht sehen würde. Obwohl sie beide daran gewöhnt waren, schien es ihnen doch eine Ewigkeit zu sein.

»Danach werde ich erst einmal eine Weile hier bleiben, das verspreche ich«, sagte Meredith, während sie sich an seinen Rücken kuschelte und die Arme um ihn schlang.

»Ich werde dich daran erinnern. Es ist mir egal, wie viel Geld du verdienst. Du arbeitest viel zu viel, und wir verpassen deswegen eine ganze Menge. Vielleicht ist es an der Zeit, endlich kürzer zu treten.«

Steven hatte eigentlich vor, noch einmal mit Meredith über das Thema Kinder zu sprechen, doch es hatte keinen Sinn, solange der Deal mit *Dow Tech* nicht unter Dach und Fach war und sie nicht etwas mehr Zeit füreinander hatten. Für ihn stand es fest, dass nun der richtige Zeitpunkt gekommen war, bevor sie beide zu alt für Nachwuchs sein würden. Er hatte immer schon drei oder vier Kinder haben wollen, doch inzwischen wäre er auch mit einem einzigen glücklich gewesen. Damit wäre Meredith sicher auch einverstanden. Sie konnten sich auch eine Kinderfrau oder ein Au-Pair-Mädchen leisten, wenn Meredith nach der Geburt wieder arbeiten wollte. Steven dachte darüber nach, während er neben ihr lag, doch er sagte kein Wort. Jetzt wollte er keine ernsthafte Diskussion mit ihr führen oder es gar auf einen Streit anlegen. Er wollte einfach genießen, dass sie da war. Wahrscheinlich hatte sie Angst davor, Kinder zu bekommen, doch wenn sie die Hürde erst einmal genommen und nachgegeben hätte, würde sie begeistert sein, davon war er überzeugt.

Eng umschlungen schliefen sie ein, und als am nächsten Morgen um sechs Uhr der Wecker klingelte, befreite sich Steven nur widerwillig aus Merediths Umarmung. Um sieben musste er im Krankenhaus sein. Meredith schlief noch, als er in seine Clogs schlüpfte. Er schüttelte sie leicht, um sich von ihr zu verabschieden. Verschlafen öffnete sie die Augen. Sie war fassungslos, dass die Nacht bereits vorüber war. Die Zeit war viel zu schnell vergangen.

»Wir sehen uns, wenn du zurückkommst, Merrie ... ich liebe dich.«

»Ich liebe dich auch. Heute Abend rufe ich dich von Boston aus an.«

Steven nickte, küsste sie noch einmal und machte sich auf den Weg ins Krankenhaus.

Meredith schlief bis acht, stand auf und kochte sich Kaffee. Sie las in ihren Unterlagen und machte sich anschließend daran, die Koffer zu packen. Auch für die Reise nach Europa bereitete sie alles vor, denn sie würde kaum Zeit dafür haben, wenn sie mit Callan nach New York zurückkehrte. Die Präsentationen in New York erforderten einen besonders hohen Einsatz. Es war die wichtigste Stadt und die letzte Station vor der Reise nach Europa. Meredith wollte hier den Rest des Aktienpakets verkaufen und war der Meinung, dass die Aussichten darauf gut waren.

Kurz nach Mittag hatte sie alles erledigt und wusste nicht, was sie mit dem Rest der Zeit anfangen sollte. Sie hatte keine Lust, allein etwas zu unternehmen, und auch ein Besuch in einem Museum reizte sie nicht. Schließlich beschloss sie, sich schon früher auf den Weg nach Boston zu machen. Dort könnte sie mit Callan zu Abend essen. Das war besser, als allein zu Hause in der leeren Wohnung herumzusitzen.

Um drei nahm Meredith ein Taxi nach LaGuardia, ergatterte einen Platz in der Vier-Uhr-Maschine, und um sechs betrat sie die Lobby des *Ritz Carlton*. Callan war noch nicht da, und sie hinterließ ihm eine Nachricht an der Rezeption, dass sie bereits eingetroffen war.

Um Punkt sieben klingelte auf ihrem Zimmer das Telefon.

»Sie sind mir doch tatsächlich zuvorgekommen! Wie lange sind Sie schon hier?«, fragte Callan.

»Seit einer Stunde.« Meredith lächelte, als sie seine Stimme hörte. »Wie war Ihr Flug?«

»Langweilig. Und wie war Ihr Wochenende?«

»Entspannend. Wir haben gefaulenzt und waren im Kino.«

»Was ist mit der Wäsche?«

»Die hat Steven übernommen.« Meredith lachte. »Er verwöhnt mich.«

»Ich glaube allmählich, dass Sie sich das alles nur ausdenken. Kein Kerl auf der ganzen Welt kann so perfekt sein ... kochen ... Wäsche waschen ... Leben retten – wir übrigen sind, verglichen mit ihm, die reinsten Nieten, Meredith. Ich habe das Gefühl, dass ich langsam beginne, ihn zu hassen.«

»Ich habe eben großes Glück«, lächelte sie. »Wie war denn Ihr Wochenende mit den Kindern?«

»Es war schön. Am Samstag haben wir Tennis gespielt, und anschließend bin ich mit Andy zum Golfplatz gegangen.«

»Ich habe den perfekten Ehemann, und Sie sind der perfekte Vater.« Meredith wusste genau, dass Steven ein ebenso perfekter Vater gewesen wäre, wenn sie ihm nur die Möglichkeit dazu gegeben hätte. Dazu war sie jedoch nicht bereit.

»Und Sie sind die perfekte Frau«, entgegnete Callan in einem Ton, der sie erröten ließ. Aber sie wusste, dass er nur scherzte. Auch während ihrer gemeinsamen Reisen hatte er niemals erkennen lassen, dass er an mehr interessiert war als an ihrer Freundschaft. Damit hatte er sich Merediths Respekt verdient.

»Nein, gar nicht ... aber die perfekte Investmentbankerin, hoffe ich.«

»Also, Sie Superfrau – was halten Sie davon, wenn wir gemeinsam zu Abend essen?«

»Das klingt gut.« Aus ebendiesem Grund war Meredith bereits früher nach Boston geflogen.

Sie verabredeten sich für halb acht in der Lobby und wollten sich dann auf die Suche nach einem Restaurant machen, wo sie Pizza oder Nudeln essen konnten. Sie hatten beide keine Lust, sich großartig herauszuputzen und ein aufwändiges Dinner zu sich zu nehmen.

»Stört es Sie, wenn ich Jeans trage?«, fragte Callan.

Meredith gab hörbar erleichtert zurück: »Nein, im Gegenteil.« Sie selbst trug nur ein schlichtes Baumwollkleid und Sandalen und fand sich damit angemessen gekleidet für eine Pizza.

Auch in Jeans sah Callan fantastisch aus. Er trug dazu ein sauberes weißes Hemd mit hochgekrempelten Ärmeln und an den Füßen auf Hochglanz polierte Halbschuhe. Seinen Blazer hatte er sich lässig über die Schulter geworfen.

»Das ist Betrug!«, tadelte Meredith, während sein Blick bewundernd über sie glitt. Sie sah frisch, jung und hübsch aus.

»Was ist los?«

»Für eine Pizzeria sehen Sie viel zu gut aus. Tragen Sie jemals einfach nur ein T-Shirt oder sehen sonst irgendwie schluderig aus?« Das konnte sie sich kaum vorstellen, doch da erging es Callan nicht anders.

»Wann haben *Sie* denn zuletzt schluderig ausgesehen, Meredith? Als Sie im ersten Schuljahr waren? Oder ist es noch länger her?«

Meredith kicherte über das Kompliment, das er ihr auf diese Weise zurückgab. Dann verließen sie lachend und schwatzend wie alte Freunde das Hotel.

Einige Blöcke weiter entdeckten sie ein kleines italienisches Restaurant und verbrachten den Rest des Abends vollkommen vertieft in ein Gespräch über das Investmentbanking. Callan war von Merediths Arbeit fasziniert und vor allem daran interessiert zu erfahren, wie viel sie ihr tatsächlich bedeutete. Gleichzeitig schien sie nämlich über weit reichende Kenntnisse über die komplizierten Zusammenhänge der Spitzentechnologie zu verfügen. Wie die Tennisprofis in Wimbledon die Bälle tauschten sie stundenlang Informationen und

Standpunkte miteinander aus. Sie waren die letzten Gäste in dem Restaurant, und es fiel ihnen schwer, die Unterhaltung zu beenden, doch vor der Präsentation am folgenden Morgen benötigten sie beide wenigstens ein bisschen Schlaf.

Meredith wusste, dass auch Charles McIntosh inzwischen aus San Francisco in Boston eingetroffen war, doch sein Flug war erst für Mitternacht angekündigt. Wie sie hoffte auch Callan, dass Charles in Boston und New York und auf der letzten Etappe der Reise nach Europa endlich etwas auftauen würde.

»Gestern Abend habe ich lange mit ihm telefoniert«, berichtete Callan, als sie im Aufzug des Hotels nach oben schwebten. »Ich habe ihm gesagt, dass er seine Vorträge lebendiger gestalten muss. Ich hoffe, er hat es verstanden und erkannt, dass es mir ernst damit ist«, fügte er hinzu, schien aber nicht überzeugt davon zu sein.

Allmählich wurde ihm bewusst, wie unbeugsam Charles im Grunde war und wie wenig wahrscheinlich es war, dass er seine Haltung in naher Zukunft änderte. Erst während des Telefonats hatte er Callan erneut kritisiert, weil er das Unternehmen an die Börse brachte. Charles glich einem Hund, der seinen Knochen auf keinen Fall hergeben wollte, und es spielte keine Rolle, wie dringend Callan ihn gerade darum bat. Mittlerweile fürchtete Callan, dass Charles' Haltung zu einem dauerhaften Zerwürfnis führen könnte. Darüber sprach er mit Meredith, als er an ihrer Seite durch den Flur zu ihrem Zimmer ging.

Meredith nickte, während sie seinen Worten lauschte. »So etwas ist schwer vorherzusagen. Vielleicht macht er ja auch, wenn alles erledigt ist, eine Kehrtwendung und überrascht Sie. Vielleicht erkennt er am Ende doch, dass Sie das Richtige für Ihr Unternehmen getan haben. Das Kapital aus den Aktienverkäufen können Sie später zum Beispiel dafür verwenden, andere Firmen zu kaufen. Ich könnte mir vorstellen, dass ihn das überzeugen würde.«

»Ich habe eher den Eindruck, dass gerade zu schnelles und zu großes Wachstum ihm Angst macht«, entgegnete Callan nachdenklich.

Meredith blickte ihn niedergeschlagen an. Charles' Einstellung war tatsächlich ein großes Problem.

Kurz darauf wünschte Callan ihr eine gute Nacht. Sie vereinbarten, sich am nächsten Morgen mit Charles McIntosh zum Frühstück zu treffen. Meredith versprach, alles zu versuchen, ihn doch noch von dem Börsengang zu überzeugen.

Steven hatte inzwischen zwei Nachrichten für sie hinterlassen. Meredith rief sofort zurück, und diesmal gelang es der Schwester, die den Anruf entgegennahm, sogar, ihn ausfindig zu machen. Er hatte bisher eine ruhige Nacht verbracht. In New York regnete es immer noch, so dass alle Welt zu Hause zu bleiben und Schwierigkeiten aus dem Weg zu gehen schien.

»Vielleicht kannst du zur Abwechslung sogar ein bisschen schlafen«, sagte Meredith lächelnd. Sie dachte an die Nacht, die sie miteinander verbracht hatten, daran, wie sie sich geliebt hatten, als sie am Samstagmorgen nach Hause gekommen war. Schon schien es ihr eine Ewigkeit her zu sein, seit sie ihn zuletzt gesehen hatte. Ihre Tage und Nächte waren so angefüllt mit anderen Dingen, dass in der Zwischenzeit zu viel Zeit und Raum zwischen ihm und ihr entstand.

»Versuch du auch, ein wenig zu schlafen. Diese Leute sorgen dafür, dass du stundenlang auf den Beinen bist, und dann erwarten sie noch, dass du ihnen am nächsten Morgen taufrisch zur Verfügung stehst.«

»Dafür werde ich bezahlt. Morgen Abend bin ich wieder zu Hause, Liebling.« Immerhin würde sie in ihrem eigenen Bett schlafen, doch leider würde Steven nicht dort sein. Er würde auf der Pritsche in seinem Büro liegen, bis er gerufen wurde.

»Ich rufe dich an«, versprach er und dachte an die alten Tage, als Meredith ihn manchmal im Krankenhaus besucht hatte. Doch wie sie wusste er, dass diese Zeiten vorbei waren.

Wann immer sie es in der jüngsten Vergangenheit versucht hatte, war er stets zu beschäftigt gewesen, um sich um sie zu kümmern. Jedes Mal war das Resultat nichts als Enttäuschung und Verärgerung gewesen. Da war es einfacher, mit ihr zu telefonieren, wenn er Pause hatte und sie erreichen konnte.

Meredith blieb in jener Nacht noch lange wach. Sie las in ihren Unterlagen und feilte an der Präsentation. In der kurzen Rede, mit der sie Callan vorstellte, wollte sie ein paar Kleinigkeiten ändern, und sie hatte auch einige Verbesserungsvorschläge für Charles' Vortrag.

Doch als Meredith am nächsten Morgen den beiden Männern ihre Ideen vorstellte, reagierte Charles sehr aufgebracht, obwohl sie gar nicht daran dachte, ihn zu kritisieren. Es ging vielmehr um einige Tipps, wie er *Dow Tech* den potentiellen Investoren noch besser präsentieren könnte.

»Ich glaube, Sie verstehen nicht, was ich sagen will«, stellte Meredith geduldig fest und versuchte, das Ganze noch einmal auf andere Weise zu erklären.

Charles blieb jedoch in der Defensive und wurde offensichtlich feindselig. »Ich verstehe Sie ganz genau. Sie halten sich wohl für verdammt klug, Miss Investmentbanking-Ass-von-der-Wall-Street. Jetzt werde ich Ihnen mal was sagen: Ich bin mit Ihren Vorschlägen überhaupt nicht einverstanden – weder mit denen, die Sie in den letzten zehn Minuten gemacht haben, noch mit denen der letzten zehn Wochen. Die ganze Sache ist ein Riesenfehler! Leute wie Sie verwirren Cal nur. Die Dollarzeichen bringen ihn so durcheinander, dass er seinen Ellbogen nicht mehr von seinem Hintern unterscheiden kann!«

Charles' Worte schockierten Meredith. Wie konnte er es nur wagen, so verächtlich von ihr zu sprechen? In einem einzigen Atemzug hatte er nicht nur sie, sondern auch Callan beleidigt, und es war offensichtlich, dass auch ihr Kunde nicht begeistert war.

»Wenn Sie sich nicht so sehr dagegen sträuben würden,

dass das Unternehmen an die Börse geht, Mr McIntosh, würden Sie sicher einen Weg finden, uns so gut wie möglich zu unterstützen. An dem Börsengang ist nämlich nichts mehr zu ändern – ob es Ihnen nun passt oder nicht. Callan will es, und genau das bekommt er von uns. Sie können sich aussuchen, ob Sie sich daran beteiligen wollen oder ob Sie sich weiter weigern wollen zu kooperieren. Wenn Sie sich allerdings für die letzte Möglichkeit entscheiden, versichere ich Ihnen, dass der Zug ohne Sie abfahren wird. Sie können es nicht mehr verhindern.«

Charles blickte Meredith bestürzt an. Der Nachdruck, den sie in ihre Worte gelegt hatte, überraschte ihn. Callans Miene hatte sich verdüstert, während er schweigend die Rechnung bezahlte und seinen Kaffee austrank. Als die drei das Restaurant verließen, sagte er nur, dass er nach der Präsentation mit McIntosh sprechen wolle. Meredith ahnte, was das zu bedeuten hatte. Callan würde seinem Finanzchef eine gewaltige Standpauke halten und – wenn es sein musste – vielleicht sogar mit einer Kündigung drohen. Charles hatte einen groben Fehler gemacht: Zum falschen Zeitpunkt hatte er sich für eine Meuterei entschieden und außerdem die verantwortliche Investmentbankerin beleidigt.

Schweigend betraten die drei den Vortragssaal. Als Meredith Charles wenig später dem Publikum vorstellte, hatte sie den Eindruck, dass er sich etwas beruhigt hatte, doch sie sah auch, dass Callan keineswegs dasselbe dachte. Er schäumte immer noch vor Zorn, nachdem die Zuhörer bereits gegangen waren. Nur wenige Minuten blieben bis zur nächsten Runde.

»Für wen zur Hölle hält er sich eigentlich? Wie kann er es wagen, so mit Ihnen zu sprechen?« Callan war vor allem erbost darüber, dass Charles Meredith beleidigt hatte.

»Er ist nur ein verknöcherter alter Mann, der sich Veränderungen widersetzt, Cal. Und es gibt so gut wie nichts, was Sie dagegen unternehmen können. Sie können versuchen, ihn zu bekehren. Es bleibt Ihnen kaum etwas anderes übrig. Wenn er sich aber stur stellt, müssen Sie nach der Tour eine Entscheidung treffen. Jetzt ist jedenfalls nicht der Zeitpunkt dafür, das Boot zum Kentern zu bringen. New York und eine Woche Europa liegen schließlich noch vor uns.«

»Ich weiß«, seufzte Callan, immer noch verärgert. Im Moment waren ihm die Hände gebunden, und Charles McIntosh wusste das nur allzu gut.

Die zweite Präsentation über Mittag ging vorüber, und am Nachmittag flogen Meredith, Callan und Charles gemeinsam nach New York. Charles war sehr schweigsam. Meredith fragte sich unwillkürlich, ob er seine Worte vielleicht bedauerte, es sich aber nicht eingestehen wollte. Er entschuldigte sich jedenfalls nicht, und als sie gegen sechs Uhr in New York landeten, hatte auch Callan kaum ein Wort mit seinem Finanzchef gewechselt. Callan war so verärgert, dass Meredith schon beinahe Mitleid mit dem Finanzchef verspürte, weil er sich in eine solche Lage hineinmanövriert hatte. Er hatte sich sehr weit aus dem Fenster gelehnt, und Meredith hatte das Gefühl, dass Callan kurz davor stand, ihn hinauszuwerfen.

Sie hatte einen Wagen gemietet, der bereits am Flughafen auf sie wartete, um sie ins Hotel zu bringen. Ihre Kunden würden im *Regency* wohnen, und sie selbst würde sich zu ihrer Wohnung bringen lassen. Sie wusste zwar, dass Steven am Abend nicht kommen würde, doch es war ein gutes Gefühl, zu Hause zu sein und ein paar Stunden für sich zu haben, bevor es nach Europa ging.

Die Präsentation am Dienstag war ein großer Erfolg. Am Ende des ersten Tages waren die Aktien schon überzeichnet, und die Investoren wollten mehr Anteile, als Meredith ihnen geben konnte. Die Situation, die sie sich gewünscht hatte, war nun eingetreten. Trotzdem war Charles McIntosh nicht bereit nachzugeben. Nach der letzten Präsentation stürmte er aus dem Saal und eilte ins Hotel zurück, so dass Meredith allein mit Callan essen ging.

Im *Club 21* sprachen sie lange über die Schwierigkeiten, die Charles Callan verursacht hatte.

»Es tut mir Leid, es sagen zu müssen, aber Sie brauchen seine Unterstützung nicht, Cal«, sagte Meredith vorsichtig.

»Wenn er mich in Europa weiter zum Wahnsinn treibt und irgendjemanden vor den Kopf stößt, schlage ich ihn mitten im Vortrag die Nase ein, das schwöre ich.«

»Das würde unsere Investoren sicher beeindrucken«, stellte Meredith lachend fest. Sie kannte Callan inzwischen gut genug, um zu wissen, dass er zu so etwas gar nicht in der Lage wäre, doch er war verständlicherweise außer sich vor Zorn auf seinen Finanzchef, der es immer noch darauf anlegte, seinem Brötchengeber Kopfschmerzen zu bereiten. Nur der Erfolg, der sich für den Börsengang seines Unternehmens abzeichnete, wog diese Schwierigkeiten auf, so dass er immer noch verhältnismäßig guter Stimmung war.

»Was würden Sie denn an meiner Stelle tun?«, fragte Callan gegen Ende des Dinners.

An diesem Abend gab es zuerst kein anderes Gesprächsthema. Er schätzte Merediths Rat, ihren kühlen Kopf und ihre klugen Entscheidungen.

Sie dachte für einen Augenblick nach, bevor sie schließlich antwortete: »Ich würde ihn wahrscheinlich umbringen. Vielleicht mit Gift. Er isst eine ganze Menge Süßes, vor allem Pfefferminzbonbons, glaube ich. Es wäre gar kein Problem, in einem dieser Bonbons eine Prise Zyankali unterzubringen.«

Meredith sprach mit solchem Ernst, dass Callan für einen kurzen Moment glaubte, sie könnte diese Idee tatsächlich in die Tat umsetzen. Doch dann brach sie in Gelächter aus. In manchen Augenblicken verfügte sie über eine ansehnliche Portion Frivolität.

Callan stimmte in ihr Lachen ein. »Gut, ich werde mich also erst mal beruhigen ... bis wir Europa hinter uns haben.«

»Sie haben gar keine andere Wahl. Wenn Sie wieder in Kalifornien sind, können Sie sich der Situation stellen.«

»Ja, es bleibt mir gar nichts anderes übrig.«
»In der Zwischenzeit sollten Sie ordentlich feiern. Sie sind wie ein Sturmwind über New York hinweggefegt. Besser hätte es gar nicht laufen können.«
»Das glaube ich auch.«
Callan strahlte nun vor Freude. Die Schwierigkeiten mit seinem Finanzchef schienen zumindest für den Augenblick in den Hintergrund zu treten. Für den nächsten Tag standen noch weitere Meetings mit Privatanlegern an, und abends würden sie nach Europa fliegen.
»Werden Sie denn Ihren Mann vorher noch sehen?«, fragte Callan interessiert. Allmählich erkannte er, wie sehr er Meredith in Anspruch nahm und wie groß seine Abhängigkeit von ihr wurde. Außerdem fühlte er sich ein wenig schuldig.
»Nein. Wenn er dienstfrei hat, habe ich alle Hände voll zu tun. Vielleicht sehe ich ihn auf dem Weg zum Flughafen, wenn ich nach Hause fahre und mein Gepäck hole. Es kann aber auch sein, dass er schon vorher wieder ins Krankenhaus gerufen wird.«
»Das ist ja wirklich unglaublich. Ich verstehe nicht, wie Sie es schaffen, Ihre Ehe aufrechtzuerhalten.«
»Wir lieben uns«, entgegnete Meredith schlicht und beschloss, ein bisschen zu sticheln. »Obwohl ich seine Kinder nicht will.«
»Allmählich glaube ich, dass ich meine Theorie doch noch einmal überdenken sollte. Sie scheinen eine geradezu perfekte Ehe zu führen. Vielleicht gerade deshalb, weil Sie keine Kinder haben. Was verstehe ich schon davon?«
»Versteht denn überhaupt irgendjemand etwas davon? Manchmal glaube ich, dass alle glücklichen Ehen nur Zufallstreffer sind, dass es reine Glückssache ist, ob man den richtigen Partner erwischt. Wer hätte vor vierzehn Jahren schon geglaubt, dass Steven und ich heute immer noch verrückt aufeinander sind oder uns so gut wie nie sehen. Als wir heirateten, träumte er noch von einer Landarztpraxis in Vermont,

und ich wollte Jura studieren. Und bald darauf entdeckte er sein Herz für die Unfallchirurgie und erklärte, dass er in New York leben wollte. So ähnlich erging es mir mit der Wall Street. Nichts entwickelt sich so, wie man es erwartet. Vielleicht ist es sogar besser so ... manchmal jedenfalls.« Auch Callans Leben hatte sich nicht so entwickelt, wie er es erwartet hatte. Sie fragte sich allerdings, ob das überhaupt jemals der Fall war. »In Vermont hätte ich mich wahrscheinlich zu Tode gelangweilt, und vielleicht hätten wir uns schon vor Jahren getrennt. Ich weiß nicht, warum, aber so funktioniert es eben.«

»Sie haben verdammt viel Glück, Merrie.«

»Ja, ich weiß. Sie sollten Steven einmal kennen lernen.«

»Das ist eine gute Idee. Vielleicht können wir uns ja mal zum Dinner treffen, wenn wir aus Europa zurück sind.«

»Das würde ihm bestimmt gefallen. Schließlich kennt er Ihre Instrumente. Eigentlich war er der Erste, der mir davon erzählte und davon schwärmte, wie gut sie sind.«

»Scheint ein großartiger Kerl zu sein«, stellte Callan grinsend fest und beglich die Rechnung.

Gemeinsam verließen sie das Restaurant und machten sich auf den Weg zum Hotel. Meredith nahm anschließend ein Taxi zu ihrer Wohnung.

Am nächsten Morgen schon trafen sie sich in der Innenstadt mit weiteren Investoren und brachten mehrere Präsentationen über die Bühne. Zum Lunch kamen sie mit einigen von Merediths Partnern von der Bank zusammen, dann mit einer anderen Gruppe von Anlegern, und schließlich lag auch die Arbeit dieses Tages hinter ihnen. Als Merediths Partner Callan zum Erfolg seines Unternehmens gratulierten, tat er sein Bestes, darauf hinzuweisen, dass dieser Erfolg im Grunde Merediths Verdienst war, doch sie waren mehr daran interessiert, sich mit ihm zu unterhalten, als Meredith zu loben. Schließlich hatte sie nur das getan, was alle von ihr erwarteten, und es gab überhaupt keinen Grund, sie deswegen zu feiern. Callan ärgerte sich über diese Haltung und nahm das Thema im Wagen wieder auf, während sie auf dem Weg zum Hotel waren, wo er sein Gepäck holen wollte, bevor sie zum Flughafen weiterfuhren.

»Die haben Sie nicht gerade auf Rosen gebettet«, stellte er verstimmt fest.

»Sie hätten dasselbe getan wie ich, und das wissen sie. Immerhin sind Sie eigentlich ein Kunde von Paul Black und nicht meiner.«

»Das ist doch Auslegungssache, oder etwa nicht? Er hat zwar den Kontakt hergestellt, aber Sie haben die ganze Arbeit erledigt.«

»So ist es eben in diesem Geschäft. Unter Investmentbankern gibt es keine Helden.«

»Und auch keine Anerkennung.«

»Die habe ich auch nicht erwartet. Immerhin habe ich bei diesem Deal eine ganze Menge Geld verdient. Und es wird für uns alle noch viel mehr dabei herausspringen.«

»Hier geht es doch nicht nur ums Geld, Merrie, das wissen Sie ganz genau. Sie können mir nicht erzählen, dass Geld der Grund dafür ist, dass Sie das alles tun. Sie glauben doch an die Unternehmen, die Sie für einen Börsengang vorbereiten. Sie sind mit Leib und Seele bei der Sache.« Vor allem deswegen respektierte er sie, und es störte ihn, dass andere es nicht genauso sahen.

»Das stimmt. Aber in diesem Geschäft gibt es kaum Platz für Romantik. Meine Partner wissen, dass ich – wie sie selbst übrigens auch – viel an dem Deal verdient habe. Deshalb haben sie nicht das Bedürfnis, mich von oben bis unten abzuküssen.«

»Ich glaube, dass diese Leute ganz schön hart mit Ihnen ins Gericht gehen, und das besonders deshalb, weil Sie eine Frau sind. Es scheint, als müssten Sie ihnen etwas beweisen, nämlich dass Sie genauso klug und fähig sind wie ein Mann. Dabei sind Sie um einiges klüger als die meisten von ihnen – und ganz sicher viel klüger als Paul Black. Er ist nur ein alter Schwätzer mit guten gesellschaftlichen Kontakten ... ein Schaumschläger, weiter nichts.«

Meredith lachte über diese Beschreibung. »Es freut mich, dass Sie es bemerkt haben. Von diesen Typen gibt es aber jede Menge.«

»Aber nicht genügend wie Sie. Es ist ein großer Gewinn für mich, mit Ihnen zu arbeiten.« Außerdem mochte Callan Meredith inzwischen sehr und bewunderte sie nicht nur für ihre Arbeit. Sie war rechtschaffen, anständig, loyal und – soweit er es beurteilen konnte – brillant. Außerdem war sie ausgesprochen sympathisch. Zudem war Callan beeindruckt davon, in welch hohen Tönen sie von ihrem Mann sprach.

»Ganz meinerseits. Das ist aber auch gut so, Callan, denn wir haben immerhin noch eine ganze Woche vor uns.« Meredith lachte ihn an.

Ein paar Minuten später hatten sie Callans Gepäck und Charles McIntosh vom Hotel abgeholt und waren auf dem Weg zu Merediths Wohnung. Ihre Koffer standen im Flur, und sie lief schnell hinauf, um sie zu holen. Steven hatte ihr eine Nachricht hinterlassen. Er war zu einem Meeting im Krankenhaus gerufen worden und bedauerte, sie verpasst zu haben. Hastig kritzelte Meredith auf den Zettel, dass sie ebenfalls traurig darüber sei, ihn sehr vermisse und ihn liebe. Nach weniger als fünf Minuten war sie schon wieder auf dem Weg nach unten.

»Ist Steven zu Hause?«, fragte Callan interessiert, als er sie erblickte. Er begann, sich um sie zu sorgen, als sei sie seine kleine Schwester.

»Nein, er ist schon zu einer Besprechung ins Krankenhaus aufgebrochen. Es ist in Ordnung. Ich hatte gar nicht damit gerechnet, ihn anzutreffen.« Sie schien zwar enttäuscht, aber nicht überrascht zu sein. So war das Leben, das sie führten, und sie war daran gewöhnt, im Gegensatz zu Callan.

»Das ist wirklich schade. Er war bestimmt enttäuscht.«

»In einer Woche sehen wir uns wieder«, lächelte Meredith. »Vielleicht nehme ich mir sogar ein paar Tage frei, wenn wir wieder zurück sind. Wir könnten gut nach Vermont fahren, wenn er sich vom Krankenhaus loseisen kann. Wenn nicht, machen wir es uns eben für ein langes Wochenende irgendwo gemütlich.«

»Schade, dass Steven am Wochenende nicht nach London kommen kann.«

»Ich habe auch versucht, ihn nach Paris zu locken, aber er muss für den Chef der Unfallchirurgie einspringen. Der muss nach Dallas.«

»Sie führen ein abscheuliches Leben. Ich verstehe nicht, wie Sie das ertragen. Aber gut. Vielleicht können wir in London einen Theaterbesuch einschieben. Oder wie wär's mit einem Abend im *Annabel's*? Tanzen Sie gern?«, fragte Callan.

Charles McIntosh starrte währenddessen mit angewiderter Miene aus dem Fenster. Callan war dabei, Privates mit Geschäftlichem zu vermischen. Dem konnte er keinesfalls zustimmen, erst recht nicht, wenn es dabei auch noch um Meredith ging.

»Für mein Leben gern«, gab Meredith zurück und war sowohl über die Einladung als auch über Charles' offensichtliche Missbilligung erfreut. Inzwischen hatte sie sogar einen gewissen Spaß daran, ihn zu schockieren.

»Vielleicht reicht die Zeit sogar für beides.« Callan hatte das Gefühl, Meredith für all die Schwierigkeiten, die er ihr bereitet hatte, entschädigen zu müssen. Außerdem wären sie – abgesehen von Charles – in London ganz für sich.

Auf dem Flughafen vertieften sich alle drei in ihre Unterlagen, und als sie schließlich das Flugzeug bestiegen, waren sie müde. Das Flugzeug würde in London zwischenlanden. Kaum hatten sie etwas gegessen, schalteten die beiden Männer die Lampen über ihren Sitzen aus und machten es sich unter ihren Decken bequem. Callan und Meredith saßen nebeneinander, Charles in der Reihe dahinter. Als Callan die Lehne seines Sitzes so weit wie möglich nach hinten drückte, griff Meredith nach ihrer Aktentasche.

»Merrie, was tun Sie denn da?« Callans Stimme drang sanft durch die Dunkelheit.

»Ich wollte eigentlich ein bisschen lesen.«

»Bloß nicht«, sagte er fürsorglich. »Sie sollten auch ein wenig schlafen. Schalten Sie das Licht aus! Das ist ein Befehl.«

»Ein Befehl?« Meredith schaute ihn amüsiert an. »Das ist ja etwas ganz Neues.«

»Vielleicht sollte man Ihnen so etwas viel häufiger sagen. Kommen Sie, für heute Nacht ist Schluss. Schalten Sie die Lampe aus!«

Meredith zögerte noch für einen Augenblick, sah dann aber ein, dass Callan Recht hatte. Die Arbeit konnte ebenso gut bis zum nächsten Morgen warten. Sie streckte die Hand aus und schaltete ihre Lampe aus.

»Braves Mädchen. Morgen ist auch noch ein Tag.« Callan sprach freundlich und väterlich.

Plötzlich konnte Meredith sich vorstellen, wie er mit seinen Kindern umging. Instinktiv spürte sie, dass er ein guter Vater war.

»Genau davor habe ich mich schon immer gefürchtet«, sagte sie leise, »dass morgen auch noch ein Tag ist und alles noch da ist. Aber ich hoffe immer noch, dass um Mitternacht eine gute Fee auftaucht und alles für mich erledigt.«

»Sie selbst sind die gute Fee, Merrie. Doch auch Feen müssen sich manchmal ausruhen.«

Callan war entschlossener denn je, dafür zu sorgen, dass sie sich in London amüsierte. Das hatte sie verdient. Sie hatte mehr für ihn getan als irgendjemand sonst seit langer, langer Zeit, vielleicht sogar in seinem ganzen Leben.

Meredith schob ihre Lehne ebenfalls nach hinten, legte sich ein Kissen unter den Kopf und wickelte sich in die Decke. Ruhig lag sie schließlich an Callans Seite.

»Können Sie denn in Flugzeugen überhaupt schlafen?«,

fragte er flüsternd. Es war, als hätten sie sich in zwei Kinder verwandelt, die auf einer Pyjamaparty im Dunkeln miteinander tuschelten.

»Manchmal. Das hängt davon ab, wie viel Arbeit sich in meiner Aktentasche befindet«, entgegnete Meredith und schaute ihn lächelnd an.

»Stellen Sie sich vor, dass Sie sie in New York vergessen haben. Stellen Sie sich vor, Sie flögen in Urlaub.«

Meredith lächelte und flüsterte: »Wo würde ich denn Urlaub machen?«

»Was halten Sie von Südfrankreich? Saint-Tropez ... wie klingt das?«

»Das klingt sehr gut. Eine schöne Vorstellung.«

»Dann schließen Sie die Augen und denken Sie an Saint-Tropez.«

»Ist das etwa auch ein Befehl?«

»Ja! Also seien Sie jetzt still und denken Sie nur noch daran.«

Zu Merediths großer Überraschung funktionierte es sogar. Sie lag mit geschlossenen Augen da und stellte sich Saint-Tropez vor: den kleinen Hafen, die engen gewundenen Straßen, das Mittelmeer, den Blumenmarkt ...

Als Callan ihr das nächste Mal einen Blick zuwarf, schlief sie bereits tief und fest. Behutsam zupfte er ihre Decke zurecht.

## 7

Wie geplant setzte die Maschine nach der Zwischenlandung in London ihren Flug nach Edinburgh fort. Meredith war überrascht, dass sie den größten Teil der Reise verschlafen hatte.

Am nächsten Morgen waren sie endlich in Schottland. Vom Flughafen fuhren sie auf direktem Wege zu dem Veranstaltungsort, an dem die Präsentation vor einem Publikum, das sich aus Managern verschiedener schottischer Trusts zusammensetzte, stattfinden sollte. So etwas gehörte zum Standard einer Roadshow, und Meredith war damit bereits vertraut.

Wie bereits während der vergangenen beiden Wochen verlief auch hier die Vorstellung reibungslos. Callan war geradezu verzückt, als außerdem ein Fax aus Merediths Büro eintraf, aus dem hervorging, dass das Auftragsbuch in einem Verhältnis zehn zu eins überzeichnet war. Das bedeutete, dass die Nachfrage nach Aktien von *Dow Tech* das Angebot um ein Zehnfaches überschritt.

Am Abend ging es wieder nach London. Als Meredith und Callan endlich im *Claridge's* eintrafen, war sogar der unermüdliche Callan vollkommen erschöpft. Der Flug nach Europa hatte die ganze Nacht gedauert, und nun lag ein anstrengender Tag hinter ihnen. Am nächsten Morgen wartete die erste Präsentation in London auf sie, und dafür mussten sie ausgeruht sein. Callan war mehr als zufrieden. Alles lief wie am Schnürchen, und dafür wollte er Meredith danken.

»Was haben Sie heute Abend vor, Meredith?«, fragte er beim Einchecken.

Ein livrierter Page zeigte ihnen kurz darauf die Zimmer. Charles McIntosh wurde auf einem anderen Stockwerk untergebracht, doch die Zimmer von Callan und Meredith lagen nebeneinander.

»Was ich vorhabe? Schlafen, hoffe ich. Ich weiß ja nicht, wie es Ihnen geht, aber ich bin erledigt. Ich möchte ins Bett, damit ich die Sache morgen nicht vermassele.«

»Das ist doch sowieso ganz ausgeschlossen. Wollen wir nicht noch eine Kleinigkeit essen gehen?«

Obwohl Callan ebenso erschöpft war wie Meredith, reizte es ihn, noch auszugehen. Er hatte seine Freude daran, tagsüber hart zu arbeiten und dann die Nacht hindurch unterwegs zu sein und sich zu amüsieren.

»Heute Abend lieber nicht, danke. Ich werde mir was beim Zimmerservice bestellen und früh schlafen gehen.«

»Spielverderberin! Wie wäre es mit einem Dinner in *Harry's Bar*? Ins *Annabel's* könnten wir dann morgen Abend gehen.«

»Wo nehmen Sie bloß Ihre Energie her, Cal? Werden Sie denn niemals müde?«

»Das müssen Sie gerade sagen! Sie sind doch diejenige, die niemals genug bekommt.«

»Jetzt ist es aber so weit.« Meredith gab sich geschlagen. Der lange Flug, der Jetlag und der anstrengende Tag hatten ihre Spuren hinterlassen, und sie konnte kaum noch die Augen offen halten, als der Page ihre Aktentasche und ihren Koffer auf den Boden stellte, um anschließend Callan sein Zimmer zu zeigen. Ihr eigenes war in wunderschönem Art-Deco-Stil möbliert, Callans mit blassblauem Taft und pastellfarbenem Blümchenchintz ausgestattet. Beide Räume sahen aus, als wären sie erst vor kurzem renoviert worden. Für diese Nacht hätte Meredith sich allerdings auch mit einem Strohsack zufrieden gegeben. Am nächsten Tag wollte sie unbedingt ausgeruht sein. Um acht Uhr am Morgen wartete bereits die nächste Präsentation auf sie. Doch der Druck war längst nicht mehr so groß wie noch in New York. Der europäische Markt war auch nicht so interessant für sie. Traditionell versuchte Merediths Unternehmen, die Zahl der in Europa verkauften Anteile möglichst gering zu halten. Auf lange Sicht war es zwar wichtig, europäische Investoren zu beteiligen, doch der größte Teil der Anteile bei Neuemissionen bliebe amerikanischen Anlegern vorbehalten, die die Aktien häufiger kaufen und wieder verkaufen würden. Das bedeutete höhere Provisionen.

Callan klopfte noch einmal an Merediths Zimmertür, nachdem auch sein Gepäck heraufgebracht worden war. Er versuchte, sie dazu zu überreden, doch noch mit ihm auszugehen, doch sie blieb standhaft. Kurz darauf hörte sie, wie sich seine Tür öffnete und wieder schloss. Er hatte sich also tatsächlich noch einmal auf den Weg gemacht. Sie dagegen schlief um neun Uhr bereits tief und fest. Deshalb war sie am folgenden Morgen strahlender Laune und bester Dinge, als sie sich zum Frühstück wieder trafen.

»Wie war's denn gestern Abend?«, fragte sie über den Rand ihrer Kaffeetasse hinweg.

Charles McIntosh war noch nicht erschienen.

»Ich habe ein paar alte Freunde getroffen. Ich kenne hier eine ganze Menge Leute, einige auch durch meine Ex-Frau.«

»Ich war um neun schon jenseits von Gut und Böse.« Meredith lächelte Callan zu.

»Heute Abend wird das aber anders!« Callan erwiderte ihr Lächeln.

Dann trat Charles McIntosh an den Tisch. Endlich schien er einmal recht aufgeräumter Stimmung zu sein, und alle drei unterhielten sich in entspannter Atmosphäre. Charles bestellte Würstchen und Eier. Um acht Uhr waren sie bereits wieder mit der mittlerweile vertrauten Präsentation beschäftigt. Sie war – ebenso wie alle anderen – ein riesiger Erfolg.

Mittags trafen sie sich mit Privatanlegern, und um eins schloss sich eine weitere Präsentation an. Gegen vier Uhr waren sie wieder im Hotel. Charles wollte das Wochenende mit Freunden in Frankreich verbringen. Sonntagabend würde er in Genf wieder zu Meredith und Callan stoßen. Ungewöhnlich herzlich wünschte Charles den beiden ein schönes Wochenende. Meredith hoffte im Stillen, dass sein Eispanzer ein bisschen geschmolzen war.

»Sind Sie bereit für einen nächtlichen Streifzug durch die Stadt?«, fragte Callan. Für acht Uhr hatte er einen Tisch in *Harry's Bar* reserviert. Anschließend wollte er im *Annabel's* tanzen.

»Wollen Sie denn wirklich Ihre Zeit mit mir verbringen?«, fragte Meredith. Inzwischen gingen sie wie Bruder und Schwester miteinander um, und beide schienen es zu genießen.

»Mit einem guten Freund kann ich mich ebenso gut ein anderes Mal zum Dinner treffen«, stellte Callan fest.

Sie waren noch in der Hotelhalle und unterhielten sich ein

wenig über die Ereignisse des Nachmittags. Die Präsentationen waren sogar besser als erwartet verlaufen.

»Ich hatte den Eindruck, dass Charlie sich hier mehr Mühe gegeben hat«, sagte Meredith großmütig. Charles McIntosh würde niemals vor Begeisterung brennen. Doch immerhin schien er nicht mehr so widerspenstig wie in Los Angeles und New York zu sein.

Callan stimmte Meredith zu. Er hatte die Veränderung im Verhalten seines Finanzchefs gleichfalls bemerkt.

»Es ist wirklich eine Schande, dass es so lange gedauert hat, bis er mit der ganzen Sache warm wurde.«

Callan schwieg dazu, und ein paar Minuten später gingen beide auf ihre Zimmer. Um acht Uhr wollte Callan Meredith abholen. Sie hatte also genügend Zeit abzuschalten, sich zu entspannen und ein Bad zu nehmen. Doch gerade als sie in die Badewanne stieg, klingelte das Telefon.

Sie wickelte sich in ein Handtuch, nahm den Hörer ab und lächelte, als sie die Stimme am anderen Ende der Leitung erkannte. Es war Steven.

»Wie geht's, Liebling?« Seine Stimme klang gut gelaunt. In New York war es früher Freitagnachmittag.

»Alles ist großartig.« Meredith grinste breit und zog sich das Handtuch enger um den Körper. Die Klimaanlage funktionierte tadellos. »Wir haben's fast geschafft und sind zehn zu eins überzeichnet. Diesmal gibt's auf jeden Fall einen Greenshoe.«

Steven wusste, was das bedeutete. Noch einmal fünf bis zehn Prozent Anteile würden zum Kauf angeboten werden. Nach einem Dutzend Jahre, die er die Wall-Street-Karriere seiner Frau begleitet hatte, war ihm der Jargon vertraut.

»Callan ist sehr zufrieden.«

»Und sein Finanzchef? Nervt der immer noch?«, fragte Steven interessiert.

»Hier ging's etwas besser. Heute hat er sogar gelächelt. Das Wochenende verbringt er mit Freunden in Frankreich. Irgendwie bin ich erleichtert, dass er uns nicht im Nacken sitzt.« Charles' Gesellschaft erinnerte meistens an die eines griesgrämigen Großvaters.

Steven war über diese Nachricht alles andere als erfreut. »Soll das etwa heißen, dass du mit Dow allein bist?«

»Mehr oder weniger. Aber mit rund acht Millionen Leuten, die sich ebenfalls in London aufhalten, fühle ich mich sicher.« Meredith war amüsiert über Stevens offenkundige Eifersucht.

»Du weißt genau, was ich meine. Er will doch nichts von dir, oder, Merrie?«

»Natürlich nicht. Dafür ist er viel zu klug. Inzwischen sind wir gute Freunde. Nach solchen Roadshows ist man entweder fürs Leben befreundet oder man hat für immer die Nase voll voneinander. Callan ist wirklich ein netter Kerl, und ich glaube, dass wir Freunde bleiben werden. Ich hoffe, dass du ihn demnächst kennen lernst.«

»Gut ... ich weiß nicht, warum, aber ich traue ihm nicht. Viel lieber würde *ich* das Wochenende in London mit dir verbringen.«

»Dann komm doch. Nächste Woche könnten wir uns auch in Paris treffen.«

»Sehr komisch! Du weiß genau, dass ich hier festsitze. Beweg einfach deinen Hintern so schnell wie möglich wieder nach Hause. Was hast du denn am Wochenende vor?«

»Rumhängen. Morgen werde ich ein paar Einkäufe erledigen. Für heute Abend bin ich mit Cal in *Harry's Bar* zum Essen verabredet.« Vorsichtshalber verschwieg Meredith, dass sie geplant hatten, nach dem Essen noch tanzen zu gehen. Es war zwar nichts dabei, doch sie wollte Steven nicht unnötig beunruhigen. Es war alles vollkommen harmlos. Callan war ein Gentleman, genauso wie sie es immer behauptet hatte.

»Wenn er sich betrinkt, nimm ein Taxi zum Hotel. Riskier bloß nichts.«

»Liebling, mach dir doch keine Sorgen. Niemand wird sich betrinken. Wir werden zusammen essen und ins Hotel zurückkehren. Das ist alles. Besser als der Zimmerservice, aber auch keine große Sache.«

»In Ordnung.« Steven klang besänftigt, jedoch immer noch nicht restlos überzeugt. Der Typ war zu jung, zu erfolgreich und zu attraktiv. Das jedenfalls hatte Steven gelesen und gehört. Er konnte sich nicht vorstellen, dass Callan seiner Frau auf Dauer würde widerstehen können. Doch auch wenn er Dow misstraute, Meredith war über jeden Zweifel erhaben.

»Und was ist mit dir? Was hast du heute Abend vor?«, fragte Meredith.

»Schlafen. Morgen bin ich schon wieder zur Bereitschaft eingeteilt. Aber ich habe am Wochenende ohnehin nichts Besseres vor. Nächstes Wochenende habe ich aber frei, so dass wir dann endlich zusammen sein können.«

»Sollen wir nicht irgendwohin fahren?« Die Aussicht auf das gemeinsame Wochenende schien Meredith glücklich zu machen.

»Wir werden sehen.«

Einige Minuten später war das Telefongespräch beendet. Meredith ging zurück ins Bad, doch das Wasser in der Wanne war inzwischen kalt geworden. Sie ließ heißes Wasser nachlaufen, glitt hinein und dachte an Steven. Es war rührend, dass er nach so vielen Jahren immer noch eifersüchtig war. Er hatte überhaupt keinen Grund dazu, und das wusste er auch. Sie hatte ihm nie auch nur für eine Sekunde Anlass gegeben zu glauben, dass sie ihm untreu werden könnte. Sie liebte ihn immer noch sehr.

Als Callan sie kurz vor acht abholte, trug Meredith ein kurzes schwarzes Cocktailkleid, Abendsandalen mit hohen Absätzen und eine Perlenkette. Sie hatte Make-up aufgelegt, und ihr Haar schimmerte wie Gold. Sie sah einfach hinreißend aus. Callan trat unvermittelt einen Schritt zurück. Er war beeindruckt. Während der Arbeit war Meredith immer recht konservativ gekleidet, trug normalerweise dunkelblaue oder schwarze Kostüme und sah aus wie die typische Bankerin.

Nun aber war sie jung und sexy, und das Cocktailkleid war auf dem Rücken tief ausgeschnitten.

»Wow! Wenn ich das sagen darf, Mrs Whitman ... Sie sehen umwerfend aus. Vielleicht hätten Sie das auch während Ihrer Reden auf der Tour tragen sollen. Dann wäre das Ergebnis sicher hundert zu eins gewesen.«

»Danke, Callan«, sagte Meredith und errötete leicht. Es hatte ihr Spaß gemacht, sich zurechtzumachen, um mit ihm auszugehen.

Bei *Harry's* war bereits alles, was Rang und Namen hatte, einschließlich der kompletten Aristokratie, versammelt. *Harry's Bar* gehörte immer noch zu den exklusivsten Restaurants in ganz London, und weil es eigentlich ein Club war, erinnerte die Szenerie eher an eine private Dinnerparty als an ein öffentliches Lokal.

Zuerst nahmen Meredith und Callan an der Bar einen Drink. Als sie kurz darauf zu ihrem Tisch geführt wurden, erkannte Meredith viele der Gesichter um sich herum. Zu ihrer Linken saß eine Gruppe bedeutender Investmentbanker: einige Engländer, ein paar Franzosen, ein Saudi und zwei Männer aus Bahrain. An dem Tisch auf der anderen Seite hatten sich zwei Kinostars, ein Regisseur und ein bekannter italienischer Prinz versammelt. Es war eine illustre Gesellschaft, und Meredith freute sich darüber, den Abend dort mit Callan zu verbringen.

Diesmal sprachen sie nicht über das Geschäft. Sie waren einfach zwei Menschen, die an einem Freitagabend zum Dinner ausgegangen waren. Abgesehen von der Tatsache, dass Meredith verheiratet war und Callan zu ihren Kunden zählte, schien es beinahe wie ein Rendezvous, in gewisser Hinsicht sogar noch viel besser. Keiner von beiden brauchte sich wegen des Ausgangs, des Eindrucks, den er hervorrief, oder der Absichten des anderen zu sorgen. Sie waren einfach Freunde, die einen schönen Abend zusammen verbrachten.

»Steve ist offenbar sehr großzügig«, stellte Callan fest,

während der Ober ihnen das Dessert servierte und jedem ein Glas *Château d'Yquem* einschenkte. Es war ein lieblicher Sauterne, und er schmeckte wie flüssiges Gold.

»Wie kommen Sie darauf?«

»Ich bin nicht sicher, ob ich meiner Frau erlaubt hätte, zum Essen und Tanzen auszugehen, als ich noch verheiratet war. Ich weiß nicht, ob ich Charlotte jemals so sehr vertraut habe.«

Beide wussten, dass Callan allen Grund gehabt hatte, seiner Frau zu misstrauen.

»Steve weiß, dass es keinen Grund gibt, sich Sorgen zu machen. Er kann sich meiner ganz sicher sein«, gab Meredith lächelnd zurück.

Aus dem Augenwinkel erhaschte sie einen Blick auf eine sehr elegante, dunkelhaarige Frau, die in einem roten Kleid das Restaurant betrat. Einige Leute schienen zu wissen, wer sie war. Ein äußerst attraktiver älterer Mann begleitete sie. Meredith hatte den Eindruck, diese Frau schon irgendwo gesehen zu haben, doch sie konnte sich nicht erinnern, wo. Die Fremde ging von Tisch zu Tisch, plauderte hier und dort ein Weilchen, und Meredith fragte schließlich Callan, ob er sie kannte.

Lange Zeit ruhte sein Blick daraufhin auf der Frau.

»Ist sie Schauspielerin?«, fragte Meredith.

Das Alter für ein Model hatte sie bereits überschritten, wenn auch nicht um viele Jahre. Wäre sie jünger gewesen, hätte einer solchen Karriere jedenfalls nichts im Wege gestanden.

»Nein, sie ist Anwältin«, sagte Callan, schaute noch einmal hinüber und wandte sich dann wieder an Meredith. Seine Miene schien etwas verkniffen.

»Kennen Sie sie? Irgendwo habe ich sie schon gesehen, aber ich kann das Gesicht nicht einordnen.«

»In *W* haben Sie sie gesehen und in anderen ausgesuchten Magazinen. Sie zeigt sich gern in der Öffentlichkeit, hat hervorragende Verbindungen, und die meisten ihrer Mandanten sind wichtige Leute. Sie bewegt sich vorzugsweise im Jetset.«

»Wer ist sie denn?«, fragte Meredith verwirrt.

Plötzlich schlich sich ein harter Ausdruck in Callans Blick. »Das ist meine Ex-Frau«, entgegnete er und blickte Meredith an. Er schien alles andere als erfreut.

»Oh, das tut mir Leid«, sagte Meredith. Es war offensichtlich, dass ihm die Situation unangenehm war.

»Dafür gibt es keinen Grund. Wir kommen inzwischen recht gut miteinander aus. Wenn sie die Kinder besucht, treffen wir uns jedes Mal.«

Obwohl Callan nach Kräften versuchte, den Gleichgültigen zu spielen, spürte Meredith, dass dieses Zusammentreffen schmerzhaft für ihn war. Sie fragte sich, ob sich die beiden wohl begrüßen würden, doch kaum hatte sie den Gedanken zu Ende gedacht, trat die Frau in Rot bereits an ihren Tisch und reichte Callan mit einem betörenden Lächeln, das beinahe ebenso funkelte wie die Diamanten an ihren Ohren und Fingern, die Hand.

»Hallo, Charlotte«, sagte Callan schlicht, »wie geht es dir?«

»Gut. Was treibst du denn in diesem Teil der Welt?« Charlotte warf Meredith in ihrem schlichten schwarzen Kleid und ihrer Perlenkette einen Blick zu und schien die elegante junge Investmentbankerin sofort als unwichtig einzustufen.

»Ich bin auf Geschäftsreise. Darf ich dir Meredith Whitman vorstellen?«, entgegnete Callan höflich.

Kurz darauf ging Charlotte bereits weiter, um sich im hinteren Teil des Lokals mit ihren Freunden an einen Tisch zu setzen. Meredith war unangenehm berührt, dass sie es nicht einmal für nötig befunden hatte, sich nach ihren Kindern zu erkundigen.

Doch Callan zuckte nur die Achseln und schaute sie mit einem schiefen Lächeln an. »Ich hab's Ihnen schon erklärt, Meredith: Kinder sind nicht ihre Sache. Sie legt entschieden mehr Wert auf Glamour, den Jetset und ihre Geschäfte. Nur die großen Stars, die sie vertritt, interessieren sie wirklich. Sie ist hier sehr glücklich.«

Meredith fragte sich, wie sehr es ihn wohl getroffen hatte, seiner Ex-Frau zu begegnen, doch sie fragte ihn nicht danach.

»Sie ist eine sehr auffallende Frau«, stellte sie fest, »und sehr schön obendrein.«

Offenbar fühlte Callan sich zu diesem Typ Frau hingezogen. Es war tatsächlich schwierig, sich nicht von einer solchen Erscheinung beeindrucken zu lassen. Außerdem hatte Callan erwähnt, dass Charlotte ausgesprochen klug war. Doch solch wichtige Eigenschaften wie Wertebewusstsein, Einfühlungsvermögen und Integrität schienen bei ihr nur mangelhaft ausgeprägt zu sein. So schätzte es Callan jedenfalls ein.

»Als Kind hat sie als Model gearbeitet. Das ist ihr meiner Ansicht nach zu Kopf gestiegen. Die Aufmerksamkeit, das Geld, all das gefiel ihr, doch sie wusste, dass es nicht von Dauer sein würde. Also hat sie sich etwas aufgebaut, das dieser Vergänglichkeit trotzte. Sie ist tatsächlich eine gute Anwältin, und das ganze Unterhaltungsbusiness bedeutet ihr sehr viel. Sie bewundert all ihre kleinen Filmsternchen, indirekt lebt sie durch sie. Und alle sind verrückt nach ihr. Vielleicht sind ihr deshalb ihre Kinder so gleichgültig. Im Grunde sind die Mandanten ihre Kinder, und von ihnen bekommt sie alle Streicheleinheiten, die sie braucht.«

»Das kommt mir irgendwie bekannt vor«, grinste Meredith. »Meine Kunden sind nämlich auch meine Kinder. Wie Sie zum Beispiel. Ich bereite alles vor, und anschließend schicke ich Sie hinaus in die Welt, damit Sie viel Geld verdienen und großen Erfolg haben.«

Callan lachte über den Vergleich und schüttelte den Kopf. »Ich glaube, es ist doch etwas mehr als das. Was haben *Sie* denn davon, Meredith? Sagen Sie mir etwas, was nicht sofort ins Auge fällt.«

Auch sie würde an diesem Geschäft gut verdienen, doch Callan wusste, dass dies nicht ihr einziger Antrieb war. Sie liebte ihre Arbeit, und sie machte sie gut. In den vergangenen Monaten ihrer Zusammenarbeit hatte sie ihn sehr beeindruckt.

»Meine Arbeit gefällt mir«, entgegnete Meredith. »Und irgendwie stimmt es tatsächlich: Meine Kunden sind meine Kinder. Ich brauche keine eigenen Kinder. Meine Kunden und Steven geben mir alles, was ich brauche.«

»Es ist nicht dasselbe, das kann ich Ihnen versichern. Sie verpassen etwas ganz Wichtiges« – er warf einen Blick durch das Lokal zu Charlotte hinüber –, »so wie sie. Doch das hat sie nie verstanden. Aber Sie haben wenigstens keine eigenen Kinder. Mit Ihrer Einstellung verletzen Sie niemanden, außer vielleicht sich selbst und Ihren Mann. Charlotte dagegen lässt sich nicht nur eine Menge entgehen, sondern sie bringt unsere Kinder um die Möglichkeit, eine richtige Mutter zu haben.«

»Vielleicht sollten Sie doch noch einmal heiraten«, sagte Meredith mutig. »Nicht um Ihrer selbst willen, sondern wegen Ihrer Kinder.«

»Großartig! Und dann? Sollen sie etwa noch eine Scheidung durchstehen? Beim ersten Mal waren sie noch zu jung, um wirklich zu begreifen, was vor sich ging. Mary Ellen war erst sechs, aber es hat ihr trotzdem das Herz gebrochen. Julie und Andy waren vier und fast zwei. Für sie war es viel leichter. Beim nächsten Mal wäre es anders. Jetzt sind sie älter. Alt genug, um durch eine Trennung verletzt zu werden.«

»Wie kommen Sie darauf, dass Ihnen eine weitere Scheidung drohen würde, Cal? Glauben Sie denn nicht, dass Sie etwas aus Ihren Erfahrungen gelernt haben?«

»Habe ich: Keine weitere Ehe!«, lachte er, doch es war ein freudloses Lachen, voller Bitterkeit und unvergessenem Schmerz. »Außerdem habe ich kein Vertrauen mehr und werde nicht den gleichen Fehler zweimal machen. Charlotte hat ihren Laden in London immerhin von dem Geld bezahlt, das sie von mir bekommen hat.«

»Glück für sie.«

»Das denke ich auch«, sagte Callan, während er die Rechnung zahlte. »Abgesehen davon«, fügte er mit einem amüsierten Lächeln hinzu, »würden meine Kinder gar nicht zulassen, dass ich noch einmal heirate. Sie wollen mich ganz für sich haben, so viel ist sicher.«

»Aber es ist nicht fair und außerdem weder gut für die Kinder noch für Sie.«

»Für mich ist es sogar sehr gut. Sie sind für mich wie drei kleine Schutzengel, die mich davon abhalten, irgendeine Dummheit zu begehen.«

»Sie sind viel zu klug, um so zynisch zu sein, Cal.« Meredith sprach zu ihm als Freundin.

»Warum versuchen Sie eigentlich so beharrlich, mir ans Herz zu legen, dass ich wieder heiraten soll?«, fragte er, überrascht von ihrer Unnachgiebigkeit.

»Weil ich glaube, dass die Ehe eine großartige Sache ist. Mir ist in meinem Leben jedenfalls nie etwas Besseres passiert.«

»Sie haben eben sehr viel Glück«, stellte Callan mit einem warmen Lächeln fest und entspannte sich. »Genauso wie Steve. Kommen Sie, Mädchen, lassen Sie uns tanzen.«

Damit ergriff Callan Merediths Hand und führte sie aus dem Restaurant. Seine Ex-Frau würdigte er keines Blickes mehr. Dieses Kapitel seines Lebens hatte er längst abgeschlossen, und Meredith war erleichtert, als sie schließlich auf der Straße standen. Sie hatte seine Anspannung gespürt, und auch seine Bestürzung über dieses unerwartete Zusammentreffen war ihr nicht entgangen. Ohne Zweifel hegte er keinerlei warme Gefühle mehr für Charlotte, unabhängig davon, wie viele Kinder er mit ihr hatte.

Auf dem Weg zum *Annabel's* unterhielten sie sich ungezwungen miteinander. Callan hatte einen Mercedes mit Chauffeur bereits im Hotel gebucht. Der Wagen brachte sie in das Lokal, das Meredith sehr gefiel. Callan bestellte Champagner und führte sie sofort auf die Tanzfläche. Erst eine Stunde später kehrten sie an ihren Tisch zurück. Callan war ein begnadeter Tänzer, und es machte großen Spaß, mit ihm zusammen zu sein. Meredith bedauerte, dass er in mancher Hinsicht so verbittert war. Er war tief verletzt worden, doch darüber hinaus war er in vielerlei Hinsicht ein überaus anziehender Mann. Meredith war davon überzeugt, dass er sehr viel mehr verdiente als das, was er sich selbst bereit war, zu gönnen. Seine Arbeit und seine Kinder schienen einen Mann wie ihn kaum ausfüllen zu können, obwohl Meredith nicht wusste, was es außerdem noch in seinem Leben gab. Bisher hatte er nicht von einer Freundin oder Lebensgefährtin gesprochen, und sie fragte sich unwillkürlich, was er eigentlich unternahm, wenn er sich außerhalb seiner Firma amüsieren wollte und nicht gerade mit seiner Bankerin tanzen ging.

Bis zwei Uhr morgens blieben Meredith und Callan im *Annabel's* und kehrten dann ins *Claridge's* zurück. Beide lachten, waren glücklich, müde und entspannt. Meredith genoss ihre ungezwungene Freundschaft und hätte die ganze Nacht durchtanzen können. Leicht hatte Callan sie in seinen Armen gehalten und sich in vollkommenem Einklang mit ihr bewegt. Er war jedoch nicht aus der Rolle gefallen und ihr nicht ein einziges Mal zu nahe gekommen. Nicht eine Sekunde lang hatte Meredith sich unbehaglich gefühlt, stattdessen fühlte sie sich ihm jetzt noch näher als zuvor. Die Begegnung mit Charlotte in *Harry's Bar* hatte ihr außerdem einen interessanten Blick in seine Vergangenheit gestattet.

»Was steht denn für morgen auf dem Plan?«, fragte Callan, nachdem er Meredith bis zur Tür ihres Zimmers gebracht hatte.

»Ich werde ein paar Einkäufe machen. Die Antiquitätenläden hier haben es mir angetan.«

»So geht's mir auch. Was halten Sie davon, wenn ich Sie begleite?«

»Sehr gern.« Doch dann erinnerte sich Meredith an die Schätze, die sie in Callans Haus gesehen hatte. »Aber vielleicht steht Ihnen der Sinn doch eher nach ausgefalleneren Dingen. Ich wollte nur ein bisschen stöbern.«

»Ich kann mir nichts Schöneres vorstellen«, sagte Callan

und fügte dann hinzu: »Es war ein wundervoller Abend. Dank Ihrer wundervollen Begleitung, Meredith.«

Das stimmte vielleicht sogar, doch Meredith machte sich nichts vor: Sie war weder so raffiniert noch so auffallend wie seine Ex-Frau. Charlotte war aus einem vollkommen anderen Holz geschnitzt, und sie fragte sich unwillkürlich, ob Callan sie selbst im Vergleich nicht sogar etwas farblos fand. Sie war viel konservativer als seine Ex-Frau, aber dafür eben auch eine gute Portion natürlicher.

»Ich hatte auch großen Spaß. Das Dinner war exzellent, und das Tanzen hat Spaß gemacht. Steven und ich schaffen es nie, zum Tanzen zu gehen. Er ist entweder zu müde, oder er muss arbeiten. Mit den Jahren bin ich zu dem Schluss gekommen, dass die meisten Chirurgen außerdem gar nicht tanzen können. Es war sehr schön. Ich danke Ihnen«, sagte Meredith voller Wärme.

»Ich könnte jederzeit nach New York kommen, um Sie zum Tanzen auszuführen. Wir machen's wie Ginger Rogers und Fred Astaire: sind Tanzpartner und gute Freunde.«

Meredith lachte über den Vergleich, wünschte ihm eine gute Nacht und schloss ihre Tür. Sie war müde, aber der Abend hatte ihr sehr gefallen. Ein Blick auf das Telefon verriet ihr, dass eine Nachricht auf sie wartete. Man sagte ihr, dass Steven dreimal angerufen hatte. Doch Meredith war zu müde und entschloss sich, ihn erst am nächsten Morgen zurückzurufen.

Sie warf ihr Kleid über einen Stuhl, streifte die Schuhe von den Füßen, putzte sich die Zähne, zog das Nachthemd an und schlüpfte geradewegs ins Bett.

Als das Telefon am nächsten Morgen um acht Uhr klingelte, schlief sie immer noch. Es war Steven.

»Wo warst du denn die ganze Nacht?« Seine Stimme klang leicht verärgert.

»Ich habe dir doch gesagt, dass ich mit Cal unterwegs sein würde.« Meredith gähnte verschlafen.

»Wann warst du denn wieder im Hotel? Um vier Uhr morgens?«

»Nein, um zwei. Wir haben im *Harry's* gegessen und anschließend im *Annabel's* noch etwas getrunken.« Sie wollte ihm nichts verheimlichen und hatte von Anfang an vorgehabt, ihm vom *Annabel's* zu erzählen.

»Hast du mit ihm getanzt?«

»Nein, dafür aber mit mehreren Kellnern. Natürlich habe ich mit ihm getanzt, du Dummer! Keine große Sache übrigens.«

»Vielleicht ist es aber für mich eine große Sache.« Steven klang wie ein bockiges Kind, und Meredith war amüsiert. Er hatte es nicht nötig, sich wegen eines anderen Mannes Sorgen zu machen, auch wenn sie mit ihm tanzen gewesen war.

»Steve, du brauchst dir wirklich keine Gedanken zu machen. Callan hat sich absolut anständig benommen. Wir haben sogar seine Ex-Frau getroffen.«

»Das war bestimmt lustig. Wie dem auch sei ... entschuldige meine Laune. Ich vermisse dich, und ich glaube, es gefällt mir einfach nicht, dass du mit einem anderen Mann durch die Gegend ziehst.«

»In Zukunft werde ich nur noch weibliche Kunden übernehmen, das verspreche ich. Die in der Firma werden sich freuen.«

»Schon gut, schon gut, ich bin ein Trottel. Aber ich liebe dich, und du bist einfach viel zu schön, um mit einem allein stehenden Kerl um die Welt zu reisen.«

»Er ist der perfekte Gentleman, Schatz, ich schwör's.«

Meredith war inzwischen vollkommen wach und bedauerte, dass Steven so verärgert war. Es war eine Sache, ihn ein bisschen auf den Arm zu nehmen, aber eine ganz andere, wenn er tatsächlich beunruhigt war. Bisher hatte keiner von ihnen jemals den anderen absichtlich eifersüchtig gemacht, diese Art zu spielen lag ihnen beiden nicht.

»Wir gehen nicht mehr tanzen, verlass dich darauf. Es war

eine einmalige Angelegenheit, weil wir eben beide hier das Wochenende über festsitzen, und wir haben verdammt hart gearbeitet. Wir wollten unseren Erfolg ein bisschen feiern, aber Callan ist wirklich harmlos. Wir sind einfach gute Freunde. Du wirst ihn mögen.«

»In Ordnung, Merrie, es tut mir Leid. Ich vertraue dir. Tu, was du willst. Was machst du denn heute?«

»Nicht viel. Einkaufen. Für den Abend habe ich an der Rezeption Theaterkarten bestellt.« Meredith besuchte jedes Mal, wenn sie in London war, eine Theatervorstellung. »Morgen Abend geht's nach Genf, und dann hat uns auch schon die Arbeit wieder.«

»Ich bin froh, dass du bald wieder nach Hause kommst.« Steven klang immer noch leicht besorgt.

Meredith war bekümmert. Das hatte sie nicht beabsichtigt. Er war viel zu anständig und hatte so etwas nicht verdient. »Callan versucht ständig mich zu überzeugen, dass ich Kinder bekommen soll.«

»Hoffentlich nicht seine.«

Meredith lachte. »Nein, deine natürlich! Er spricht immerzu davon, wie viel Glück wir doch miteinander haben. Ich glaube, er hat sich an seiner Ex-Frau ordentlich die Finger verbrannt. Seit acht Jahren ist er nun schon geschieden, aber er ist immer noch nicht richtig darüber hinweg. Du solltest mal seine Ex-Frau sehen. Sie ist wirklich beeindruckend, aber sicher auch eine harte Nuss. Sie wohnt hier in London, hat ihm die Kinder überlassen und sich mit ihrem neuen Partner davongemacht.«

»Nette Frau. Diesen Callan muss ich mir bei Gelegenheit doch mal ansehen.«

»Er ist klein, fett, hässlich und voller Warzen.«

»Ja, und sieht aus wie Gary Cooper. Das habe ich nicht vergessen. Ich erinnere mich gar nicht daran, dass Gary Cooper mit Warzen geschlagen war.«

»Vielleicht hast du ja nie so genau hingeschaut.«

»Kann sein, also schau du auch nicht so genau hin. Komm bald nach Hause, Schatz, du fehlst mir!«

Callan Dow schien Steven tatsächlich aus der Fassung zu bringen. So etwas passte überhaupt nicht zu ihm. Meistens ließen ihn die Männer, mit denen Meredith geschäftlich zu tun hatte, eher kalt. Doch aus irgendeinem Grund war es diesmal anders. Vielleicht hatte er zu viel über Callan gelesen. Die Zeitungen machten stets eine schillernde und schneidige Persönlichkeit aus ihm. Das war er tatsächlich, doch wie jeder andere auch war er vor allem ein Mensch. Außerdem liebte Meredith ihren Mann sehr.

»Was machst du denn heute?«, fragte sie.

»Keine Ahnung. Seit neun Uhr heute Morgen habe ich frei. Jetzt ist es drei. Es ist einfach langweilig, wenn du nicht da bist und ich nicht mit dir spielen kann.«

»Nächste Woche sehen wir uns wieder und können das ganze Wochenende über spielen.«

»Ich kann es kaum noch erwarten.«

Steven fühlte sich offenbar einsamer als gewöhnlich, und Meredith hatte den Eindruck, dass er besonders rastlos war. Vielleicht war er tatsächlich eifersüchtig und hatte es satt, dass sie mit Callan unterwegs war. Es tat ihr inzwischen beinahe Leid, dass sie ihm überhaupt gesagt hatte, dass sie tanzen gewesen war, doch sie hatte ihn noch nie belogen.

»Viel Spaß beim Einkaufen. Ruf mich an, wenn du wieder im Hotel bist.«

»Mach ich«, versprach Meredith.

Doch wie der Zufall es wollte, stöberte sie mit Callan bis sechs Uhr abends in den Läden herum. Anschließend hetzten sie ins Hotel, um sich zum Essen und fürs Theater umzuziehen.

Dieses Mal gingen sie ins *Rule's* und aßen in einer ruhigen Nische in der ersten Etage. Dann brachen sie hastig auf, um eine neue Inszenierung von *Romeo und Julia* zu sehen, die sie beide begeisterte. Anschließend gingen sie zu *Mark's Club* – Callan war dort Mitglied –, um etwas zu trinken, und als

Meredith schließlich wieder ihr Hotelzimmer betrat, war sie zu müde, um Steven noch anzurufen. Stattdessen versuchte sie ihn am Sonntagnachmittag zu erreichen, bevor sie nach Heathrow fuhr, doch er war nicht zu Hause. In Genf griff sie ein weiteres Mal zum Telefon, doch da war er bereits im Krankenhaus. Schließlich gab sie es auf und ging mit Callan und Charles McIntosh zum Dinner. An jenem Abend ging sie früh zu Bett, denn am folgenden Morgen wartete die nächste Präsentation. Charles war viel besserer Stimmung als üblich und verhielt sich Meredith gegenüber höflich. Callan nahm es erfreut zur Kenntnis.

Um vier Uhr saßen sie bereits im Flugzeug nach Paris, und alle drei gingen erstaunlich freundschaftlich miteinander um. Meredith begann zu hoffen, dass Charles nun doch den Sinn und Nutzen der gemeinsamen Unternehmung erkannt hatte. Sein Wohlwollen ihr gegenüber wurde durch zwei Martinis während des Fluges noch verstärkt.

Als sie im *Ritz* eingecheckt hatten, erklärte Callan, dass er für das Dinner Plätze im *Tour d'Argent* reserviert hatte. Charles hatte andere Pläne für den Abend.

Meredith trug ein Kleid aus blassgrüner Seide, das die Farbe ihrer Augen betonte, und als sie darin in der Bar des *Ritz* erschien, wo sie sich mit Callan traf, drehten sich zahlreiche Köpfe nach ihr um.

Callan strahlte sie an. »Sie sehen umwerfend aus, Meredith«, sagte er.

»Danke.«

Das Dinner im *Tour d'Argent* war großartig. Den größten Teil des Abends sprachen Meredith und Callan über das Geschäft, aber auch das üppige Mahl und die elegante Umgebung lieferten ausreichend Gesprächsstoff.

Meredith musste Callan noch auf die Präsentation am folgenden Morgen vorbereiten, denn die Franzosen waren nicht immer einfach. Die Neuigkeit vom Börsengang von *Dow Tech* hatte inzwischen auch die wichtigen französischen Investoren erreicht, und sie waren ebenso begierig wie alle anderen darauf, in das Geschäft einzusteigen. Meredith glaubte nicht, dass sie irgendwelche Schwierigkeiten zu erwarten hatten.

Ein Wagen brachte sie zurück ins Hotel. Gemeinsam unternahmen sie noch einen Spaziergang rund um den *Place Vendôme*, um ein wenig frische Luft zu schnappen. Es war mittlerweile Mitte September. Der Abend war zwar noch recht mild, doch nach einer Weile begann Meredith in ihrem dünnen Kleid zu frösteln. Callan legte fürsorglich sein Jackett um ihre Schultern. Es duftete nach seinem Rasierwasser. Plaudernd und lachend schlenderten sie durch die Straßen, hielten vor dem Schaufenster eines Juweliers inne, und jeder Fremde hätte sie für ein glückliches Paar gehalten. Sie hatten einen schönen Abend miteinander verbracht. Nach der Präsentation am folgenden Tag blieb ihnen noch ein weiterer Abend in Paris. Am frühen Mittwochmorgen würden sie nach New York fliegen, um rechtzeitig für die letzte Besprechung mit Merediths Partnern in der Stadt zu sein. Dort würde der endgültige Ausgabekurs für die Aktien festgelegt werden. Am darauf folgenden Tag würde der Handel beginnen, das Konsortium würde sich auflösen, wenn die Aktien verkauft waren, und Callans Zusammenarbeit mit Meredith wäre beendet. Bereits jetzt war ihm deswegen etwas wehmütig zumute.

Während Callan an Merediths Seite über den eleganten Platz schlenderte, fragte er: »Was mache ich nur, wenn ich nicht mehr jeden Tag mit Ihnen sprechen kann, Meredith? Ich werde bestimmt unter Entzugserscheinungen leiden.«

»Nein, sicher nicht. Sie werden mit den Aktionären und ihren Wünschen viel zu viel zu tun haben und überhaupt nicht mehr an mich denken.«

»Ich fühle mich wie ein Vogel, der aus dem Nest gestoßen wird, damit er endlich das Fliegen lernt.«

Bei *Boucheron* hielten sie kurz inne, und Meredith bewunderte in der Auslage ein prachtvolles Smaragdcollier.

»Bevor Sie mich kannten, lief doch auch alles wunderbar«,

sagte Meredith zuversichtlich. Dann lachte sie und zog sich das Jackett enger um die Schultern. »Außerdem gibt es ja noch Charlie. Mit dem können Sie auch sprechen.«

»Welch ein Furcht erregender Gedanke!«, entgegnete Callan. In dem weißen Hemd mit der dunkelblauen Krawatte sah er besser aus denn je. Wie immer war er tadellos gekleidet. Er hatte einfach Stil. Manchmal glich er eher einem Fotomodell als dem Chef eines High-Tech-Unternehmens aus Silicon Valley. Meredith dachte unwillkürlich an Charlotte. Vor Jahren waren die beiden sicher ein beeindruckendes Paar gewesen. Callan war jedenfalls der richtige Mann für eine auffallend schöne, mondäne Frau, und es war ein erhebendes Gefühl, mit ihm gesehen zu werden. Meredith und Callan erregten ebenfalls Aufsehen, wenn sie gemeinsam ausgingen.

»Wie dem auch sei, meine Liebe, Sie werden mir in jedem Fall fehlen.«

»Sie können mich jederzeit anrufen, wenn Sie meinen Rat benötigen.«

»Wenn Sie nicht dauernd unterwegs und zu beschäftigt sind, um mich zurückzurufen«, entgegnete er wehmütig und schien tatsächlich traurig zu sein.

Meredith lächelte ihn an. »In meinem Büro weiß man immer, wo ich mich aufhalte«, versicherte sie, während sie die Treppen zum *Ritz* hinaufstiegen und die Lobby betraten.

Sie gingen durch die langen Flure, die zu beiden Seiten von Vitrinen voller Schmuck und Geschenkartikel gesäumt waren. Callan brachte Meredith zu ihrem Zimmer. Sie gab ihm das Jackett zurück. Ein weiterer schöner Abend lag hinter ihnen. Am nächsten Tag würden sie bei *Lucas Carton* zu Abend essen, diesmal aber auf Kosten von Merediths Firma. Callan hatte die Rechnung für die *Tour d'Argent* und die für *Harry's Bar* übernommen, und beides war recht teuer gewesen. Er bevorzugte vornehme Lokale, und es machte ihm nichts aus, selbst dafür zu bezahlen, auch wenn es gar nicht notwendig war.

Am folgenden Tag trafen sie sich wieder mit Charles McIntosh und brachten die letzten Präsentationen hinter sich. Der Erfolg der Kampagne übertraf Merediths verwegenste Hoffnungen um ein Vielfaches.

Als sie um fünf Uhr wieder im Hotel waren, gab es keinen Zweifel mehr, dass sie einen großen Sieg feiern konnten. Die Roadshow für Callans Börsengang war beendet. Der Erfolg war so überwältigend, dass selbst Charles McIntosh lächelte. Obwohl er offiziell mit Callans Vorgehen immer noch nicht einverstanden war, musste er doch zugeben, dass gute Arbeit geleistet und das Ziel erreicht worden war. Er ließ sich sogar dazu herab, Callan gegenüber Merediths Kompetenz anerkennend zu erwähnen. Er schüttelte Meredith die Hand und gratulierte ihr persönlich zu ihrem Erfolg. Kurz darauf musste er bereits aufbrechen, um den Acht-Uhr-Flug nach Kalifornien nicht zu verpassen. Meredith und Callan würden am folgenden Tag gemeinsam nach New York zurückfliegen, um sich in Merediths Büro zu einer abschließenden Besprechung mit ihren Partnern zu treffen. Dort würde sich auch herausstellen, ob die Börsenaufsicht den Prospekt gebilligt hatte.

Zum Dinner bei *Lucas Carton* trug Meredith einen schlichten schwarzen Anzug. Es wurde ein entspannter Abend bei einem außergewöhnlichen Essen. Callan erzählte, dass er mit seinen Kindern gesprochen hätte, dass es ihnen gut ginge und dass sie ihren Vater sehr vermissten.

»Steve ergeht es ebenso«, sagte Meredith beim Kaffee, der mit einem Brandy serviert wurde. »Meine Güte, wir haben verdammt gute Arbeit geleistet!«

Sie sah zufrieden und glücklich aus. Ihre Arbeit hatte die besten Früchte getragen, und die Tour mit Callan hatte einfach Spaß gemacht. Er war ein besonders angenehmer Kunde. Sie arbeiteten gut zusammen und schienen eine Menge gemeinsam zu haben. Über die Finanzwelt dachten sie oft dasselbe, und Meredith hatte sich für die High-Tech-Unternehmen, für die sie arbeitete, immer besonders interessiert. In den letzten fünf Jahren hatte sie ein ansehnliches Insiderwissen erworben und wusste, womit sie es zu tun hatte. Dies hatte Callan sehr beeindruckt. Man hatte ihn gewarnt, dass er bei der Investmentbank, die er schließlich auswählen würde, unter Umständen erst eine Menge Aufklärungsarbeit zu leisten hätte. Doch es war ganz anders gekommen: Meredith hatte ihn zuerst über den kompletten Vorgang der Neuemission und die Welt des Investmentbankings aufklären müssen. Dies hatte ihr seine uneingeschränkte Bewunderung eingebracht.

»Und wie geht es jetzt weiter?«, fragte Callan, während sie an ihrem Brandy nippten.

»Mit dem nächsten Börsengang, der mir über den Weg läuft. Und was ist mit Ihnen? Was wollen Sie tun, damit das Leben so aufregend bleibt?«, scherzte Meredith.

Sie waren wirklich gute Freunde geworden, und Meredith kannte Callans neue Pläne bereits. Er hatte ihr erzählt, dass er daran dachte, eine neue High-Tech-Produktpalette für die Chirurgie zu entwickeln.

»Vielleicht kaufe ich noch eine Firma«, gestand er. »Geben Sie mir zwei Jahre, und *Dow Tech* wird zehnmal so groß sein wie heute.« Das war sein Ziel, und darauf würde er hinarbeiten.

»Das wäre schön.« Meredith lächelte.

Die Unterhaltung drehte sich noch für eine Weile um dieses Projekt. Callan hatte bereits zuvor einige interessante Kaufmöglichkeiten erwähnt. Er steckte voller guter Ideen und gehörte nicht zu denjenigen, die sich auf ihren Lorbeeren ausruhten. Das gefiel Meredith an ihm besonders gut. Sie selbst ruhte sich gleichfalls nicht auf dem Erreichten aus und war genauso ehrgeizig wie Callan.

Auf dem Rückweg zum Hotel sprachen sie immer noch über seine neuen Pläne. Sie setzten sich noch für ein Weilchen an die Bar, wo Callan noch einen Brandy nahm. Es gab immer viel zu erzählen, miteinander zu besprechen und zu diskutieren. In vielen Dingen stimmten sie überein, doch Meredith war für Callan auch eine Herausforderung, weil sie es zu seiner großen Freude auch wagte, ihm zu widersprechen. Sie teilten eine Welt miteinander, die nur wenigen Menschen gefiel, die nur wenige überhaupt verstanden.

Callan stellte das voller Bewunderung fest und fragte neugierig: »Reden Sie eigentlich mit Steve über all diese Dinge?« Er hatte noch nie eine Frau kennen gelernt, mit der er so sprechen konnte wie mit Meredith. Auf seinem Gebiet kam so etwas nur sehr selten vor.

»Manchmal. Über diese High-Tech-Sachen weniger. Aber er weiß inzwischen recht gut über das Investmentbanking Bescheid. Er beeindruckt eine ganze Menge Leute mit seinen Kenntnissen über Neuemissionen, Red Herrings und Greenshoes. Manche glauben sogar, dass er nicht Arzt, sondern Banker von Beruf ist«, erklärte Meredith lächelnd.

»Ich glaube, er ist ein Glückspilz, und ich hoffe, er weiß es.«

»Das tut er.« Meredith nickte, immer noch lächelnd. »Und ich bin ebenfalls ein Glückspilz. Wir sind zwar sehr verschieden, aber es funktioniert. Vielleicht auch deshalb, weil wir schon ewig zusammen sind. Immerhin fast mein halbes Leben.« Vierzehn ihrer siebenunddreißig Lebensjahre war sie nun schon verheiratet, und das war wahrlich beeindruckend.

»Ich war nur halb so lange verheiratet und bin während der Ehe mit Charlotte nicht annähernd so glücklich gewesen.«

Meredith verstand, warum Callan sich so fühlte. Sie hatte immer noch großes Mitgefühl mit ihm und tröstete ihn mit den Worten: »Immerhin haben Sie drei wunderbare Kinder.«

»Ja, das stimmt. Und ich bin Charlotte sehr dankbar dafür. Manchmal kann ich kaum glauben, dass sie ihre Mutter ist. Sie scheint so weit entfernt von ihnen zu sein, aber gerade das ist es, was sie will.«

Das überraschte Meredith nicht. Charlotte hatte keinen besonders herzlichen Eindruck auf sie gemacht, als sie ihr in *Harry's Bar* begegnet waren. Sie war schön und charmant, aber eiskalt. Meredith fragte sich unwillkürlich, warum Callan sich eigentlich in sie verliebt hatte, und ob damals nur Äußerlichkeiten eine Rolle gespielt hatten.

An jenem Abend saßen sie noch lange an der Bar und unterhielten sich, versuchten den letzten Augenblick, den sie miteinander verbringen würden, so lange wie möglich auszudehnen. Am folgenden Tag würden sie beide wieder in ihr eigenes Leben zurückkehren, in ihre Büros, zu den Menschen, die ihnen etwas bedeuteten. In Callans Fall waren es seine Kinder, in Merediths Steven. Doch an diesem letzten Abend feierten sie ihren gemeinsamen Sieg und die Welt, die sie für kurze Zeit miteinander geteilt hatten.

Es überraschte Meredith nicht, als Callan schließlich ihre Hand nahm und ihr eindringlich in die Augen blickte. »Ich möchte, dass Sie wissen, wie viel mir das alles bedeutet hat«, sagte er. »Sie haben unglaublich gute Arbeit geleistet, Meredith, und Sie waren mir eine fabelhafte Freundin.«

»Ich habe sehr gern mit Ihnen gearbeitet, Cal.« Dazu zählten auch die Reisen, das Lachen und die vielseitigen Gespräche über alle möglichen Themen, vom Börsengang bis hin zu den Kindern. Auch Meredith hatte eine Menge von Callan gelernt.

»Ich hoffe, dass wir irgendwann wieder die Gelegenheit haben werden zusammenzuarbeiten«, sagte Callan wehmütig.

»Wenn es Ihnen ernst damit ist, noch eine Firma zu kaufen, kann ich Sie vielleicht mit ein paar potentiellen Kandidaten bekannt machen. Ich werde jedenfalls die Augen offen halten.«

»Allein das ist Grund genug, es tatsächlich zu tun ... trotz Charlies Widerstand«, entgegnete Callan.

Kurz darauf brachte er Meredith zu ihrem Zimmer. Wie immer verabschiedete er sich vor der Tür von ihr, doch diesmal zögerte er für einen Augenblick. Er schien noch etwas sagen zu wollen und hielt sich dann doch zurück, als Meredith die Tür mit dem schweren Messingschlüssel öffnete.

»Gute Nacht, Meredith«, sagte er schlicht.

Ohne ein Wort oder eine Erklärung trat Meredith zu ihm und küsste ihn auf die Wange. Dann drehte sie sich um und ging in ihr Zimmer. »Gute Nacht, Cal«, sagte sie leise, und als er davonging, schloss sie die Tür.

Noch lange saß Meredith auf einem Stuhl, starrte aus dem Fenster und dachte an Callan. In den letzten Wochen war viel geschehen. Sie hoffte, dass er für immer ihr Freund bleiben würde, ob sie nun erneut zusammenarbeiten würden oder nicht.

## 8

Der Flug nach New York verging in Windeseile. Callan schlief, und Meredith arbeitete. Sie hatte einen Stapel Faxe von ihrem Büro erhalten, bevor sie Paris verlassen hatten. Als die Maschine auf dem Kennedy-Flughafen landete, war Meredith immer noch mit den Unterlagen beschäftigt.

Callan erwachte und lächelte sie verschlafen an. Dann schaute er aus dem Fenster. Das Fahrwerk hatte soeben die Landebahn berührt.

»Wie spät ist es denn?«, fragte er und unterdrückte ein Gähnen.

»Vierzehn Uhr Ortszeit. In zwei Stunden werden wir in meinem Büro erwartet.« Es würde einige Zeit dauern, bis sie den Zoll passiert und das Gepäck abgeholt hätten. Anschließend würden sie mit einer Limousine in die Stadt fahren. »Alle wollen Ihnen gratulieren.«

»Und was ist mit Ihnen, Meredith? Es war doch vor allem Ihr Verdienst. Ich hoffe, dass die anderen das auch wissen.« Callan war nicht entgangen, dass Paul Black seine Partnerin nicht sonderlich schätzte, und er fragte sich, ob die anderen wohl klüger waren.

»Ja, sie wissen es«, lächelte Meredith und steckte die Papiere in ihre Aktentasche.

Doch als die beiden später mit Merediths Seniorpartnern zusammentrafen, schüttelten alle Callans Hand und gratulierten nur ihm und sich selbst zu dem überwältigenden Erfolg. In dem Gewühl der Menschen, die sich im Konferenzraum versammelt hatten, war Meredith schlicht vergessen worden. Paul Black ließ sich immerhin dazu herab, ihr zu sagen, dass sie gute Arbeit geleistet habe, doch alle anderen waren nur darauf erpicht, sich mit Callan und Merediths übrigen Seniorpartnern auszutauschen. Meredith war nicht einmal überrascht. Es waren eben überaus konservative Männer, die sich immer noch schwer damit taten, auch Frauen anzuerkennen. Gerade deshalb hatte es Meredith so viel bedeutet, dass diese Männer sie trotzdem zu ihrer Partnerin gemacht hatten. Doch Callan hatte Recht. Die entscheidende Frage blieb die nach ihren Aufstiegsmöglichkeiten in diesem Unternehmen.

»Meredith ist diejenige, der eigentlich all Ihr Lob gebührt«, erklärte Callan schließlich. »Sie ist die Zauberin, die alles organisiert hat. Sie war einfach brillant«, verkündete er mehr als einmal, doch niemand schien daran interessiert zu sein. Er nahm es schließlich missbilligend zur Kenntnis.

Die Veranstaltung wurde unterbrochen durch eine Telefonkonferenz mit den Brokern der Unternehmen, die das Konsortium bildeten. Die letzten betriebswirtschaftlichen Aspekte mussten noch besprochen werden. Meredith gab bekannt, dass die Börsenaufsicht ihre Zustimmung bereits gegeben hatte. Am nächsten Morgen würde der Handel an der Börse eröffnet werden. Alle waren erfreut zu hören, dass auch ein Greenshoe angeboten wurde. Nun musste nur noch über den Umfang des zum Verkauf angebotenen Aktienvolumens und den Ausgabekurs der einzelnen Anteile entschieden werden. Callan war damit einverstanden, es bei der Anzahl von Anteilen, die auch in dem Red Herring genannt wurde, zu belassen. Das Aufgeld sollte nicht mehr als zwanzig Prozent des Kurses, der im Prospekt angegeben war, übersteigen. Der Wert der Anteile würde aufgrund der Überzeichnung rapide ansteigen, sobald der Handel eröffnet wurde. Auf diese Weise würde noch »etwas auf dem Tisch bleiben«, wie Meredith erklärte. Sie wusste, dass so alle mit dem Börsengang zufrieden wären und das Konsortium sich sofort auflösen könnte. Es war der perfekte Deal, der seinen idealen Abschluss finden würde, und Callan war davon überzeugt, dass allein Meredith für diesen Erfolg verantwortlich war.

Als er sie zwei Stunden später in einem Wagen nach Hause brachte, dankte er ihr noch einmal für ihre Arbeit. Er würde sich nun auf den Weg zum Flughafen machen und nach Kalifornien zurückfliegen. Das Projekt war abgeschlossen, die Aktien elf zu eins überzeichnet. Die Mission war erfüllt.

Doch Callan hatte den Eindruck, dass Meredith um ihren Anteil am Ruhm betrogen worden war. »Während des Meetings hat man Sie praktisch ignoriert, Merrie«, sagte er irritiert. »Was haben die Jungs bloß für ein Problem?«

»So sind sie eben. Es hat nichts zu bedeuten. Sie wissen, was ich tue. Sie sind nur etwas sparsam darin, ihre Anerkennung in Worte zu fassen.«

»Unsinn! Die sind sich Ihrer einfach sicher, und das wissen Sie ganz genau. Immerhin hätten Sie den Job auch halbherzig erledigen können, doch das haben Sie nicht getan. Stattdessen haben Sie bis ins Detail mehr als erstklassige Arbeit geleistet. Sonst wären die Aktien nicht elf zu eins überzeichnet. Das ist allein Ihr Verdienst. Es ist das Mindeste, was man anerkennen könnte.«

»Es ist doch gar nicht so wichtig«, gab Meredith ruhig zurück.

»Sie haben wirklich Nerven! An Ihrer Stelle wäre ich längst durchgedreht. Wie eine Besessene haben Sie an diesem Börsengang gearbeitet und hätten es verdient, auf die Schultern gehoben zu werden.« Callan hatte sich in Rage geredet.

Meredith lächelte, als der Wagen vor dem Apartmenthaus hielt, in dem sie wohnte. »Es ist schon in Ordnung, Cal, wirklich. Ich bin ein großes Mädchen. Mich interessieren nur die

Resultate. Niemand braucht meinetwegen einen Aufstand zu machen. Es ist schließlich mein Job.«

Meredith war völlig zufrieden mit dem Resultat. Die Aktien waren gut bewertet worden, und sie rechnete mit einer Steigerung von mindestens zwanzig Prozent gegenüber dem Ausgabekurs, sobald der Handel begonnen hätte. Alles hatte sich ihren Wünschen entsprechend entwickelt. Callan jedoch war der Meinung, dass man ihr mehr schuldete als ein schlichtes Dankeschön.

»Ich wünsche Ihnen einen guten Flug«, sagte Meredith lächelnd, während der Portier sich um ihr Gepäck kümmerte.

»Ich werde Sie vermissen«, antwortete Callan traurig.

»Sie werden mir auch fehlen. Morgen, sobald der Handel eröffnet ist, telefonieren wir miteinander. Ich werde Sie auf dem Laufenden halten.«

Callan hielt Merediths Hand. »Meredith, ich danke Ihnen für alles.«

Der Augenblick war für beide bewegend. Meredith hatte Callan dabei geholfen, seinen größten Traum zu erfüllen. Das bedeutete ihm sehr viel.

»Passen Sie gut auf sich auf. Und sagen Sie Ihrem Glückspilz, dass Sie beide einen Freund in Kalifornien haben.«

»Danke, Cal.« Meredith küsste ihn auf die Wange und stieg aus. Als der Wagen in Richtung Flughafen losfuhr, winkte sie ihm nach. Es war ein seltsames Gefühl, die Stufen zu ihrer Wohnung hinaufzusteigen. Ein Gefühl der Ernüchterung machte sich in ihr breit, das noch zunahm, als sie feststellte, dass Steven nicht zu Hause war.

Er hatte jedoch eine Nachricht hinterlassen. In der Nacht war er ins Krankenhaus gerufen worden, versprach aber, zu Hause zu sein, sobald sie aus dem Büro zurückgekehrt wäre.

»Willkommen zu Hause ... ich liebe dich«, hatte er geschrieben, und Meredith lächelte, als sie die Zeilen las. Sie ärgerte sich nicht darüber, dass er fort war. Die Zeit konnte sie immerhin nutzen, um ihre Post zu lesen, ihre Unterlagen zu ordnen und die Wäsche zu waschen. Später am Abend rief Steven an. Sie lag bereits im Bett und las. Als das Telefon klingelte, sprang sie auf.

»Willkommen zu Hause, Merrie. Es tut mir Leid, dass ich nicht bei dir sein kann.«

»Ist schon in Ordnung. Ich bin sowieso müde und werde früh schlafen gehen.« Für sie war es nach europäischer Zeit sechs Stunden später als für ihn, also bereits gegen fünf Uhr morgens. »Was macht die Arbeit?«

»Verrückt wie immer. Zwei Frontalzusammenstöße, die üblichen Schießereien unter rivalisierenden Gangs und irgendein Irrer, der sich vor die U-Bahn geworfen hat.«

»Klingt nach einer ganz gewöhnlichen Nacht in deinem Teil der Welt«, sagte Meredith lächelnd.

»Sieht so aus. So schlimm wird's heute nicht werden. Morgen komme ich nach Hause. Ist denn bei dir alles in Ordnung?«

»Ja. Ich bin einfach nur müde.« Doch aus irgendeinem Grund war Meredith auch deprimiert. Das kam häufiger vor, wenn eine Roadshow zu Ende gegangen war. Einerseits war es ein gutes Gefühl, wieder zu Hause zu sein, andererseits aber war es auch eine Enttäuschung. Das Junge hatte das Nest verlassen und war davongeflogen, Merediths Auftrag war damit erledigt. Der nächste würde nicht lange auf sich warten lassen, doch in der Zwischenzeit konnte sie ein gewisses Gefühl der Leere nicht verleugnen.

In jener Nacht schlief sie unruhig, schreckte immer wieder aus dem Schlaf und grübelte.

Als sie am nächsten Morgen ins Büro kam, lag bereits ein Entwurf des Tombstone auf ihrem Tisch. Er war für die Ausgabe des *Wall Street Journal* am nächsten Tag bestimmt und entsprach genau Merediths Vorstellungen: Der Name ihrer eigenen Bank stand auf der linken Seite, wodurch sie als Konsortialführer ausgewiesen wurde. Meredith war an diesem Morgen besonders früh ins Büro gefahren, um sich davon zu überzeugen, dass sich die Anteile gut verkauften.

Alle sprachen über *Dow Tech*. Der Aktienkurs stieg bereits, jedoch nicht so schnell, dass Meredith wie ein Dummkopf dagestanden hätte, weil sie den Ausgabekurs nicht höher angesetzt hatte. Es war ein Börsengang wie aus dem Lehrbuch, und er verlief genau so, wie es sich alle gewünscht hatten.

Meredith saß rundum zufrieden an ihrem Schreibtisch, als Callan anrief. »Wohin fahren wir jetzt, Meredith? Ich bin jedenfalls bereit für die Abreise«, neckte er sie.

Sie lachte. »Ich auch. Ich kann gar nicht glauben, dass alles vorbei ist. Im Rückblick scheint alles so einfach gewesen zu sein.« Es war tatsächlich erstaunlich glatt gegangen.

»Ja, mich erinnert das Ganze an eine Geburt. Es sieht nur so einfach aus, weil dank Ihres Einsatzes alles so gut gelaufen ist. Jetzt, wo ich wieder zu Hause bin, weiß ich gar nicht, was ich mit mir anfangen soll.«

»Es wird Ihnen bestimmt etwas einfallen.« Meredith wusste, dass Callan eine ganze Menge neuer Projekte im Hinterkopf hatte. Sie hatten oft darüber gesprochen.

»Wie geht's Steven?«, fragte Callan höflich.

»Ich habe ihn noch gar nicht gesehen. Er hat gearbeitet, als ich nach Hause kam. Am Wochenende nimmt er sich frei und droht, meine Aktentasche wegzuschließen.«

»Das kann ich ihm nicht verübeln. Ich würde es genauso machen. Er sollte Sie zum Tanzen ausführen.«

Meredith lachte. Steven war kein Fred Astaire wie Callan. Im Grunde hasste er es, tanzen zu gehen. Er saß lieber zu Hause mit einem Glas Wein vor dem Fernseher.

»Das ist nicht seine Sache, fürchte ich. Morgen gehen wir wahrscheinlich ins Kino. Das liegt ihm eher. Und was ist mit Ihnen? Wie geht's den Kindern?«

»Großartig. Die haben mich noch nicht einmal vermisst, glaube ich.«

Meredith und Callan erging es wie zwei Halbwüchsigen, die vom Ferienlager nach Hause zurückgekehrt waren und nun nicht so recht wussten, was sie dort eigentlich sollten.

»Dafür haben sie am Wochenende mehr als genug Zeit, mir auf die Nerven zu gehen. Die Mädchen wollen mit mir in die Stadt, und Andy will zum Fußballtraining. Alles sehr aufregend.«

Beide führten im Grunde ein eher ruhiges Leben, obwohl Meredith vermutete, dass dies zumindest bei Callan nicht immer der Fall war. Charlotte ließ das sicher nicht zu.

»Keine großen gesellschaftlichen Ereignisse am Wochenende?« Meredith war immer noch neugierig, mehr über Callan zu erfahren, obwohl sie bereits so viel Zeit mit ihm verbracht hatte. Oder vielleicht gerade deshalb?

»So was wie Bingo bei der Kirchengemeinde?«, scherzte Callan. »Das mache ich immer dienstags.«

»Genau wie ich!«, lachte Meredith. »Nächste Woche treffe ich mich mit einem neuen Kunden wegen eines Börsengangs. Klingt sehr interessant. Es geht um eine kleine High-Tech-Firma in Boston.«

»Ich bin noch nicht mal einen Tag fort, und schon werden Sie mir untreu. Ich dachte, Sie würden sich nun zur Ruhe setzen und in Erinnerungen schwelgen.«

»Was ist denn mit Charlie? Schwelgt er in Erinnerungen? Glücklich, wieder bei der Herde zu sein?«

»Ich bin nicht sicher«, entgegnete Callan zögernd. »Für heute Nachmittag hat er eine Besprechung mit mir angesetzt, und ich habe den Eindruck, dass sich etwas zusammenbraut. Er steht immer noch nicht hundertprozentig dahinter, dass wir an die Börse gegangen sind, aber das ist ja kein Geheimnis.«

»Charlie ist nicht gerade ein Meister darin, seine Gefühle zu verbergen, nicht wahr?«, fragte Meredith. Sie vermisste Callans Finanzchef nicht. Bis zur letzten Sekunde war er streitlustig geblieben, obwohl er sich recht liebenswürdig von ihr verabschiedet hatte. Schließlich hatte auch er zugeben müssen, dass das ganze Unternehmen viel besser gelaufen war, als irgendjemand erwartet hatte.

»Ich wünsche Ihnen ein schönes Wochenende, Meredith. Erholen Sie sich. Sie haben es sich verdient.«

»Das gilt auch für Sie, Cal.«

»Nächste Woche melde ich mich wieder. Mal hören, wie die Dinge sich entwickeln.«

Meredith legte den Hörer auf und verbrachte den Rest des Nachmittags im Büro. Als sie um sechs Uhr nach Hause kam, wartete Steven bereits auf sie. Er riss sie in seine Arme, als sie das Wohnzimmer betrat, drehte sich mit ihr im Kreis und küsste sie.

»Meine Güte, hab ich dich vermisst!«

»Es waren doch nur ein paar Tage, du Dummer.«

»Es kam mir viel länger vor.«

Steven lächelte und küsste Meredith erneut. Dann schenkte er für sie beide ein Glas Wein ein. Nachdem sie sich eine Weile lang unterhalten hatten, begann er damit, das Dinner zuzubereiten. Er hatte sich danach gesehnt, endlich wieder mit seiner Frau zu sprechen, sie anzuschauen und sie nachts neben sich im Bett zu spüren.

Er kochte Pasta, machte einen Salat und servierte beides mit Knoblauchbrot. Doch kaum hatten sie mit dem Essen begonnen, wurde Steven von seinem Verlangen überwältigt. Die Hälfte der Mahlzeit blieb unberührt, denn er trug Meredith kurzerhand ins Schlafzimmer, das sie für den Rest der Nacht nicht mehr verließen.

Am nächsten Morgen stand Meredith auf, warf die Reste des Essens in den Müll und stellte das Geschirr in die Spülmaschine. Steven schlief noch, als sie das *Wall Street Journal* aufschlug. Der Tombstone, dessen Entwurf sie tags zuvor gebilligt hatte, entsprach genau ihren Vorstellungen.

Leise verließ Meredith die Wohnung, um ins Büro zu fahren. Als Steven mittags endlich erwachte, rief er sie an, und es gelang ihr, endlich einmal zeitig Feierabend zu machen. Steven wartete bereits mit dem Dinner auf sie, und als sie gegessen hatten, gingen sie zusammen ins Kino.

Sie verbrachten ein in jeder Hinsicht harmonisches Wochenende. Sie unterhielten sich, lachten miteinander und unternahmen lange Spaziergänge im Park. Das Wetter war immer noch schön, die Luft lau. In New York war es – wie fast jedes Jahr gegen Ende September – beinahe wie im Frühling.

Am Samstagabend gingen Meredith und Steven zum Abendessen aus. Das Restaurant lag in der Nachbarschaft, und beiden gefiel es gut, obwohl es einem Vergleich mit *Harry's Bar*, wo Meredith in Callans Gesellschaft noch am Samstagabend zuvor gegessen hatte, nicht hätte standhalten können. Doch mehr wünschte sie sich gar nicht. Es war Monate her, dass sie mit Steven einige Tage ohne Unterbrechung verbracht hatte. Er hatte über das Wochenende keine Bereitschaft, und sie hielt ihr Versprechen, ihre Aktentasche nicht anzurühren. Erst am Montagmorgen ging Meredith wieder ins Büro. Steven dagegen schlüpfte in seine Krankenhauskluft und machte sich auf den Weg zu seinen Patienten. Zwei Tage Dienst lagen vor ihm. Sie konnten sich also auf ein paar relativ entspannte Wochen freuen, zumindest galt dies für Meredith. In Stevens Fall war es unmöglich, gesicherte Voraussagen zu treffen.

Im Büro überprüfte Meredith zuerst die Aktien von *Dow Tech* und stellte fest, dass die Kurve immer noch steil nach oben zeigte. Sie war sehr zufrieden und dachte daran, Callan anzurufen, um ihm noch einmal zu seinem Erfolg zu gratulieren.

In diesem Augenblick meldete sich ihre Sekretärin. »Callan Dow ist für Sie in der Leitung, Mrs Whitman«, sagte sie.

Meredith nahm den Anruf sofort entgegen. »Hallo, ich wollte Sie auch gerade anrufen. Die Aktien machen sich immer noch sehr gut.« Sie selbst hatte sich einen ansehnlichen Anteil gesichert, unmittelbar nachdem der durch die Börsenaufsicht genehmigte Handel eröffnet worden war, so dass sie nun auch ein persönliches Interesse an der weiteren Entwicklung hatte. »Was gibt's Neues in Kalifornien?«

»Tja, Meredith, hier ist einiges passiert«, entgegnete Callan, und für einen Augenblick klang seine Stimme fremd in Merediths Ohren. Seit Freitag war allerlei geschehen, und Callan hatte keine Zeit gefunden, sie am Wochenende anzurufen. Er war mit den Kindern sehr eingespannt gewesen.

»Was heißt das?« Meredith war erstaunt und gleichzeitig sehr neugierig.

»Charlie hat am Freitag gekündigt. Wir hatten ein langes, ernstes Gespräch. Er kann sich einfach nicht damit abfinden, dass *Dow Tech* jetzt eine Aktiengesellschaft ist. Er will mit den Aktionären nichts zu tun haben und ist außerdem absolut nicht damit einverstanden, dass ich irgendwann eine weitere Firma kaufe. Er hat sich bei dem Gespräch absolut korrekt verhalten und sagte, dass ich über ihn hinausgewachsen sei. Er fühlt sich zu alt für solche Veränderungen. Und, ehrlich gesagt, ich glaube, dass er die richtige Entscheidung getroffen hat.«

Meredith nickte, während sie darüber nachdachte. »Vielleicht ist es so am besten, Cal, obwohl Sie viel mit ihm verbindet. Jetzt müssen Sie jemanden finden, der in dieselbe Richtung geht wie Sie und mit Ihnen wachsen will, jemanden, der ebenso begeistert davon ist wie Sie.«

»Hoffentlich wird mir das gelingen«, entgegnete Callan.

»Haben Sie schon eine Idee? Wie lange bleibt Charlie denn noch?«

»Die Antwort auf die erste Frage lautet ›Ja‹ und die auf die zweite ›zwei Wochen‹.«

»Das ist aber nicht besonders lange.«

»Im Grunde bin ich davon überzeugt, dass Charlie sich schon vor der Tour zu diesem Schritt entschlossen hat. Er hat nur bis zu unserer Rückkehr damit gewartet, es mir zu sagen. Er glaubt, dass er jetzt, da er sich entschieden hat, das Unternehmen zu verlassen, nicht länger bleiben kann.« Auch Charles McIntosh fiel es offenbar schwer, der Firma den Rücken zu kehren. Callan wusste, dass *Dow Tech* auch seinem Finanzchef am Herzen lag und dass dieser Schritt alles andere als leicht für ihn war. Callan konnte das viel besser beurteilen als Meredith.

»Und an wen denken Sie als Nachfolger? Ist es jemand von außerhalb oder ein Mitarbeiter Ihrer Firma?«, fragte Meredith. Sie überlegte bereits, ob sie selbst nicht jemanden kannte, doch spontan fiel ihr niemand ein.

»Von außerhalb.« Callan saß an seinem Schreibtisch und lächelte. »Ich wüsste gern, was Sie von meiner Idee halten.«

»Kenne ich denn den Glücklichen?« Meredith war sehr interessiert. Ihre Gefühle für *Dow Tech* waren inzwischen beinahe mütterlicher Art, und es freute sie, dass Callan sie angerufen hatte, um ihren Rat einzuholen.

»Sehr gut sogar. Ich glaube, dass diese Person der ideale Ersatz für Charlie wäre.«

»Ich sterbe vor Neugier, Cal. Wer ist es denn?«

»Schauen Sie doch einfach in den Spiegel, Merrie«, entgegnete Callan sanft.

Meredith schwieg erschrocken. Sie brauchte eine Weile, um diese Worte zu verdauen. »Was wollen Sie damit sagen?«, fragte sie dann.

»Ich möchte Sie als unseren neuen Finanzchef gewinnen, Meredith. Diese Firma braucht Sie ... ebenso wie ich. Sie haben dieselben Visionen wie ich, verfolgen dieselben Ziele. Sie wissen über dieses Geschäft alles, was notwendig ist. Ich habe all meine Geheimnisse mit Ihnen geteilt und meine Pläne für die Zukunft mit Ihnen besprochen. Merrie, Sie sind die perfekte Wahl.«

Im ersten Moment glaubte Meredith, dass Callan Witze machte. Wenigstens hoffte sie das. Das Angebot war sehr verlockend, aber es gab keine Möglichkeit. Sie konnte es nicht annehmen. Sie hatte bereits eine Arbeit, ein Zuhause und einen Ehemann und konnte nicht aus New York fortziehen. Was sollte denn Steven dann tun?

»Das ist das Netteste, was ich seit Jahren zu hören bekomme, Cal.« Meredith wollte ihn nicht enttäuschen, doch sie hatte keine Wahl. »Aber Sie wissen doch, dass ich das nicht tun kann.«

»Warum nicht?« Seine Stimme verriet, dass er ein Nein nicht ohne weiteres akzeptieren würde. »Wenn Sie es wirklich wollen, können Sie es selbstverständlich.« Die Ablehnung des Angebots wäre für Cal eine persönliche Beleidigung.

»Ich bin Investmentbankerin, Cal. Ich verstehe einfach nicht genug von Ihrem Geschäft und wäre sicherlich kein guter Finanzchef. Charlie hat sich zwar unmöglich benommen, aber er versteht viel, viel mehr davon als ich. Außerdem bin ich in meiner Firma Teilhaberin, und mein Mann arbeitet ebenfalls hier. Ich kann nicht einfach alles stehen und liegen lassen und nach Kalifornien gehen.«

»So etwas machen viele Leute, Meredith. Sie orientieren sich neu, wechseln den Job und die Berufsfelder. Darum geht es doch im Leben: um Veränderung und das Wachsen daran. Sie sind genau die Richtige für den Job. Außerdem bewegen Sie sich dort, wo Sie sind, auf einem Abstellgleis. Das wissen Sie ganz genau. Ihre Partner wissen Ihre Fähigkeiten nicht zu schätzen, sie haben keine Ahnung davon, wie großartig Sie sind. Ich weiß es dafür umso besser. Sie wären hier für mich von unschätzbarem Wert. Um ganz deutlich zu werden: Sie würden außerdem einen Haufen mehr Geld verdienen. Es könnte eine große Sache für Sie werden. Steve könnte hier auch einen Job bekommen, schließlich gibt es überall Unfallkliniken. Sind alle Ihre Vorbehalte damit aus der Welt geschafft?«

Meredith war überwältigt. »Ein paar schon. Aber ich kann jetzt nicht einfach ganz spontan eine Entscheidung treffen. Ich muss schon mit Steve darüber sprechen. Er hat hier eine gute Stelle.«

»Als zweiter Mann. Vielleicht kann er hier der erste werden. Sie sollten wirklich mit ihm sprechen.«

»Was soll ich denn sagen? Dass ich meine Karriere, in die

ich immerhin zwölf Jahre investiert habe, einfach aufgebe, dass er alles stehen und liegen lassen soll, um mit mir zu kommen? Cal, das ist wirklich eine schwere Entscheidung.« Meredith war völlig außer Atem. Callan hatte sie wirklich überrascht.

»Ich weiß, Meredith. Ich habe gar nicht erwartet, dass Sie das alles auf die leichte Schulter nehmen. Doch als Ihr Freund behaupte ich, dass Ihnen gar nichts Besseres passieren kann. Was halten Sie davon, wenn Sie herüberkommen, damit wir uns unterhalten können?«

»Das geht nicht«, entgegnete Meredith voller Panik. Callan hatte sie aus der Fassung gebracht.

»Warum nicht?« Er war unerbittlich, wenn er etwas durchsetzen wollte, und Meredith fühlte sich, als ob ein Schnellzug auf sie zuraste. Callan Dows Erfolg kam nicht von ungefähr. Wenn er etwas wirklich wollte, ließ er so lange nicht locker, bis er es erreicht hatte.

»Ich habe diese Woche noch einige Termine«, entgegnete Meredith wenig überzeugend.

»Dann kommen Sie eben nächste Woche oder am Wochenende. Aber lassen Sie uns wenigstens darüber sprechen.«

»Ich kenne den Job, Cal. Ich kenne die Firma. Ich kenne Sie. Das ist nicht das Problem. Sie brauchen nicht um mich zu werben. Aber ich lebe nun einmal hier.«

»Ihr Leben wird hier viel besser werden. Soll ich vielleicht mit Steve sprechen?«

»Nein, das mache ich schon selbst. Er wird sowieso glauben, dass ich verrückt geworden bin. Oder Sie.« Ihre Stimme klang beunruhigt. Callans Euphorie machte ihr Angst. Ihre ausgesprochen besonnenen Vorbehalte wollte er gar nicht hören.

»Vielleicht bin ich verrückt, aber ich finde, es ist die beste Idee, die ich seit Jahren hatte. Ich glaube, Charlie McIntosh hat mir einen riesigen Gefallen getan.«

»Ich habe eher den Eindruck, dass er mein Leben vollkommen umkrempeln will«, lachte Meredith und beruhigte sich allmählich. Callan war wirklich erstaunlich.

»Werden Sie wenigstens darüber nachdenken? Sprechen Sie mit Steve. Mal sehen, was er davon hält. Er ist doch ein kluger Kopf, nach dem, was Sie über ihn erzählen. Kann doch sein, dass er das Ganze als große Chance betrachtet. So ist es doch auch. Meredith, Sie bekommen die Option auf einen Prozent der Anteile an der Firma, und ich zahle viel besser als die anderen.«

Das war in der Tat keine Frage. Zusammen mit der Aktienoption war das Angebot sehr verführerisch. Aber trotzdem musste Meredith an das Leben in New York und Stevens Job denken. Es war ein weiter Weg von Manhattan nach Palo Alto.

»Cal, Ihr Angebot ist wirklich unglaublich. Aber ich weiß es einfach nicht. Ich glaube nicht, dass es Steve leicht fallen würde, die Klinik zu verlassen. Ich möchte ihn im Grunde noch nicht einmal darum bitten. Es wäre nicht fair.«

»Und was wäre, wenn *er* ein fantastisches Angebot bekäme, das einen Umzug bedeuten würde? Was würden Sie tun?«

»Er würde mich nicht fragen, Cal. Dafür ist er viel zu anständig.«

»Das ist keine Frage von Anstand, Merrie, das ist Business, großes Business und die Chance für Sie beide, richtiges Geld zu machen und hier ein gutes Leben zu führen.«

»Ich werde mit Steve sprechen«, versprach Meredith schließlich. »Aber machen Sie sich nicht allzu viele Hoffnungen. Ich muss einfach respektieren, dass er hier einen guten Job hat und sich vielleicht nicht verändern will. Wahrscheinlich werden Sie sich nach jemandem in Kalifornien umsehen müssen. Vielleicht gibt es doch jemanden in der Firma, an den Sie noch gar nicht gedacht haben.«

»Niemand in meiner Belegschaft kann Ihnen das Wasser reichen, Meredith. Sogar Charlie hat vorgeschlagen, dass ich mit Ihnen sprechen soll. Er war von Ihnen sehr beeindruckt.

Geben Sie sich einen Ruck ... ich brauche Sie. Sie können mich doch jetzt nicht im Stich lassen! Wir haben schließlich eine Menge zusammen auf die Beine gestellt. *Dow Tech* ist mein Kind, Merrie, und ein bisschen ist es auch Ihres. Wollen Sie mir denn nicht dabei helfen, es noch besser zu machen?«

»Reden Sie mir bloß keine Schuldgefühle ein!«, rief Meredith lachend. »Sie sind wirklich schrecklich!«

»Ich möchte nur, dass Sie herkommen und mit mir darüber sprechen. Je eher, desto besser. Können Sie nicht noch diese Woche kommen, Merrie?«

»Ich werde zuerst mit Steve sprechen. Er ist zwar im Krankenhaus, aber am Mittwoch kommt er nach Hause. Am Telefon möchte ich nicht davon anfangen.«

»So lange will ich nicht warten. Besuchen Sie ihn doch im Krankenhaus. Dann könnten Sie am Mittwoch schon hier sein.«

»Und was soll ich meinen Partnern sagen?« Ihre Stimme klang unsicher. Die Perspektive, alles stehen und liegen zu lassen, um nach Kalifornien zu fliegen und mit Callan über ein Stellenangebot zu sprechen, brachte sie offenbar vollkommen aus dem Konzept. Das Ganze war beängstigend, aber auch faszinierend.

»Sagen Sie einfach, dass Sie Urlaub brauchen. Den haben Sie sich ohnehin verdient.«

»Ich will nicht lügen, Cal.«

»Um Himmels willen, dann sagen Sie Ihren Leuten eben die Wahrheit: dass sie Sie sowieso nicht zu schätzen wissen, dass sie Sie wie den letzten Menschen behandeln, und dass sie eine Partnerin wie Sie überhaupt nicht verdienen. Und dann kommen Sie nach Kalifornien, damit wir uns treffen können.«

»Das alles wird ihnen sehr gefallen, Cal.«

»Es ist aber die Wahrheit, und das wissen Sie ganz genau, Meredith. Und die wissen es auch. Gehen Sie jetzt ins Krankenhaus und sprechen Sie mit Ihrem Mann. Rufen Sie mich heute Abend an.«

»Bitte drängen Sie mich nicht!«

»Ich werde Sie so lange drängen, bis Sie zustimmen, hierher zu kommen, um wenigstens mit mir zu sprechen. Das sind Sie sich selbst schuldig.«

»Ich schulde auch meinem Mann eine ganze Menge, Cal. Ich kann nicht von ihm verlangen, dass er hier seine Karriere an den Nagel hängt, um sich einen Job in Kalifornien zu suchen, nur weil es mir so in den Kram passt. Wahrscheinlich sagt er sowieso, dass ich es vergessen kann.«

»Das wird er nicht tun, wenn er tatsächlich so ist, wie Sie behaupten. Ich glaube, er wird Sie überraschen.«

Callan sollte Recht behalten. Um neun Uhr am selben Abend traf Meredith ihren Mann in der Cafeteria des Krankenhauses. Stammelnd erzählte sie von ihrem Gespräch mit Callan, erklärte Steven das Angebot.

Er schaute sie aufmerksam an und fragte dann knapp: »Ist es das, was du willst, Merrie?«

»Ich weiß nicht, was ich will, Schatz«, erwiderte sie ehrlich. »Es ist ein höllisch gutes Angebot, und Callans Firma ist wirklich interessant. Aber wir beide führen unser Leben doch hier. Seit zwölf Jahren bin ich nun bei meiner Bank, und ich bin gern Teilhaberin eines Unternehmens, das zu den größten Spielern an der Wall Street gehört. Außerdem hast auch du hier einen großartigen Job. Ich glaube, es wäre nicht fair, dich darum zu bitten, das aufzugeben, um nach Kalifornien zu ziehen.«

»Warum denn nicht, wenn es auf lange Sicht für uns das Beste ist? Vielleicht gefällt es uns dort sogar.« Steven dachte insgeheim bereits viel weiter. Wenn Meredith Callan Dows Angebot annähme, bedeutete dies, dass sie der Wall Street den Rücken kehren würde. Vielleicht würde sie dann endlich sogar Kinder bekommen wollen. Kalifornien wäre jedenfalls ein wunderbarer Ort, um eine Familie zu gründen.

»Du würdest wirklich umziehen?« Meredith war fassungslos.

»Vielleicht. Wenn ich einen Job finde ... was spricht denn dagegen? Auch in Kalifornien schießen die Leute um sich. Auch dort gibt es rivalisierende Banden«, sagte Steven lächelnd. Er hatte es viel besser aufgenommen, als Meredith es erwartet hatte. Er schien sogar begeistert von der Aussicht zu sein, vielleicht sogar noch mehr als sie selbst. Sie war eher beunruhigt. Es wäre eine einschneidende Veränderung, und sie würde eine vollkommen neue Karriere beginnen. Trotzdem war Callans Angebot ohne Zweifel sehr verlockend.

»Sprich doch einfach mit Callan.«

»Das hat er auch schon vorgeschlagen.« Meredith zögerte immer noch.

Steven jedoch freute sich für seine Frau. »Ich glaube, du solltest es tun. Wann will er sich denn mit dir treffen?«

»Vielleicht am Mittwoch. Morgen habe ich ein Meeting mit einem neuen Kunden.«

»Also flieg hin. Und wenn du willst, komme ich am Freitag nach. Am Wochenende habe ich frei.«

»Wie hast du das denn geschafft?« Meredith war bewegt, weil er so vorbehaltlos auf Callans Angebot reagiert hatte. Es war offensichtlich, dass Steven nur das Beste für sie wollte und bereit war, auch selbst dafür Opfer zu bringen, sogar große Opfer, wenn er sie dadurch dabei unterstützen konnte, ihre Ziele zu erreichen.

»Ich habe meine Seele verkauft, um für uns ein freies Wochenende herauszuschlagen, Merrie. Sieht ganz nach einem glücklichen Zufall aus. Vielleicht kann ich bei ein paar Krankenhäusern vorsprechen, während wir dort sind. Callan hat doch sicher Verbindungen. Ich kenne selbst ein paar Leute in Stanford. Die waren während ihrer Ausbildung hier bei uns im Krankenhaus.«

»Du bist einfach unglaublich, Schatz«, stellte Meredith fest und griff über den Tisch hinweg nach seiner Hand. Er war noch wunderbarer, als sie Callan erzählt hatte.

»Du auch. Geh jetzt nach Hause und ruf ihn an.«

»Ich werde ihn morgen anrufen.«

Aber dann hatte Meredith es trotzdem eilig. Kaum hatte sie die Wohnung betreten, da griff sie schon zum Telefon.

Callan war begeistert, als sie sich meldete. »Was hat Steve gesagt?«

»Er möchte, dass wir beide uns treffen. Er ist unglaublich. Er hätte noch nicht einmal etwas dagegen, wenn wir umzögen.«

»Er ist eben gescheit und erkennt ein gutes Geschäft auf den ersten Blick. Außerdem liebt er Sie.«

»Ich liebe ihn auch. Er ist der anständigste Mann unter der Sonne. Er will sogar am Freitag nachkommen und sich schon einmal ein paar Krankenhäuser anschauen. Er hatte Bekannte in Stanford.«

»Da kann ich helfen, Merrie. Ich kenne in den Krankenhäusern jede Menge Leute. Steve kann jeden Job bekommen, den er haben will. Sie werden meine Finanzchefin, und wir alle werden bis ans Ende unserer Tage glücklich sein.«

»Das klingt alles so einfach.«

Doch beide wussten, dass es alles andere als einfach sein würde. Zwei berufliche Karrieren ließen sich in einem anderen Staat nicht so ohne weiteres fortsetzen, doch vielleicht hatte Callan Recht, und es wäre auch nicht so kompliziert, wie Meredith es sich vorstellte. Die Hindernisse, die ihr zuerst unüberwindbar erschienen waren, schienen sich eins nach dem anderen in Luft aufzulösen. Jetzt brauchte sie nur noch zu entscheiden, ob sie das Angebot tatsächlich annehmen wollte. Doch bevor sie einen Entschluss fassen konnte, musste sie zuerst alle Einzelheiten mit Callan besprechen.

»Es kann sehr einfach sein, wenn Sie es nur wollen, Meredith. Wenn es die richtige Entscheidung ist, wird auch alles klappen«, sagte Callan zuversichtlich. »Wann kommen Sie? Wie wäre es mit morgen?«

»Ich habe doch eine Besprechung mit einem neuen Kunden«, entgegnete Meredith mit fester Stimme. Sie hatte immer noch Verpflichtungen ihren Partnern in New York gegenüber, die sie nun nicht einfach ignorieren wollte. »Was ist denn mit Mittwoch? Ich könnte, wenn Sie wollen, drei Tage bleiben. Den Rest der Woche habe ich nämlich keine Termine.«

»Das klingt großartig.« Callan klang erfreut.

Merediths Stimmung hellte sich ebenfalls auf. Es ging nur alles so schnell, dass es ein wenig beängstigend war.

»Ich hole Sie am Flughafen ab. Sie brauchen mir nur zu sagen, wann Sie ankommen.«

»Sind Sie sicher, dass Sie nicht einen riesigen Fehler machen? Nur weil wir zusammen einen erfolgreichen Börsengang auf die Beine gestellt haben, bin ich noch lange keine gute Finanzchefin.« Für Meredith war es ein unbekanntes Feld. Andererseits wusste sie jedoch eine Menge über *Dow Tech*, und das Unternehmen gefiel ihr.

»Vertrauen Sie mir, Meredith. Ich weiß, was ich tue. Ich erkenne jedes Talent, wenn ich es vor mir habe, und seit Jahren war ich nicht mehr so beeindruckt. Wenn ich geahnt hätte, dass Sie überhaupt über mein Angebot nachdenken, hätte ich Charlie sogar geküsst, als er kündigte. Er hat mir den größten Gefallen getan.«

»Seien Sie nicht allzu euphorisch. Lassen Sie uns zuerst in Ruhe darüber sprechen.«

»Das werden wir, ich versprech's. Sie können mich alles fragen, Merrie, wenn Sie hier sind. Ich habe keine Geheimnisse vor Ihnen.«

Das schätzte Meredith an Callan besonders. Er war ehrlich, integer und ausgesprochen intelligent. Diese Kombination war fantastisch. Außerdem wusste sie bereits, dass sie mit ihm gut zusammenarbeitete. Trotzdem fiel ihr die Entscheidung alles andere als leicht, und sie wollte keinesfalls Stevens berufliche Karriere aufs Spiel setzen. Auch seine Interessen musste sie berücksichtigen, selbst wenn er ihr einen Gefallen erweisen wollte. Er sollte ebenfalls glücklich sein, denn sonst wäre sie es auch nicht.

»Ich kann es kaum erwarten, Sie wiederzusehen«, stellte Callan fest.

»Ich habe nicht damit gerechnet, dass es so bald dazu kommen würde.« Meredith lachte. All das war so überraschend gekommen. Niemals hätte sie gedacht, dass der Börsengang von Callans Unternehmen und die Roadshow zu einem Stellenangebot führen könnten. Das war sicher Vorsehung. Aber es war auch beängstigend. Meredith wollte unbedingt eine Entscheidung treffen, die für alle das Beste wäre. Eine niederdrückende Verantwortung lastete damit auf ihren Schultern.

»Ich hatte befürchtet, zuerst mit einem anderen Unternehmen an die Börse gehen zu müssen, bevor wir uns wiedersehen würden. Aber Sie haben wirklich großartige Neuigkeiten. Wir beide stellen doch tolle Sachen auf die Beine!«

»Ja, das stimmt, nicht wahr?« Meredith lächelte. Sie freute sich immer noch sehr über die Kursentwicklung der Aktien von *Dow Tech*. »Wir wollen jetzt aber erst einmal abwarten, was geschieht, wenn ich in Kalifornien bin.«

»Ich werde alles tun, um Sie zu überzeugen, Meredith, und ich hoffe, das wissen Sie.«

»Ich habe es mir gedacht«, lachte Meredith wieder. Callan war einfach nicht der Mann, der ein Nein akzeptierte. Gegenüber Steven empfand sie ein tiefes Gefühl der Dankbarkeit, weil er sie zu einem Gespräch mit Callan ermutigt hatte. Er war einfach unglaublich großzügig, denn es war durchaus wahrscheinlich, dass er derjenige war, der die größten Opfer bringen musste. Doch um ihretwillen war er dazu bereit, und dafür liebte sie ihn umso mehr.

»Bis Mittwoch dann«, sagte Callan gut gelaunt.

Nachdem Meredith den Hörer aufgelegt hatte, setzte sie sich auf die Couch und starrte das Telefon an. Was würde wohl in Kalifornien geschehen?

**9** Der Flug nach Kalifornien verlief reibungslos. Callan erwartete Meredith bereits am Flughafen. Sie hatte wie üblich ihre Aktentasche unter dem Arm, und Callan lächelte breit, als er sie endlich erblickte.

»Ich hatte schon befürchtet, dass Sie es sich vielleicht doch noch anders überlegt haben und nicht den Mut hatten, mich anzurufen.«

»So etwas käme mir gar nicht in den Sinn«, erklärte Meredith überrascht.

Callan nahm die schwere Aktentasche. »Ich weiß. Ich hatte schon als Kind solche Ängste, zum Beispiel dass mein Vater die Eintrittskarten für den Zirkus verlieren würde.«

»Also, hier bin ich jedenfalls.«

Während des Fluges hatte Meredith lange nachgedacht. Sie war immer noch der Meinung, dass sie nicht von Steven erwarten konnte, dass er ihretwegen seinen Job in der Unfallchirurgie aufgab. Die Situation ihres Mannes beschäftigte sie viel mehr als Callans Angebot. Sie wusste, dass er ein überaus solides Unternehmen führte. Die Option auf die Aktien, die er ihr einräumen wollte, war ein weiterer Punkt, der für den Job sprach. Doch es war Steven, der ihre Gedanken beherrschte.

»Ich kann immer noch nicht glauben, dass ich überhaupt hierher gekommen bin«, fügte sie hinzu.

»Ich hätte schon viel früher daran denken müssen. Aber ich wäre nie auf die Idee gekommen, dass Charlie kündigen könnte.« Callan hielt es immer noch für möglich, dass der Rückzug seines Finanzchefs einige Probleme mit den Anteilseignern nach sich ziehen könnte, doch Charlies Vertrag enthielt keine Klausel, die eine Kündigung hätte verhindern können. Wenn er sich während der Roadshow davongemacht hätte, wäre er vertragsbrüchig geworden, doch das wusste er selbst am besten. Deshalb hatte er mit seiner Kündigung gewartet, bis er wieder in Kalifornien war. »Meredith, wenn Sie mein Angebot annehmen, könnte dies die wichtigste Entscheidung Ihrer beruflichen Laufbahn sein. Ich glaube nicht, dass Sie es je bereuen werden. Selbst wenn ich nicht Ihr Freund wäre und mit all dem gar nichts zu tun hätte, würde ich trotzdem sagen, dass Sie sehr dumm wären, wenn Sie die Gelegenheit nicht nutzten.«

»Ich weiß. Es ist aber eine große Veränderung. Es geht nicht nur um unsere Jobs, auch ein Umzug nach Kalifornien würde uns nicht leicht fallen.«

»Sicher machen Sie sich auch Sorgen wegen Steve«, sagte Callan, als er Merediths Gepäck vom Gepäckband hob. »Aber hier gibt es auch sehr gute Krankenhäuser. Ich habe bereits Kontakt zum *General Hospital* in San Francisco aufgenommen, und Steve hat doch auch Freunde in Stanford. Außerdem gibt's in der Stadt noch das Universitätsklinikum von Kalifornien und in Oakland eine hervorragende Unfallklinik. Steven hat hier eine Menge Möglichkeiten. Auch für ihn könnte das alles sehr aufregend werden.«

Callan selbst war derjenige, der aufgeregter als alle anderen war. Auf dem Weg zu seinem Büro in Palo Alto sprach er ununterbrochen darüber, wie viel Meredith für sein Unternehmen bedeutete. Meredith war in seine Idee mittlerweile ebenso verliebt wie er. Vom rein geschäftlichen Standpunkt aus betrachtet war dies die Gelegenheit ihres Lebens.

Um zwei Uhr mittags hatten sie noch immer nichts gegessen. Seit drei Stunden waren sie nun schon in ihre Gespräche vertieft, so dass Callans Sekretärin schließlich für jeden ein Sandwich brachte. Callan und Meredith verfügten beide über dieselbe Arbeitsmoral, dieselbe Tatkraft und dieselbe Leidenschaft für die Arbeit. Die Liebe zu ihren Aufgaben war schon fast zur Besessenheit geworden. Den Rest des Nachmittags verbrachten sie damit, über neue Diagnosegeräte und andere Produkte zu sprechen.

»Meredith, ohne Sie schaffe ich das gar nicht«, sagte Callan schließlich und schaute sie eindringlich an.

»Doch, das schaffen Sie«, entgegnete sie ruhig, obwohl all

die Dinge, die sie seit elf Uhr morgens gehört hatte, ihr sehr zusagten.

»Außerdem will ich es auch gar nicht. Ich will Sie an meiner Seite haben.«

»Die Wahrheit ist ...« – Meredith seufzte – »... ich will es auch. Ich weiß nur nicht, ob ich das Recht darauf habe.«

Sie fühlte sich wie zerrissen in Anbetracht dieser wichtigen Entscheidung über ihre berufliche Zukunft und der Auswirkungen, die sie auf ihr Privatleben haben würde. Der Gedanke an Steven beunruhigte sie noch immer. Callan konnte noch so oft behaupten, dass die Kliniken in Kalifornien auch für Steven Möglichkeiten boten – ihr Mann war nun einmal mit seiner gegenwärtigen Position als stellvertretender Chefarzt vollkommen verwachsen. Außerdem arbeitete er auf einer international renommierten Station für Unfallchirurgie. Irgendwann würde er dort zur Nummer eins werden, eher früher als später. Harvey Lucas dachte bereits seit längerem daran, sich aus der Unfallchirurgie zurückzuziehen und für ein paar Jahre in die Forschung zu gehen. Neuerdings hatte Steven den Eindruck, dass der Zeitpunkt in greifbare Nähe rückte. Lucas war müde, hatte Herzprobleme, und die Arbeit wuchs ihm allmählich über den Kopf. In der Unfallchirurgie gab es viele Ärzte, die früher als andere Erschöpfungszustände zeigten. Dem Druck, der auf solchen Stationen herrschte, konnte niemand für immer standhalten.

»Ich muss Steve wenigstens die Möglichkeit geben, sich ernsthaft damit zu beschäftigen«, sagte Meredith. »Er spielt bei dieser Entscheidung die wichtigste Rolle.«

»Ich werde einen Job für ihn finden, Meredith. Ich will Sie auf keinen Fall verlieren.«

»Sie sind noch nicht am Ziel«, entgegnete sie mit einem müden Lächeln. Sie wollte diesen Job. Das Unternehmen gefiel ihr sehr, und sie war davon überzeugt, dass sie, wenn sie die Gelegenheit dazu erhielt, einige wichtige Dinge für Callan in die Wege leiten könnte. Er hatte sie endgültig für seinen

Plan gewonnen. Gegenüber der Bank fühlte Meredith sich nicht einmal schuldig. Sie hatte erkannt, dass Callan Recht hatte: Dort schätzte man sie nicht. Selbst wenn sie das Ende der Fahnenstange noch nicht erreicht hatte, so stand sie doch kurz davor. Bei *Dow Tech* hingegen – so behauptete Callan – war nur der Himmel ihre Grenze.

»Was glauben Sie, Merrie? Machen Sie's?« Callan hatte sich den ganzen Nachmittag über bemüht, sie nicht unter Druck zu setzen, doch nun konnte er nicht mehr widerstehen. Sie *musste* den Job einfach annehmen.

Auch mit Charles McIntosh waren sie kurz zuvor zusammengetroffen. Zu Merediths Überraschung hatte auch er sie ermuntert, das Angebot zu akzeptieren. Angesichts der Richtung, die Callans Unternehmen bereits eingeschlagen hatte, sei sie genau die Richtige.

»Sie werden es nicht bereuen, wenn Sie einschlagen«, sagte er und sprach wie ein alter Freund. »Außerdem kennen Sie die Firma bereits. Es wird nicht viele Überraschungen für Sie geben. Cal ist übrigens ein toller Kerl«, fügte er gütig lächelnd hinzu. »Es ist eine Freude, für ihn zu arbeiten.« Charles behandelte Callan eher wie einen Sohn oder einen Neffen und nicht wie den Chef der Firma, bei der er beschäftigt gewesen war. »Ich habe noch nie für eine Aktiengesellschaft gearbeitet, und ich will damit jetzt auch nicht mehr anfangen. Ich bin einfach zu alt, um mir wegen der Aktionäre den Kopf zu zerbrechen, mir Gedanken darüber zu machen, ob's an der Börse bergauf oder bergab geht und wir mit in den Keller gezogen werden. Aber ihr beide seid jung genug, um daran eure Freude zu haben.« Er schien erleichtert über seine Entscheidung. »Ich hoffe, dass Sie den Job annehmen, Meredith«, betonte er zum Abschluss noch einmal.

Es gefiel Meredith, dass man sie offenbar wirklich als Mitarbeiterin gewinnen wollte und überaus schätzte. Hier wurde sie tatsächlich gebraucht.

Für den Abend lud Callan sie zum Dinner ein, doch sie

lehnte ab. Sie brauchte Zeit zum Nachdenken. Beim Zimmerservice bestellte sie Rührei. Nachdem sie gegessen hatte, rief sie Steven im Krankenhaus an. Diesmal hatte sie Glück und erwischte ihn beim ersten Mal.

»Wie läuft's?«, fragte er gespannt.

»Wunderbar ... leider.« Ihre Stimme klang gequält. Den ganzen Abend über hatte sie Für und Wider abgewogen und war jetzt noch verwirrter als zuvor. Einerseits wollte sie die Gelegenheit beim Schopf ergreifen, andererseits hatte sie das Gefühl, es Steven schuldig zu sein, in New York zu bleiben und sich mit dem zufrieden zu geben, was sie hatte. Sie fühlte sich allein deshalb schuldig, weil sie das Thema überhaupt zur Diskussion stellte. Doch nun war sie schon so weit gegangen, dass sie keine andere Wahl hatte. »Es macht alles einen großartigen Eindruck. Hier würde es mir ganz gut gefallen, glaube ich. Und die Stelle ist einfach umwerfend. Wie es sich in Kalifornien leben lässt, weiß ich natürlich nicht, aber der Job reizt mich sehr. Was ist denn mit dir, Liebling? Wie denkst du darüber?«

»Ich glaube, dass du es ernsthaft in Betracht ziehen solltest«, erwiderte Steven nüchtern. »Deshalb habe ich dir geraten, dich mit Callan zu treffen.«

»Aber was ist mit dir? Wenn ich die Stelle annehme, was machst du dann?«

»Ich werde schon eine andere Unfallchirurgie finden.« Der Entscheidungsprozess schien ihn viel weniger zu berühren.

Meredith war überrascht. »Aber was ist, wenn es dir hier überhaupt nicht gefällt?«

Dort, wo Steven jetzt arbeitete, war man immer auf dem neuesten Stand der Technik, und New York war außerdem viel größer als San Francisco. Die beiden Städte waren überhaupt nicht miteinander zu vergleichen, obwohl Callan behauptete, dass die Lebensqualität in San Francisco deutlich höher sei. Seit ihrer Schulzeit waren Meredith und Steven jedoch in New York verliebt.

»Soll ich kommen und mir selbst ein Bild machen?«, fragte Steven. »Ich glaube, nur so können wir eine vernünftige Entscheidung treffen, oder? Morgen nach der Arbeit könnte ich fliegen. Dann schau ich mich ein wenig um und besorge mir ein paar Termine in den unfallchirurgischen Abteilungen dort. Vielleicht kann ich mir auch noch den Montag frei nehmen. Dann wissen wir wenigstens, worüber wir eigentlich sprechen.«

»Schatz, ich liebe dich«, sagte Meredith mit Tränen in den Augen. Steven war immer darum bemüht, ihr die Dinge so einfach wie möglich zu machen, im Kleinen wie im Großen. »Es würde mir sehr viel bedeuten, wenn du kämst, Steve.«

»Gut, dann komme ich. Außerdem will ich mir diesen Typen mal genauer anschauen und mich davon überzeugen, dass er nicht zu gut aussieht, bevor ich dir erlaube, sein Angebot anzunehmen. Diese Sache mit Gary Cooper lässt mir einfach keine Ruhe.«

In diesem Scherz steckte ein Körnchen Wahrheit, dessen war sich Meredith nur allzu bewusst. Trotzdem hatte Steven keinen Grund zur Sorge. Sie führten ein beständiges, glückliches Leben miteinander, das durch nichts gefährdet war. Darin war sich Meredith absolut sicher.

»Das ist nicht der Grund, warum mich dieser Job so reizt«, sagte sie fröhlich. »Es ist einfach eine tolle Firma, und mit Callan kann man sehr gut arbeiten. Er ist integer, hat jede Menge Energie und ein paar fantastische Ideen für die Zukunft. In den nächsten zwei Jahren wird *Dow Tech* dreimal so groß sein wie heute. Das bezieht sich übrigens nicht nur auf die Größe, sondern auch auf die Bedeutung des Unternehmens – vom Profit einmal ganz zu schweigen ...«

»Dann solltest du sehr ernsthaft darüber nachdenken, Merrie. Morgen Abend bin ich bei dir. Sag mir nur, wo ich dich finden kann.«

»Ich hole dich am Flughafen ab, wenn du mir Bescheid gibst, wann deine Maschine landet.«

In diesem Moment liebte Meredith ihn mehr als jemals zuvor. Er wollte nur das Beste für sie und dachte dabei kaum an sich selbst. Er war ein durch und durch anständiger Mann. Das hatte ihr von Anfang an gefallen. Außerdem war er klug, hatte einen großartigen Sinn für Humor, arbeitete wie ein Pferd in einem Beruf, den er wirklich liebte, und hatte den tollsten Körper, den sie jemals gesehen hatte. Immer noch fand sie ihn unbeschreiblich sexy. Diese Kombination war unschlagbar, und es spielte dabei keine Rolle, dass ihr berufliches Engagement nicht unterschiedlicher hätte sein können. Im Grunde gefiel Meredith auch das, denn darin verbarg sich für beide zugleich auch ein Ansporn. »Ich danke dir, Liebling. Du weißt ja gar nicht, was das für mich bedeutet«, fügte sie schließlich zärtlich hinzu.

»Hör zu, etwas Besseres kann uns vielleicht gar nicht passieren. Vielleicht entschließen wir uns in Kalifornien ja doch noch dazu, endlich Kinder zu bekommen.«

Darauf sagte Meredith nichts. Es gab schließlich genügend andere Dinge, über die sie sich jetzt den Kopf zerbrechen musste – Stevens Job und Callans Firma – Kinder fehlten da gerade noch. Zum Glück wollte Steven das Thema in diesem Moment auch gar nicht weiter vertiefen.

Als Meredith kurz darauf den Hörer auf die Gabel legte, fühlte sie sich, als ob eine unsichtbare Kraft sie vorwärts trieb. Es schien, als ob all dies zwangsläufig geschah. Es war beängstigend, aber gleichzeitig spürte Meredith auch, dass es sie unglaublich stimulierte.

Den Donnerstag verbrachte sie erneut mit Callan, begleitete ihn zu verschiedenen Besprechungen und sprach mit den leitenden Angestellten. Sie hatte inzwischen ein sicheres Gespür für die Art und Weise, wie das Unternehmen organisiert war, und ebenso für die Belegschaft. Was sie sah, gefiel ihr. Nachmittags rief sie in ihrem Büro an, doch es gab kaum Neuigkeiten. Niemand wusste, wo sie sich aufhielt. Sie hatte erzählt, dass sie in einer Familienangelegenheit verreisen würde.

»Was halten Sie denn heute Abend von einem Dinner bei mir zu Hause?«, fragte Callan, als sie gegen sechs Uhr ihre Sachen zusammenpackten.

Alle anderen waren schon gegangen. Meredith stellte fest, dass die Menschen in Kalifornien nicht so lange arbeiteten wie die New Yorker. In ihrer eigenen Firma waren die Leute bis acht oder neun Uhr im Büro, manchmal sogar noch länger. Doch Callan hatte sie bereits darauf hingewiesen, dass die Lebensqualität in Kalifornien um einiges höher war als in New York. Die Menschen hier schienen sich mehr um ihre Gesundheit, ihr Privatleben und ihre Freizeit zu kümmern. Nach der Arbeit gingen sie nach Hause, spielten Tennis oder betrieben andere Sportarten. Sie schienen ein gesünderes, glücklicheres und ausgeglicheneres Leben zu führen. Die New Yorker waren eher blass, müde und überarbeitet, und die meisten waren stets in Eile und machten einen kränkelnden Eindruck. In Kalifornien sah das alles ganz anders aus.

»Eine nette Idee, aber um neun muss ich Steve vom Flughafen abholen«, erklärte Meredith. »Ich will Ihnen nicht das ganze Abendessen vermasseln.«

Sie tauschte mit Callan ein Lächeln. Sie gingen vollkommen unbefangen miteinander um und hatten ein unbeschwertes Verhältnis zueinander. Nach der Roadshow und nun auf der Forschungsreise durch Callans Unternehmen fühlten sie sich fast wie verheiratet.

»Ich wollte sowieso früh essen, wegen der Kinder. Anschließend könnte ich Sie zum Flughafen bringen.«

»Das ist nicht nötig. Ich nehme ein Taxi, und dann fahren wir ins Hotel und reden über alles.«

Callan hatte für Steven im *General Hospital* von San Francisco und in der Klinik in Oakland Termine für Vorstellungsgespräche gemacht. Steven selbst hatte seine Bekannten in Stanford angerufen. Am Freitag würde er sehr beschäftigt sein. Meredith würde die Zeit nutzen, um gemeinsam mit Callan einige seiner Kunden kennen zu lernen. Die Aktienkurse von *Dow Tech* kletterten unterdessen unaufhaltsam in die Höhe. In der einen Woche, in der die Anteile nun an der Börse gehandelt wurden, war der Kurs bereits ordentlich nach oben geschnellt. Für Callan entwickelte sich alles zum Besten. Wenn es ihm jetzt noch gelang, Meredith für sein Unternehmen zu engagieren ...

»Kommen Sie doch mit. Ich mache uns Hamburger und Hotdogs.«

Diese Seite von Callans Leben faszinierte Meredith. Sie hatte überhaupt nichts mit dem Geschäftsgenie zu tun, das sie in ihm sah, und auch nicht mit dem High-Tech-Tycoon, als den der Rest der Welt ihn wahrnahm. Der Gedanke daran, dass er auf der Terrasse am Barbecue stand, amüsierte sie.

»Gut, ich komme – wenn es die Kinder nicht stört«, stimmte sie schließlich zu. Sie hatte den kühlen Empfang, den die drei ihr beim ersten Mal bereitet hatten, noch gut in Erinnerung.

»Nein, nein, bestimmt nicht«, versicherte Callan.

Für den größten Teil des Abends sollte er Recht behalten. Andy erinnerte sich an Meredith und schüttelte ihr lächelnd die Hand. Er hatte nicht vergessen, dass sie mit einem Arzt verheiratet war. Julie war zwar kühl, aber diesmal wenigstens höflich. Sie fragte sogar nach der Roadshow und erzählte, dass ihr Vater ihr aus Paris einen traumhaften Pulli mitgebracht hatte. Meredith verschwieg, dass sie Callan beim Aussuchen geholfen hatte, doch sie freute sich im Stillen, dass ihre Wahl den Geschmack des Mädchens getroffen hatte. Mary Ellen war wie zuvor sehr schweigsam. Ihr Gesichtsausdruck spiegelte ihre Verwirrung, als sie sah, wer da aus dem Wagen ihres Vaters stieg. Nach einer knappen Begrüßung verschwand sie nach oben in ihr Zimmer. Zum Essen kam sie zwar wieder herunter, doch nur so lange, wie sie brauchte, um einen halben Hamburger zu essen. Sie entschuldigte sich damit, dass sie noch Hausaufgaben zu erledigen hätte. Erschrocken blickte sie auf, als Meredith das Zusammentreffen mit Charlotte in London erwähnte. Mary Ellen schien der Gast dadurch nur noch suspekter zu werden.

»Sie versteht sich mit ihrer Mutter nicht besonders gut«, erklärte Callan, nachdem die Kinder verschwunden waren und ihn mit Meredith auf der Terrasse zurückgelassen hatten. Sie tranken Kaffee. Die sympathische Haushälterin hatte bereits den Tisch abgeräumt und kümmerte sich nun um die Kinder. Callan berichtete, dass die Frau schon seit Jahren für ihn arbeitete. Er hielt sie für ein Geschenk Gottes. »Ich habe den Eindruck, dass Charlotte, nun, da sie älter wird, Mary Ellen als ihre Rivalin betrachtet. Sie ist jedenfalls sehr hart mit ihr. Mary Ellen hält ihre Mutter für gemein. Für sie war es am schwersten, als Charlotte verschwand – sie war damals sechs Jahre alt.«

Plötzlich verspürte Meredith Mitgefühl mit dem Mädchen. Auch wenn Mary Ellen nicht gerade zuvorkommend, manchmal nicht einmal höflich war, hatte sie offensichtlich sehr gelitten, und vielleicht war sie deshalb Frauen gegenüber so misstrauisch. Charlotte war sicherlich alles andere als eine Traummutter.

Dann sprachen sie wieder über geschäftliche Dinge. Die Kinder blieben verschwunden. Später ging Callan schwimmen. Meredith beobachtete ihn dabei. Er hatte einen muskulösen Körper und erzählte, dass er im College Mitglied der Schwimmmannschaft gewesen sei. Mit seinen einundfünfzig Jahren sah er viel jünger aus, als er tatsächlich war, und wirkte ausgesprochen attraktiv.

Meredith konnte es kaum noch erwarten, Steven endlich wiederzusehen. Als es an der Zeit war, aufzubrechen, rief Callan ein Taxi für sie, nicht ohne erneut anzubieten, sie zum Flughafen zu bringen. Doch Meredith zog die Fahrt mit einem Taxi vor, und Callan wollte sich auch nicht aufdrängen. Es gab zwar noch viel zu besprechen, aber keinen Grund zur Eile.

Für den folgenden Abend lud er Meredith und Steven zum Dinner ein. Meredith nahm gern an und berichtete, dass Steven sich bereits darauf freue, ihn endlich kennen zu lernen. Den Grund dafür verschwieg sie. Steven war wegen Callan ein wenig beunruhigt, doch Meredith war eigentlich davon überzeugt, dass er sie mit seiner Eifersucht auch ein wenig auf den Arm nehmen wollte. Trotzdem hielt sie es aus verschiedenen Gründen für wichtig, dass die beiden Männer sich endlich einmal begegneten. In Stevens Menschenkenntnis und sein Urteilsvermögen hatte sie größtes Vertrauen. Sie hoffte, dass Callan und Steven sich sympathisch wären, denn sie respektierte beide sehr, wenn auch aus unterschiedlichen Gründen.

Steven trug eine zerknitterte khakifarbene Hose und ein Hemd, das aussah, als wäre es noch nie gebügelt worden. Seine Füße steckten in den Clogs, die er gewöhnlich bei der Arbeit trug. Das alte Tweed-Jackett hatte an beiden Ellbogen Löcher. Er war direkt vom Krankenhaus aus zum Flughafen gefahren und erinnerte an einen Jungen, der aus dem Internat nach Hause kam und dessen Eltern sich fragten, was mit den Kleidern geschehen war, die sie ihm geschickt hatten.

»Warum um Himmels willen hast du denn dieses Jackett angezogen?«, fragte Meredith entgeistert. Schon mehr als einmal hatte sie es in den Tiefen der Abstellkammer hinter der Gästetoilette versteckt, doch Steven hatte es immer wieder herausgefischt. Andererseits brachte sie es auch nicht über sich, es fortzugeben. Einmal hatte sie genau das mit einer seiner Lieblingshosen getan, und diese Geschichte hielt er ihr immer noch vor.

Trotzdem konnte sie nun kaum glauben, dass ihr Mann ausgerechnet diesen alten Fetzen mit nach San Francisco gebracht hatte.

»Was ist denn damit?«, fragte Steven erstaunt. »Wir gehen doch nicht zu einem Dinner mit Krawattenzwang, oder?«

»Nein, aber morgen Abend sind wir bei Callan Dow zum Essen eingeladen. Ich hoffe, dass du noch ein anderes Jackett dabei hast.« Unversehens waren sie in einen jener für Ehepaare so typischen Wortwechsel verwickelt, die Außenstehende gewöhnlich für besonders dumm hielten.

»Kein Grund zur Sorge. Männer verstehen solche Sachen. Dieses Jackett hat immerhin Charakter.« Steven verabscheute neue Kleidungsstücke. Außerdem verstand er nie, warum seine Hosen geplättet werden sollten. Den größten Teil seines Lebens verbrachte er schließlich in seiner zerknitterten Krankenhauskluft, und er sah nicht ein, dass andere Kleidung sich davon unterscheiden sollte.

»Soll das etwa heißen, dass du kein anderes Jackett dabei hast?«

»Genau.« Steven grinste und küsste seine Frau.

Dann griffen sie gemeinsam nach seiner Tasche, die überraschend schwer war.

»Mein Gott, was ist denn da drin? Etwa eine Bowling-Kugel?«

»Nein, nur etwas zu lesen.« Steven war nie ohne einen Stapel aktueller medizinischer Fachliteratur unterwegs. Er wollte sich schließlich auf dem Laufenden halten. Im Grunde war dies das Einzige, was ihn interessierte. Er war ein brillanter Arzt, der kaum auf sein Äußeres achtete. Ganz anders Callan: Er war auf seinem Gebiet ebenfalls unvergleichlich, kleidete sich aber stets makellos und sehr elegant. Die beiden Männer hätten unterschiedlicher nicht sein können. »Also, wie läuft's? Gibt's was Neues?« Steven machte einen zufriedenen Eindruck.

Meredith freute sich darüber. »Nein, nichts Neues, aber es könnte nicht besser sein«, strahlte sie.

Auf dem Weg zum Hotel sprach sie die ganze Zeit über Callans Unternehmen. Die Unterhaltung führten sie auf ihrem Zimmer fort und gingen erst weit nach Mitternacht zu Bett.

Am nächsten Morgen blieb Steven allein im Hotel zurück. Meredith sollte ja einige von Callans Kunden kennen lernen. Steven hatte einen Wagen gemietet, um seine eigenen Termine wahrzunehmen. Merediths Vorschlag, auch einen Chauffeur zu mieten, hatte er abgelehnt. Stattdessen besorgte er sich eine Reihe von Straßenkarten und war davon überzeugt, dass er die Krankenhäuser, die er aufsuchen wollte, auch allein finden würde. Meredith küsste ihn zum Abschied und versprach, ihn gegen Abend im Hotel abzuholen. Sie wünschte ihm Glück und machte sich eilig auf den Weg zu *Dow Tech*.

Erneut verbrachte sie mit Callan einen ungewöhnlichen Tag. Sie besuchten drei seiner wichtigsten Kunden und ein Krankenhaus, in dem seine diagnostischen Geräte verwendet wurden. Callan freute sich über Merediths Interesse.

Als sie sich am frühen Abend voneinander trennten, erinnerte er sie daran, dass um halb acht alles für das gemeinsame Dinner bereit sein würde. »Ich freue mich sehr, dass ich Steven endlich kennen lernen werde. Es kommt mir so vor, als wären wir bereits alte Freunde«, sagte er herzlich. Meredith hatte ihm auf der Roadshow so viel von ihrem Mann erzählt, dass es ihm tatsächlich schien, als würde er ihn schon sehr lange kennen.

Steven war entspannt und überraschend enthusiastisch, als Meredith im Hotel eintraf. Alle drei Kliniken hatten ihn beeindruckt, und er hatte zudem noch von einer vierten erfahren, die auf Fälle von besonders schwer Verletzten spezialisiert war. Dort gab es einen Hubschrauberlandeplatz, und die Unfallchirurgie schien mit der, bei der er gegenwärtig arbeitete, vergleichbar zu sein. Er konnte es kaum noch erwarten, am Montag endlich dorthin zu fahren. Er hatte bereits einen Termin beim Direktor der Klinik. Die Krankenhäuser, die er bisher besucht hatte, waren alle interessiert gewesen, hatten jedoch keine passende freie Stelle gehabt. Stevens Referenzen waren aber so überzeugend gewesen, dass man versprochen hatte, gegebenenfalls auf ihn zurückzukommen. Aufgrund seines Alters und seiner Erfahrung kam für ihn nur eine Leitungsposition in Frage, und die waren alle besetzt. Seine Hoffnungen richteten sich nun auf die Klinik an der East Bay, die er am Montag aufsuchen würde.

»Also, was denkst du?« Meredith lächelte ihn an. Beide hatten einen gelungenen Tag verbracht, und Stevens gehobene Stimmung entging ihr nicht.

»Ich denke, dass San Francisco mir sehr gefällt«, strahlte Steven. »Die Stadt ist ein kleines Juwel, und die Leute hier sind alle sehr nett. New York ist ganz anders. Hier macht niemand ein Gesicht, als drohe im nächsten Augenblick ein Überfall. Selbst auf den Unfallstationen machen die Leute einen entspannten Eindruck. In Oakland herrschte zwar ein wenig Chaos, aber dort waren zwei Minuten, bevor ich dort auftauchte, sechs Typen mit Schussverletzungen eingeliefert worden. Wenn ich ehrlich sein soll: Es gefällt mir, Merrie. Ich verstehe, was dich hier so reizt.«

Plötzlich hatte Meredith das Gefühl, als würde sich ein ganz neues Leben vor ihnen beiden auftun. Es war ein sehr aufregendes Gefühl. Steven hatte zwar noch keinen Job gefunden, aber er hatte am Montag den Termin an der East Bay. Bereits das Telefonat hatte ihn hoffnungsvoll gestimmt, doch es waren keinerlei Einzelheiten besprochen worden. Steven hatte seinen Lebenslauf gefaxt, jetzt hing alles von dem Gespräch ab.

»Wo würdest du denn wohnen wollen?«, fragte er beiläufig, denn es schien, als sei die Entscheidung bereits getroffen oder zumindest in greifbare Nähe gerückt. »In der Stadt oder lieber hier draußen? Ich finde es hier draußen eigentlich schöner, und es würde mir nichts ausmachen zu pendeln.«

»Für mich wär's hier draußen natürlich einfacher, aber ich richte mich da nach dir. Deine Arbeitszeiten sind unregelmäßiger als meine.«

»Wir werden sehen. Der Gedanke an ein Haus in einem Randbezirk gefällt mir, und« – Steven legte eine spannungsvolle Pause ein und suchte Merediths Blick – »ich glaube, dass dies der ideale Ort für Kinder wäre, viel besser jedenfalls als New York. Außerdem wärest du auch nicht mehr solchem Druck ausgesetzt, müsstest keine Roadshows mehr organisieren und hoffentlich auch nicht mehr bis Mitternacht arbeiten. Dies ist vielleicht die richtige Zeit und der richtige Ort, es endlich in Angriff zu nehmen.« Steven hielt den Atem an und wartete auf ihre Antwort.

Meredith schwieg lange, schien über seine Worte nachzudenken. »Vielleicht«, sagte sie schließlich. Doch sie wollte sich nicht unvorbereitet in diese Diskussion verwickeln lassen. Es gab noch so viele andere Dinge, die sie zu bedenken hatten.

»Ist das alles?« Steven schaute sie enttäuscht an. »Nur ›vielleicht‹? Wenn wir es überhaupt jemals angehen, Merrie, dann wäre es doch hier einfach großartig. Was kann sich ein Kind Schöneres wünschen, als in Kalifornien aufzuwachsen?«

»Andere Eltern«, lächelte Meredith. Wenn sie über Kinder sprachen, fühlte sie sich immer unter Druck gesetzt. Doch sie musste zugeben, dass dieser Ort für die Verwirklichung derartiger Pläne gut geeignet war.

Beide waren guter Stimmung, als sie um Viertel nach sieben zu Callan aufbrachen. Pünktlich um halb acht waren sie dort. Callan erwartete sie am Swimmingpool im Garten, mit einem Aperitif und Kaviar. Die Kinder waren eben erst aus dem Wasser gekommen. Callan war entspannt und sah wie immer fantastisch aus. Er trug ein perfekt gebügeltes blaues Hemd zu einer beigefarbenen Gabardinehose, und seine nackten Füße steckten in Halbschuhen von Gucci. Steven dagegen trug ein altes gestreiftes Hemd und das abgetragene Tweed-Jackett, das Meredith so verabscheute. Hätte sie doch nur vorausschauend seine Tasche gepackt, bevor sie selbst nach Kalifornien geflogen war! Nächstes Mal, schwor sie sich im Stillen, während die beiden Männer sich zur Begrüßung die Hände schüttelten. Callan sagte, wie sehr er sich auf dieses Zusammentreffen gefreut habe, nachdem er bereits so viel von Meredith über Steven gehört hatte.

»Ihre Frau ist Ihr größter Fan, Steve. Ich hoffe, Sie wissen das. Sie redet ununterbrochen von Ihnen.«

Steven schien sich über diese Bemerkung zu freuen, während er seinen Blick über Callan gleiten ließ.

Die Unterhaltung war unbefangen und drehte sich um vielfältige Themen. Callan fragte Steven nach den Kliniken, die er besucht hatte, und anschließend sprach man über Callans diagnostische Instrumente. Steven gab eine kritische Beurteilung ab, lobte zwei der Geräte über die Maßen und gewährte seinem Gegenüber interessante Einblicke und Hinweise aus der Sicht des Arztes. Callan schien sehr zufrieden zu sein mit dem, was er hörte.

Später gingen sie gemeinsam ins Esszimmer. Callan servierte einen Mouton-Rothschild-Bordeaux, was Steven sehr beeindruckte. Um elf Uhr unterhielten sich die drei bei einem Brandy immer noch sehr angeregt. Es war kurz vor Mitternacht, als Callans Gäste sich verabschiedeten. Meredith war mit dem Verlauf des Abends sehr zufrieden und hatte den Eindruck, dass die beiden Männer sich sympathisch waren.

»Was hältst du von ihm?«, fragte sie auf dem Weg zurück zum Hotel. Die Meinung ihres Mannes interessierte sie sehr.

Steven, der am Steuer saß, sagte: »Callan ist wirklich ein verdammt kluger Kopf. Du hast Recht. Natürlich sieht er gut aus, aber nach einer Weile vergisst man das. Er hat eine Menge innovativer Ideen, und es gibt so vieles, was er noch tun will, dass er einen vollkommen in seinen Bann zieht und man schließlich seine ausgefallenen Klamotten und die Tatsache, dass er wie ein Filmstar aussieht, gar nicht mehr beachtet. Ich verstehe, dass er dir gefällt.« Er schenkte seiner Frau ein verlegenes Lächeln. »Es tut mir Leid wegen des Jacketts, Merrie. Nächstes Mal nehme ich ein besseres mit.«

»Was soll's?« Meredith erwiderte das Lächeln des Mannes, den sie liebte. Sie war sehr stolz auf ihn und freute sich darüber, dass Callan ihm gefallen hatte.

»Ich glaube, du solltest den Job annehmen«, fuhr Steven fort. »Wahrscheinlich würdest du es dir nie verzeihen, wenn du ablehnst. Du würdest dich immer fragen, was wohl geschehen wäre, wenn du angenommen hättest. Schatz, du musst es tun.«

»Du bist wirklich erstaunlich. Was ist denn mit dir?«

»Ich werde schon was finden. Es gibt jede Menge Arbeit; es muss nur eine geeignete Stelle frei werden.« Steven war davon überzeugt, dass dies schon bald der Fall sein würde. »Im Augenblick ist dein Job das Wichtigste. Ich möchte, dass du glücklich bist.«

Merediths Augen füllten sich mit Tränen. Er war so gut zu ihr, so freundlich und großherzig.

»Ich werde erst eine Entscheidung treffen, wenn wir wissen, wie sich die Dinge für dich entwickeln. Es geht uns beide an, nicht nur mich allein, unabhängig davon, wie selbstlos du bist.«

»Lass uns abwarten, was am Montag geschieht. Und in der Zwischenzeit werden wir ein schönes Wochenende verbringen.«

Callan hatte angeboten, ihnen am nächsten Tag die Gegend zu zeigen, doch Steven hatte abgelehnt. Er wollte mit Meredith die Stadt erkunden. Am Sonntag würden sie zum Schwimmen und zum Abendessen mit den Kindern wieder zu Callan fahren. Callan hatte ein Barbecue versprochen. Doch vorher freuten Steven und Meredith sich darauf, einen Tag in der Stadt zu verbringen.

Am Samstag fuhren sie also nach Marin und passierten die *Golden Gate Bridge* in dem offenen Cabriolet, das sie gemietet hatten. In Sausalito aßen sie zu Mittag und schlenderten durch die Geschäfte. Zum Dinner gingen sie zu *Scoma's*. Die Aussicht dort war spektakulär. Anschließend kurvten sie in San Francisco umher und tranken in *Fisherman's Wharf* Irish Coffee. Um Mitternacht waren sie im *Top of the Mark* und genossen die Aussicht. Dann machten sie sich allmählich auf den Rückweg und unterhielten sich über die Eindrücke, die sie tagsüber gewonnen hatten. Callan war der Meinung, dass sie in Pacific Heights wohnen sollten. Steven und Meredith waren dort gewesen und hatten sich gründlich umgeschaut. Die gepflegten viktorianischen Villen, die Backsteinhäuser und die farbenprächtigen Stuckarbeiten hatten beiden sehr gefallen. Das Viertel wirkte sehr gepflegt und sauber, und Steven hatte sich sofort in die Vorstellung verliebt, dort zu leben.

Am Sonntagmorgen fuhren sie nach Stanford und schlenderten durch Palo Alto. Beide waren begeistert. Nachmittags machten sie sich auf den Weg zu Callan und trafen die ganze Familie am Swimming-Pool. Steven stürzte sich sofort zu den Kindern ins Wasser, während Meredith sich mit Callan unterhielt.

»Ich glaube, Sie haben jemanden bekehrt«, sagte Meredith leise, während sie dem Treiben zuschauten. »San Francisco gefällt ihm.«

»Und was ist mit Ihnen, Merrie?«

»Mir gefällt Ihre Firma und die Arbeit.« Sie lächelte ihm zu. Auch am Nordpol wäre sie mit einem Job, wie er ihn ihr anbot, glücklich gewesen.

»Sie sind ein Workaholic, genau wie ich. Wir sind hoffnungslose Fälle.« Callan warf einen Blick zu Steven hinüber, der mit den Kindern im Wasser umhertollte, und erwiderte dann ihr Lächeln. »Er ist ein netter Mann, Merrie. Sie hatten Recht. Und wie ich höre, ist er auch ein verdammt guter Arzt.« Er hatte einige diskrete Nachforschungen angestellt, bevor er sich darum bemüht hatte, Verabredungen für Steven zu treffen. »Wie sieht's denn an seiner Front aus?«

»Noch nichts in Sicht. Es gibt keine Stelle für ihn, doch das scheint ihn nicht weiter zu beunruhigen. Am Montag hat er noch ein Gespräch an der East Bay.«

»Hoffentlich klappt es«, sagte Callan inbrünstig. Mehr als je zuvor wünschte er sich, dass Meredith den Job annahm und für ihn arbeitete. Die vergangenen drei Tage hatten nur noch einmal bestätigt, was er bereits früher über sie gedacht hatte.

»Das hoffe ich auch«, entgegnete Meredith gelassen.

Steven warf gerade einen Ball zu Mary Ellen hinüber, die vor Vergnügen quietschte. So misstrauisch die Kinder Meredith gegenüber gewesen waren, mit ihrem Mann schienen sie überhaupt keine Schwierigkeiten zu haben. Sie selbst hatte sich in Gegenwart von Kindern jedoch nie sonderlich wohl gefühlt, und wahrscheinlich spürten sie das.

Es war ein unbeschwerter Nachmittag, und abends führten Steven, Callan und Meredith lange, engagierte Diskussionen, die sich zum großen Teil um die Politik und ihren Einfluss auf die Wirtschaft drehten. Als Arzt waren Steven einige Dinge ein wahrer Dorn im Auge, so dass die drei stundenlang ihre Standpunkte austauschten.

Callan wünschte Steven zum Abschied viel Glück für das Vorstellungsgespräch am folgenden Tag und verabredete sich mit Meredith für den nächsten Morgen.

Meredith saß in Callans Büro, als gegen Mittag das Telefon klingelte.

Es war Steven.

»Was ist los?«, fragte Meredith zerstreut. Sie war gerade mit den Plänen für das kommende Quartal beschäftigt.

»Ich dachte, dass du vielleicht auf Neuigkeiten wartest.«

»Und was gibt's für Neuigkeiten?«, fragte sie nun lächelnd.

Callan beobachtete sie aufmerksam.

»Ich habe einen Job ... das nehme ich zumindest an. Am ersten Januar kann ich anfangen. Der Chef der Unfallchirurgie hört auf, und wenn mit meinen Referenzen alles in Ordnung ist, werde ich sein Nachfolger. Man will sich noch mit Lucas unterhalten, aber es kann eigentlich nichts mehr schief gehen. Wie klingt das?«

»Wow!« Meredith warf Callan einen Blick zu. »Glückwunsch, Schatz!« Sie war sprachlos. Mit geringstem Aufwand entwickelte sich alles zum Besten. Das war Schicksal, es sollte so sein.

»Dir auch, Merrie. Willst du Callan nicht endlich sagen, dass du annimmst?«

»Meinst du wirklich?«, fragte sie. Stevens Wohl war ihr das Wichtigste gewesen. Doch nun hatten sie offenbar beide großartige Jobs in Aussicht, und eine tonnenschwere Last fiel von Merediths Schultern. Jetzt war sie frei und durfte endlich Callans Angebot annehmen.

»Wenn du's ihm nicht sagst, werde ich es tun. Los, Schatz, du hast es dir verdient.«

»Ich danke dir, Steve«, entgegnete Meredith glücklich und befreit zugleich.

Als sie kurz darauf den Hörer auflegte, lächelte sie immer noch.

Callan beobachtete sie mit hoffnungsvoller Miene. »Das klang nach guten Neuigkeiten.«

»Die gibt es auch«, strahlte Meredith. »Er hat den Job.«

Ein breites Lächeln legte sich über Callans Züge. Er war ebenso erleichtert wie sie. »Und was bedeutet das für uns beide, Merrie?«

»Was würde Ihnen denn gefallen?« Ihre Augen hielten seinen Blick fest. Wieder hatte sie das Gefühl, mit Fred Astaire zu tanzen. Die Übereinstimmung zwischen ihnen war vollkommen.

»Dass Sie die neue Finanzchefin von *Dow Tech* werden. Nehmen Sie an?«

Meredith nickte langsam. Jetzt war sie endlich sicher. Es war fast wie eine Heirat: ein riesiger Schritt und eine bedeutende Verpflichtung. »Ja, ich nehme an, wenn Sie es wirklich wollen.«

»Sie wissen, dass es so ist, Meredith.« Callan nahm ihre Hand und schüttelte sie. »Sind wir also im Geschäft?«

»Ja. Ich kann gar nicht glauben, dass dies alles tatsächlich geschieht.«

Alles war so schnell gegangen. Zwei Wochen zuvor waren sie noch auf der Roadshow gewesen, und nun war sie Callans Mitarbeiterin und würde nach Kalifornien ziehen.

»Ich auch nicht.« Mit diesen Worten ging Callan zu der

kleinen Bar im Vorraum zu seinem Büro und holte eine Flasche Champagner und zwei Gläser hervor. Er strahlte über das ganze Gesicht, als er Meredith einschenkte. »Das müssen wir feiern. Dies ist seit Jahren die beste Neuigkeit. Vielleicht die beste in meinem ganzen Leben.«

Lächelnd prosteten sie einander zu.

Nach einer Weile machten sie sich daran, die näheren Einzelheiten zu besprechen.

»Wann soll ich denn anfangen, Cal?«

Charles McIntosh hatte sich bereit erklärt, noch zwei Wochen zu bleiben. Vielleicht wäre er nun bereit, Callan noch länger zur Verfügung zu stehen, denn er wusste sicher, dass Meredith Zeit brauchte, die Dinge mit ihrer Bank zu klären. In zwei Wochen war der achte Oktober, das würde sie nicht schaffen. Außerdem musste die New Yorker Wohnung verkauft werden, und Steven würde ohnehin erst am ersten Januar seinen neuen Job antreten können. Alles in allem schien Meredith dieses Datum realistisch.

»Am fünfzehnten Oktober, nicht später«, antwortete Callan jedoch.

Meredith lachte und glaubte an einen Scherz. »Sehr komisch. Aber im Ernst: Steven fängt am ersten Januar an. Was halten Sie vom fünfzehnten Dezember oder gleich nach Weihnachten?«

»Auf keinen Fall, Meredith.«

Der knochenharte Geschäftsmann, den sie bereits kennen gelernt hatte, war in den Vordergrund getreten. Nur seine Bedürfnisse und die von *Dow Tech* spielten nun eine Rolle. Drei Monate lang würde er keinesfalls auf sie warten.

»Charlie wird keinen einzigen Tag länger bleiben. Das hat er schon angekündigt. Es ist zwar wirklich ein unmögliches Verhalten, aber so ist er eben. Er wartet nur darauf, sich endlich aus dem Staub machen zu können. Er hat bereits eine zweimonatige Reise durch Asien für seine Frau und sich gebucht.«

»Cal, ich kann unmöglich in drei Wochen anfangen. Das ist verrückt.« Meredith war geschockt. Sie wollte sich keinesfalls für zweieinhalb Monate von Steven trennen.

»Aber bei mir läuft nichts ohne einen Finanzchef. Wenn Charlie fort ist, sollten Sie schon anfangen. Vielleicht schaffe ich es eine Woche auch so, aber länger nicht. Sie müssen früher anfangen. Steven kann doch am Wochenende pendeln, oder Sie fliegen nach New York. Es tut mir Leid, Merrie, aber ich brauche Sie.«

Dagegen hatte Meredith gar nichts, doch die Vorstellung, dass sie bis zum Ende des Jahres so weit entfernt von Steven leben sollte, gefiel ihr gar nicht. Aber Callan war nicht bereit, ihr auch nur einen Millimeter entgegenzukommen. »Ich werde Sie dafür natürlich entschädigen. Zweihundertfünfzigtausend Dollar werden den Schlag doch sicher etwas dämpfen.«

Was sollte sie dem entgegensetzen? Callan Dow wusste genau, was er zu tun hatte.

»Ich werde Ihnen für die drei Monate hier in Palo Alto eine Wohnung zur Verfügung stellen. Die Kosten dafür übernehmen wir, auch länger, wenn es nötig wird. Damit haben Sie genügend Zeit, darüber nachzudenken, wo Sie leben wollen, und nach einem geeigneten Haus zu suchen.«

Er tat mehr, als sie jemals hätte verlangen können.

»Das ist alles sehr großzügig, Cal. Ich bin nur etwas entsetzt, weil ich so bald schon anfangen soll. Damit habe ich nicht gerechnet.« Trotz der großzügigen, ja überragenden Gratifikation hatte Meredith Zweifel.

»Ich habe auch nicht damit gerechnet, dass Charlie nur noch zwei Wochen bleiben würde. Es tut mir Leid, dass ich Sie so unter Druck setze, Meredith, aber wir alle haben es nicht leicht. Einigen wir uns auf den Fünfzehnten?«

»Es wird uns nichts anderes übrig bleiben. Dann fliege ich eben an den Wochenenden nach New York, wenn Steve frei hat. Er kann dann unter der Woche herkommen, wenn er nicht arbeiten muss. Es wird schon irgendwie klappen.«

Meredith wusste nicht, wie Steven auf diese Nachricht reagieren würde. Um vier Uhr war sie mit ihm im Hotel verabredet. Um sechs ging der Flug nach New York.

Cal umarmte sie zum Abschied und bat sie anzurufen, wenn sie Hilfe brauchte. Auch sie forderte ihn auf, sich zu melden, wenn ihr Rat nötig wäre.

Callan lachte. »Machen Sie Witze? In den nächsten drei Wochen werde ich alle zehn Minuten an der Strippe hängen, Meredith. Ich hoffe nur, dass bei Ihnen alles glatt geht.«

Er ahnte, dass ihre Partner verärgert sein würden, doch seiner Meinung nach hatten sie es nicht anders verdient.

Meredith ihrerseits war nur wegen Steven beunruhigt. Zweieinhalb Monate lang getrennt voneinander zu sein war keine ansprechende Perspektive, und sie war sicher, dass er ebenfalls alles andere als begeistert sein würde.

Doch auch diesmal überraschte er sie. »Wenn es nicht anders geht, Schatz, dann muss es eben so sein. Du darfst jetzt nicht lockerlassen, denn ein zweites Mal wirst du eine solche Chance nicht bekommen. Ich werde schon bei dir sein, ehe du überhaupt bemerkst, dass die Zeit vergangen ist.«

Wieder blieb Meredith nichts, als ihm zu sagen, wie erstaunlich er war.

Im Flugzeug unterhielten sie sich weiter. Steven würde sich um den Verkauf der Wohnung kümmern und versicherte, dass er gern nach San Francisco käme, wenn er dienstfrei hatte.

Während sie über die *Rocky Mountains* flogen, gestand er mit einem Glas Wein in der Hand: »Cal gefällt mir viel besser, als ich gedacht hätte. Nach dem, was du mir von ihm erzählt hast, war ich schon ein wenig eifersüchtig. Doch nun glaube ich, dass er in Ordnung ist und keinerlei finstere Ziele verfolgt. Er hat eine gehörige Portion Respekt vor dir, aber er ist nur an seiner Firma interessiert.«

Meredith freute sich, das zu hören, denn sie selbst hatte immer diesen Eindruck gehabt. Während der Roadshow waren

Callan und sie sich zwar sehr nahe gekommen, doch es hatte nie einen Grund gegeben, deswegen beunruhigt zu sein. Sie waren gute Freunde und Kollegen geworden, die sich gegenseitig respektierten.

»Auch seine Kinder sind sehr nett. Nur die Sache mit ihrer Mutter ist wirklich übel.«

Meredith nickte und schaute aus dem Fenster. Dann bemerkte sie, dass Steven sie zärtlich lächelnd betrachtete. Sie ahnte, was nun kommen würde.

»Wo wir gerade davon sprechen ... wenn wir erst mal eine Weile dort sind ... ein paar Monate ... vielleicht ein halbes Jahr ... werden wir dann eimal über ein Kind nachdenken?«

Meredith würde dann achtunddreißig sein. Es war nicht zu leugnen, dass es allmählich Zeit wurde, wenn sie sich wirklich zu diesem Schritt entschließen sollten. Meredith hatte immer gesagt, dass sie – wenn überhaupt – Kinder wollte, ehe sie vierzig wurde. Sollte sie während der nächsten sechs Monate schwanger werden, wäre sie bei der Geburt neununddreißig. Als Mediziner hatte sich Steven bei dem Gedanken daran, die Gründung einer Familie noch weiter hinauszuschieben, stets unbehaglich gefühlt.

»Lass uns doch erst einmal abwarten, wie sich die Dinge entwickeln«, gab Meredith unbestimmt zurück.

Diesen Refrain kannte Steven jedoch nur allzu gut. Seine Enttäuschung über ihre Reaktion konnte er nicht verbergen. »Wenn wir weiter abwarten, sprechen wir noch darüber, wenn ich neunzig bin.« Er glaubte, dass sie sich im Grunde vor der Schwangerschaft und einer Geburt fürchtete und hatte damit nicht ganz Unrecht.

Doch noch mehr fürchtete sie sich vor den Kompromissen, die ein Kind ihr abverlangen würde. Sie wusste, dass sie Steven eine Menge schuldete, weil er bereit war, New York um ihretwillen aufzugeben, doch es gefiel ihr nicht, dass er offenbar hoffte, dass sie schon bald ein Kind bekamen. Nein, damit war sie keinesfalls einverstanden, und sie wollte Steven auch keine falschen Versprechungen machen. Jetzt ging es schließlich darum, Callan bei der Expansion seines Unternehmens zu helfen. Für Meredith war diese Aussicht viel reizvoller als die einer Schwangerschaft.

»Callan schafft es sogar, seine Kinder zu versorgen und gleichzeitig ein Unternehmen zu leiten. Ich glaube, dass du das auch schaffen würdest, Merrie. Und ich würde dir dabei helfen.«

»Das weiß ich doch«, entgegnete Meredith ungehalten. »Aber ich weiß einfach noch nicht, ob ich es wirklich will.«

»Vielleicht wirst du es nie erfahren, wenn du es nicht einfach tust.«

»Und was dann? Was ist, wenn ich dann feststelle, dass es ein Fehler war? Was ist, wenn es mir zu viel wird, wenn meine Karriere darunter leidet oder wir feststellen, dass wir es nicht schaffen, solange wir beide arbeiten? Man kann ein Kind schließlich nicht zurückschicken, wenn es einem nicht gefällt.«

»Ich kann mir nicht vorstellen, dass du ein Kind nicht lieben würdest«, gab Steven sanft zurück.

»Kinder machen mir Angst«, stellte Meredith ehrlich fest. »Ich bin nicht so wie du. Du ziehst Kinder an wie der Rattenfänger von Hameln, aber in mir sehen sie eher die böse Fee aus Dornröschen.«

Steven lachte über diesen Vergleich, neigte sich zu ihr und küsste sie. »Keines meiner Kinder wird in dir eine böse Fee sehen. Das verspreche ich.«

»Lass uns darüber reden, wenn wir uns in Kalifornien eingelebt haben.«

Damit schob Meredith den Gedanken ebenso beiseite, wie sie es in den vergangenen vierzehn Jahren stets getan hatte, und wandte sich anderen Dingen zu. Sobald die Sprache auf Kinder kam, wurde ihr mulmig zumute. »Wann willst du denn im Krankenhaus Bescheid sagen?« Diese Frage stellte sie einerseits, um Steven von dem heiklen Thema abzulenken, andererseits aber auch, weil sie es tatsächlich wissen wollte.

»Sobald wir zurück sind. Ich könnte mit einer Frist von drei Monaten kündigen, so wäre ich zu Weihnachten bei dir.«

Das klang gut, nur änderte es nichts an der Tatsache, dass sie in den nächsten Monaten würden pendeln müssen. Steven hatte ihr versichert, dass die Zeit wie im Flug vergehen würde. Außerdem würde sie viel zu tun haben.

»Und du?«, fragte er.

»Morgen werde ich es den anderen sagen.« Meredith hatte sich einen Tag freigenommen, und sie fragte sich, ob ihre Partner nicht längst argwöhnisch geworden waren. »Es wird ihnen überhaupt nicht gefallen.«

»Callan hat Recht. Sie verdienen es gar nicht anders. Sie wissen dich wirklich nicht zu schätzen.«

Doch in diesem Punkt hatten sich offenbar alle getäuscht. Merediths Partner waren am Boden zerstört, als sie sie am folgenden Morgen von ihren Plänen in Kenntnis setzte. Sie konnten es nicht glauben, als sie ihnen mitteilte, dass sie bereits drei Wochen später ihre neue Stelle in Kalifornien antreten würde. Nach dem ersten Schock waren sie jedoch ausgesprochen liebenswürdig und richteten in der Woche vor ihrer Abreise ein aufwändiges Dinner für sie aus. Auch für Meredith war es schwer zu glauben, dass ein zwölf Jahre langes Kapitel ihrer beruflichen Karriere damit zu Ende ging.

Als sie am Abend vor ihrer Abreise die geöffneten Koffer betrachtete, die überall in der Wohnung herumstanden, sagte sie verwundert zu ihrem Mann: »Es ist, als ob ich zum College ginge, nicht wahr? Ich kann es immer noch nicht glauben.«

»Ich auch nicht«, stimmte Steven grinsend zu. »Aber ich freue mich schon auf San Francisco.«

Am Krankenhaus war man über seine Kündigung entsetzt gewesen, aber die Kollegen freuten sich auch für ihn. Lucas bedauerte seine Entscheidung besonders, denn für ihn bedeutete sie, dass er mindestens noch ein weiteres Jahr in der Unfallchirurgie bleiben musste, ehe er sich der Forschung widmen konnte. Man begann sofort mit der Suche nach einem Nachfolger für Steven, doch es würde wahrscheinlich einige Zeit brauchen, bis man einen geeigneten Kandidaten gefunden hatte. Steven hatte versprochen, seinen Nachfolger einzuarbeiten, wenn die Zeit dafür bliebe. Auf keinen Fall wollte er die Klinik verlassen, wenn niemand zur Verfügung stand, der seinen Platz einnehmen würde. Das Krankenhaus in Kalifornien hatte sich damit einverstanden erklärt, notfalls auch auf ihn zu warten.

Am Sonntag lag eine aufregende Woche hinter Meredith. Freitag Nachmittag war sie zum letzten Mal in ihrem alten Büro gewesen, wo sich die Mitarbeiter unter Tränen und voller Herzlichkeit von ihr verabschiedet und ihr die besten Wünsche mit auf den Weg gegeben hatten.

Nun musste sie auch die gemeinsame Wohnung verlassen. An der Tür blickte sie sich noch einmal um, als würde sie nie wieder zurückkehren, und dachte darüber nach, ob sie nicht doch noch etwas vergessen hätte.

»Nimm's nicht so schwer, Schatz«, sagte Steven sanft. »Am nächsten Wochenende bist du schon wieder hier.«

»Ich weiß. Wahrscheinlich bin ich einfach ein bisschen nervös.«

»Sei ganz ruhig. Alles wird gut. Es wird sogar großartig werden.« Steven schlüpfte in seine Clogs, da er sich auf den Weg zur Arbeit machen musste.

»Da hast du sicher Recht«, sagte Meredith und lächelte ihn an, während sie die Wohnung verließen. Meredith zog die Tür ins Schloss und ging mit Steven hinunter.

## 10

Der Job in Kalifornien erfüllte Merediths sämtliche Hoffnungen. Er war aufregend und anspruchsvoll, und die Zusammenarbeit mit Callan klappte noch besser, als sie erwartet hatte. Beruflich hatte sie die Chance ihres Lebens ergriffen. In perfekter Übereinstimmung bewegten Meredith und Callan sich von Meeting zu Meeting, saßen stundenlang entweder in ihrem oder in seinem Büro und sprachen über neue Projekte.

Die Wohnung, die Callan für Meredith gemietet hatte, ließ ebenfalls keine Wünsche offen. Sie war hell, geräumig und geschmackvoll eingerichtet. Meredith rief Steven an, sooft sich die Gelegenheit dazu ergab, um ihn auf dem Laufenden zu halten, doch es war wie immer nicht einfach, ihn zu erreichen. Gelang es ihr trotzdem, freute er sich jedes Mal über die guten Nachrichten. Er zeigte sogar Verständnis, als sie ihm sagte, dass sie zu viel zu tun hatte und sich am Wochenende nicht freinehmen konnte. Sie war immer noch damit beschäftigt, einen Stapel Unterlagen durchzuarbeiten, die Charles McIntosh ihr hinterlassen hatte.

»Es tut mir Leid, Liebling«, sagte sie am späten Donnerstagabend. Seit vier Tagen war sie nun an ihrem neuen Arbeitsplatz und hatte kaum Zeit gehabt, Luft zu holen.

»Kein Problem. Vielleicht kannst du dich ja am Wochenende schon einmal nach einer Bleibe für uns umschauen.«

Sie waren übereingekommen, dass sie sich um ein Haus in der Stadt bemühen wollten, weil Steven an der East Bay arbeiten würde. So mussten sie beide zur Arbeit fahren, doch für Steven war es von der Stadt aus einfacher als von Palo Alto aus. Von dort hätte er für eine Strecke zwei Stunden gebraucht, und das war einfach zu viel. Ein Haus in der Stadt war ein guter Kompromiss, dem auch Meredith sofort zugestimmt hatte.

»Am Sonntag schaffe ich es bestimmt«, versprach Meredith voller Zuversicht.

Doch es stellte sich heraus, dass sie am Wochenende bis

zum Hals in ihrer Arbeit stecken bleiben sollte. Am Sonntag saß sie mit einem ganzen Stapel Unterlagen auf der Terrasse ihrer Wohnung. Am Abend zuvor hatte Callan sie zum Dinner eingeladen, doch sie hatte abgelehnt und sich während der Arbeit mit einem Sandwich begnügt. Als er am Sonntagnachmittag anrief, um es noch einmal zu versuchen, hatte sie bereits eine Menge geschafft, und diesmal sagte sie zu.

Meredith fuhr zu einem frühen Dinner mit Callan und den Kindern zu seinem Haus. Diesmal verhielten sich die drei ihr gegenüber recht freundlich. Allmählich gewöhnten sie sich an den Dauergast, und nachdem auch Steven bereits zu Besuch gewesen war, glaubte selbst Mary Ellen nicht mehr, dass Meredith die Freundin ihres Vaters war.

Die zweite Woche bei *Dow Tech* lief für Meredith noch besser als die erste. Mitte der Woche war sie sicher, dass sie das Wochenende in New York würde verbringen können. Doch diesmal kam bei Steven etwas dazwischen. Harvey Lucas war erkrankt, und Steven musste für ihn einspringen. Meredith war nicht so enttäuscht wie ihr Mann. Sie hatte noch immer viel zu tun und war dankbar, dass sie in Palo Alto bleiben und sich ihrer Arbeit widmen konnte.

»Wir werden beim Pendeln sicher keinen Pokal gewinnen, was?«, fragte Steven mit trauriger Stimme. Auch er hatte viel um die Ohren, doch er vermisste Meredith. Es war bedrückend, abends in eine leere Wohnung zurückzukehren, und wenn er dienstfrei hatte, fühlte er sich wie ein kleines Kind, das niemanden zum Spielen fand. Seit zwei Wochen hatte er seine Frau nun schon nicht mehr gesehen.

Doch erst in der dritten Woche, die Meredith in Kalifornien verbrachte, kam es zum Knall. Sie hatten sich gegenseitig versprochen, dass sie sich am folgenden Wochenende auf jeden Fall sehen würden. Meredith hatte für Freitagabend einen Flug nach New York gebucht. Am Mittwoch jedoch erfuhr Callan, dass einige Kunden, die ursprünglich bis Donnerstag hatten bleiben wollen, nun erst am Freitag abreisen würden. Es waren wichtige Kunden, und er bat Meredith zu bleiben.

»Ich weiß, dass Sie wahrscheinlich vorhatten, nach New York zu fliegen«, sagte er bedauernd. »Aber ich würde es sehr begrüßen, wenn Sie blieben. Nur dieses eine Mal. Für unsere Gäste wäre es eine bedeutende Geste. Außerdem haben sie Sie noch gar nicht kennen gelernt.«

»Natürlich, Cal«, nickte Meredith, ohne auch nur eine Sekunde lang zu zögern. Es handelte sich tatsächlich um einen wichtigen Geschäftsbesuch, und sie verstand seinen Standpunkt. Sie hoffte, dass Steven ebenso verständnisvoll reagieren würde. Doch diesmal erlebte sie eine böse Überraschung.

»Herrgott, Merrie! Das ist jetzt die dritte Woche! Soll das etwa die nächsten zwei Monate so weitergehen? Wann sehen wir uns endlich, verdammt noch mal?«

Steven war zum ersten Mal wütend auf seine Frau, und sie war ihrerseits verärgert, weil er so wenig Verständnis zeigte. Außerdem fühlte sie sich ein wenig schuldig, weil sie nicht nach New York fliegen konnte. Dieses Schuldgefühl drängte sie in die Defensive. »Ich bleibe schließlich nicht zu meinem Vergnügen hier. So ist es eben, Schatz. Ich kann nicht weg.«

»Scheiße! Cal kann die Leute auch ohne dich unterhalten.«

»Nein, eben nicht. Jedenfalls will er das nicht. Und ich arbeite nun einmal für ihn. Ich kann mich nicht einfach davonmachen, wenn er möchte, dass ich bleibe. Außerdem ist *TIQ* unser größter Kunde.«

»Großartig. Und was soll ich jetzt tun? Ich muss am Sonntag arbeiten. Ich kann also auch nicht kommen, das weißt du doch.« Stevens Stimme klang ärgerlich und enttäuscht.

»Ich komme am nächsten Wochenende. Ich schwöre ... großes Pfadfinderehrenwort!«

Doch als Meredith den Hörer auflegte, war Steven keineswegs besänftigt. Er rief später noch einmal an, beklagte sich erneut und wollte sich nicht damit abfinden, dass sie sich auch an diesem Wochenende nicht sehen würden. Aber Meredith konnte nichts daran ändern. Geschäft war eben Geschäft.

Am Freitagabend bestellte Callan ein Dinner bei einem Partyservice zu sich nach Hause. Er hatte noch drei weitere Paare eingeladen, und es wurde ein angenehmer Abend. Er hatte Meredith gebeten, schon vor den übrigen Gästen zu kommen. Sie trug ein neues schwarzes Cocktailkleid, das sich eng an ihren Körper schmiegte, und Callan schaute sie bewundernd an, als sie eintraf.

»Das Kleid ist eine Wucht, Merrie – ebenso wie Sie selbst.« Dann informierte er sie kurz über die anderen Paare, die er eingeladen hatte. Dass Meredith sich gründlich über *TIQ* informiert hatte, wusste er bereits.

Als die übrigen Gäste eintrafen, ging Meredith Callan wie selbstverständlich zur Hand. Zwanglos bewegte sie sich unter den Fremden, plauderte mit den Männern über Berufliches und verbrachte anschließend eine Weile bei den Frauen. Die sprachen allerdings fast ausschließlich über ihre Kinder, und irgendwann glitt Meredith unauffällig davon, um sich wieder unter die Männer zu mischen. Callan strahlte über das ganze Gesicht. Sie war einfach großartig.

Als die Gäste sich schließlich verabschiedeten, waren alle von dem wunderbaren Abend begeistert, von dem köstlichen Essen, den interessanten Menschen und den anregenden Gesprächen. Einer der *TIQ*-Leute schien sich sogar ein wenig in Meredith verliebt zu haben.

»Den haben Sie wirklich beeindruckt«, sagte Callan und schaute sie bewundernd an. »Sie waren fantastisch. Ich danke Ihnen, dass Sie geblieben sind. Es war sehr wichtig für mich.«

»Ich weiß«, gab Meredith zurück.

»War Steve sauer?«, fragte Callan besorgt.

Meredith zögerte. »Ein bisschen«, gab sie schließlich zu. »Aber am nächsten Wochenende wird mich nichts mehr aufhalten.«

Inzwischen hatte sie erkannt, dass es nicht so einfach war,

wie sie gedacht hatte, an den Wochenenden nach New York zu fliegen. Aber in zwei Monaten würde alles vorbei sein, und das war schließlich keine Ewigkeit. Steven musste das nötige Verständnis dafür aufbringen. Immerhin musste sie sich in einem vollkommen neuen Aufgabengebiet zurechtfinden.

»Es tut mir wirklich Leid«, sagte Callan. »Was halten Sie davon, wenn Sie schon am Freitagmorgen aufbrechen?«

»Danke, das ist vielleicht eine gute Idee. Dieses Wochenende werde ich jedenfalls dazu nutzen, mich nach einem Haus umzuschauen«, verkündete Meredith, während Callan sie zu ihrem Wagen brachte. Sie freute sich, dass er den Abend als gelungen betrachtete.

»Darf ich Sie begleiten?«, fragte er spontan.

»Das ist doch langweilig«, entgegnete sie, denn sie hatte auch vor, einkaufen zu gehen. »Sie wollen doch sicher die Zeit mit den Kindern verbringen.«

Callan öffnete die Wagentür für sie. »Die haben alle schon was vor. Sie brauchen mich nicht einmal als Chauffeur. Ich würde Sie gern begleiten. Außerdem liebe ich es, Häuser anzusehen.«

»Gut«, gab Meredith lächelnd nach, »wenn Sie meinen.«

»Wann soll ich Sie abholen?«

»So um halb elf? Um elf Uhr habe ich einen Termin für eine Besichtigung.«

»Zur Sicherheit bin ich so gegen Viertel nach zehn da. Und nochmals vielen Dank für heute Abend ... Sie waren wirklich großartig«, schloss er mit einem warmen Lächeln.

Winkend fuhr Meredith davon.

Am nächsten Morgen stand Callan wie versprochen um Viertel nach zehn vor ihrer Wohnungstür. Er trug eine khakifarbene Hose, einen dunkelblauen Pulli und einen Blazer. Wie immer sah er ausgesprochen gut aus. Meredith fragte sich allmählich, ob er überhaupt jemals zerzaust war. Das war kaum vorstellbar.

Er fuhr sie in die Stadt, und wie immer sprachen sie angeregt über das Geschäft. Das erste Haus war eine einzige Enttäuschung. Doch anschließend besichtigten sie noch zwei weitere in *Pacific Heights*. Das erste war ein sehr schönes altes Haus mit einer fantastischen Aussicht, doch es musste gründlich renoviert werden. Das zweite war Meredith zu klein. Callan gefiel es, doch sie befürchtete, darin Platzangst zu bekommen.

»Hängt alles davon ab, wie viele Kinder Sie bekommen werden«, sagte Callan auf dem Weg zum Auto. Soeben hatte er vorgeschlagen, im *The Waterfront* zu Mittag zu essen. Beide waren sehr hungrig.

»Sehr komisch. Sie wissen doch, dass ich gar keine Kinder will, Cal. Außerdem habe ich jetzt *Dow Tech*. Das ist mein jüngstes Kind.«

»Ich bin nicht sicher, ob Ihr Mann da ebenso gut Bescheid weiß wie ich.« Callan lächelte. »Neulich beim Dinner hat er diesbezüglich eine Bemerkung gemacht, nachdem er mit meinen Kindern im Pool war.«

»Ich weiß«, entgegnete Meredith. Sie fühlte sich unbehaglich, denn für sie war es ein heikles Thema. »Er will unbedingt Kinder. Ich glaube sogar, dass dies einer der Gründe für sein Einverständnis war, hierher zu ziehen. Aber für mich kommt es immer weniger in Frage.«

»Ich vermute eher, dass Sie einfach Angst haben. Außerdem glaube ich immer noch an meine Theorie.«

»Welche? Dass ich Steve gar nicht wirklich verbunden bin? Aber Sie haben ihn doch kennen gelernt. Wie können Sie das immer noch behaupten?«

»Ich sage nicht, dass Sie ihm nicht verbunden sind«, stellte Callan klar. »Wenn überhaupt irgendjemandem, dann sind Sie Ihrem Mann verbunden. Vielleicht trauen Sie aber trotzdem weder der Beziehung noch der Zukunft.«

»Nach beinahe fünfzehn Jahren weiß ich nicht, wo das Vertrauen fehlen soll. Steven wird sich nicht von mir trennen und ich mich nicht von ihm. Ich vertraue nur meinem Instinkt. Ich kenne mich. Ich bin nun einmal kein mütterlicher Typ. Sie haben übrigens dasselbe von Charlotte gesagt. Es wäre ein Fehler, sich gegen den eigenen Instinkt zu entscheiden.«

»War das denn von Anfang an zwischen Ihnen beiden klar?«, fragte Callan, während sie die Divisadero Street zum Wasser hinunterfuhren.

Meredith zögerte, ehe sie schließlich antwortete: »Wahrscheinlich nicht. Aber ich war dreiundzwanzig, als wir geheiratet haben. Damals kannte ich mich selbst noch nicht so gut und wusste nicht, wie viel eine berufliche Karriere mir bedeuten würde. Es braucht seine Zeit, bis man so etwas herausgefunden hat.«

»Das stimmt. Aber normalerweise geht es doch um mehr als um eine Karriere, und ich glaube, dass Sie das auch wissen.«

»Was meinen Sie damit, Cal?«

»Ich kenne Leute, die waren jahrelang miteinander verheiratet und blieben kinderlos. Entweder weil sie keine wollten oder weil sie glaubten, es sei nicht zu schaffen. Und plötzlich verliebt man sich in jemand anderen, heiratet ein zweites Mal, und – Hoppla! – schon ist man schwanger. Das ist nichts Ungewöhnliches. Es liegt einfach in der Natur der Sache«, stellte er nüchtern fest.

»Wollen Sie etwa behaupten, dass Steve und ich uns scheiden lassen werden?« Meredith erschrak. An eine solche Möglichkeit hatte sie noch nie gedacht.

»Das weiß nur Gott. Ich hoffe nicht, dass es dazu kommt. Ich will damit nur sagen, dass nichts im Leben vorhersehbar ist. Ich wette jedenfalls, dass es nicht nur berufliche Gründe sind, weshalb Sie keine Kinder wollen. Vielleicht glauben Sie ja auch, dass Sie beide keine guten Eltern wären.«

»Steven wäre sicher ein guter Vater, wenn er nicht gerade Achtundvierzig-Stunden-Schichten fahren müsste. In meinem Fall bin ich da nicht so sicher. Vielleicht haben Sie trotzdem Recht. Wenn wir wirklich Kinder wollten, hätten wir bestimmt schon welche. Die meisten Leute bekommen sie einfach irgendwann, gleichgültig wie ungünstig die Umstände oder der Zeitpunkt sind.«

»Vielleicht möchte Steve im Grunde seines Herzens ebenfalls keine Kinder und macht Sie zu seinem Sündenbock.«

Derartige Gedanken waren für Meredith vollkommen neu. Einige davon verdienten durchaus einen genaueren Blick, und sie fragte sich allmählich, ob Callan nicht doch näher an der Wahrheit war, als sie glauben wollte.

Das Mittagessen in *The Waterfront* verlief harmonisch. Anschließend fuhren sie zum Palast der Ehrenlegion, betrachteten die Gemälde, unternahmen einen Spaziergang und unterhielten sich unbeschwert. Für den Abend lud Callan Meredith zum Dinner zu sich ein.

»Wenn Sie dreimal am Tag mit mir essen, werden Sie meiner bald überdrüssig sein«, neckte sie ihn.

Doch Callan ließ sich nicht beirren. »Ich bin schließlich dafür verantwortlich, dass Sie das ganze Wochenende allein verbringen müssen. Da kann ich Sie doch wenigstens füttern.«

Meredith genoss Callans Gesellschaft so sehr, dass sie schließlich einwilligte. Sie war gern mit ihm zusammen, und stets hatten sie genügend Gesprächsstoff, der sich natürlich meist um die Firma drehte.

Die Kinder waren über ihr Erscheinen nicht einmal überrascht. Mary Ellen war bei einer Freundin, Andy und Julie schauten sich Videofilme an. Als die beiden schließlich nach unten kamen, begrüßten sie Meredith wie eine alte Freundin. Andy war schon ganz aufgeregt wegen eines Football-Spiels, das er am Sonntag mit seinem Vater sehen wollte. Die *Niners* spielten gegen die *Broncos*.

»Kommen Sie auch mit?«, fragte Andy beim Essen.

»Nein, das habe ich nicht vor«, entgegnete Meredith höflich.

»Warum eigentlich nicht?«, fragte Callan lächelnd. »Das ist doch eine tolle Idee. Mögen Sie Football?«

»Manchmal. Eigentlich bin ich eher ein Baseball-Fan. In

New York ist es meistens zu kalt. Bei Football-Spielen friert man sich als Zuschauer zu Tode.«

»Hier ist es viel besser«, versicherte Julie.

Meredith ließ sich schließlich doch von der allgemeinen Begeisterung mitreißen, und ehe sie es sich versah, hatte sie dem Vorschlag zugestimmt.

»Sind die Kinder auch wirklich damit einverstanden?«, fragte sie Callan, als sie sich vom Tisch erhoben.

»Aber natürlich! Was spricht denn dagegen? Sie sind doch jetzt ein Teil der Familie, Meredith. Und die drei fühlen sich wohl in Ihrer Gesellschaft.«

»Sie mochten Steve, weil er mit ihnen im Pool getobt hat.«

»Ja, das stimmt. Aber sie mögen Sie auch. Julie hält Sie für ausgesprochen klug, und Andy findet Sie hübsch. Er hat einen guten Geschmack«, sagte Callan stolz. »Er schlägt eben nach mir.«

Meredith lachte über das doppelte Kompliment. »Aber Mary Ellen hasst mich«, stellte sie fest. »Vielleicht sollten Sie sie lieber fragen, ob sie damit einverstanden ist, wenn ich mitkomme.«

»Mary Ellen mag Sie auch. Sie braucht einfach länger als andere, um mit Fremden warm zu werden. Letztes Mal, als Sie hier waren, gefiel ihr Ihr Kleid, und Klamotten sind in ihrem Alter das wichtigste Thema. Sie sagte, Sie seien ›cool‹, und das heißt eine ganze Menge. Ich bin nicht ›cool‹, falls es Sie interessiert. Ich bin nämlich ihr Vater. Sie glaubt, dass ich zweihundert Jahre alt bin und die meiste Zeit ziemlich daneben. Letzte Woche sagte sie, ich sei einfach erbärmlich.«

»Sehen Sie, genau das meine ich«, sagte Meredith voller Ehrfurcht. Alles fiel ihm leicht, Geschäftliches und auch der Umgang mit den Kindern. »Ich wüsste nicht, wie ich mit solchen Situationen zurechtkommen würde. Wenn meine Tochter mir sagen würde, ich sei erbärmlich, bräche es mir das Herz.«

»Man gewöhnt sich an alles. Wenn Sie sich schon Millionen Male anhören mussten, wie sehr die Kinder Sie hassen, fehlt Ihnen etwas, wenn sie es nicht sagen. ›Erbärmlich‹ ist doch aus dem Mund einer Vierzehnjährigen ein großes Lob. Besser als ›zurückgeblieben‹. Letztes Jahr war ich nämlich zurückgeblieben. Am Anfang des Sommers hielt sie mich übrigens für bescheuert. Und letzte Woche sagte Julie, ich sei wirklich blöde, weil ich ihr einreden wollte, dass sie auf Lippenstift besser verzichten sollte. Sie brauchen nur die Sprache zu lernen.«

Nun lachten beide. Für Callan schien alles ganz einfach zu sein.

»Ich glaube, das Studium an der wirtschaftswissenschaftlichen Fakultät ist mir viel leichter gefallen, als mir die Mutterrolle fallen würde.«

»Das ist doch etwas ganz anderes. Sie sind so eine nette Frau, Meredith, wissen Sie? Und außerdem ein guter Kumpel. Ich danke Ihnen nochmals, dass Sie am Wochenende hier geblieben sind.«

Callan wusste, dass es ein Opfer für sie gewesen war, und wollte es ihr ein bisschen leichter machen. Außerdem genoss er ihre Gesellschaft. Selbst die Besichtigung der Häuser hatte ihm Spaß gemacht. Beide hatten gelacht, als der Grundstücksmakler sie für ein Ehepaar hielt, obwohl der Gedanke keineswegs abwegig war. Callan hatte bemerkt, dass Meredith gar nicht so eifrig darum bemüht war, ein Haus zu finden. Vielmehr hatte sie an allem etwas auszusetzen. Er fragte sich, ob sie tatsächlich in der Stadt leben wollte. Sie kam damit Stevens Bedürfnissen entgegen, doch er glaubte allmählich, dass sie lieber in Palo Alto geblieben wäre. Für sie wäre es viel einfacher.

»Wie gefällt Ihnen denn Ihre Wohnung? Fühlen Sie sich wohl?«

»Ja, sie gefällt mir sehr gut«, erklärte Meredith. »Aber ich werde sie aufgeben müssen und in die Stadt ziehen. Steve möchte unbedingt in einem Haus wohnen, aber ich hätte lieber eine Wohnung.«

»Ich wette, ich weiß auch, warum: In einer Wohnung gibt es nicht genug Platz für ein Kind. Gott, sind Sie stur!«

»Das müssen Sie gerade sagen!«

Meredith erinnerte ihn an einen Vorfall in der letzten Woche, als er auf seinem Standpunkt beharrt hatte, der keineswegs vernünftig gewesen war. Doch er hatte sich trotz ihrer stichhaltigen Gegenargumente mit Händen und Füßen dagegen gewehrt, sich beeinflussen zu lassen, und war hartnäckig bei seiner Meinung geblieben.

»Das ist Ihnen also aufgefallen?« Etwas verlegen schenkte er ihr ein weiteres Glas Wein ein.

Die nächsten Stunden verbrachten sie in seinem behaglichen Wohnzimmer und unterhielten sich. Als Meredith sich schließlich verabschiedete, war Mitternacht bereits vorüber.

Am nächsten Morgen stand Callan mit seinen Kindern um elf Uhr vor ihrer Wohnungstür, um sie zu dem Spiel abzuholen. Wie die Bienen summten die drei durch Merediths Wohnung. Die Mädchen fanden sie ›cool‹, und auch Andy gefiel sie.

Bei dem Football-Spiel amüsierten sich alle großartig. Andy konnte es kaum fassen, als die *Broncos* gewannen. Er war empört. Trotzdem hatte auch er später viel Spaß bei Hotdogs, Erdnüssen und Eiscreme. Ohne darüber nachzudenken, fuhr Meredith nach dem Spiel mit den anderen nach Hause und half Callan dabei, das Abendessen zuzubereiten. Es gefiel ihr, Teil einer Familie zu sein, und fast war sie ein wenig traurig, als Callan sie später am Abend in ihre Wohnung zurückbrachte.

Meredith dankte ihm für das wunderschöne Wochenende. »Es war einfach großartig.«

Sie hatten sich jeden Tag gesehen und etwas zusammen unternommen, und es war niemals langweilig gewesen.

»Ich hoffe, dass es die Kinder nicht gestört hat, dass ich die ganze Zeit dabei war.«

»Überhaupt nicht. Es hat ihnen Spaß gemacht. Für die

Mädchen sind Sie doch ein Vorbild – an Ihnen sehen sie, dass Frauen gleichzeitig klug und schön und erfolgreich und auch noch nett sein können. Das ist für die beiden sehr wichtig.«

»Also, mir hat's jedenfalls rundum Spaß gemacht. Richten sie den dreien meinen Dank aus. Und auch Ihnen danke ich, Cal.«

»Sie sind das Beste, was mir seit langer Zeit widerfahren ist, Meredith. Ich hoffe, Sie wissen das.« Als er merkte, wie ernst er geklungen hatte, besann er sich und fuhr im selben Atemzug fort: »Außerdem war Charlie bei weitem nicht so hübsch wie Sie.«

Beide lachten und verabschiedeten sich kurz darauf voneinander. Am nächsten Morgen würden sie sich im Büro schon wiedersehen.

Meredith hatte kaum ihre Wohnung betreten, da klingelte das Telefon.

»Wo zur Hölle warst du die ganze Zeit?«, fragte Steven wütend.

Sein Ton traf Meredith unvorbereitet. Nur selten wurde er derart heftig. Aber die gegenwärtigen Lebensumstände bedeuteten für sie beide eine große Belastung, daher war Meredith bereit, mit Verständnis zu reagieren.

»Ich war einfach überall. Am Freitagabend zum Essen mit den Kunden, davon habe ich dir erzählt. Am Samstag war ich in der Stadt, um mich nach Häusern umzuschauen. Gestern Abend war ich bei Cal zum Dinner. Heute haben sie mich zu einem Football-Spiel mitgenommen. Ich bin erst vor fünf Minuten nach Hause gekommen, Schatz.« Sie hatte den Eindruck, dass damit ihre Tätigkeiten während des Wochenendes erschöpfend beschrieben waren.

Doch Steven war noch wütender geworden. »Soll das etwa heißen, dass du das ganze Wochenende mit Callan zusammen warst? Da kannst du doch gleich mit ihm zusammenziehen!«

»Komm, Steve, sei nicht dumm. Ich hatte doch nichts Besseres zu tun.«

»Eigentlich hättest du hier sein müssen.« Mittlerweile klang er bockig wie ein kleiner Junge.

»Du musst doch heute arbeiten. Wir hätten sowieso nicht zusammen sein können. Warum machst du so ein Theater?«

»Hast du ein Haus gefunden?«, keifte er.

Meredith gefiel sein Ton überhaupt nicht, und sie fragte sich, ob er vielleicht einen schlechten Tag gehabt hatte oder einfach nur müde war. Das wäre jedenfalls nichts Ungewöhnliches.

»Noch nicht. Ich bin noch auf der Suche.«

»Das kann doch nicht so schwierig sein. Die Zeitungen waren voll mit Häusern, die zum Verkauf stehen, das habe ich selbst gesehen.«

»Aber von denen, die ich mir angeschaut habe, hat mir keines zugesagt, Steve. Entspann dich. Wir haben doch Zeit, und die Wohnung hier ist vollkommen in Ordnung.«

»Vielleicht solltest du mehr Zeit investieren, um endlich ein Haus zu finden, anstatt die ganze Zeit mit Callan zu verbringen.«

»Um Himmels willen, Steve! Ich bin wegen eines Geschäftsessens am Freitag hier geblieben und habe den heutigen Tag mit Callans Kindern verbracht. Mach doch aus einer Mücke keinen Elefanten. Dafür gibt es überhaupt keinen Grund.« Bestürzt stellte Meredith fest, dass Steven eifersüchtig war.

»Du hasst doch Kinder. Also erklär mir endlich, worum es hier in Wahrheit geht. Oder wissen wir beide es bereits? Geht es darum, Merrie? Geht's um ihn? Bist du deshalb seit drei Wochen nicht mehr zu Hause gewesen? Machst du einen Idioten aus mir?«

»Natürlich nicht. Callan und ich sind nur Freunde, Schatz, das weißt du genau. Außerdem kennst du ihn doch. Ich kenne hier noch nicht so viele Leute. Callan fühlte sich übrigens überhaupt nicht wohl dabei, dass ich seinetwegen das Wochenende hier verbringen musste.«

»Das sollte ihm auch ordentlich Leid tun!« Steven schrie jetzt in den Hörer. »Immerhin hat *er* das Wochenende mit meiner Frau verbracht, nicht ich!«

»Schatz, beruhige dich. Ich hab's doch schon gesagt: Am nächsten Wochenende komme ich. Außer Arbeit und Freundschaft gibt es nichts, was Callan Dow und mich verbindet.«

»Da bin ich nicht so sicher. Ich habe den Kerl gesehen. Er sieht gut aus, ist erfolgreich, charmant, und er macht ganz den Eindruck, als würde er über dich herfallen wollen, sobald er die Gelegenheit dazu hätte. Ich kenne diesen Typ.« Steven war offenbar im Begriff, die Nerven zu verlieren.

»Wenn er jemals so etwas im Sinn gehabt hätte, wäre es schon während der Tour dazu gekommen. Außerdem würde ich dann nicht für ihn arbeiten. Ich habe nicht das leiseste Interesse daran, dass irgendjemand über mich herfällt. Callan ist davon abgesehen gar nicht der Typ dafür. Er ist ein vollendeter Gentleman, und das weißt du ganz genau.«

»Ich weiß nicht mehr, was ich denken soll, aber das Ganze gefällt mir einfach nicht. Du führst ein vollkommen eigenständiges Leben, wie eine ledige Frau.«

»Du redest einen unglaublichen Unsinn daher, Steve Whitman. Ich mache hier meine Arbeit, und ich versuche, ein Haus für uns zu finden. Die Situation ist für uns beide nicht einfach, doch wenn du dich weiter so dumm benimmst und Callan Dow zum Ziel deiner absurden Verdächtigungen machst, wird es nur noch schwerer. Er ist mein Chef. Was erwartest du von mir? Soll ich mich etwa weigern, ihn zu sehen?«

Merediths Argumentation war durchaus vernünftig, doch Steven gefiel die ganze Sache noch immer nicht. »Nein ... wohl eher nicht ... es gefällt mir einfach nicht, dass du so weit weg bist. Es ist schwerer, als ich dachte. Ich bin davon ausgegangen, dass du jedes Wochenende nach Hause kommst. Ich bin gar nicht auf den Gedanken gekommen, dass ich dich nur einmal im Monat sehen könnte. So funktioniert das alles nicht.« Plötzlich klang seine Stimme eher deprimiert als ärgerlich.

»Ich weiß, Schatz. Und wenn die ganze Welt untergeht, nächstes Wochenende komme ich nach Hause, das verspreche ich«, sagte Meredith sanft.

»Das will ich dir auch raten.«

»Ich werde kommen.«

Als Meredith am Donnerstag krank wurde und eine Erkältung sie plagte, sagte sie kein Wort. Am nächsten Tag deckte sie sich mit Medikamenten ein und nahm den Flug nach New York. Im Büro war sie aufgehalten worden, so dass sie die frühere Maschine nicht hatte nehmen können. Erst um Mitternacht landete sie auf dem Kennedy-Flughafen. Als sie zu Hause ankam, hustete sie, hatte quälende Kopfschmerzen, und auch die Ohren taten ihr weh. Sie sah Mitleid erregend aus.

Steven wartete mit einem Dinner und einer Flasche Champagner auf sie, doch als Meredith um ein Uhr morgens endlich da war, wollte sie nur noch ins Bett. Trotzdem setzte sie sich an den Tisch, trank Champagner und gab vor, sich besser zu fühlen, als es der Wahrheit entsprach. Steven entging nicht, dass es ihr sehr schlecht ging. Er sehnte sich von ganzem Herzen danach, sie zu lieben, doch als sie schließlich zu Bett gingen, ging es Meredith so schlecht, dass sie selbst eine sanfte Berührung nicht ertragen konnte. Sie hatte inzwischen hohes Fieber.

»Mein armer Liebling«, flüsterte Steven mitfühlend.

Er maß ihre Temperatur, gab ihr eine Tablette und deckte sie sorgfältig zu, doch am nächsten Morgen fühlte sie sich noch elender.

»Du hättest nicht fliegen sollen«, sagte er und fühlte sich schuldig.

»Du hättest mich doch umgebracht, wenn ich nicht gekommen wäre«, entgegnete Meredith hustend.

»Da ist was dran.« Er lächelte sie an.

Meredith verbrachte das ganze Wochenende im Bett. Am Sonntag war das Fieber zurückgegangen, und nachmittags machten sie einen Spaziergang.

Steven war deprimiert, obwohl sie sich am Morgen geliebt hatten. Sie waren beide nicht in besonders guter Stimmung. Meredith wollte am selben Abend den letzten Flug nach San Francisco nehmen. Sie würde erst sehr spät dort ankommen, doch am nächsten Morgen musste sie im Büro sein.

»Es ist doch nur noch für sieben Wochen«, erinnerte sie ihren Mann.

Steven war mit dem Dinner beschäftigt, doch sie war nicht hungrig. Sie stocherte nur in dem Essen herum, um ihm einen Gefallen zu tun.

»Das ist eine Ewigkeit«, stellte er grimmig fest.

Damit hatte er durchaus Recht, aber es war nun einmal nicht zu ändern. Sie mussten beide die Zähne zusammenbeißen und es irgendwie durchstehen.

Meredith würde erst zwei Wochen später zu Thanksgiving wieder nach New York kommen. Gemeinsam mit Steven war sie bei seinem Chef Harvey Lucas zum Dinner eingeladen.

Am Abend brachte Steven seine Frau zum Flughafen und gab ihr einige Medikamente, ehe sie in das Flugzeug stieg. Als sie ihn zum Abschied küsste, sah sie noch immer elend aus.

Steven kehrte allein in die Wohnung zurück. Er fühlte sich miserabel und litt unter dem einsamen Leben. Die Sehnsucht nach Meredith war beinahe ein körperlicher Schmerz. Er legte sich aufs Bett und wäre um ein Haar in Tränen ausgebrochen, als ihm ihr Parfum und der Duft ihres Shampoos in die Nase stiegen.

»Wie war das Wochenende?«, fragte Callan, als Meredith am nächsten Morgen das Büro betrat.

Sie sah schrecklich aus, hustete und schnäuzte sich ständig. Der Flug hatte alles nur noch schlimmer gemacht, und sie fühlte sich elend.

»Ganz schön lausig«, erwiderte sie ehrlich. »Ich war krank

und Steven unglücklich. Es war alles andere als lustig mit mir. Wir hatten einfach Pech, dass ich so krank wurde.«

»Das tut mir Leid, Merrie. Sie sollten besser auf sich Acht geben. Diese Pendelei ist ganz schön anstrengend für Sie. Außerdem stehen diese Woche ein paar wichtige Meetings an.«

»Ich weiß, aber es wird schon irgendwie gehen«, versicherte sie, doch die ganze Woche über fühlte sie sich miserabel und verbrachte auch das folgende Wochenende im Bett. Es hätte ihr noch gefehlt, dass sie zu krank wäre, um über Thanksgiving nach New York zu fliegen. Das würde Steven ihr niemals verzeihen, und sie wollte auf keinen Fall auf die Feiertage mit ihm verzichten.

Callan hatte sie eingeladen, Thanksgiving mit ihm und den Kindern zu verbringen, falls sie nicht nach Hause wollte, doch sie hatte abgelehnt.

»Sie sollten nur nicht hier allein sein«, sagte Callan freundlich, und sie dankte ihm. Er war wirklich gut zu ihr. Sein größtes Interesse war, dass sie sich wohl fühlte, denn sie sollte unbedingt bei *Dow Tech* bleiben.

Die folgende Woche flog nur so dahin. Vor den Feiertagen arbeitete niemand besonders viel, und bereits am Mittwochnachmittag flog Meredith wie vorgesehen nach New York. Die Erkältung hatte sie überwunden, und nun freute sie sich auf Thanksgiving. Steven hatte versprochen, sie am Flughafen abzuholen, doch er war nicht dort. Als Meredith nach Hause kam, versuchte sie ihn über seinen Piepser zu erreichen.

Erst eine Stunde später meldete er sich. »Du wirst es nicht glauben«, sagte er grimmig. »In der U-Bahn hat's gebrannt, pünktlich zur Rushhour natürlich. Alle Opfer wurden zu uns gebracht. Es gibt keine Toten, aber ich habe es hier mit einigen Schwerverletzten zu tun. Vor morgen komme ich hier sicher nicht raus.«

»Kein Problem«, entgegnete Meredith verständnisvoll. »Ich bin hier, wann immer du nach Hause kommst.«

»Morgen früh habe ich es bestimmt geschafft. Ein Kollege

wird dann für mich und Harvey übernehmen, so dass wir wenigstens über Thanksgiving frei haben. Armer Teufel, ich weiß, was das bedeutet.«

Aber der sechs Jahre alte Sohn jenes Kollegen erlitt um Mitternacht einen Blinddarmdurchbruch. In dieser Situation brachten es weder Harvey Lucas noch Steven über sich, den Arzt dazu zu zwingen, seinen Dienst anzutreten. Der Kleine war ernsthaft krank, lag natürlich in einem anderen Krankenhaus, und der Vater wollte seinen Sohn nicht allein lassen. Außerdem hatte Lucas sich die ganze Woche über nicht wohl gefühlt. Außer Steven konnte niemand das Kommando übernehmen.

Steven war den Tränen nahe, als er Meredith anrief. »Ich sitze hier fest«, erklärte er ohne Umschweife. »Ich komm nicht weg, Merrie.«

Meredith war enttäuscht, doch Steven zuliebe bewahrte sie die Fassung. »Mach dir keine Sorgen. Ich werde dir etwas zu essen vorbeibringen.«

»Wie willst du das denn anstellen?«, fragte er erstaunt.

»Mir wird schon etwas einfallen«, versprach sie.

Tatsächlich erschien sie mit einem gegrillten Hähnchen, das sie in einem Delikatessengeschäft an der Second Avenue gekauft hatte, Kartoffelsalat und Preiselbeersoße um zwei Uhr mittags im Krankenhaus. Meredith setzte sich mit Steven in sein Büro, um mit ihm zu essen. Sie hatte sogar Kürbiskuchen besorgt.

Steven lächelte, als sein Blick über das improvisierte Mahl glitt, und küsste sie. »Du bist einfach großartig«, sagte er und drückte sie an sich.

»Du bist aber auch nicht schlecht.« Meredith erwiderte sein Lächeln.

Irgendwie gelang es ihnen, eine Stunde ungestört miteinander zu verbringen. Dann wurde Steven in die Chirurgie gerufen: ein Patient mit einer Schussverletzung in der Leistengegend. Die Leute brachten es fertig, selbst zu Thanksgiving aufeinander zu schießen.

»Ich komme, sobald ich kann«, versprach er.

Am Freitagmorgen war es endlich so weit, und vor ihnen lagen noch drei geruhsame Tage.

Sie gingen ins Kino, hielten Händchen, liebten sich und gingen spät schlafen. Sie schafften es sogar, zum *Rockefeller Center* zum Skaten zu fahren. Es tat beiden gut, und als Meredith Sonntagnacht in die Maschine stieg, fühlten sie sich wie neugeboren. Steven hatte sie zum Flughafen gebracht, und sie küssten sich zum Abschied wie ein frisch verliebtes Paar.

»Es war ein traumhaftes Wochenende, Merrie. Ich danke dir«, flüsterte Steven.

»Für mich auch«, sagte sie und erwiderte seinen Kuss.

Es fiel ihr schwer, sich von ihm zu trennen. Er hatte versprochen, am nächsten Wochenende nach Kalifornien zu kommen. Fünf Wochen würde es noch bis zu seinem Umzug dauern, vier, wenn es ihm gelang, vor Weihnachten die Zelte im Krankenhaus abzubrechen. Die Wohnung war noch nicht verkauft, doch es gab einige Interessenten, die sich nur noch nicht endgültig entschieden hatten. Die Tage, die sie zu Thanksgiving miteinander verbracht hatten, gaben ihnen neue Kraft, die sie brauchten, um die letzten Wochen der schier endlos erscheinenden Trennung zu überstehen. Meredith lebte nun bereits seit sechs Wochen allein in Kalifornien.

Das Glücksgefühl, das sich während der gemeinsam verbrachten Tage eingestellt hatte, hielt noch für eine Weile an. Meredith ging tagelang wie auf Wolken, als Steven sich am Donnerstag meldete.

»Sitzt du?«, fragte er.

Sie hatte keine Ahnung, worauf er hinauswollte. Vielleicht hatte er ja die Wohnung für das Doppelte verkauft. Dem Klang seiner Stimme nach zu urteilen, handelte es sich jedenfalls um eine gute Nachricht.

»Ja. Warum?«, fragte Meredith lächelnd.

»Ich habe soeben die Stelle in Kalifornien verloren.«

Meredith spürte einen Stich in ihrem Herzen. »Wie bitte? Machst du Witze? Das ist doch ein Scherz, nicht wahr?«

»Nein, leider nicht. Der Typ, der eigentlich aufhören wollte, die Nummer eins, hat es sich anders überlegt. Und niemand kann ihn zwingen, seinen Posten aufzugeben. Wahrscheinlich ist das die einzige unfallchirurgische Abteilung auf der ganzen Welt, die überbesetzt ist. Für mich gibt es dort jedenfalls keinen Platz.« Steven klang jetzt, als sei er am Boden zerstört, und Meredith fühlte sich nicht anders. »Ich habe schon bei den anderen Krankenhäusern angerufen, wo ich mich vorgestellt habe. Es gibt nur eine Stelle in der Notaufnahme im *General Hospital*. Aber das ist ein Handlanger-Job.«

Meredith konnte den Gedanken daran, dass er eine solche Stelle annehmen sollte, kaum ertragen. Der Job an der East Bay dagegen wäre genau richtig gewesen.

»Man bedauert das alles sehr. Doch niemand kann verlangen, dass der Typ wegen mir die Stelle aufgibt. Außerdem will man das auch nicht. Er wird offenbar sehr geschätzt.«

»Oh, Mist, Steve! Was sollen wir jetzt bloß machen?«

»Keine Ahnung. Warten, vermute ich. Wir können gar nichts anderes tun. Irgendwann wird sich schon etwas ergeben. In der Zwischenzeit bleibe ich eben hier. Lucas war jedenfalls begeistert, als ich ihm davon erzählte.«

»Das kann ich mir vorstellen. Ich weiß nicht, was ich dazu sagen soll, Liebling. Damit habe ich überhaupt nicht gerechnet.« Hätte sie für möglich gehalten, dass das Angebot an der East Bay auf wackligen Beinen stand, hätte sie bei Callan niemals zugesagt. Jetzt steckten sie beide in dieser elenden Lage fest.

Später am Nachmittag erzählte Meredith Callan von Stevens Anruf. Sie kamen soeben aus einem Meeting.

»Das ist ja schrecklich! Soll ich vielleicht einmal dort anrufen? Vielleicht kann ich ja etwas ausrichten.«

Doch am folgenden Tag hatte auch Callan keine anderen Informationen als Steven. Im Augenblick schien es für ihn nirgendwo Arbeit zu geben, wenn er nicht eine Stelle weit unter seinem Niveau annehmen wollte.

Callan war jedoch der Meinung, dass Steven sich auf so etwas erst gar nicht einlassen sollte. »Er muss jetzt einfach Geduld haben.«

Doch die vergangenen Wochen waren schwierig genug gewesen. Ohne Hoffnung auf eine baldige Veränderung würde alles nur noch schlimmer werden. Das Pendeln von einer Küste zur anderen war nicht so unkompliziert, wie Meredith und Steven es sich vorgestellt hatten. Einer von ihnen steckte meistens fest, weil sie wie üblich viel zu viel um die Ohren hatten.

Für den Rest der Woche war Meredith niedergeschlagen. Steven schien es noch schwerer zu nehmen. Wenn sie mit ihm telefonierte, war er deprimierter denn je, und wie üblich verbrachte er die Wochenenden im Krankenhaus. Sie selbst würde erst wieder zu Weihnachten nach New York fliegen. Sie hatte geplant, die Woche zwischen Weihnachten und Neujahr freizunehmen, um dann gemeinsam mit Steven endgültig nach Kalifornien umzuziehen. Doch nun hingen all ihre Pläne in der Luft. Sie konnten nur hoffen, dass bald in irgendeiner Unfallchirurgie eine Stelle vom Himmel fallen würde.

Der Dezember war für beide ein aufreibender Monat. Callan wollte unbedingt noch vor Jahresende einige Dinge unter Dach und Fach bringen. Das bedeutete jede Menge Arbeit, und zwar Tag und Nacht. In New York gab es Eis und Schnee und damit zahllose Verkehrsunfälle mit Verletzten und vielen gebrochenen Knochen. Zum Glück waren angesichts des schlechten Wetters wenigstens die Bandenkriege etwas abgeflaut. In der Woche vor Weihnachten kam es noch schlimmer: Harvey Lucas stürzte auf einer eisglatten Straße so unglücklich, dass er sich eine Hüfte und das Becken brach. Er würde acht Wochen lang nicht arbeiten können, und selbst wenn Steven die Stelle in Kalifornien sicher gewesen wäre, hätte er zu diesem Zeitpunkt unmöglich der Unfallstation in New York den Rücken kehren können. Er fühlte sich verpflichtet durchzuhalten, bis Harvey sich erholt hatte. Die einzige Erleichterung war, dass man eine Vertretung einstellte, die während Harveys Genesung für ihn einsprang. Es war eine Ärztin mit Namen Anna Gonzalez, die bisher nur in verschiedenen Krankenhäusern als Vertretung gearbeitet hatte. Steven erzählte Meredith, dass sie in Yale studiert habe und sehr klug sei. Nur mit ihrer Hilfe konnte er im Augenblick die Situation überhaupt ertragen. Anna fungierte als seine Assistentin, während er für Harvey Lucas die Leitung der Station übernahm.

Damit war klar, dass weitere zehn Wochen der Trennung vor Meredith und Steven lagen. Meredith lebte inzwischen bereits mehr als zwei Monate allein in Kalifornien.

»Womit haben wir das nur verdient?« Meredith war den Tränen nahe.

»Immerhin kommst du in einer Woche nach Hause. Ich werde versuchen, mir ein bisschen freizunehmen, wenn du hier bist. Anna hat schon angeboten, mich zu vertreten.«

»Richte ihr meinen Dank aus«, bat Meredith. Sie fühlte sich elend, was allerdings seit Harveys Unfall zu einem Dauerzustand geworden war.

In den nächsten Tagen bereitete Meredith sich nach der Arbeit auf die Weihnachtstage zu Hause vor, und ein paar Tage vor ihrer Abreise begann sie bereits mit dem Packen. Die Geschenke für Steven würde sie mitnehmen. Doch dann zog ein Schneesturm über die Ostküste, und Steven bekam noch mehr zu tun. Es gab etliche Unfälle und unzählige Knochenbrüche, und er schien keine Sekunde mehr freizuhaben.

Meredith hatte vor, an Heiligabend nach New York zu fliegen. Am Abend davor war sie bei Callan zum Dinner eingeladen. Im Wohnzimmer stand ein schöner Christbaum, und im Gegensatz zu New York war das Wetter in Kalifornien ungewöhnlich schön und warm, was Meredith als Ironie des Schicksals empfand.

»Vielleicht können Sie morgen gar nicht fliegen«, unkte Andy, während sie über das schlechte Wetter und die heftigen

Schneestürme im Osten sprachen. In New York lag der Schnee bereits über einen halben Meter hoch. Steven hatte berichtet, dass das Leben in der Stadt beinahe zum Erliegen gekommen war.

»Das will ich nicht hoffen, Andy«, gab Meredith inbrünstig zurück.

Soeben hatte sie den Kindern ihre Geschenke überreicht. Ein Kleid für Mary Ellen, das sie in begeistertes Quietschen ausbrechen ließ, ein zweites für Julie nebst einem ausgefallenen Paar Schuhe, die das Mädchen »supercool« fand. Andy freute sich über einen Roboter, der Ball spielen und gleichzeitig Sodawasser einschenken konnte.

»Steve wäre wirklich sauer, wenn ich morgen nicht nach Hause komme.« Das war eine gewaltige Untertreibung.

»Sie könnten zu Weihnachten auch bei uns bleiben«, schlug Julie vor.

Die Kinder würden die Feiertage bei Callan verbringen. Charlotte würde sie erst anschließend besuchen und ein paar Tage mit ihnen in Sun Valley Ski fahren. Seit dem vergangenen Sommer hatte sie die Kinder nicht mehr gesehen, und die drei freuten sich nur verhalten darauf. Verständlicherweise hegten sie eine Reihe von Vorbehalten gegen ihre Mutter.

»Das würde ich sehr gern«, sagte Meredith, »aber ich muss nach Hause zu meinem Mann.«

Während die Kinder mit ihrer Mutter unterwegs waren, würde Callan mit ein paar Freunden nach Mexiko reisen. Dort hatten sie eine Yacht gemietet. Meredith hingegen wünschte sich nichts mehr als eine Woche Urlaub mit Steven. Ihr Leben schien im Augenblick nur aus Schwierigkeiten und Enttäuschungen zu bestehen, die allmählich auch die Begeisterung für ihren neuen Job überschatteten. Die Tatsache, dass die Trennung von Steven noch weitere Monate andauern würde, beunruhigte Meredith zutiefst. Würde ihre Ehe das überstehen?

Callan entging Merediths Besorgnis nicht. Nach dem Essen nahm er das Thema auf. »Sie beide müssen einfach durchhalten, bis Steven hier in der Gegend etwas findet, Merrie. Und er *wird* etwas finden. Er ist viel zu gut.« Er war beunruhigt, fürchtete, dass Meredith sich eine Zeit lang freinehmen könnte oder gar ganz zu ihrem Mann zurückkehren würde.

»Es ist viel schwerer, als wir glaubten«, gab Meredith niedergeschlagen zu.

»So geht es doch auch vielen Männern. Sie nehmen Stellen in anderen Städten an, und manchmal dauert es sogar ein Jahr, bis die Familie nachziehen kann. Häuser müssen verkauft werden, und die Kinder müssen das Schuljahr beenden. Aber die Leute schaffen es. So wird es auch Ihnen und Steven ergehen. Sie müssen Geduld haben.«

»Das versuche ich ja ... aber ich fühle mich, als ob ich ihn im Stich gelassen hätte. Ich glaube, dass er es selbst auch so empfindet. Ich bin nicht sicher, ob er mich versteht.«

»Er versteht Sie bestimmt. Er ist doch ein großer Junge und weiß, dass dieser Job wichtig für Sie ist. Am Ende wird er auch für ihn von Nutzen sein. Ich bin sicher, dass er bereit ist, für Ihre Karriere Opfer zu bringen, Merrie. Er liebt Sie. In der Regel sind es die Frauen, die so etwas für ihre Männer tun. Sie geben einen Job auf, den sie mögen, die Freunde, das Zuhause, um ihren Männern von einer Arbeitsstelle zur nächsten zu folgen. Steve braucht nur geduldig zu sein. Sie haben die richtige Entscheidung getroffen, Meredith, und ich bin sicher, dass Steve das weiß.«

Meredith hingegen war nicht davon überzeugt, dass Steven es immer noch wusste. Ihr gegenwärtiges Leben verabscheute er jedenfalls. Er war zwangsweise an New York gefesselt und glaubte offenbar, dass sie in Kalifornien eine gute Zeit verlebte. Es stimmte: Ihre Arbeit bedeutete ihr viel, doch ihr Mann fehlte ihr trotz allem sehr.

»Ich hoffe, dass er hier bald eine angemessene Stelle findet. Es macht schließlich keinen Sinn, wenn er einen Schritt rückwärts geht und eine Stelle annimmt, für die er überqualifiziert ist – wie die im *General Hospital*«, sagte Meredith traurig.

Callan legte mitfühlend den Arm um ihre Schultern. Er hätte gern etwas unternommen, um sie aufzuheitern. Da kam ein Weihnachtsgeschenk gerade recht, um ihr eine Freude zu machen.

»Ich habe eine Kleinigkeit für Sie, Meredith. Es ist aber wirklich nur eine Geste.« Mit diesen Worten reichte er ihr ein kleines Kästchen, das er aus der Jackentasche zog.

Meredith hatte ebenfalls ein Geschenk für ihn. Bevor sie das Kästchen öffnete, holte sie die orangefarbene Schachtel, die sie mit ihrer Handtasche im Flur hatte liegen lassen. Als sie Callan die Schachtel gab, erkannte er die Verpackung sofort. Sie war von Hermès. Als Meredith das letzte Mal in der Stadt gewesen war, hatte sie das Geschenk für ihn gekauft.

Sie setzten sich nebeneinander und öffneten die Päckchen. Als Meredith einen Blick in ihr Kästchen warf, hielt sie unwillkürlich den Atem an. Callan hatte bei Bulgari eine wunderschöne goldene Uhr für sie gekauft. Sie selbst hätte sich ebenfalls für eine solche entschieden, wenn sie es gewagt hätte, so viel Geld für eine Armbanduhr auszugeben.

»Mein Gott, Cal! Das hätten Sie ... sie ist so schön!« Meredith legte sich die Uhr um das Handgelenk. Sie passte, und Callan freute sich, dass sie ihr so gut gefiel.

Als er sein Päckchen öffnete, war er gleichermaßen beeindruckt. Meredith schenkte ihm eine wunderschöne Lederaktentasche. Das Leder war dick und glatt, und die Tasche war ebenso elegant wie ihr Besitzer. Callan freute sich sehr über das Geschenk. Spontan umarmte er Meredith und gab ihr einen Kuss auf die Wange.

»Sie verwöhnen mich, Merrie! Wunderschön!« Er strahlte, als er die Tasche betrachtete.

Meredith war begeistert von ihrer Uhr und erwiderte seine Umarmung. »Das müssen Sie gerade sagen! Ich hatte noch nie eine Uhr wie diese, Cal.«

»Dann wurde es aber Zeit.«

Die Uhr passte wundervoll zu Merediths Kostümen und

Hosenanzügen, die sie im Büro zu tragen pflegte. Einerseits war sie wie geschaffen für eine Geschäftsfrau, andererseits sah sie chic und edel aus.

Anschließend unterhielten sich die beiden noch eine Weile miteinander. Gegen elf Uhr schaltete Callan die Nachrichten ein, um zu erfahren, wie es mit dem Wetter im Osten stand. Die ganze Woche hatte man Geschichten von Leuten gehört, die in ihren Häusern eingeschneit waren. Die Flughäfen aller größeren Städte waren geschlossen worden, weil die Unwetter anhielten, und offenbar hatte sich die Lage keineswegs entspannt. Im Gegenteil hatte zwischenzeitlich eine weitere Schneefront New York, New Jersey, Connecticut und Massachusetts erreicht.

»Wissen Sie, Meredith, ich sage es zwar nicht gern, aber ich glaube nicht, dass Sie morgen fliegen können. Rufen Sie lieber noch einmal am Flughafen an, bevor Sie sich auf den Weg machen.«

»Steve bringt mich um, wenn ich zu Weihnachten nicht nach Hause komme«, entgegnete Meredith verdrießlich. Das wäre der makabre Höhepunkt einer ohnehin schon vollkommen verfahrenen Situation gewesen. Außerdem fehlte er ihr sehr.

»Es ist doch nicht Ihr Fehler. Er wird das einsehen müssen.«

Anschließend brachte Callan Meredith nach Hause, und sie bedankte sich noch einmal für das Geschenk. Sie trug die Uhr immer noch und lächelte, als sie jetzt den Ärmel hinaufschob, um sie noch einmal zu bewundern. »Ich danke Ihnen, Cal. Sie ist wirklich traumhaft.«

»Das freut mich«, entgegnete er zufrieden. »Meine Aktentasche ist ebenfalls traumhaft.«

»Damit werden wir beide im Büro aus dem Rahmen fallen.« Meredith lächelte.

»Was werden Sie tun, wenn Sie nicht nach Hause fliegen können?«, fragte Callan besorgt.

»Weinen«, erwiderte sie und lachte zerknirscht. »Was kann ich denn groß tun? Wenn der Flughafen geschlossen oder mein Flug gestrichen wird, kann ich überhaupt nichts machen.«

»Sollte es dazu kommen, möchte ich Sie für Heiligabend zu uns einladen. Sie dürfen auf keinen Fall allein herumsitzen.«

»Danke, Cal. Ich weiß das zu schätzen. Aber ich hoffe, dass ich morgen fliegen kann.«

»Ich auch. Aber nur für alle Fälle ... Sie sollten nicht ganz allein in Ihrer Wohnung herumsitzen und sich selbst bemitleiden.«

»Das werde ich nicht tun, ich verspreche es Ihnen. Stattdessen bemitleide ich mich lieber bei Ihnen zu Hause.«

Beide lachten, doch Meredith wünschte sich verzweifelt, dass sie am nächsten Tag nach New York würde fliegen können. Aber der verzweifelte Wunsch bewirkte gar nichts – auch am nächsten Tag fiel in New York immer noch Schnee. Um die Mittagszeit – an der Westküste war es neun Uhr morgens – wurde der Kennedy-Flughafen geschlossen. Es gelang Meredith, Steven im Krankenhaus zu erreichen. Er war enttäuscht, nahm es aber recht gelassen. »Früher oder später wirst du kommen, Liebling. Bis dahin verschieben wir Weihnachten einfach. Was hast du denn für heute Abend vor?«

»Ich weiß nicht. Die Dows hatten mich für den Fall, dass ich hier bleiben muss, eingeladen.« Meredith hatte in Kalifornien keine weiteren Freunde. Bisher hatte sie vor lauter Arbeit noch keine Zeit gehabt, Leute kennen zu lernen.

»Dann bist du immerhin mit Kindern zusammen«, stellte Steven fest, doch Meredith hörte am Klang seiner Stimme, dass er alles andere als erfreut über diese Einladung war. Aber er konnte auch nicht verlangen, dass sie an Heiligabend allein blieb, also sagte er nichts. Er selbst würde im Krankenhaus bleiben. Auch er wollte nicht allein sein, und fast die ganze Belegschaft hatte Dienst.

Callan hatte über die Fernsehnachrichten erfahren, dass der Flughafen geschlossen worden war, und ehe er mittags das Büro verließ, erinnerte er Meredith an seine Einladung.

Nachmittags würde er mit den Kindern einige Besorgungen machen, und er bat Meredith, gegen fünf Uhr zu kommen.

Sie kaufte eine große Dose Popcorn und einige Bratäpfel und war pünktlich zur Stelle. Die Kinder rissen ihr die Süßigkeiten begeistert aus den Händen. Alle versammelten sich um den Christbaum im Wohnzimmer, und Callan legte eine CD mit Weihnachtsliedern auf. Es gab ein frühes Dinner, und anschließend verzogen die Kinder sich auf ihre Zimmer. Callan zündete den Kamin an, und sie unterhielten sich über Weihnachten, ihre Jugend und Kindheit. Callan erzählte, dass seine Mutter gestorben war, als er noch ein kleiner Junge war. Die Feiertage waren danach für ihn immer eine harte Zeit gewesen. Allmählich begann Meredith zu verstehen, warum es ihm so schwer fiel, sich an eine Frau zu binden. Offenbar war er bisher von allen Frauen auf die eine oder andere Art verlassen worden.

»Hat Ihr Vater denn noch einmal geheiratet?«, fragte Meredith interessiert.

»Erst als ich schon erwachsen war. Meine Stiefmutter und er sind schon lange tot. Ich habe nur noch meine Kinder.«

»Und ich habe nur Steve. Er hat übrigens auch keine Familie mehr. Ich glaube, dass er sich deshalb so sehr Kinder wünscht – er möchte eine eigene Familie. Ich bin wahrscheinlich nicht ganz normal, weil ich keine will.«

»Das stimmt nicht unbedingt. Von Ihrem Standpunkt aus gesehen haben Sie vielleicht sogar Recht. Aber auch ich wollte aus diesem Grund eigene Kinder. Ich wollte die perfekte Familie ... und habe mir nur die falsche Frau ausgesucht«, sagte Callan und nahm sich eine Hand voll Popcorn.

»Ihre Kinder sind großartig«, stellte Meredith fest und griff ebenfalls zu.

Callan schaute sie an. Die Luft war warm, das Feuer knisterte leise. »Sie sind auch großartig«, sagte er sanft. Er hatte nicht damit gerechnet, Weihnachten mit ihr zu verbringen. Es war schön, mit einem Erwachsenen zu sprechen.

Meredith ihrerseits war dankbar, dass sie den Abend nicht allein in ihrer Wohnung verbringen musste. Sie wusste nicht recht, was sie mit dem Kompliment anfangen sollte. Also erwiderte sie seinen Blick, starrte anschließend in die Flammen und dachte an Steven. Er fehlte ihr sehr.

»Ich wollte nicht, dass Sie sich unwohl fühlen, Merrie ... es tut mir Leid.«

»Das ist es nicht«, sagte Meredith und wandte sich ihm zu. »Ich habe nur nachgedacht ... über Sie ... über Steve ... und darüber, wie verschieden Sie sind. Sie sind – so wie Steve – sehr wichtig für mich, wenn auch aus einem ganz anderen Grund. Ich arbeite sehr gern mit Ihnen zusammen. Es gibt überhaupt viele Dinge, die mir an Ihnen sehr gefallen.«

Sie hatte das eigentlich gar nicht sagen wollen, doch es entsprach der Wahrheit. Sie bewunderte Callan sehr und genoss seine Gesellschaft. Oft waren sie einer Meinung, und aufgrund der Arbeit und des ähnlichen Stils hatten sie vieles gemeinsam. In mancher Hinsicht hatte Meredith mit Callan sogar mehr gemeinsam als mit Steven. An ihrem Mann hatte sie immer gerade die Gegensätzlichkeit angezogen, sie ergänzten einander perfekt. Mit Callan verband sie das Gemeinsame, eine Ähnlichkeit, die alles so einfach machte.

»Ich bin in meinem ganzen Leben mit keinem anderen Menschen jemals so gern zusammen gewesen wie mit Ihnen«, gestand Callan. »So sollte es auch in der Ehe sein, ist es aber normalerweise nicht – in meiner war es zumindest nicht so.«

»Steve und ich waren schon immer die besten Freunde. Jetzt ergeht es mir mit Ihnen ebenso.« Meredith fühlte sich ein bisschen treulos gegenüber Steven, als sie das sagte.

»Das ist doch gar nicht so schlecht. Immerhin verbringen wir viel Zeit miteinander. Die meisten Leute verbringen übrigens mehr Zeit mit ihren Kollegen als mit ihren Ehepartnern.«

Beide lächelten über diese Bemerkung, und Meredith nahm sich noch etwas Popcorn.

»Gehen Sie heute Abend mit uns in die Kirche, Meredith? Wir besuchen um Mitternacht die Messe in *Saint Mark's*.«

»Ja, gern.« Meredith war schon immer eine fleißige Kirchgängerin gewesen, im Gegensatz zu Steven, der überhaupt nicht religiös war.

Sie unterhielten sich noch eine Weile über dies und das. Um Viertel vor zwölf trommelte Callan die Kinder zusammen. Andy waren schon beinahe die Augen zugefallen, doch er wollte auf jeden Fall zur Messe. Alle fünf fuhren in Callans Wagen zur Kirche. Als sie dort ankamen, war Andy auf dem Rücksitz eingeschlafen. Callan nahm den Jungen in seine Arme und trug ihn in die Kirche. Dort setzte er ihn behutsam zwischen seine beiden Schwestern. Niemand weckte ihn auf. Die beiden Mädchen sangen mit ernster Miene die Lieder mit, Callan und Meredith teilten sich das Gebet- und das Gesangbuch. Es war eine schöne Messe. Meredith schaute ein- oder zweimal zu Callan hinüber, und er lächelte ihr zu. Er hatte eine tiefe, melodische Stimme und sang aus voller Kehle *Stille Nacht, heilige Nacht*. Anschließend kehrten sie in merkwürdig feierlicher Stimmung zum Wagen zurück. Es war beinahe so, als ob Meredith dorthin gehörte, zu Callans kleiner Familie. Es war ein seltsames Gefühl, und Meredith blieb schweigsam, als Callan sie nach Hause fuhr. Er brachte sie bis zur Wohnungstür, ging sogar mit ihr in die Wohnung, um sich davon zu überzeugen, dass alles in Ordnung war. Er sagte kein Wort, sondern zog sie plötzlich sanft in seine Arme und küsste sie. Ohne zu zögern, erwiderte Meredith seinen Kuss. Callan hielt sie für einen langen Augenblick in seinen Armen. Dann schaute er sie an und erschrak. Sie weinte.

»Es tut mir Leid ... ich weiß nicht, was mit mir los ist, Cal. Es ist, als ob meine ganze Welt zusammenbricht. Hier bin ich Teil eines ganz neuen Lebens, und ich weiß noch nicht einmal, ob ich tatsächlich hierher gehöre.«

»Ich hätte das nicht tun sollen, Merrie. Es tut mir Leid ...« Für einen Augenblick hatte es sich für sie beide richtig angefühlt. Doch ein einziger Kuss konnte sie in eine Welt führen, auf die sie – das wussten sie beide – keinerlei Recht hatten.

»Es tut mir wirklich Leid ... es kommt nicht wieder vor. Ich habe mich einen Moment lang vergessen.«

»Mir ging es genauso«, erwiderte Meredith leise. »Ich glaube, die Feiertage bringen uns alle durcheinander. Man denkt an die Dinge, die man nicht hat, aber gern hätte. Das Zusammensein mit den Kindern heute Abend hat mir so gut gefallen, dass ich mir fast vorstellen könnte, doch noch ein eigenes Kind zu bekommen.«

»Vielleicht soll es so sein«, sagte Callan sanft.

Meredith schüttelte nur den Kopf. Sie konnte ihm unmöglich sagen, dass sie sich einen Moment lang gewünscht hatte, mit ihm ein Kind zu haben, nicht mit Steven. Außerdem verstand sie ihre Gefühle selbst nicht. Plötzlich schien alles durcheinander zu geraten. Sie musste zu Steven zurückkehren, ehe sie einander endgültig verloren. Zum ersten Mal fürchtete sie, dass es dazu kommen könnte, dass es vielleicht sogar das Beste wäre. Es war ein entsetzliches Gefühl.

»Frohe Weihnachten, Merrie«, sagte Callan zum Abschied.

»Auch für dich frohe Weihnachten, Cal«, entgegnete sie.

Beide waren durch die Ereignisse aufgewühlt, die in gewisser Hinsicht einfach zu erklären waren. Die Weihnachtszeit war immer eine sehr gefühlvolle Zeit. Seit drei Monaten lebte Meredith nun schon getrennt von ihrem Mann. In Callans Leben gab es keine Frau, die ihm etwas bedeutet hätte. Beide waren einsam. Aber sie wussten auch, dass all diese Gründe nicht rechtfertigten, dass sie Merediths Ehe und die Freundschaft, die sie miteinander verband, aufs Spiel setzten.

Am folgenden Tag rief Meredith Callan an, um ihm zu sagen, dass sie nicht kommen könne.

»Wegen dem, was gestern Nacht geschehen ist?«, fragte er sanft.

»Ja, ich glaube, wir brauchen ein wenig Abstand, ehe wir eine Riesendummheit begehen. In ein paar Stunden wird der

Flughafen in New York wieder geöffnet. Wenn ich zurück bin, ist alles wieder in Ordnung. Lass es uns einfach vergessen, Cal.«

Callan wollte auf keinen Fall, dass sie kündigte, weil er sich wie ein Idiot benommen hatte. »Es tut mir Leid, dass ich ein solcher Trottel war. Ich weiß doch, wie sehr du Steven liebst. Keine Ahnung, was da plötzlich über mich kam.« So etwas durfte sich auf keinen Fall wiederholen.

Meredith war davon überzeugt, dass sie beide den Abend vergessen würden, wenn sie nur einfach nicht mehr davon sprachen. Dann würden sie zu der Freundschaft zurückfinden, die sie in den letzten Monaten verbunden hatte.

»Es gefällt mir gar nicht, dass du an Weihnachten allein in deiner Wohnung herumsitzt.«

»Es ist schon in Ordnung.«

»Es war so schön mit dir gestern Abend. Es tat gut, mit dir zu reden.« Es war schon Jahre her, dass Callan zum letzten Mal über seine Eltern gesprochen hatte.

»Das werden wir nicht verlieren, Cal, ich versprech's. Es wird alles in Ordnung sein, wenn ich erst Steve wiedergesehen habe. Und nach deinem Urlaub in Mexiko wirst auch du wieder du selbst sein. Nach Neujahr sehen wir uns wieder, und dann ist wieder alles beim Alten.«

»Ist wirklich alles in Ordnung mit dir, Merrie?« Callan war voller Sorge um sie, wusste, dass er sie aus der Fassung gebracht hatte.

»Ja. Es wird sich alles wieder einrenken. Frohe Weihnachten, Cal, und grüße deine Kinder von mir.«

Nachdem Meredith aufgelegt hatte, stellte sie zu allem Übel auch noch fest, dass sie nicht nur Callan, sondern auch die Kinder vermisste.

Erleichtert nahm sie am Abend zur Kenntnis, dass der Flughafen in New York tatsächlich wieder geöffnet worden war. Sie ergatterte einen Platz in der Nachtmaschine. Hellwach saß sie in ihrem Sitz und dachte an Callan und daran, was sie beinahe angestellt hätten. An Schlaf war nicht zu denken. Sie wusste, dass sie etwas unternehmen musste. So durfte es nicht mehr weitergehen.

Am Flughafen nahm sie ein Taxi, das sie in die Stadt brachte. New York lag unter einer dicken Schneedecke, es war wie im Märchen. Als Meredith die Tür zu ihrer Wohnung aufschloss, begann es wieder zu schneien. Weihnachten war vorüber, und sie war endlich zu Hause. Steven lag tief schlafend im Bett. Meredith zog sich leise aus und schlüpfte neben ihn unter die Laken. Im Schlaf streckte er die Arme nach ihr aus und zog sie an sich.

## 11

Die Woche in New York ging viel zu schnell vorüber. Steven hatte sich freigenommen und fuhr mit Meredith im Park Schlitten. Sie tobten durch den Schnee, unternahmen lange Spaziergänge, und abends gingen sie zum Essen aus. Sie liebten sich noch häufiger als sonst, und es schien, als würden sie sich voller Verzweiflung aneinander klammern. Die Idylle dauerte die ersten Tage an, doch dann war es an der Zeit, ein ernsthaftes Gespräch zu führen.

»Was sollen wir nur tun?« Meredith ergriff die Initiative. »Wir können nicht ewig so weitermachen.«

»Ich hoffe, dass es sich bald ändert«, antwortete Steven traurig. Meredith war endlich bei ihm und so offensichtlich in ihn verliebt, dass er seit langer Zeit endlich einmal wieder beruhigt war.

»Soll ich meinen Job aufgeben? Wenn du es möchtest, werde ich es tun.« Meredith meinte es ehrlich. Seit fast drei Monaten waren sie nun schon voneinander getrennt, und solange Steven an der Westküste keine Arbeit fand, würde es so weitergehen.

»Das will ich auf keinen Fall. Ich möchte nur das Beste für dich. Früher oder später wird sich schon eine Möglichkeit ergeben«, erwiderte Steven ruhig.

»Und was ist, wenn es später wird? Wenn es sechs Monate dauert? Oder ein Jahr?«

»Dann werden wir damit leben müssen. Wenn sich nichts Besseres findet, nehme ich eben einen Job irgendwo in einer Notaufnahme an und warte dort auf die passende Gelegenheit. Das ist doch keine Tragödie, es ist einfach nur eine schwierige Phase. Andere Leute schaffen das auch.«

»Manche nicht«, stellte Meredith besorgt fest. Der Zwischenfall mit Callan an Heiligabend hatte ihr gezeigt, dass niemand unverwundbar war. Gleichgültig, wie sehr sie Steven auch liebte, die Tatsache, dass sie so weit entfernt voneinander lebten, bedeutete eine realistische Gefahr für ihre Ehe. Meredith nahm den Zwischenfall als Warnung, doch sie hatte nicht die Absicht, Steven davon zu erzählen. Sie wollte ihn nicht verletzen.

»Was soll das heißen?«, fragte er jetzt verwirrt.

»Das heißt, dass schon so manche Ehe wegen solcher Umstände gescheitert ist. Es bedeutet schließlich eine Menge Druck für uns beide. In letzter Zeit sind die Dinge alles andere als einfach.«

»Das weiß ich. Aber wir schaffen es. Das ist es doch auch wert. Ich möchte nicht, dass du die Arbeit aufgibst, die dir solchen Spaß macht. Du arbeitest doch gern mit Callan zusammen, es ist der aufregendste Job, den du jemals hattest, und außerdem verdienst du ein Vermögen.«

»Das ist alles nichts wert, wenn ich dich verliere«, stellte Meredith klar. »Nichts ist diesen Preis wert, Steve, kein Job und auch kein Geld der Welt.«

»Ich weiß.« Steven zog sie lächelnd in seine Arme und küsste sie. »In zwei Monaten bin ich bei dir, und wir schauen zurück und lachen darüber. Wir schaffen es, Merrie, das verspreche ich dir.«

Meredith fühlte sich manchmal, als ob sie von einer Kraft, die stärker war als sie beide, von ihm fortgerissen würde. Es war, als ob sich das Schicksal gegen sie verschworen hätte. Doch sie wollte Steven nichts davon sagen. »Lass uns versuchen, häufiger die Wochenenden miteinander zu verbringen.«

In dieser Hinsicht waren die letzten Monate eine Katastrophe gewesen. Beinahe jedes Wochenende war Meredith in Palo Alto gefangen gewesen, und Steven hatte ständig Dienst im Krankenhaus gehabt. Wegen irgendwelcher Erkältungen, Meetings und Schneestürme hatten sie sich kaum gesehen.

»Das könnte helfen«, ergänzte sie nachdenklich.

Steven nickte. »Und ich werde mich weiter um einen Job in San Francisco bemühen. In den nächsten zwei Monaten kann ich hier allerdings nicht fort, denn solange Lucas nicht wieder auf dem Damm ist, muss ich bleiben. Aber bis dahin habe ich ja vielleicht eine Stelle gefunden.« Er klang zuversichtlicher als jemals zuvor. Das Zusammensein mit Meredith gab ihm neue Kraft und Hoffnung.

»Hoffentlich«, sagte sie.

Damit fielen sie ins Bett.

Es gelang ihnen sogar, Silvester zu verbringen, ohne dass ein Notruf von der Unfallchirurgie dazwischen kam. Anna Gonzalez hatte Stevens Schicht übernommen und strikt verboten, ihn anzurufen.

»Ich schulde ihr ein riesiges Dankeschön«, sagte Meredith, als sie an Neujahr ihre Koffer packte.

Beide waren traurig, dass sie wieder fort musste, doch sie hatten eine wundervolle Woche miteinander verbracht, und Meredith war sich ihrer Beziehung viel sicherer als noch am Weihnachtsmorgen. All die Dinge, die Steven gesagt hatte, stimmten. Auch für ihn würde sich früher oder später eine Stelle finden. Wenn nicht, würde er trotzdem nach Kalifornien kommen und irgendwo als Sanitäter arbeiten. Das hatte er behauptet, doch Meredith ahnte im Grunde ihres Herzens, dass es ihm damit nicht wirklich ernst war.

»Wenn du das nächste Mal kommst, musst du Anna kennen lernen«, sagte Steve beim Dinner. Er hatte ein letztes Mal für Meredith gekocht. »Sie ist eine beeindruckende Frau ... kommt aus San Juan aus ärmlichsten Verhältnissen. Für Yale hat sie ein Stipendium bekommen und dann ein weiteres für die medizinische Fakultät. Sie war mit einem verwöhnten Jüngelchen von der juristischen Fakultät verheiratet, und ich vermute, dass dessen Familie davon nicht allzu begeistert war. Jedenfalls haben sie ihn gezwungen, sie zu verlassen, doch da war sie schon schwanger von ihm. Während ihrer Zeit als Assistenzärztin ließ er sie fallen wie eine heiße Kartoffel. Die Kleine ist jetzt fünf, und Anna wohnt mit ihr in irgendeiner Wohnung ohne Aufzug an der West Side. Als Ärztin ist sie jedenfalls große Klasse. Wir hatten unglaubliches Glück mit ihr.«

»Wie sieht sie denn aus?«, fragte Meredith.

Steven lachte. »Eine solche Frage kann nur eine Frau stellen«, neckte er sie.

»Ich bin doch eine Frau.«

»Das ist mir nicht entgangen.« Erst eine Stunde zuvor hatten sie sich geliebt. »Als Abschiedsgeschenk«, hatte er gesagt. »Sie sieht nett aus, aber sie ist keine Schönheit. Ein bisschen dünn, ein bisschen nervös und sehr gestresst. Sie muss ja das Kind durchbringen. Offenbar lebt sie mit diesen Vertretungsjobs von der Hand in den Mund. Ich werde mich darum bemühen, dass sie bei uns eine feste Stelle bekommt. Wir können sie wirklich gebrauchen. Wenn ich weg bin, kann sie mich ersetzen. Das wäre natürlich auch in ihrem Sinne.«

»Das klingt ja alles nach der personifizierten Tugend.«

Irgendetwas an der Art, wie Steven von Anna erzählte, stimmte Meredith unbehaglich. Seine Beschreibung ihres Äußeren erschien ihr allzu oberflächlich.

»Wie alt ist sie?«

»Dreiunddreißig. Kein Kind mehr. Und auf ihren Ex-Mann ist sie gar nicht gut zu sprechen.« Stevens Stimme klang jetzt mitfühlend.

»Zahlt er denn für die Kleine keinen Unterhalt?«

»Doch, er schickt ihr zweihundert Dollar im Monat. Aber er will weder mit Anna sprechen noch das Kind sehen. Er hat inzwischen wieder geheiratet – ein ganz junges Mädchen – und Zwillinge in die Welt gesetzt.«

»Netter Typ«, stellte Meredith bissig fest. Sie erkannte, dass sie eifersüchtig war. Wie lächerlich! Immerhin hatte sie selbst Callan an Heiligabend geküsst. Sie bedauerte den Vorfall noch immer und fühlte sich schuldig, weil sie wusste, dass Steven so etwas nie tun würde. Er war ihr immer treu gewesen, so wie sie ihm bisher auch. Doch sie war sicher, dass es kein zweites Mal geschehen würde. Callan war nicht entgangen, wie aufgewühlt sie gewesen war. Außerdem würde sie selbst dafür sorgen, dass es nicht noch einmal zu einer solchen Situation kam.

Steven brachte Meredith zum Flughafen, und zum Abschied umarmten und küssten sie sich wie ein jung verheiratetes Paar. Meredith hatte versprochen, dass sie in zwei Wochen wieder nach Hause käme, gleichgültig wie viel sie zu tun hätte. Sie wusste nun, dass die gegenseitigen Besuche überlebensnotwendig für ihre Beziehung waren. Nach einem letzten Kuss drehte sie sich um, stieg in die Maschine und blieb bis Kalifornien mit ihren Gedanken bei Steven. Sie fühlte sich viel besser als noch eine Woche zuvor, als sie am Tag nach Weihnachten in New York angekommen war.

Kurz nach Mitternacht betrat sie ihre Wohnung in Palo Alto und ging sofort zu Bett, begleitet von ihren Träumen von Steven. Erfrischt wachte sie am nächsten Morgen auf. Sie saß zufrieden über der Arbeit an ihrem Schreibtisch, als Callan in der Tür zu ihrem Büro erschien. Er suchte in ihrem Gesicht nach Anzeichen von Befangenheit, doch er konnte keine entdecken. Meredith blickte auf und lächelte ihn an. Er erkannte sofort, dass sich etwas verändert hatte. Sie sah glücklicher aus als in den vergangenen Wochen, und er freute sich für sie.

»Wie war's in New York?« Er fragte, obwohl ihr Gesichtsausdruck bereits alle Antworten gegeben hatte.

»Fantastisch. Und wie war Mexiko?« Ihre Stimme klang unbeschwert.

Callan war erleichtert. »Heiß und sonnig. Viele Tequilas und Margaritas.«

»Keine *turistas*?« Sie lachte.

Er grinste und freute sich, dass sie weder verärgert noch befangen war. Es war eine Dummheit gewesen, sie an Heiligabend zu küssen. Er hatte eine wichtige Lektion gelernt. Und diesmal hatte er noch Glück gehabt. Sie hätte ebenso gut wütend auf ihn sein oder kündigen können, doch das war offensichtlich nicht der Fall.

»Ich glaube, die Sauferei hat alle abgeschreckt. Es war schön.«

»Das freut mich. Und wie geht's den Kindern?«

»Sie sind ein bisschen durcheinander – wie immer, wenn sie mit Charlotte zusammen waren. Sie mischt sie jedes Mal ordentlich auf.«

»Sie werden sich sicher bald beruhigen, jetzt, wo sie wieder zu Hause sind.«

»Wie geht es Steve?«, fragte Callan vorsichtig, während er ins Zimmer trat. Die Aktentasche, die sie ihm geschenkt hatte, trug er unter dem Arm. Sie gefiel ihm sehr gut. Meredith ihrerseits trug die Uhr von Bulgari. Sie hatte sie in San Francisco gelassen, um Steven nicht zu verärgern. Doch nun war alles wieder in Ordnung, und auch die Geschäfte entwickelten sich prächtig.

»Steve hatte die ganze Woche Urlaub«, erklärte Meredith zufrieden. »Was seine Stellensuche angeht, war er sehr vernünftig. Für die folgenden beiden Monate hängt er sowieso in New York fest. Ich muss einfach zusehen, dass ich am Wochenende häufiger nach Hause fliegen kann. In zwei Wochen ist es wieder so weit.«

Das erinnerte Callan an etwas. »Ich habe übrigens ein Meeting für das Top-Management auf Hawaii organisiert. Es findet in drei Wochen statt. Das wollte ich dir noch sagen. Ich glaube, ein Tapetenwechsel täte uns allen gut.« Er informierte Meredith über die Daten, die sie in ihren Kalender kritzelte.

»Klingt gut.« Sie lächelte ihn an und erinnerte ihn dann an die Besprechung, die zehn Minuten später mit der Finanzabteilung angesetzt war.

»Sklaventreiberin! Wo ist meine Margarita? Wo ist der Strand?«

Meredith lachte und drohte ihm mit dem Finger. »Vergiss es. Der Urlaub ist zu Ende. Wir haben eine Menge Arbeit vor uns, Mr Dow.«

»Alles klar, Ma'am«, entgegnete er und hob eine Hand an die Schläfe. Dann verschwand er, um seine Unterlagen für die Besprechung zu holen.

Sie arbeiteten den ganzen Nachmittag hindurch. Callan stellte fest, dass Meredith sich ihm gegenüber etwas vorsichtiger als sonst verhielt, doch als der Arbeitstag zu Ende ging, schien alles wieder normal zu sein. Als Meredith sich verabschiedete, winkte sie ihm fröhlich zu und rief: »Bis morgen!« Es schien, als hätte sie sich ein wenig von ihm abgewandt, doch er hätte nicht behaupten können, dass dies ein Fehler war. Er hatte in Mexiko viel an sie gedacht und sich Sorgen darüber gemacht, wie es wohl weitergehen würde, wenn sie sich wieder begegneten. Doch die täglichen Gespräche mit ihr hatten ihm gefehlt, und er war selbst überrascht gewesen, wie froh er war, als er sie endlich wiedergesehen hatte.

Für das Wochenende lud Callan Meredith zum Dinner ein, doch sie lehnte ab. Sie hatte einfach viel zu viel zu tun. Am Samstag war sie im Büro, und am Sonntag fuhr sie in die Stadt, um sich noch einmal nach einem Haus umzuschauen. Callan erbot sich diesmal nicht, sie zu begleiten. Die Kinder erkundigten sich nach ihr, und er erzählte ihnen, dass sie beschäftigt war. Callan erkannte, dass sie beide versuchten, Abstand zu halten. Für einen kurzen Augenblick hatten sie sich in eine gefährliche Strömung hineingewagt und es gerade noch geschafft, wieder hinauszuschwimmen. Callan wusste, dass es so besser war. Doch jedes Mal, wenn sein Blick an jenem Wochenende auf die Aktentasche fiel, stellte er erschrocken fest, wie sehr er Meredith vermisste. Er fühlte sich ihr seltsam nah, näher als irgendeinem anderen Menschen seit langer, langer Zeit.

## 12

Anna Gonzalez hatte die Vertretungsstelle in der Unfallchirurgie bekommen, damit sie Steven unterstützen konnte, doch schon nach zwei Tagen stellte er fest, dass sie vollkommen selbstständig arbeitete. Sie wusste, was sie zu tun hatte und entwickelte außerdem eigene Vorstellungen. Obwohl sie stets seine Anweisungen befolgte, vertrat sie auch ihre eigene Meinung. Als Steven nach der Woche, die er mit Meredith verbracht hatte, seine Arbeit wieder aufnahm, hatte Anna sich bereits den Respekt und die Sympathie der übrigen Mitarbeiter erworben.

Anna setzte Steven am Morgen seiner Rückkehr über alles in Kenntnis, was sie während seiner Abwesenheit unternommen hatte. Sorgfältig hatte sie sich entsprechende Notizen gemacht, und als er die Aufzeichnungen gelesen hatte, fragte er erstaunt: »Das alles haben Sie geschafft?«

Anna hatte Abteilungsbesprechungen abgehalten und einige Dinge mit dem Ziel einer höheren Effizienz neu organisiert. Außerdem hatte sie die Dienstpläne überarbeitet, nebenher operiert und unglaublich viele Patienten behandelt.

»Gehen Sie denn niemals nach Hause zu Ihrer Tochter?«, witzelte Steven.

»Nicht sehr oft«, entgegnete Anna mit einem abweisenden Unterton.

Anna war eine hübsche Frau und sah jünger aus, als sie tatsächlich war, doch Steven bemerkte es gar nicht. Sie lächelte nur selten und ging vollkommen in ihrer Arbeit auf. Ihre zurückhaltende Art ließ keinerlei Zweifel daran, dass sie auf der Station an nichts anderes als an ihre Arbeit dachte. Im Umgang mit ihren Patienten war sie unglaublich einfühlsam und warmherzig. Anna war zweifellos eine Frau mit vielen Gesichtern. Bereits vor Stevens Urlaub hatte sie ihre Arbeit im Krankenhaus aufgenommen, doch erst im Verlauf des Januars hatte er den Eindruck, dass er sie allmählich kennen lernte. Sie war unglaublich fleißig und arbeitete oft stundenlang ohne Pause. Aus ihren Erzählungen wusste Steven, dass sie sehr an ihrer Tochter hing. Trotzdem schien sie niemals das Verlangen zu verspüren, endlich nach Hause zu gehen. Daher fragte er sie eines Tages, warum sie so viele Stunden und Tage ohne Unterbrechung arbeitete.

Anna blickte ihm fest in die Augen. »Dafür gibt es zwei Gründe: Ich liebe meine Arbeit, und ich brauche das Geld.«

»Was macht denn Ihre Tochter, während Sie hier sind?«

Anna übte eine seltsame Faszination auf ihn aus. Ihre undurchdringliche Schale stand in krassem Widerspruch zu der Sanftheit, die sie gegenüber den Patienten an den Tag legte.

»Sie ist bei meiner Nachbarin. Sie hat selbst fünf Kinder und geht vollkommen darin auf, sich um die Bande zu kümmern.«

»Und was ist mit Ihnen? Haben Sie denn nie das Bedürfnis, wenigstens ab und zu mal nach Hause zu gehen? Wir alle müssen doch von Zeit zu Zeit einmal Abstand zu dem hier gewinnen, damit wir selbst nicht auch noch krank werden«, sagte Steven mit einem müden Lächeln. Er war seit vier Tagen im Dienst.

»Sie gehen doch selbst nicht oft nach Hause«, erwiderte Anna. Sie hatte dichtes dunkles Haar und braune Augen, deren Farbe an Schokolade erinnerte.

»Meine Frau lebt in Kalifornien«, erklärte Steven.

»Sind Sie geschieden?«

Steven schüttelte den Kopf.

»Leben Sie getrennt?« Anna wurde allmählich neugierig. Im Krankenhaus kursierten eine Menge Gerüchte über Steven. Die Leute hielten ihn für einen guten Kerl, der eine etwas merkwürdige Beziehung zu seiner Frau unterhielt. Anna wusste nicht, was das bedeuten sollte. Also fragte sie ihn einfach, und der Schimmer in ihren Augen verriet, dass sie auf ihre Fragen auch Antworten erwartete.

Hätte Steven Anna und Meredith miteinander verglichen, so hätte er festgestellt, dass Annas äußere Schale härter als die Merediths war, der Kern dafür aber umso weicher. Während der Arbeit hielt Anna mit ihrer Meinung nie hinter dem Berg. Manchmal konnte sie sogar recht schroff wirken, doch im nächsten Augenblick war sie schon so einfühlsam, dass es ihn bewegte. Sie schien ganz besonders vorsichtig zu sein, eine Frau, die man sehr verletzt hatte, und die nicht wollte, dass es ihr ein zweites Mal passierte.

»Meine Frau lebt und arbeitet in San Francisco. Ich finde dort keinen Job, aber ich bin auf der Suche«, erklärte Steven lächelnd.

»Das ist bestimmt nicht leicht für Sie beide«, stellte Anna fest.

Sie saßen in Stevens Büro und tranken Kaffee aus Styroporbechern. Soeben hatten sie eine schwierige Operation hinter sich gebracht. Es hatte eine Ewigkeit gedauert, bis es Anna schließlich gelungen war, die Kugel aus dem Unterleib des Patienten zu entfernen. Ihre geschickten Finger, ihre ausgefeilte Technik und ihre Hartnäckigkeit hatten ihn schließlich gerettet.

Steven war beinahe sicher, dass er es ohne sie nicht geschafft hätte.

»Ja, das stimmt«, gab er zu. »Vier Monate lang geht das nun schon so. Im Oktober hat sie die Stelle in Kalifornien angenommen. Ich hatte auch einen guten Job in Aussicht, aber letzten Monat hat sich dann doch alles zerschlagen. Außerdem sitze ich wegen Lucas sowieso hier fest.«

»Das klingt nicht gut.« Anna fixierte ihn mit einem bohrenden Blick. Ihre Augen waren voller Fragen. Sie hielt ihn für einen guten Chirurgen und einen interessanten, wenn auch ein wenig exzentrischen Menschen. Manchmal gefiel es ihm, mit seinen Ansichten die Schwestern zu schockieren.

»Es ist auch nicht gut«, entgegnete er. »Meine Frau erhielt ein großartiges Stellenangebot, und ich habe sie dazu ermutigt, es anzunehmen. Dann fand ich selbst diesen Job, den ich im Januar hätte antreten sollen, aber dann ist eben doch noch alles geplatzt. Es ist wirklich furchtbar, aber im Augenblick kann ich nicht viel daran ändern. Die einzige Perspektive, die ich dort drüben jetzt hätte, wäre ein Handlangerposten in einer Notaufnahme, in der vor allem Hämorrhoiden, verstauchte Knöchel, manchmal auch Ausschläge und Asthma behandelt werden. Über der Patientenkartei bin ich beinahe eingeschlafen.«

»Sie sind in dieser Hinsicht eben verwöhnt«, stellte Anna fest. Sie trug dieselbe Kluft wie Steven, doch auch der Kittel konnte ihre beeindruckende Figur nicht verbergen.

»Mag sein. Aber vielleicht brauche ich diese ganze Dramatik hier eigentlich nicht mehr. Vielleicht bin ich längst bereit für etwas weniger Aufreibendes – das könnte auch eine Erleichterung sein.«

»Das bezweifle ich. Es klingt eher so, als ob Sie versuchen, sich etwas einzureden. Würden Sie es tatsächlich fertig bringen, von dieser Station hier auf eine zu wechseln, die Sie gar nicht mehr fordert?« Anna dachte ganz praktisch. Außerdem war sie eine ernsthafte Person, die ihre Zeit nicht mit Geplänkel vertrödelte.

»Ich will auf keinen Fall meine Ehe gefährden.«

»Wenn Sie beide wirklich zusammengehören, wird es dazu nicht kommen. Wenn es nicht so ist, gibt es nichts, was Sie tun könnten, um Ihre Ehe zu retten.«

»Stellen Sie derartige Orakel gesondert in Rechnung, Frau Doktor?«, scherzte Steven.

Anna lächelte. »Nein, sie sind gratis, weil ich mich selbst auch nicht danach richte.«

»Ich habe gehört, dass Sie geschieden sind.«

Sie nickte. »Sehr.«

»Wie meinen Sie das?«

»Ich will damit sagen, dass wir uns hassen, und ich hoffe, dass ich diesen Hurensohn nie mehr wiedersehe. Er hat mich verlassen, als ich im achten Monat schwanger war, weil seine Eltern ihm dafür ein Vermögen geboten haben.«

»Ach so.« Steven versuchte, sich seine Bestürzung nicht allzu sehr anmerken zu lassen.

In Annas Augen war deutlich zu lesen, wie tief sie verletzt worden war. »Seine Tochter hat er noch nie gesehen.«

»Wahrscheinlich ist das ein Glück für sie. Niemand braucht so einen Vater, Anna«, sagte Steven sanft.

»Das stimmt. Aber trotzdem ist es so auch nicht richtig. Er wird in ihrer Fantasie immer so etwas wie ein verlorener Held sein, weil sie ihn nicht kennt.«

»Vielleicht ändert sich das eines Tages. Vielleicht wird sie nach ihm suchen.«

»Ja, vielleicht. Aber ich glaube nicht, dass er sich mit ihr treffen würde. Die ganze Sache mit mir war ihm sehr peinlich.« Anna schien immer noch sehr erbittert deswegen zu sein. Ihr Ex-Mann hatte sie eiskalt fallen lassen, und das hatte sie ihm nicht verziehen.

»Warum hat er Sie denn überhaupt geheiratet?«

»Ich war schwanger, und er hat den edlen Ritter markiert. Aber dann hat er sich leider in einen Angsthasen verwandelt.«

»Ja, ja, die Menschen ... eine ganz entzückende Spezies.«

»Sieht so aus.«

Es war leicht, mitten in der Nacht über die Widrigkeiten des Lebens zu plaudern, wenn die Welt hinter den Mauern des Krankenhauses nur auf einem anderen Planeten zu existieren schien. Dann waren nur noch das Krankenhaus und die Kollegen real, und die Menschen schienen mitten auf dem Ozean in einem Boot dahinzutreiben.

Steven empfand großes Mitgefühl für Anna. Sie war verletzt, zornig, verbittert und enttäuscht. Nur wenn sie von ihrer Tochter sprach, strahlten ihre Augen. Die Kleine hieß Felicia.

Kurz nachdem sie ihr Gespräch beendet hatten, wurden sie zu einem Notfall gerufen. Anschließend hatten beide zwei Tage frei, so dass sie erst am Wochenende ihren Dienst wieder aufnahmen. Um Mitternacht waren sie hungrig und ließen sich Pizza kommen. Anna schien glücklicher zu sein als noch vor wenigen Tagen. Steven brachte sie mit ein paar deftigen Scherzen zum Lachen und erzählte ihr einige alte Geschichten über verschiedene merkwürdige Typen, die sich über die Jahre in der Unfallchirurgie eingefunden hatten.

»Haben Sie einen Freund?«, fragte er, während sie mit dem Käse auf der Pizza kämpften.

Anna lachte. »Sie machen wohl Witze! Wann denn? Hat irgendjemand, der hier arbeitet, einen Freund? Wie machen die das?«

»Manche von den Jungs schaffen's«, sagte Steven leichthin. »Die Frauen nicht.«

»Was ist denn mit Ihnen? Treffen Sie sich mit Frauen?«

»Natürlich nicht!« Steven war schockiert. »Ich habe doch gesagt, dass ich verheiratet bin.«

»Ja, mit einer Frau in einer anderen Galaxie, weit, weit weg von hier. War ja nur eine Frage.« Anna hatte bereits gehört, dass Steven seiner Frau treu war. Das gefiel ihr sehr, und sie freute sich über seine Antwort. Ohnehin fehlte ihr nicht ein Liebhaber, sondern ein Freund.

»Wie oft kommt sie Sie denn besuchen?«

»Viel zu selten. Am Wochenende ist es wieder so weit.«

»Wie schön. Haben Sie auch Kinder, Steve?«

»Nein, so viel Glück habe ich nicht.«

»Warum denn nicht?« Anna hatte ihn auf der Station schon im Umgang mit Kindern beobachtet. Es war offensichtlich, dass er Kinder liebte.

»Meredith war beruflich schon immer sehr eingespannt,

und bei mir ist es ja auch nicht anders. Ich kann ihr keinen Vorwurf machen. Sie glaubt, dass sie im Grunde keine Kinder will.«

»Wenn sie das glaubt und es auch sagt, dann will sie wirklich keine. Glauben Sie ihr. Die meisten Männer glauben, dass sie die Frauen doch noch davon überzeugen können, aber das ist falsch. Wenn es ihnen trotzdem gelingt, ist es ein Riesenfehler.«

»Ist Ihnen das auch passiert?« Steven war verwirrt. Was er gerade gehört hatte, gefiel ihm überhaupt nicht. Er glaubte immer noch, dass es ihm gelingen würde, Meredith davon zu überzeugen, Kinder zu bekommen. Anna kannte sie schließlich überhaupt nicht. Meredith wäre sicherlich eine hervorragende Mutter, wenn sie sich nur selbst die Gelegenheit dazu gäbe.

»Nein«, entgegnete Anna offen. »Bei mir war's ein Unfall. Ganz einfach. Wir waren zwei Monate zusammen und dann ... bingo! Er war entsetzt, und ich war auch nicht gerade glücklich.«

»Warum haben Sie denn nicht abgetrieben? Dann wäre doch alles viel einfacher gewesen.«

»Schicksal. Ich bin katholisch, also wollte ich es nicht. Außerdem konnte ich es mir nicht leisten. Ich hatte immer geglaubt, dass ich es tun könnte, wenn ich es müsste. Doch ich konnte es nicht. Mein Vater drehte durch, meine Mutter weinte, und meine Schwestern hatten Mitleid mit mir. Meine Brüder hätten den Übeltäter am liebsten umgebracht. Es war nicht gerade die glücklichste Zeit in meinem Leben. Im Anschluss an meine Facharztausbildung wollte ich zurück nach Puerto Rico, um meinen eigenen Leuten zu helfen, mich um die Armen zu kümmern. Eine Zeit lang hatte ich vor, mich auf tropische Krankheiten zu spezialisieren. Aber hier in der Unfallchirurgie läuft es besser für mich. Es ist zu kompliziert, nach Puerto Rico zurückzukehren. So ist es einfacher für mich und auch für meine Familie. Meine Eltern brauchen sich nicht zu rechtfertigen oder Felicia zuliebe zu lügen. Mein Vater erzählt den Leuten einfach, ich sei Witwe.«

Manchmal war es erstaunlich, welchen Schmerz sich die Mitglieder einer Familie gegenseitig zufügen konnten, doch Steven überraschte gar nichts mehr. Er hatte schon zu viele Geschichten gehört, und die von Anna war keineswegs besonders ausgefallen. Trotzdem tat es ihm Leid für sie. Sie musste mit schwierigen Lebensumständen allein zurechtkommen, und irgendwie gelang es ihr. Welten lagen zwischen ihr und Meredith mit ihrem tollen Job, dem sagenhaften Einkommen, den Aktien, in denen sie für sie beide das Geld angelegt hatte, und der komfortablen Wohnung. Steven fühlte sich schuldig, während er Anna zuhörte. Sein eigenes Leben war viel unkomplizierter. Gern hätte er Anna auf irgendeine Weise geholfen, doch viel konnte er für sie ohnehin nicht tun. Vielleicht wäre ihr eines Tages schon mit einer festen Anstellung in der Unfallchirurgie geholfen. Dafür würde er sich jedenfalls einsetzen.

»Und Sie?«, fragte Anna ihn. »Denken Sie auch manchmal daran, etwas ganz anderes zu tun? Eine eigene Praxis eröffnen oder in der Dritten Welt arbeiten?«

»Nur in meinen übelsten Albträumen.« Steven lächelte. »Dies hier ist schon schlimm genug. Schlangen und Parasiten haben mir da gerade noch gefehlt. Wollen Sie denn dort arbeiten?«

»Ja, eines Tages schon. Vielleicht wenn Felicia etwas älter ist. Jetzt geht es nicht. Während der Facharztausbildung war ich zuerst auf Infektionskrankheiten spezialisiert. Aber nach Felicias Geburt hab ich mit der Notfallmedizin weitergemacht, und so bin ich in New York geblieben. Das ist sicherer.«

»Und das sagen Sie, obwohl man doch schon Glück haben muss, um in dieser Stadt nicht eines Tages angeschossen zu werden? In der U-Bahn ist es nach Einbruch der Dunkelheit jedenfalls sicherer als hier oben. All die Verrückten, die sich gegenseitig niederschießen, tauchen irgendwann hier auf, und, wer weiß, eines Tages stürzen die sich vielleicht auch auf uns.«

»Aber Felicia kann hier wenigstens ein normales Leben führen. Das wäre in der Dritten Welt unmöglich.«

Das war zwar ein Argument, doch Steven wusste, dass Mutter und Kind es auch in New York alles andere als leicht hatten.

Tag für Tag arbeitete er mit der jungen Ärztin zusammen und fühlte sich immer mehr zu ihr hingezogen. Ihre raue Schale stellte sich als äußerst dünn heraus, und dahinter entdeckte er eine außergewöhnliche, empfindsame Frau. Auch die Verpackung war nicht übel. Eines Abends beobachtete er, wie sie in Jeans, T-Shirt und einer Skijacke das Krankenhaus verließ. Das Haar trug sie offen. Sie sah hinreißend aus. Steven mochte sich kaum vorstellen, welchen Eindruck sie erst in schicker Kleidung und mit Make-up machen würde. So etwas schien sie jedoch überhaupt nicht zu besitzen und auch keinerlei Wert darauf zu legen. Sie war eine vollkommen natürliche Frau mit einer unglaublichen Figur und einem großen Herzen.

Mitte Januar waren Steven und Anna bereits dicke Freunde. Er verließ sich bei der Arbeit mehr und mehr auf sie. Anna gehörte zu den Leuten, auf die man zählen konnte, und Steven machte sehr oft Gebrauch davon. Manchmal war sie sehr grob zu ihm, wenn sie davon überzeugt war, dass er sich irrte. Sie hatte keine Angst davor, sich mit ihm auseinander zu setzen, hatte ihre eigenen Ansichten und scheute sich nicht, diese auch zu vertreten. Von Zeit zu Zeit schimpfte sie sogar auf Spanisch mit ihm. Steven nahm es gelassen und amüsierte sich im Stillen darüber.

Einmal nannte Anna ihn einen »hijo de putana«. Er quittierte es mit einem Dankeschön und sagte, noch nie hätte jemand etwas derart Schönes zu ihm gesagt.

Das erzürnte Anna nur noch mehr. »Jesus! Ich habe Sie als ›Hurensohn‹ beschimpft!«

»Mist, Anna! Und ich dachte, dass Sie mir eine Liebeserklärung machen.«

Anna lachte, und der Streit war beendet. Steven erinnerte sie außerdem häufig daran, dass er ihr Vorgesetzter war.

»Das heißt aber nicht, dass Sie das Recht haben, mich herumzuschubsen«, stellte sie fest.

»Das stimmt leider. Aber es macht mir auch schon einen Riesenspaß, es nur zu versuchen«, entgegnete er grinsend.

»Sie sind wirklich ein hoffnungsloser Fall.« Anna hatte ihre Freude daran, Dampf bei ihm abzulassen, doch es bestand keinerlei Zweifel daran, dass sie ihn sehr schätzte und respektierte. Sie freute sich mit ihm, als Meredith nach New York kam.

Doch das Wochenende war für Steven und Meredith alles andere als harmonisch. Verzweifelt versuchten sie, in der kurzen Zeit, die ihnen blieb, so viel wie möglich gemeinsam zu erleben. Von Mal zu Mal wurde dies zu einer immer größeren Herausforderung. Die Nacht vor Merediths Ankunft verbrachte Steven in der Chirurgie. Als er seine Frau dann endlich sah, war er gereizt, weil er nicht geschlafen hatte. Sie hingegen hatte bereits im Vorfeld keine Mühe gescheut, alles vorzubereiten, um das Wochenende so angenehm wie möglich zu gestalten, und sein Lieblingsbrot, frische Krabben und zwei Flaschen exquisiten Wein aus Kalifornien mitgebracht. Doch Steven war zu müde, um zu essen und zu trinken, und nachdem sie über belanglose Kleinigkeiten gestritten hatten, verschlief er den ganzen Nachmittag. Meredith hing in der Wohnung herum und wartete. Um neun Uhr abends wachte er schließlich auf.

Dann unterhielten sie sich ein paar Stunden miteinander, und endlich schienen sie einander näher zu kommen. Doch keiner von beiden hätte abstreiten können, dass sich ihr Verhältnis geändert hatte. Sie fühlten sich nun manchmal wie zwei Fremde. Zunehmend wurden sie sich bewusst, dass sie in zwei vollkommen verschiedenen Welten lebten. Es fiel ihnen nicht mehr so leicht wie früher, sich in den anderen hineinzuversetzen.

Als Meredith Sonntagnacht nach Kalifornien zurückflog, waren beide niedergeschlagen. Die Leckereien, die sie für Steven mitgebracht hatte, lagen noch immer unberührt im Kühlschrank.

Meredith war gerade eine Stunde fort, da rief Anna bei Steven an und lud ihn zum Dinner zu sich ein. Spontan nahm er Brot, Wein und Krabben mit, als er sich auf den Weg machte.

Ihre Wohnung war ein winziges Loch, das sich nur schlecht heizen ließ. Eine Fensterscheibe war zerbrochen, und der Vermieter weigerte sich, sie reparieren zu lassen. Außerdem huschte eine ganze Armee von Kakerlaken durch die Gegend, doch Anna konnte sich einfach keine bessere Unterkunft leisten.

Steven war bestürzt, als er sah, in welchen Verhältnissen sie lebte, wo doch der Vater des Kindes über ein riesiges Vermögen verfügte.

»Es ist nicht so schlimm«, sagte Anna, doch beide wussten, dass dies nicht der Wahrheit entsprach.

Annas Würde, ihr Stolz und ihre Hartnäckigkeit beeindruckten Steven sehr. Das kleine Mädchen war entzückend, eine kleine Ausgabe der Mutter in Blond. Felicia war Anna auch sonst sehr ähnlich. Wenn ihr etwas, was ihre Mutter sagte, nicht gefiel, stampfte sie mit dem Fuß auf den Boden und warf Anna vor, ungezogen zu sein.

»Sie hat offenbar viel von Ihnen geerbt. In ein paar Jahren werden Sie alle Hände voll zu tun haben.«

»Ich weiß.« Anna lächelte voller Stolz. »Ihr Vater war zwar ein Schwächling, aber trotzdem süß«, ergänzte sie.

Steven lachte. Irgendetwas an dem Mann musste Anna schließlich angesprochen haben. War es sein Äußeres, sein Geist oder seine vornehme Herkunft gewesen? So wie er Anna inzwischen kannte, hatte es sicher nichts mit Geld zu tun gehabt, darauf schien sie nicht allzu viel Wert zu legen. Steven hätte die beiden gern zu sich zum Dinner eingeladen, doch der Gedanke an den Luxus in seiner eigenen Wohnung hielt ihn zurück. Es war einfacher, wenn er Anna besuchte. Sie war zunächst alles andere als begeistert, dass er die Krabben und den Wein mitgebracht hatte, ließ es sich dann aber doch schmecken. Bis spät in die Nacht hinein unterhielten sie sich über die Schwierigkeit, dreitausend Meilen getrennt voneinander zu leben. Anna war sehr mitfühlend und bedauerte ihn.

Als Steven an jenem Abend nach Hause zurückkehrte, stellte er zu seinem Erstaunen fest, dass zwischen Anna und ihm nichts passiert war, obwohl er einiges getrunken hatte. Sie war eben einfach eine gute Freundin.

Als er endlich im Bett lag, vermisste er Meredith. Am liebsten hätte er zum Telefon gegriffen, um sich dafür zu entschuldigen, dass das Wochenende nicht so schön gewesen war, doch beim Blick auf seine Uhr stellte er fest, dass sie immer noch im Flugzeug saß. Dann dachte er kurz daran, ihr eine Nachricht auf dem Anrufbeantworter zu hinterlassen, doch er war müde und ein wenig betrunken und machte stattdessen das Licht aus, um zu schlafen.

Einige Tage später verabredete sich Steven erneut mit Anna zum Dinner. Diesmal ging er mit ihr und Felicia in ein Restaurant. Dort aßen sie Sandwichs und Eiskrem. Felicia amüsierte sich großartig. Anschließend begleitete Steven Anna und ihre Tochter nach Hause und las in der Zeitung, während Felicia ins Bett gebracht wurde. Das Zusammensein war unkompliziert und sehr entspannend.

»Sie sind schwer in Ordnung, wissen Sie?«, sagte Anna, als sie sich neben ihn auf die kaputte Couch setzte. »Ihre Frau ist ziemlich dumm, dass sie Sie hier allein herumlaufen lässt.« Beide waren müde, fühlten sich aber sehr behaglich in dem winzigen Wohnraum. Nach einem langen, anstrengenden Tag war es ein schöner Abend gewesen.

»Im Augenblick hat sie keine andere Wahl«, gab Steven zurück. »Und solange ich keinen Job in Kalifornien finde, wird sich daran auch nichts ändern. Uns bleibt nichts anderes übrig, Anna«, ergänzte er verdrießlich.

»Es muss da drüben doch irgendetwas für Sie geben, Steve«, sagte Anna mitfühlend.

Steven versuchte angestrengt, nicht darüber nachzudenken, wie gut sie in ihren Leggins und dem T-Shirt aussah. Solche Art Gedanken wollte er auf keinen Fall zulassen, dafür bedeutete ihm ihre Freundschaft viel zu viel.

»Das sage ich mir ja auch andauernd: dass es in San Francisco einen Job für mich geben muss. Bis jetzt sieht es aber nicht danach aus.« Er hatte schon oft in sämtlichen Kliniken der Stadt angerufen, um mitzuteilen, dass er zur Verfügung stand. »Langsam gewöhne ich mich schon an den Gedanken.«

Doch seine Worte überzeugten nicht einmal ihn selbst. Es half auch nicht, dass Meredith die folgende Woche auf Hawaii verbringen würde. Das bedeutete nur, dass wieder zwei Wochen vergehen würden, ehe sie sich wiedersahen.

»Macht Ihnen das denn gar nichts aus?«, fragte Anna nachdenklich. »Haben Sie keine Sorge, dass sie sich vielleicht in den Kerl verliebt, für den sie arbeitet?«

Manchmal stellte Anna Fragen, die zu weit gingen. Steven fühlte sich unbehaglich, doch gleichzeitig wurde er gezwungen, darüber nachzudenken.

»Manchmal schon. Er sieht gut aus und ist äußerst sympathisch. Aber ich vertraue Merrie. Sie würde so etwas nicht tun«, antwortete er schließlich der Wahrheit entsprechend.

Anna war höflich genug, ihm nicht zu sagen, dass sie selbst nicht so überzeugt davon war. Menschen waren Menschen, und wenn sie nur einsam genug waren, stellten sie alle möglichen Dummheiten an.

»Wir haben einander noch nie betrogen.«

»Das bewundere ich wirklich«, stellte Anna fest. Sie wusste, wie einsam und unglücklich Steven sich fühlte. Aber er war ihr nie zu nahe getreten, hatte niemals eine Andeutung gemacht oder den Eindruck erweckt, dass er irgendwelche

Hintergedanken verfolgte. Meredith hatte wirklich Glück. Vielleicht hatten sie ja beide Glück. Das hoffte Anna von ganzem Herzen.

»Ich habe einfach keine Lust, mit irgendwelchen Affären meine Zeit zu vergeuden. Außerdem würde Meredith es sofort merken. Ich glaube, wir können diese Situation nur überstehen, wenn wir absolut offen miteinander umgehen.«

Inzwischen war es beinahe vier Monate her, dass Meredith New York verlassen hatte. Die große Entfernung war die größte Herausforderung, der sie sich jemals hatten stellen müssen. Wenn Meredith in Kalifornien blieb, war Steven an den Wochenenden allein. Es war niemand zu Hause, mit dem er sprechen oder herumalbern konnte, niemand, den er morgens lieben konnte. Es war die Hölle, doch es würde vorübergehen. Er würde keine Dummheit begehen, die seine Ehe aufs Spiel setzen könnte. Das sagte er auch zu Anna.

»Gut, dann sollten Sie besser Ihren Hintern in Bewegung setzen, und zwar bald, Steven. Sonst wird einer von Ihnen sich demnächst allzu einsam fühlen und an irgendeinem Abend auf irgendeiner Party zu viel trinken und alles zum Teufel jagen.«

»Ich weiß.« Steven nickte. Tatsächlich hatte er wieder häufiger an die Stelle in der Notaufnahme in San Francisco gedacht, seit Meredith am Wochenende zuvor nach Kalifornien zurückgekehrt war. Diese Trennung wurde doch zunehmend unerträglicher. »Vor ein paar Wochen hat sie daran gedacht, ihre Stelle aufzugeben und zurückzukehren, doch das möchte ich nicht. Es ist wirklich ein großartiger Job, und es wäre einfach nicht fair, das von ihr zu verlangen«, schloss er seufzend.

»Sie sind wirklich ein netter Kerl, Steve Whitman. Ich hoffe nur, dass sie Sie auch verdient.«

»Sie verdient mich«, versicherte er.

Als Steven später auf dem Weg nach Hause war, dachte er unwillkürlich über Anna und das harte Leben nach, das sie mit ihrer Tochter in der von Kakerlaken bevölkerten Wohnung führte. Sie hatte etwas Besseres verdient. Manchmal war es schwer hinzunehmen, wie ungerecht das Leben war. Er selbst und Meredith hatten so viel, und Leute wie Callan Dow und Annas Ex-Mann besaßen noch viel mehr. Anna hatte dagegen so wenig, eigentlich so gut wie nichts. Trotzdem schien es sie kaum zu kümmern.

Als er schließlich – wie mittlerweile üblich – allein im Bett lag, erinnerte er sich daran, was Anna über Merediths Ausflug nach Hawaii gesagt hatte. Kümmerte es ihn oder nicht? Was würde geschehen, wenn einer von ihnen sich tatsächlich eines Tages allzu einsam fühlen würde, zu viel trank oder, schlimmer noch, jemandem begegnete, der unwiderstehlich war? Diese Aussicht war entsetzlich, wenn er ernsthaft darüber nachdachte. Doch andererseits war er davon überzeugt, dass weder ihm noch Meredith etwas Derartiges passieren würde. Steven lag noch lange wach und dachte an Meredith, später an Anna und Felicia. Er war glücklich darüber, dass sie Freunde geworden waren. Obwohl er Anna erst seit kurzer Zeit kannte, bedeuteten sie und ihre kleine Tochter ihm schon sehr viel.

# 13

Callan hatte für vier Tage das *Mauna Lani* auf Hawaii gebucht. Mehr als dreißig Mitarbeiter des Managements waren zu der Tagung eingeladen worden, achtzehn würden ihre Ehepartner mitbringen. Es war eine große Gruppe, und die Organisation der Reise und des Aufenthaltes war fast so aufwändig wie die eines Truppentransportes im Krisenfall. Gemeinsame Mahlzeiten, abendliche Unterhaltungsprogramme, Dinnerpartys, Hula-Shows und natürlich die Konferenzen mussten geplant werden.

Am Tag vor der Abreise war Meredith beinahe so weit, alles über den Haufen zu werfen. Sie beklagte sich bei Callan, der jedoch amüsiert reagierte.

»Die Leute werden zu Kindern, sobald sie verreisen«, jammerte Meredith, während sie die letzten Einzelheiten für die Konferenzen besprachen. Sie sollten morgens stattfinden, so dass die Teilnehmer anschließend Tennis oder Golf spielen, zum Strand gehen, Rundfahrten unternehmen oder Einkäufe erledigen konnten. Die Konferenzen durften nicht zu lange dauern, nicht zu anspruchsvoll oder gar zu langweilig sein. Tatsächlich ging es bei der Tagung in erster Linie darum, dass sich die Mitarbeiter besser kennen lernten, doch plötzlich gab es Anfragen nach besonderen Räumen, speziellen Mahlzeiten und in zwei Fällen sogar nach Massageeinrichtungen.

»Geben Sie einfach Ihr Bestes«, riet Callan Meredith und ihren beiden Mitarbeiterinnen, die mit den Vorbereitungen betraut waren.

Merediths Job war es dafür zu sorgen, dass sich die Ausgaben ihm Rahmen hielten. Callan verließ sich vollkommen auf ihr Urteil.

»Wir könnten ebenso gut jedem einen Scheck für ein Wochenende in Las Vegas in die Hand drücken«, murrte Meredith.

»Damit versuchen wir's im nächsten Jahr«, nickte Callan gut gelaunt. Er freute sich auf die Reise und bedauerte nur, dass er seine Kinder nicht mitnehmen konnte. Das Hotel kannte er gut. Er war schon einmal mit ihnen dort gewesen, und es hatte ihnen sehr gefallen. An dieser Tagung würden jedoch nur Erwachsene teilnehmen. Trotzdem benahmen sich alle wie aufgeregte Jugendliche, die mit der Schulband auf Tournee gingen. Bereits vor dem Abflug kam es zu Streitereien über die Zimmerbelegung. Einige der Mitarbeiter kannten das Hotel und hatten Vorlieben für bestimmte Stockwerke, Flure, Ausblicke oder Himmelsrichtungen.

Meredith hatte Steven von der Reise erzählt und ihn gefragt, ob er sie begleiten wolle. Aber er hatte Bereitschaft und konnte sich nicht freinehmen.

»Ich werde dich vermissen«, sagte Meredith am Abend vor dem Abflug am Telefon.

»Du wirst nicht einmal bemerken, dass ich nicht bei dir bin. Es sieht doch ganz danach aus, als hättest du alle Hände voll damit zu tun, die Leute bei Laune zu halten.« Steven freute sich für seine Frau. Die Reise bot eine schöne Abwechslung, und trotz der vielen Schwierigkeiten, die sich ergaben, war er davon überzeugt, dass sie den Aufenthalt auf Hawaii genießen würde. Meredith war sich nicht so sicher. Die anderen hatten sich zu wahren Nervensägen entwickelt.

Am nächsten Tag jedoch versammelte sich eine bunte Truppe in bester Stimmung am Flughafen. Farbenfrohe Hawaiihemden dominierten die Szene, doch es gab auch weiße Leinenanzüge, die bestaunt werden wollten.

Als Meredith sich endlich auf ihren Sitz neben Callan in der Ersten Klasse fallen ließ, war sie erschöpft. Nur eine Hand voll Mitarbeiter aus der Chefetage von *Dow Tech* flogen Erster Klasse. Die übrigen waren in der Businessclass untergebracht worden. Meredith hatte dort zu einem günstigen Preis pauschal einige Sitzreihen buchen können.

»Will ich eigentlich wissen, was das alles kostet?«, fragte Callan und warf ihr einen amüsierten Blick zu.

Eine Flugbegleiterin servierte Champagner, den Meredith jedoch ablehnte. Neun Uhr morgens war entschieden zu früh. Stattdessen bat sie um einen Kaffee.

»Das erzähle ich dir nur, wenn ich dir beim Start eine zusätzliche Ladung Sauerstoff verabreichen darf«, entgegnete Meredith und nippte an ihrem Kaffee.

»Das habe ich mir schon gedacht. Sag also am besten nichts.«

Nach dem Start entspannte sich Meredith und machte es sich mit einem Stapel Unterlagen in ihrem Sitz bequem. Callan schimpfte mit ihr, weil sie ihre Aktentasche mitgenommen hatte.

»Ohne diese Tasche gehe ich nirgendwohin, Cal.« Meredith lächelte verlegen. »Sonst fühle ich mich schuldig.«

»Wir werden dich bei einem Hula-Kurs anmelden, um dich auf andere Gedanken zu bringen. In den nächsten Tagen solltest du dich ein wenig entspannen, Meredith. Diese Reise findet auch zu deinem Vergnügen statt. Die anderen werden es sich schließlich auch nicht nehmen lassen.«

»Falls sie nicht zufällig das falsche Essen bekommen oder die Zimmer nicht im richtigen Stockwerk liegen.«

»Das werden sie schon überleben.«

Anschließend sprachen sie noch einmal über das Programm für die Konferenzen, die Zusammensetzung der einzelnen Gruppen und das Konzept, das Callan für die Diskussionen entwickelt hatte. Irgendwann legte Meredith die Papiere beiseite und ließ sich dazu überreden, den Film zu schauen, der an Bord gezeigt wurde. Der Flug ging direkt nach Kona und dauerte gerade lang genug für eine Mahlzeit, einen Snack, den Film und ein Nickerchen zwischendurch.

Auf halber Strecke bemerkte Meredith plötzlich, dass Callan nachdenklich aus dem Fenster starrte. Unwillkürlich fragte sie sich, was er wohl dachte.

»Geht's dir gut?«, fragte sie sanft.

»Ja, alles in Ordnung.« Er warf ihr einen Blick zu. »Ich war nur in Gedanken. Wir haben in so kurzer Zeit so viel erreicht. Ich glaube, ich habe sehr viel Glück gehabt.«

»Das hat mit Glück nichts zu tun, Cal. Du hast für all das immerhin sehr hart gearbeitet.«

»Du aber auch.«

Niemand hatte mehr gearbeitet als sie. Jedes Mal, wenn Callan daran dachte, war er dankbar, dass Charles gekündigt und Meredith seinen Platz eingenommen hatte. Sie war eine seiner besten Kapitalanlagen.

»Ich hoffe, dass du dich mit uns ebenso wohl fühlst wie wir uns mit dir«, sagte er voller Dankbarkeit.

»Ja, mir geht es wirklich gut. Und wenn Steven jemals einen Job in San Francisco ergattert, wird mein Leben vollkommen sein.«

Traurig senkte sie den Blick. Es war schwer zu ertragen, dass sie ihren Alltag nicht mehr mit Steven teilen konnte. Er war so weit weg, jemand, den sie ein oder zwei Mal im Monat besuchte wie einen alten Freund. Es gab Zeiten, da hatte sie das Gefühl, dass er gar nicht mehr ihr Ehemann war. Er nahm keinen Anteil mehr an ihren täglichen Unternehmungen, war niemals bei ihr, um mit ihr zu lachen oder sich mit ihr zu unterhalten oder ihre Probleme zu besprechen. All das war nur noch möglich, wenn es ihr gelang, ihn über seinen Piepser zu erreichen. In diesen Tagen schien er immer seltener zu Hause zu sein. Auch er kannte offenbar nur noch seine Arbeit.

»Ich weiß, dass es schwer für dich ist, Merrie«, sagte Callan ruhig. »Ich wünschte, ich könnte etwas daran ändern.«

»Eines Tages wird er bestimmt nachkommen, und die Durststrecke bis dahin müssen wir einfach irgendwie überstehen.« Aber das war nicht leicht. Steven war einer der wenigen Ehepartner, die nicht mit nach Hawaii geflogen waren. Meredith gefiel es überhaupt nicht, dass er nicht bei ihr sein würde.

»Es war wirklich verdammt schade, dass es mit dem Job an der East Bay nicht geklappt hat. Richtiges Pech«, fügte Callan hinzu.

»Vielleicht war es ja auch Schicksal«, philosophierte Meredith, »und bald ergibt sich eine viel bessere Gelegenheit.« Sie war noch immer voller Zuversicht.

»Das hoffe ich.« Mehr als an allem anderen lag Callan daran, dass Meredith glücklich war. Sonst bestand immer die Gefahr, dass sie der Firma doch noch den Rücken kehrte, und dieser Gedanke machte ihm Angst. *Dow Tech* war mittlerweile auf ihre Mitarbeit angewiesen. Sie allein hatte den Überblick über die finanzielle Situation. Doch auch persönlich brauchte Callan sie. Er hatte ihr so viel erzählt, ihr all seine Ängste und Freuden anvertraut. In geschäftlicher Hinsicht waren sie bereits so etwas wie Partner geworden, doch daneben nahm sie auch Anteil an seinem Privatleben. Sie waren Vertraute, Verschwörer und beste Freunde zugleich geworden.

»Es ist wirklich zu schade, dass Steven nicht mitkommen konnte. Euch beiden hätte diese Reise bestimmt gut getan.«

»Wahrscheinlich ist es doch besser so. Ich werde eine Menge zu tun haben.« Meredith würde gemeinsam mit Callan drei Präsentationen durchführen und eine vierte sogar allein.

»Du solltest dir auch etwas Zeit fürs Vergnügen lassen. Ich möchte nicht, dass du dich aufreibst, nur um es den anderen so angenehm wie möglich zu machen. Die können sich auch selbst durchschlagen. Du bist schließlich nicht ihre Fremdenführerin.«

»Erzähl das den anderen«, lachte Meredith. »Wenn du wüsstest, was die alles erwarten. Listenweise haben sie Forderungen eingereicht.«

»Vergiss es einfach. Das ist übrigens ein Befehl.«

»Sehr wohl, Sir!« Meredith salutierte, während Callan leise in sich hineinlachte.

Dann wandte sich die Unterhaltung anderen Themen zu. Callan gab einige lustige Geschichten zum Besten, die sich in der Vergangenheit bei ähnlichen Gelegenheiten ereignet hatten. Menschen stellten alle möglichen Verrücktheiten an, wenn sie ihrer gewohnten Umgebung entfliehen konnten. Vor Jahren war Charles McIntosh betrunken gewesen und hatte sich mit einem der Hula-Mädchen eingelassen. Entsprechende Gerüchte kursierten noch lange Zeit später. Charles hatte sie stets bestritten, doch jeder – außer seiner Frau – wusste, dass sie auf Tatsachen beruhten.

»Ich werde jedenfalls versuchen, mich zu benehmen«, sagte Meredith und lachte.

Kurz darauf bemerkte sie, dass Callan sie nachdenklich beobachtete, und plötzlich erinnerte sie sich an Weihnachten.

»Das hoffe ich nicht«, sagte er leise.

Meredith schwieg, doch in diesem Moment fühlte sie sich ihm so nah, dass es sie beinahe ängstigte. In mancher Hinsicht spielte Callan Stevens Rolle. Sie hatte keine Geheimnisse vor Callan. Die Befangenheit, die sich nach der Dummheit an Weihnachten zunächst zwischen ihnen eingestellt hatte, war längst verflogen, und die unbeschwerte Freundschaft hatte erneut ihren Platz eingenommen. Aber es gab Augenblicke, in denen sie sich unwiderstehlich zu ihm hingezogen fühlte, zwar nicht unbedingt in romantischer Hinsicht, doch Meredith hatte häufig das Gefühl, dass sie Seelenverwandte waren. Es schien, als seien sie dazu bestimmt gewesen, sich zu begegnen, miteinander zu arbeiten und gemeinsam ein Imperium aufzubauen. Wie zwei Hälften einer Einheit passten sie auf vollkommene Weise zusammen, und manchmal verstand Meredith das alles nicht. Es war schwer zu glauben, dass sie sich erst seit kurzer Zeit kannten. Oft schien es ihr, als würde sie Callan schon ihr ganzes Leben lang kennen, länger sogar als Steven. Mit Callan hatte sie mehr gemeinsam, sie strebte mit ihm nach denselben Zielen, teilte mit ihm dieselben Bedürfnisse, hatte dieselbe Energie und dieselbe Leidenschaft für die Arbeit wie er. Steven dagegen lebte in einer ganz anderen Welt, seine Motive schienen Meredith reiner zu sein. Er war ein vollkommen anderer Mensch, und Geld interessierte ihn nicht im Geringsten. Er verstand nicht wirklich, worin eigentlich ihre Arbeit bestand, und im Grunde wollte er es auch gar nicht wissen. Es genügte ihm, dass sie Spaß daran hatte. Callan jedoch verstand vollkommen, worum es dabei ging. Das machte ihr vieles leichter.

Kurz nach Mittag Ortszeit landete das Flugzeug. Meredith und Callan geleiteten die Mitarbeiter aus der Ankunftshalle hinaus und sorgten dafür, dass niemand den Bus zum Hotel verpasste. Das Gepäck wurde später gebracht, und was verloren gegangen war, würde irgendwann schon wieder auftauchen. Der Nachmittag war für alle zur freien Verfügung, erst am Abend würde man wieder zusammenkommen. Es würde ein *Luau*, jenes traditionelle hawaiische Festmahl, geben, danach stand Tanzen auf dem Programm. Erst am folgenden

Morgen würden die Konferenzen beginnen. Meredith und Callan würden die anderen mit einer kurzen Rede begrüßen, danach sollte es mit einer Beamer-Präsentation weitergehen. Meredith hatte alles organisiert und während des Fluges die einzelnen Punkte noch einmal mit Callan besprochen. Jetzt galt es nur noch, sich zu entspannen, zum Strand oder zum Pool zu gehen und anschließend mit den anderen zu Abend zu essen.

»Wollen wir einen Imbiss auf mein Zimmer bestellen?«, fragte Callan während des Eincheckens an der Hotelrezeption. Sein Zimmer lag neben Merediths, und es stellte sich heraus, dass sie dieselbe Terrasse teilten.

»Klar«, entgegnete sie unbeschwert. »Und nachher möchte ich schwimmen. Vielleicht lassen die anderen uns ja bis zum Dinner in Ruhe.«

»Das klingt gut«, stellte Callan fest, nahm ihre Aktentasche und begleitete sie bis zu ihrem Zimmer.

Meredith war überrascht, als sie die Suite betrat. Schlagartig wurde ihr klar, dass Callan sie persönlich für sie gebucht haben musste. Der großzügige Wohnraum war in hellen Sandtönen gehalten, das Schlafzimmer ganz in Weiß. Der Anblick erinnerte an eine Anzeige in einem Hochglanzmagazin. Auf einem Beistelltischchen lagen riesige versilberte Muscheln. Außerdem gab es eine kleine Küche und eine Bar. Im Hintergrund spielte leise Musik.

»Fantastisch!«, rief Meredith, als sie aus dem Fenster schaute. Palmen rahmten den Blick auf den Ozean ein.

»Ich dachte, dass man von hier aus den Sonnenuntergang besonders gut sehen kann«, sagte Callan. »Außerdem wollte ich dich in meiner Nähe haben, damit die anderen dich nicht behelligen.«

Die übrigen Mitarbeiter waren in anderen Stockwerken untergebracht. Meredith verschwendete keinen Gedanken daran, dass jemand es seltsam finden könnte, dass sie das Zimmer direkt neben Callan bewohnte. Es gab keinerlei

Tratsch in der Firma, und jeder wusste, dass sie verheiratet war. Über Steven sprach sie sehr häufig.

Callan ging in sein eigenes Zimmer und richtete sich ein. Das Gepäck kam bereits wenige Minuten später. Offensichtlich war nichts verloren gegangen, was bei einer so großen Gruppe schon beinahe an ein Wunder grenzte.

Callan bestellte Club-Sandwichs. Als Meredith sich zu ihm gesellte, hatte er auf der Terrasse alles bereitgestellt. Er hatte sogar daran gedacht, für sie einen Mai-Tai zu bestellen.

»Wenn ich nicht Acht gebe, trete ich noch in Charles' Fußstapfen und bin schon mittags betrunken!«, lachte sie.

»Wenn du den Hula-Mädchen nachstellst, schicke ich dich aber nach Hause.«

»Ich werde versuchen, mich zurückzuhalten«, entgegnete sie sittsam.

Die Sandwichs waren köstlich, der Mai-Tai dagegen viel zu stark. Meredith trank nur wenig davon. Lange saßen sie auf der Terrasse, bewunderten die Aussicht und entspannten sich.

Schließlich erhob Meredith sich und kündigte an, schwimmen zu gehen.

»Ich komme mit«, sagte Callan.

Nachdem sie sich umgezogen hatte, kehrte Meredith zurück. Sie trug einen Bikini und darüber ein langes Hemd. Ihre Füße steckten in Sandalen, und sie sah wie immer makellos aus. Callan in seiner Badehose mit dem dazu passenden Hemd stand ihr allerdings in nichts nach. Die beiden waren ein schönes Paar, und niemand hätte vermutet, dass sie nicht miteinander verheiratet waren. Callan konnte sich eine entsprechende Bemerkung nicht verkneifen, als sie die Treppe hinuntergingen.

»Glaubst du wirklich, dass die Leute uns für ein Ehepaar halten?« Meredith schien amüsiert. In ihren Augen war das alles in allem eine recht merkwürdige Vorstellung.

»Na klar! Wir sehen doch so aus. Wir sind beide blond, deine Augen haben fast dieselbe Farbe wie meine. Wir haben eine Schwäche für dieselben Dinge, und manchmal ziehen wir uns sogar ganz ähnlich an.« Das war Callan schon mehr als einmal aufgefallen.

Doch Meredith schüttelte nur den Kopf und lachte über seine Worte. »Das zeigt doch schon, dass du im Unrecht bist. Solche Paare wie uns beide gibt es so gut wie nie. Steve und ich, das ist schon eher das Normale. Einer dunkel, einer hell. Außerdem sieht Steve immer so aus, als hätte er sich im Dunkeln angezogen. Ich liebe ihn, aber manchmal ist er wirklich eine Katastrophe. Als er damals in seinem uralten Jackett nach San Francisco kam und dich kennen lernen sollte, hätte ich ihn am liebsten umgebracht. Jahrelang habe ich versucht, das alte Ding loszuwerden, aber er hängt eben daran. Schließlich habe ich es aufgegeben und akzeptiert, dass er sich wohl niemals davon trennen und es außerdem auch noch tragen wird.«

»Für mich war das in Ordnung so«, sagte Callan großzügig.

Doch Meredith hatte Recht. Neben ihr sah Steven tatsächlich merkwürdig aus. Sie war immer gut gekleidet, sah stets aus wie aus dem Ei gepellt. Jedes Detail stimmte. Callan vermutete richtig, dass Steven sich wahrscheinlich in seiner Krankenhauskluft wohler fühlte als in Straßenkleidung oder einem eleganten Anzug. Er fragte sich, ob er überhaupt einen besaß. Tatsächlich verfügte Steven dank Meredith sogar über mehrere Anzüge, doch er zog sie so gut wie nie an.

Meredith und Callan schlenderten zum Strand. Einer der Angestellten des Hotels brachte ihnen Liegen und Handtücher. Meredith zog das Hemd aus und ließ sich nieder. Callan verbiss sich mit Mühe eine Bemerkung. Sie sah in dem Bikini wunderschön aus, noch umwerfender, als er es sich je erträumt hatte. Doch er schwieg und zog ein Buch hervor. Bald stellte er jedoch fest, dass Merediths Nähe, ihre glatte Haut und ihre sanften Kurven es ihm unmöglich machten, sich zu konzentrieren.

»Gefällt dir das Buch nicht?« Meredith hatte bemerkt, dass er in die Luft starrte, und lächelte ihn an. Sein Gesichtsausdruck hatte sich seltsam verändert. Es schien, als habe er im Himmel etwas vollkommen Unerwartetes entdeckt.

»Nein ... nein ... ich meine ... ja ... es ist gut ... ich dachte nur gerade an etwas ganz anderes.«

»Stimmt etwas nicht?« Sie fragte sich, ob sie ihn vielleicht irgendwie gekränkt hatte.

Doch Callan schüttelte nur den Kopf, stand auf und ging allein am Strand entlang.

Meredith war beunruhigt und folgte ihm kurz darauf. Sie wollte ihn nicht bedrängen, doch sie hatte das unbestimmte Gefühl, dass er sich wegen irgendetwas Sorgen machte.

»Geht's dir gut?«, fragte sie, als sie ihn eingeholt hatte.

Diesmal zögerte Callan, bevor er antwortete. Er war mit gesenktem Kopf durch den nassen Sand gelaufen.

Schließlich blickte er sie an und nickte. »Alles in Ordnung, Merrie.« Es klang nicht überzeugend.

»Was ist los?«

»Oh, ich weiß nicht ... vermutlich ist es das Leben. Hältst du jemals inne und fragst dich, ob du in den letzten zehn Jahren eigentlich bei klarem Verstand warst und wusstest, wohin die Reise gehen soll?«

Meredith war überrascht, denn Callan blickte plötzlich sehr unglücklich drein. Es war, als habe sich mit einem Mal eine dunkle Wolke vor die strahlende Sonne geschoben. Das sah Callan überhaupt nicht ähnlich.

»Wie kommst du denn jetzt darauf? Vor einer Minute schien doch noch alles in Ordnung zu sein.«

»So war ... so ist es auch. Manchmal wundere ich mich nur über mein eigenes Leben. Ich bin so sehr auf manche Dinge fixiert, dass ich andere vollkommen vergesse.«

»So ergeht es uns allen«, stellte Meredith freundlich fest.

Sie hatten das Ende der Bucht erreicht und setzten sich in den Sand. Sanfte Wellen spülten um ihre Füße, der weite Ozean lag vor ihnen, das Hotel hatten sie im Rücken. Kein Mensch war in der Nähe.

»Die wichtigen Dinge hast du aber nicht aus den Augen verloren, Cal. Du hast großartige Kinder, führst ein gutes Leben, hast ein bedeutendes Unternehmen aufgebaut. Jedenfalls hast du nicht deine Zeit vergeudet.«

»Was macht dich da so sicher? Woher wissen wir überhaupt, was wirklich wichtig ist? Woher soll ich wissen, ob meine Kinder mich in zehn Jahren nicht hassen, weil ich irgendetwas getan oder unterlassen, einfach nicht gesehen oder verstanden habe? Ab und zu frage ich mich, ob ich die richtige Richtung eingeschlagen habe. Manchmal glaube ich, dass ich alles schon hinter mir habe. In fünfzig Jahren interessiert sich wahrscheinlich kein Mensch mehr für *Dow Tech* und für all die Dinge, die mir jetzt so verdammt wichtig sind. Vielleicht sind am Ende nur die Menschen, die einem etwas bedeuten, wirklich wichtig.« Callan zögerte, doch dann fuhr er fort: »Oder eben die Tatsache, dass solche Menschen gar nicht existieren. In den letzten acht Jahren war ich so damit beschäftigt, wütend auf Charlotte zu sein, dass für eine andere Frau in meinem Leben gar kein Platz war. Ich war nur daran interessiert, wie sehr sie mich verletzt hat.« Es war das erste Mal, dass Callan darüber sprach. »Weißt du, ich habe lange Zeit geglaubt, dass ich sie hasse. Jetzt fühle ich mich, als hätte ich all meine Zeit an Gefühle verschwendet, die mich nirgendwohin geführt haben. Und was jetzt?«

»Was meinst du mit ›was jetzt‹?« Meredith erschrak. Für einen unbeschwerten Nachmittag am Strand erschienen ihr Callans Gedanken recht düster.

»Was ich damit meine? Ich bin einundfünfzig Jahre alt. Ich war die ganze Zeit stocksauer auf jemanden, der schon vor acht Jahren aus meinem Leben verschwunden ist. Ich habe drei tolle Kinder, die jeden Augenblick erwachsen sein werden. Mein ganzes Leben besteht nur aus meiner Firma.«

»Für mich klingt das so, als schwelgtest du gerade in Selbstmitleid, Callan Dow.« Meredith war wie immer ehrlich zu ihm und nahm kein Blatt vor den Mund. »Du bist erst einundfünfzig, keine neunzig. Du hast noch jede Menge Zeit, die Dinge zu ändern, wenn du es wirklich willst. Niemand behauptet, dass du für den Rest deines Lebens allein bleiben sollst, wenn es das ist, was dir Sorgen macht. Außerdem kannst du deine Wut auf Charlotte ebenso gut endlich begraben.«

»Ich glaube, ich bin gar nicht mehr wütend. Vielleicht ist gerade das das Problem. Abgesehen von meinen Gefühlen für meine Kinder war der Hass auf Charlotte die stärkste Empfindung, die ich während der letzten zehn Jahre hatte. Ohne diesen Hass ... was bleibt mir noch? Vielleicht nicht genug, Merrie.«

»Vielleicht ist es ja wirklich an der Zeit, endlich die Richtung zu wechseln«, entgegnete Meredith schlicht. Wie üblich drang sie durch die verworrensten Gefühle zum Kern der Sache vor. Diese Eigenschaft schätzte Callan auch in beruflicher Hinsicht sehr. Es gab überhaupt vieles, was er an Meredith schätzte, zu viel vielleicht.

»Was schlägst du vor? Wohin soll ich mich wenden? Zu meinen Kindern, die mein Leben bedeuten, bis sie mich verlassen, um ihr eigenes zu leben? Zu irgendeiner Frau, die mich im Grunde nicht interessiert, die ich aber ein halbes Dutzend Mal zum Dinner ausführe, bevor ich endlich merke, dass sie mich langweilt? Oder zu einer anderen, die sich dafür interessiert, was ich habe, aber nicht dafür, wer ich bin? Merrie, so viele Möglichkeiten gibt es nicht.«

»Das ist alles Unsinn«, sagte sie barsch, streckte die langen Beine aus und spielte mit den Zehen im nassen Sand. »Nicht alle Frauen sind langweilig, und nicht alle sind hinter deinem Geld her.«

»Darauf würde ich an deiner Stelle nicht wetten. Was ist denn mit dir? Was machst du, wenn deine Ehe zerbricht? Hast du je darüber nachgedacht?«

»Ich versuche, nicht daran zu denken.« In letzter Zeit je-

doch war sie manchmal nicht sehr erfolgreich damit gewesen. Die Trennung war eine enorme Belastung, und manchmal hatte sie das Gefühl, als würde eine Kraft, die viel stärker war als Steven und sie, sie auseinander reißen. So hatte Meredith noch nie empfunden, und das Gefühl machte ihr große Angst.
»Ich weiß nicht, was ich tun würde«, antwortete sie ehrlich. »Steve ist schon seit so langer Zeit mein Lebensinhalt. Ohne ihn wäre ich verloren. Er tut mir gut, und ich liebe ihn. Ohne ihn wäre mein Leben ein riesiges schwarzes Loch.« So fühlte sie sich. Sie würde in einen Abgrund des Elends und des Schreckens stürzen, wenn sie Steven verlor. Allein den Gedanken daran konnte sie kaum ertragen. Doch gleichzeitig wusste sie, dass es, wenn sich nicht bald etwas an der Situation ändern würde, dazu kommen konnte. Erst allmählich stellte sie sich dieser Erkenntnis. Nach beinahe vier Monaten der Trennung sah alles danach aus, als ob sie sich in verschiedene Richtungen weiterentwickelten. Das konnte so nicht weitergehen.

»Was würdest du denn tun, wenn es zu einer Scheidung käme?«

Meredith wollte die Frage nicht einmal hören, geschweige denn darüber nachdenken. »Mich umbringen«, sprudelte sie hervor und überlegte es sich dann doch anders. »Ich weiß es nicht. Die Scherben aufsammeln und neu anfangen, vermute ich. Aber es würde lange dauern. So wie in deinem Fall, Cal. Das ist doch auch nichts Ungewöhnliches. Immerhin hast du viel in deine Ehe investiert – sieben Jahre lang hast du an Charlotte geglaubt und ihr vertraut, und sie hat dich verraten. Ich glaube, dass man lange braucht, um sich von einem solchen Schlag zu erholen – wenn es einem überhaupt jemals wirklich gelingt.«

»Ich habe tatsächlich lange gebraucht«, gab Callan leise zu. Er lag neben ihr im warmen Sand und bewunderte ihren Anblick aus den Augenwinkeln. Sie war sich ihrer Wirkung auf ihn in keiner Weise bewusst, und er nahm es dankbar zur

Kenntnis. So war es viel einfacher, denn er wollte nicht noch einmal den gleichen Fehler wie an Weihnachten begehen. »Vielleicht zu lange«, fuhr er fort. »Langsam habe ich das Gefühl, dass ich die letzten acht Jahre vergeudet habe. Ich wollte aller Welt zeigen, was für ein harter und zynischer Bursche ich bin, damit nur ja keiner merkte, wie verletzt ich im Grunde war. Aber so war es, und es hat viel zu lange gedauert.« Callans Miene hellte sich zunehmend auf.

»Und jetzt?« Meredith ließ nicht locker.

»Plötzlich fehlen mir all die Dinge, die ich in den letzten Jahren nicht hatte. Jetzt sitze ich hier und frage mich, wo zur Hölle ich eigentlich gewesen bin und was ich mir dabei gedacht habe.«

»Und du willst natürlich alles *jetzt gleich*!«, lachte Meredith.

Wie immer war er ungeduldig und wollte unmittelbare Ergebnisse und sofortige Lösungen. »Natürlich!«, strahlte er zurück und fühlte sich mit einem Mal so gut, wie schon seit Jahren nicht mehr. Er unterhielt sich gern mit Meredith. Sie war nicht nur eine fabelhafte Bereicherung für seine Firma, sie war auch der beste Freund, den er jemals gehabt hatte. Der Tag, an dem er ihr begegnet war, musste unter einem glücklichen Stern gestanden haben. »Also, du musst die richtige Frau für mich finden.« Er behandelte sie wie die Freundin, die sie ihm war, denn das war alles, was ihm blieb. Sie sprachen zwar darüber, was geschehen würde, wenn die Beziehung mit Steven zerbrach, doch er wusste, dass Meredith ihren Mann immer noch sehr liebte und an ihrer Ehe festhielt. Steven war der einzige Mann, den sie begehrte, und Callan hatte seinen Platz als ihr bester Freund eingenommen.

»Gehört Kuppelei etwa zu meiner Stellenbeschreibung?«, fragte Meredith amüsiert.

»Natürlich. Steht im Kleingedruckten.«

»Toll! Und wo soll ich eine geeignete Kandidatin auftreiben?«

»Wenn ich das wüsste!«, stöhnte Callan grinsend. »Keine Ahnung. So viele gibt's da draußen gar nicht, da bin ich sicher. Viele beschädigte Exemplare, jede Menge langweiliger Dummköpfe – das sagen jedenfalls meine Kinder. Die wirklich Guten scheinen sich zu verstecken.« Lange und eindringlich schaute er sie an. »Oder sie sind verheiratet.«

Meredith nahm das Kompliment bewegt zur Kenntnis, doch sie sagte nichts.

Eine Weile lang lagen sie schweigend nebeneinander. Dann stand Callan auf und zog Meredith auf die Füße. Wie zwei Kinder gingen sie Hand in Hand am Strand den Weg zurück, den sie gekommen waren.

Callan fühlte sich besser, nachdem er mit Meredith gesprochen hatte. Als sie ihre Liegen erreicht hatten, sahen sie, dass einige der anderen ebenfalls zum Strand gekommen waren und sich in der Nähe aufhielten. Sie bestellten sich etwas zu trinken und plauderten mit den anderen. Zwei Stunden später kehrten Meredith und Callan zum Hotel zurück, um sich umzuziehen.

Meredith ging unter die Dusche und zog ein weißes Seidenkleid an. Dazu trug sie Perlen aus Türkisen und weiße Sandalen mit hohen Absätzen. Ihr Haar schimmerte. Sie sah hinreißend aus, doch Callan hatte das Bild von ihr im Bikini noch immer vor Augen. Alles an ihr war wunderschön, und als sie ihm auf der gemeinsamen Terrasse zulächelte, spürte er, dass er tief in seinem Innersten schwach wurde. Besorgt fragte er sich, ob sie es wohl bemerkte, denn sie kannte ihn bereits sehr gut. Doch sie ließ sich nichts anmerken.

Er reichte ihr ein Glas Weißwein, und für einen Augenblick standen sie einfach da und bewunderten den berauschenden Sonnenuntergang. »Es ist schön hier, nicht wahr?«

»Zu schön.« Meredith war traurig, weil sie diesen Augenblick nicht mit Steven teilen konnte. Sie hatte ihn bisher noch nicht erreicht. Jedes Mal, wenn sie im Krankenhaus angerufen hatte, hatten ihr die Schwestern gesagt, dass er im Operationssaal sei. »Fast wäre es mir lieber, wenn wir nicht mit den anderen essen müssten. Wir könnten es ebenso gut etwas ruhiger haben ... hier auf der Terrasse.«

»Das kommt nicht in Frage, meine Liebe!«, lachte Callan. Er teilte Merediths Wunsch nach einem friedlichen Abend durchaus, aber zum *Luau* würden sich fünfzig Leute treffen, die alle danach gierten, sich zu amüsieren.

Wie immer war Meredith die Liebenswürdigkeit selbst, stellte einander unbekannte Gäste vor, hatte ein Auge darauf, was um sie herum vor sich ging, und schien Probleme bereits zu beseitigen, bevor ein anderer sie überhaupt bemerkte. Niemand außer Callan fiel auf, dass sie alles daransetzte, dass der Abend für alle ein Erfolg wurde.

»Du bist wirklich erstaunlich, Merrie«, sagte er, als sie gegen Mitternacht auf ihre Zimmer gingen. »Wie eine Zauberin gleitest du durch die Menge, hebst deinen Zauberstab und machst alle glücklich. Sogar mich.«

Meredith wusste, dass das Essen auf Hawaii ihm nicht zusagte. Während der Vorbereitungen hatte er es ihr gestanden. Deshalb hatte sie dafür gesorgt, dass er ein Steak, Pommes frites und einen Salat bekam. Callan war überrascht gewesen, als man ihm das Dinner servierte, doch er hatte sofort geahnt, wer dafür verantwortlich war. »Gibt es eigentlich irgendetwas, woran du nicht denkst?«

»Hoffentlich nicht allzu viel«, entgegnete Meredith, die sich freute, dass ihm ihre Umsicht nicht entgangen war. Es gehörte eigentlich nicht zu ihren Aufgaben, sich um alles zu kümmern, doch sie tat es gern, zumal es offensichtlich war, dass es niemand anders übernehmen würde.

»Dir ist es zu verdanken, dass es ein wundervoller Abend wurde. Für dich war es wahrscheinlich weniger lustig, du hast schließlich die ganze Zeit über gearbeitet.«

»Es hat mir Spaß gemacht.«

Der Tischschmuck war spektakulär gewesen, die Atmosphäre angenehm und festlich.

»Sollen wir uns noch ein bisschen auf die Terrasse setzen?«, schlug Callan vor.

Meredith nickte.

Er hatte eine Flasche Champagner in seiner Bar und goss für beide ein Glas ein. Meredith hatte seit dem Weißwein am frühen Abend nichts mehr getrunken. Die anderen hatten den Scorpions und Mai-Tais rege zugesprochen, und es war abzusehen, dass am nächsten Morgen einige schwere Köpfe zu beklagen sein würden. Meredith war jedoch, ebenso wie Callan, vollkommen nüchtern. Schweigend saßen sie nebeneinander in der warmen tropischen Nachtluft und genossen die Ruhe. Nach einer Weile stellte Meredith ihr Glas auf den Tisch. Ohne ein Wort nahm Callan ihre Hand und lächelte sie an.

»Ich danke dir, dass du mir eine so gute Freundin bist, Merrie«, sagte er dann.

»Und du hast so viel für mich getan, Cal.«

»Das ist doch erst der Anfang.«

Das Unternehmen würde noch viel weiterkommen. Callan dachte bereits darüber nach, Meredith mit der Verantwortung für eine vollkommen neue Abteilung zu betrauen. Seit Monaten schon sprachen sie über dieses Projekt, doch nun, als er sie anschaute, dachte er an etwas ganz anderes. Wie sechs Wochen zuvor konnte er nicht widerstehen, beugte sich zu ihr und küsste sie. Er spürte etwas wie Strom durch seine Adern fließen, vermischt mit dem unbestimmten Gefühl der Furcht, einen Fehler zu machen, doch er konnte nicht anders.

Meredith erging es ähnlich. Wie von selbst legten sich ihre Arme um seinen Hals. Sie erwiderte seinen Kuss, und lange, lange hielten sie einander eng umschlungen. Callan wusste, dass er sich wieder entschuldigen sollte, doch diesmal brachte er es nicht über sich. Seine Bitte um Verzeihung wäre nicht ehrlich gewesen.

Schließlich flüsterte er: »Ich sollte dir so etwas nicht sagen, aber ... ich liebe dich, Merrie.« Die Worte kamen aus der Tiefe seines Herzens.

Meredith hatte es schon geahnt, mehr noch, sie hatte es gewusst, ohne es wahrhaben zu wollen. Sie nickte nur. Dies war die Kraft, die sie von Steven fortzog. Es war Callan.

»Ich liebe dich auch, Cal«, sagte sie leise.

Es war nicht nur Verlangen, was sie spürten, es war viel mehr. Sie schienen Teile desselben Körpers, derselben Seele zu sein. Was auch immer geschah, Meredith wusste, dass sie in diesem Augenblick das Richtige tat.

Callan schloss sie erneut in seine Arme und hielt sie fest. Mit jeder Faser seines Körpers begehrte er sie. So lange schon sehnte er sich nach ihr. Sie küsste ihn mit einer Leidenschaft, die sie nie zuvor für jemanden empfunden hatte, nicht einmal für ihren Mann. Ihre Hände glitten unter sein Hemd, streichelten seine Brust, und er streifte sanft die Träger des weißen Seidenkleides von ihren Schultern. Als sie aufstand, fiel es zu Boden, und sie stand vor ihm in einem weißen Satinhöschen und den hochhackigen Sandalen. Wie schon nachmittags am Strand nahm ihr Anblick ihm den Atem. Dann hob er sie hoch und trug sie in sein Schlafzimmer. Behutsam legte er sie auf das Bett. Meredith schleuderte die Sandalen von den Füßen, Callan zog sich Hemd und Hose aus. Dann streifte er ihr das Höschen ab und bewunderte ihre Schönheit.

»Du bist unglaublich schön«, flüsterte er.

»Ich habe so etwas noch nie getan«, sagte sie ängstlich.

»Ich weiß.«

Sie hatte ihm erzählt, dass sie Steven immer treu gewesen war. Doch dies hier war etwas anderes. Dies war ein so tiefes und starkes Bedürfnis, dass sie ihm niemals hätte widerstehen können.

»Hab keine Angst, Merrie.«

Seine Hände strichen über sie hinweg, und als ihre Lippen sich trafen, stöhnte sie leise auf.

»Ich liebe dich so sehr ... noch nie habe ich jemanden so geliebt wie dich«, flüsterte Callan.

Seine Worte waren das Echo ihrer eigenen Gefühle. Von

Anfang an hatte sie es in irgendeinem verborgenen Winkel ihres Selbst gespürt. Zu gern hätte sie geglaubt, dass es falsch war, doch es gelang ihr nicht. Tief in ihrer Seele wusste Meredith, dass Callan der Mann war, für den sie geboren und an dessen Seite ihr Platz war.

## 14

Die Zeit, die Meredith und Callan miteinander auf Hawaii verbrachten, glich einerseits einem Märchen, andererseits jedoch einem Albtraum. Beide waren nie zuvor in ihrem Leben so glücklich gewesen, aber sie wussten, dass sie von einer verbotenen Frucht kosteten und dass sich ihr Leben dadurch für immer verändern würde.

Meredith hatte keine Ahnung, wie sie diesem Problem begegnen sollte. Nur Zweifel hatte sie keine mehr. Sie liebte Callan, er liebte sie, doch die Frage war, was sie nun tun sollten. Sie hatten kein Recht auf diese Liebe, doch sie ertrugen nicht einmal den Gedanken daran, dass sie zu Ende gehen könnte. Der Traum hatte doch soeben erst begonnen.

»Wie soll es jetzt nur weitergehen?«, fragte Meredith eines Nachts.

Sie lag mit Callan im Bett. Es war ihnen erst spät am Abend gelungen, den anderen zu entfliehen. In der Öffentlichkeit verhielten sie sich stets sehr vorsichtig und waren sicher, dass bisher niemand ihr Geheimnis entdeckt hatte. Irgendwann an jenem Abend wollten sie nur noch auf ihr Zimmer zurückkehren, sich lieben und endlose Gespräche zu zweit führen. Eine Nacht hatten sie bereits so verbracht und waren erst im Morgengrauen eingeschlafen.

Wie immer arbeiteten sie zusammen, doch die neue Dimension, die ihre Beziehung erfahren hatte, veränderte alles. Aufgrund der Zeitverschiebung und ihres engen Terminplans hatte Meredith, seit sie auf Hawaii war, nicht mehr mit Steven gesprochen.

»Was denkst du denn, wie es weitergehen sollte, Merrie?«, fragte Callan mit ernster Miene. Abwartend schaute er ihr in die Augen, während er mit einem Finger den sanften Kurven ihres Körpers folgte. Bisher hatten sie die Vulkane der Leidenschaft und die Inseln der Ruhe gemeinsam erkundet. Doch jenseits der Küstenlinie warteten Unwetter unvorstellbarer Gewalt und gefährlich tiefe Wasser auf sie, daran konnte es keinerlei Zweifel geben. Callan schaute glücklich und friedlich in Merediths Augen. Sie liebten sich, doch mehr wussten sie im Augenblick nicht. Callan hatte keine Ahnung, welchen Weg Meredith nun einschlagen würde. Wandte sie sich wieder der Vergangenheit zu oder doch der Zukunft? Beides war möglich.

Meredith hatte das Gefühl, in die Ungewissheit zu treiben, den Orientierungssinn verloren zu haben. Wie ein in Seenot geratenes Schiff glitt sie unaufhaltsam vom Ankerplatz fort. »Ich weiß es nicht«, gab sie zu. Callans Kraft und Wärme waren verlockend. Ihre Gefühle für ihn waren so intensiv, dass sie ihr noch immer schier den Atem nahmen. »Ich kann Steve das nicht antun, Cal … ich kann nicht … ich kann ihn nicht verlassen.« Aber Callan konnte sie auch nicht aufgeben, das war ihr klar. Sie war gefangen zwischen zwei Welten, die an ihr zerrten.

»Wir brauchen jetzt noch keine Entscheidungen zu treffen«, sagte Callan einfühlsam und versuchte, ruhig zu bleiben, um ihr keine Angst zu machen. »Wir brauchen jetzt gar nichts zu tun. Lass uns einfach die Zeit genießen.«

Meredith nickte schweigend. Dann küsste er sie und begann langsam, sie noch einmal zu lieben.

Wenn sie allein in ihren Zimmern waren, konnten sie die Hände nicht voneinander lassen, doch in Gegenwart der übrigen Mitarbeiter von *Dow Tech* und der Konferenzteilnehmer verhielten sie sich ausgesprochen vorsichtig. Sie hielten die Vorträge, die sie gemeinsam vorbereitet hatten, kümmerten sich um die Mitarbeiter und aßen mit ihnen zu Mittag und zu Abend. Meredith spürte in Callans Gegenwart immer eine Art unausgesprochener Intimität und die neue Tiefe, die ihre Beziehung erreicht hatte. Es war nicht greifbar, doch umso wirklicher und tauchte jeden Augenblick, den sie bisher miteinander erlebt hatten, in ein strahlendes Licht. Dies alles war so unglaublich, dass Meredith kaum glauben konnte, dass niemand es bemerkte.

»Die müssen wirklich blind sein«, sagte sie zu Callan. Sie saßen in Handtüchern eingewickelt auf der Terrasse, nachdem sie vom Strand zurückgekehrt waren, ein langes, heißes Bad genommen und sich geliebt hatten. Gleich würden sie sich zum Dinner umkleiden müssen.

»Manchmal sehen die Leute eben nicht, was direkt vor ihren Augen geschieht«, stellte Callan fest und nippte an seinem Martini.

Tagsüber trank er nicht, doch vor dem Abendessen nahm er gern einen Cocktail. Manchmal leistete Meredith ihm dabei Gesellschaft, doch an diesem Abend verzichtete sie darauf. Sie wollte auf jeden Fall einen klaren Kopf behalten. Auch ohne Alkohol fiel ihr das schwer genug.

»Bist du glücklich?«, fragte Callan, während sie beide den Anblick des Sonnenuntergangs genossen.

»Mehr als ich verdiene.«

Beide hatten etwas ganz Besonderes entdeckt, doch Meredith wusste, dass es nur geliehen, wenn nicht gar gestohlen war. Früher oder später würden sie dafür bezahlen müssen. Im Augenblick jedoch gehörte es ihnen, und sie konnten nicht widerstehen. Die Kraft, die sie zueinander zog, war viel stärker, als sie beide es waren.

»Du verdienst alles, was du dir wünschst«, sagte Callan liebevoll und neigte sich zu ihr, um sie zu küssen.

»Manchmal stimmt das nicht«, entgegnete sie leise. »Die Dinge entwickeln sich nicht immer so, wie man es möchte. Ich wünschte, wir hätten uns früher kennen gelernt.«

»Ich auch«, seufzte Callan. »Doch vielleicht wären wir dann noch gar nicht bereit gewesen.«

Aber das waren sie jetzt auch nicht. Er war zwar frei, doch Meredith war verheiratet.

»Wir passen so gut zusammen, Meredith.«

»Ja, ich weiß«, lächelte sie. »Wie Fred Astaire und Ginger Rogers.«

»Nein. Wie Callan Dow und Meredith Whitman. Wir beide sind etwas ganz Besonderes. Wir wissen, was wir wollen und scheuen uns nicht, wie die Verrückten zu arbeiten, um unsere Ziele zu erreichen. Dasselbe kann auch mit unserer Beziehung geschehen, wenn wir es nur wollen. Wir könnten ein wunderbares Leben führen, wenn wir uns dazu entschließen sollten, es zu versuchen. Ich will dich nicht zu irgendetwas drängen. Aber die Frage ist doch: Was willst du? Wie sehr willst du es? Der Weg dorthin ist für dich vielleicht nicht leicht ...«

Dies war eine Untertreibung, doch Callan hatte zum ersten Mal von einem gemeinsamen Leben gesprochen. Noch wusste Meredith nicht, auf welcher Grundlage er sich dies vorstellte. Sollte sie seine Geliebte, seine Frau oder seine Freundin werden? Vielleicht wusste er es selbst nicht einmal.

»Ich möchte Steve nicht verletzen, Cal«, sagte sie ruhig. »Das hat er nicht verdient.«

Trotz ihrer Gefühle für Callan konnte sie sich ein Leben ohne Steven nicht vorstellen. Er war schon zu lange ein Teil von ihr. Sie konnte ihn nicht aufgeben. Er gehörte zu ihr, zu ihrem Körper und zu ihrer Seele. Es war alles viel komplizierter, als Callan auch nur ahnte. Sie war mit Steven nie unglücklich gewesen. Es waren nur die Umstände gewesen, die sie immer weiter auseinander gebracht hatten. Zwar hatte sie sich freiwillig entschieden, nach Kalifornien zu gehen, aber Steven hatte sie dabei unterstützt. Meredith war sich immer noch nicht sicher, ob es eine gute Entscheidung gewesen war.

Später aßen sie mit den anderen zu Abend. Sie blieben länger aus als gewöhnlich, tanzten unter den Sternen und machten in der Dunkelheit einen langen Spaziergang am Strand, hielten sich an den Händen und unterhielten sich leise. Wenn sie nicht auf einem ihrer Zimmer waren, vermieden sie es, sich zu küssen, aus Angst, jemand könnte sie dabei beobachten.

Am folgenden Morgen rief Steven an. Callan hatte das Zimmer soeben verlassen. Meredith erschrak, als das Telefon klingelte und sie die Stimme ihres Mannes erkannte. Sofort fühlte sie sich unerträglich schuldig.

»Wie geht's, Merrie?«, fragte Steven fröhlich. »Verbringst du ein paar schöne Tage?«

»Bis jetzt ist alles wundervoll«, entgegnete Meredith und versuchte, den Klang ihrer Stimme der seinen anzupassen. Dabei fühlte sie sich wie eine Verbrecherin. »Wir haben sehr viel zu tun.«

»Darauf wette ich. Bei euch geht es doch sicher zu wie in einem Pfadfinderlager.«

»Mehr oder weniger«, lachte sie, doch es klang hohl in ihren Ohren. Sie zuckte zusammen, wenn sie an den Schmerz dachte, den sie ihm vielleicht würde zufügen müssen.

Für eine Weile unterhielten sie sich, und schließlich sagte Meredith, dass sie zu einem Meeting müsse. »Ich ruf dich an, sobald ich kann«, versprach sie.

»Mach dir deswegen keine Sorgen, Schatz. Ich weiß, dass du viel zu tun hast. Ruf einfach an, wenn es dir passt«, antwortete Steven.

Als Meredith den Hörer aufgelegt hatte, fühlte sie sich noch miserabler als zuvor.

Callan entging ihre Stimmung nicht, als er sie auf dem ersten Meeting des Tages wiedersah. »Ist etwas nicht in Ordnung, Merrie?«, fragte er sanft, als sie mit den anderen zum Lunch gingen.

»Ich habe mit Steve gesprochen.«

Meredith sah so unglücklich aus, dass Callan Angst bekam. Was würde sie als Nächstes sagen? Diese Romanze durfte jetzt nicht enden.

»Hast du ihm von uns erzählt?« Es war immerhin möglich, obwohl es ihm selbst dafür noch viel zu früh erschien. Sie waren noch dabei, den Weg zu ertasten, herauszufinden, in welche Richtung sie sich wenden würden. Alles war noch ganz frisch, und Callan war der Meinung, dass sie beide noch ein wenig Zeit brauchten, um sich darauf einzustellen. Noch war es zu früh, Steven etwas zu erzählen. Trotzdem hoffte Callan, dass Meredith es irgendwann tun würde. Im Augenblick wusste er nur, dass er sich nichts mehr wünschte als eine Zukunft mit Meredith, eine Zukunft, die Steven ausschloss.

»Nein, natürlich nicht«, erwiderte sie. »Aber er war so lieb am Telefon. Ich fühle mich entsetzlich. Cal, das hat er nicht verdient.«

Callan nickte ratlos und flüsterte schließlich: »Aber wir verdienen es. Vielleicht haben wir es uns sogar erarbeitet.«

»Aber nicht auf seine Kosten«, hielt sie dagegen.

»Was willst du damit sagen?«, fragte Callan. Die Furcht stand ihm ins Gesicht geschrieben, während sie langsam den anderen folgten. Er fragte sich, ob sie ihm jetzt schon sagen würde, dass alles vorbei sei.

»Ich sage nur, dass ich mich seinetwegen sehr schlecht fühle. Immerhin weiß er von alledem noch nichts.«

»Ich verstehe«, sagte Callan erleichtert. Seite an Seite gingen sie zum Essen und setzten sich an den Tisch.

Die übrige Zeit des Tages konzentrierten Meredith und Callan sich auf ihre Arbeit. Nachts entdeckten sie in den Armen des anderen neue Welten und festigten das Band, das während der vergangenen Monate zwischen ihnen entstanden war. Als sie Hawaii verließen, empfand Meredith für Callan so viel Liebe, dass sie am liebsten die ganze Welt an ihrem Glück teilhaben lassen wollte. Doch das war unmöglich. Mehr als jemals zuvor mussten sie vor allem diskret sein.

Callan begleitete Meredith nach Hause und brachte ihr Gepäck in die Wohnung. Als das Telefon klingelte, ging sie nicht an den Apparat. Sie wusste, dass es Steven war und brachte es nicht fertig, sich ihm zu stellen. Es war alles zu viel, um damit fertig zu werden.

Callan riss sich schließlich von ihr los und fuhr nach Hause. Nachdem er seine Kinder begrüßt hatte, rief er Meredith an. Diesmal ging sie ans Telefon.

»Du fehlst mir«, sagte er leise.

Meredith lachte. Wie zwei Teenager waren sie unsterblich ineinander verliebt. »Du fehlst mir auch. Willst du nachher noch mal kommen?«, flüsterte sie.

»Ich hatte schon befürchtet, du würdest mich nicht danach fragen«, entgegnete Callan.

Er wünschte den Kindern eine gute Nacht, brachte sie zu Bett und überließ sie der Obhut seiner Haushälterin. Um elf war er wieder bei Meredith. Am folgenden Morgen fuhren sie zusammen zur Arbeit. Callan hatte die Haushälterin gebeten, den Kindern auszurichten, dass er schon früh eine Besprechung hatte, für den Fall, dass er am Morgen nicht zu Hause wäre.

»Was sollen wir nur tun?«, fragte Meredith beim Frühstück und reichte ihm das *Wall Street Journal*.

»Wir müssen behutsam vorgehen und gründlich über alles nachdenken, Meredith.«

Sie hatten oft und lange darüber gesprochen. Beide waren übereingekommen, sich Zeit zu lassen. Meredith hatte immer gesagt, dass sie Steven auf keinen Fall verlassen würde. Callan hatte behauptet, sie zu verstehen. Doch das bedeutete, dass es nur eine Frage der Zeit war, wie lange ihre Beziehung dauern würde, wenn niemand Schaden nehmen sollte. Callan akzeptierte das, obwohl es ihm nicht gefiel. Meredith gehörte nun in sein Leben, sie war mittlerweile viel mehr als nur eine Freundin oder seine Angestellte.

Den Tag verbrachten sie gemeinsam in der Firma. Steven rief noch vor dem Mittagessen an. Er hatte in der Chirurgie alle Hände voll zu tun und vertrat noch immer Harvey Lucas. Dies würde für mindestens drei weitere Wochen so bleiben. Anna unterstützte Steven nach Kräften dabei, den Betrieb am Laufen zu halten. In der Unfallchirurgie ging es zu wie bei einer Zirkusvorstellung. Steven befand sich die meiste Zeit über auf dem Hochseil, fuhr Einrad und jonglierte dabei mit brennenden Fackeln. Er hatte gerade genügend Zeit, um sich zu erkundigen, wie es auf Hawaii gewesen war und Meredith zu fragen, ob sie am Wochenende nach Hause käme. Sie entgegnete, dass sie an den ursprünglichen Plänen festhielt, doch als Callan, unmittelbar nachdem sie das Gespräch beendet hatte, das Büro betrat, bedauerte sie es bereits. Er plante mit den Kindern einen Ausflug nach Carmel und fragte, ob sie Lust hätte mitzukommen.

»Ich würde gern«, entgegnete sie enttäuscht, »aber ich habe Steve gerade erst gesagt, dass ich nach Hause komme.«

In Callans Augen blitzte es auf, doch er schwieg.

»Vielleicht rufe ich ihn an und sage doch noch ab.«

»Das ist deine Entscheidung«, sagte Callan ruhig. Er wollte sie nicht unnötig unter Druck setzen.

Meredith dachte noch einmal darüber nach. Die Vorstellung, Callan für ein paar Tage zu verlassen, ertrug sie kaum. Außerdem fühlte sie sich einer Begegnung mit Steven nach allem, was sich auf Hawaii ereignet hatte, noch nicht gewachsen. Am selben Nachmittag rief sie ihn an und erzählte ihm, dass sich im Büro etwas Unvorhergesehenes ergeben habe und dass sie sich am Wochenende mit einigen Kunden treffen müsse. Steven sagte zwar, dass er es verstehe, doch seine Stimme klang ziemlich unglücklich. Als Meredith das Gespräch beendet hatte, fühlte sie sich wie eine Mörderin. Noch nie hatte sie ihren Mann angelogen. Plötzlich erinnerte sie sich daran, dass Callans Ex-Frau genau dasselbe getan und sich so seinen Hass zugezogen hatte. Und sie schlief mit ihrem Chef und belog ihren Ehemann – es war nicht gerade ein positives Bild, das sie von sich hatte. Am Abend sprach sie mit Callan darüber. Er war zu ihr gekommen, nachdem er mit den Kindern zu Abend gegessen hatte. Bestürzt schüttelte er den Kopf. »Das ist doch nicht dasselbe, Merrie!«

»Wo ist denn der Unterschied? Die Situation ist doch wirklich sehr ähnlich.«

»Charlotte hatte mit diesem Kerl ein Verhältnis, als wir heirateten. Das hat sie mir nie gesagt. Und sie hat ihn nicht einmal aufgegeben, als die Kinder kamen. Wir waren sieben Jahre verheiratet, und sie hatte die ganze Zeit eine Beziehung. Sie hat mir nie etwas davon erzählt und mich schließlich wegen dieses Mannes verlassen. Das ist doch ein Unterschied. Ich hatte keine Ahnung davon, bis ich es schließlich selbst herausfand. Es ist ein Wunder, dass die Kinder tatsächlich von mir sind. Wenn sie mir nicht alle so ähnlich sähen, würde ich es ernsthaft anzweifeln.«

»Das war bestimmt schrecklich«, gab Meredith zu, doch die Vergleichbarkeit der Verhältnisse behagte ihr trotzdem nicht. Ein paar Ähnlichkeiten gab es nämlich durchaus.

Das Wochenende verbrachten Meredith, Callan und die Kinder in Carmel. Sie wohnten im *Lodge* in Pebble Beach. Meredith belegte ein eigenes Zimmer. Überraschenderweise schien keines der Kinder etwas dagegen zu haben, dass sie auf dem Familienausflug dabei war. Sie hatten sie längst als Freundin akzeptiert. Meredith erledigte mit den Mädchen ein paar Einkäufe, während Callan mit Andy Golf spielte. Abends gingen sie in ein italienisches Restaurant essen. Die Atmosphäre war entspannt und lebhaft. Die Kinder neckten ihren Vater wegen seiner Haare, seiner Kleidung, der Frauen, die ihm gefielen oder nicht. Selbst die Art und Weise, wie er Golf spielte, wurde zum Gegenstand des allgemeinen Spotts. Doch alle waren guter Stimmung. Es war offensichtlich, dass die drei ihren Vater trotz all seiner Eigenheiten liebten. Meredith hatten sie inzwischen akzeptiert, denn sie wussten, dass sie nicht Callans Freundin und außerdem mit Steven verheiratet war.

»Es ist bestimmt schwer für Sie, dass Ihr Mann nicht bei Ihnen ist«, stellte Mary Ellen eines Nachmittags mitfühlend fest.

Meredith war überrascht. Dies war eine sehr erwachsene Bemerkung gewesen, und sie nickte zustimmend. »Ja, das stimmt. Er versucht, eine Stelle zu finden, doch das ist nicht so einfach. Außerdem steckt er im Augenblick sowieso in New York fest, weil sein Chef einen Unfall hatte«, erklärte sie.

»Er repariert die Leute, die angeschossen werden, nicht wahr?«, fragte Andy.

Meredith lachte. »Ja, und noch ein paar andere Dinge.«

»Die Leute in New York schießen bestimmt oft, wenn sie dafür einen speziellen Arzt brauchen«, fügte Andy hinzu.

Nun lachten alle. Es war ein interessanter Standpunkt, der nicht einmal abwegig war. Durch dieses Gespräch wurde Meredith daran erinnert, dass Steven zu ihrem Leben gehörte und dass sie ihm nicht für immer aus dem Weg gehen konnte.

Am selben Abend sprach sie mit Callan darüber und sagte, dass sie am folgenden Wochenende unbedingt nach Hause fliegen müsse. Doch am Donnerstag stellte sich heraus, dass sie am Wochenende Kunden aus Tokio treffen musste. Diesmal wusste Meredith nicht, was sie Steven sagen sollte, denn sie hatte ja bereits am vergangenen Wochenende gesagt, dass sie wegen ihrer Arbeit nicht aus Kalifornien fortkönne.

»Schon wieder?«, fragte Steven missmutig. »Verdammt, Merrie! Wann kommst du denn nun endlich? Du weißt doch, dass ich hier wegen Lucas nicht wegkomme.«

»Was ist denn mit Anna? Kann sie dich nicht vertreten?«

»Diese Woche nicht. Sie hat gerade erst sechs Tage lang durchgearbeitet. Ihre Tochter hat sie seit Tagen nicht mehr gesehen. Also habe ich bis Sonntag die Schichten für sie übernommen.«

»Dann hättest du doch sowieso zu tun, auch wenn ich dort wäre. Vielleicht ist es doch ganz gut, dass es bei mir auch nicht klappt.« Meredith suchte nach Entschuldigungen.

Steven war jedoch ganz anderer Meinung. »Meine Güte, Merrie, ich will dich einfach sehen! Mein letzter Stand ist der, dass wir immer noch verheiratet sind. Wenn das tatsächlich der Fall ist, will ich dich mehr als einmal im Monat zu Gesicht bekommen, wenn's dir recht ist.« Er war jetzt wirklich wütend.

»Nächste Woche komme ich bestimmt«, sagte Merrie schuldbewusst.

»Das sagst du doch jede Woche, und donnerstags rufst du dann an, um mir zu sagen, dass du dich mit Kunden treffen oder nach Hawaii fliegen oder mit Callan Dow Drachen steigen lassen musst. Ich habe keine Ahnung, was zum Teufel du da drüben eigentlich treibst, aber ich weiß, dass wir uns überhaupt nicht mehr sehen.« Seine Stimme klang zornig, müde und eifersüchtig.

Meredith konnte ihm daraus keinen Vorwurf machen. »Es tut mir Leid. Ich weiß nicht, was ich sonst sagen soll.« Die Schuldgefühle nagten an ihr, und allmählich bekam sie Angst vor ihrem eigenen Verhalten. Was sie auch für Callan empfand, wie sehr sie das Zusammensein mit ihm auch genoss, sie setzte damit wissentlich ihre Ehe aufs Spiel. Von Steven konnte sie nicht erwarten, dass er dieses Spielchen für immer mitspielte.

»Schon gut, Meredith. Wenn es so weit ist, sehen wir uns. Wenn du nach New York kommst, ruf mich einfach an. Ich muss jetzt wieder an die Arbeit.« Es hätte nicht viel gefehlt, und er hätte ohne Abschiedswort den Hörer aufgelegt.

Meredith fühlte sich den Rest des Tages über unbehaglich und dachte über alles nach. Callan gegenüber verlor sie kein Wort von dem Telefonat. Steven war *ihr* Problem – und außerdem ihr Ehemann.

Strahlender Laune verbrachte sie den Freitagabend mit Callan und den japanischen Gästen im *Fleur de Lys*. Die Japaner genossen das Essen und die Atmosphäre in dem Restaurant, so dass sie am Samstag wieder französisch essen gingen, diesmal im *Masa's*. Das Geschäftliche wurde ebenfalls zur Zufriedenheit aller geregelt. Die Japaner waren von Callans neuen Produkten begeistert. Meredith verbrachte ihre ganze Zeit mit ihnen, bis sie am Sonntag wieder nach Hause flogen. Steven war nicht zu Hause, als sie ihn abends anrief. Kurz entschlossen fuhr sie daraufhin zu Callan, um mit ihm und den Kindern zu Abend zu essen.

Steven hatte das ganze Wochenende über alle Hände voll zu tun, so dass er in der Tat keine Zeit für Meredith gehabt hätte, wenn sie nach New York gekommen wäre. Ein weiterer Schneesturm suchte die Stadt heim. Die Temperaturen sanken innerhalb kürzester Zeit geradezu dramatisch. Straßen und Bürgersteige waren vereist, und Steven behauptete später, dass er noch nie so viele Knochenbrüche innerhalb so kurzer Zeit gesehen hätte. Tag und Nacht assistierte er den Orthopäden in der Chirurgie. Dazu kamen vier Frontalzusammenstöße, in die auch Kinder verwickelt waren.

Anna hatte er für das Wochenende freigegeben. Trotzdem freute er sich, als sie am Sonntagabend ins Krankenhaus kam. Er war immer noch bei der Arbeit.

»Ich höre, dass Sie ein schönes Wochenende hatten«, sagte sie und lächelte ihm zu. Sie selbst hatte sich die Zeit mit ihrer Tochter vertrieben und war mit der Kleinen auf Mülleimerdeckeln und Plastiktüten im Central Park über den Schnee geschlittert. »Danke, dass Sie mir freigegeben haben. Wir hatten sehr viel Spaß.«

»Sie Glückliche«, brummte Steven. »Seit Freitag haben sich hier sämtliche alten Damen New Yorks mit verstauchtem Hintern eingefunden.«

»Was für eine sonderbare Diagnose. Haben Sie sie denn so an die alten Damen weitergegeben?«

»Klar. Die waren auch begeistert.« Widerwillig erwiderte er Annas Lächeln. Seit Donnerstag schon hatte er schlechte Laune.

»War Meredith denn da?« Anna fragte sich, ob er sich mit seiner Frau gestritten hatte oder ob sie sich vielleicht gar nicht gesehen hatten. In letzter Zeit schienen sich die Dinge zwischen den beiden nicht gerade vorteilhaft zu entwickeln.

»Nein. Sie musste sich mit Kunden treffen. Schon wieder«, schnappte Steven.

»Sie hätten doch sowieso keine Zeit für sie gehabt«, stellte Anna nüchtern fest.

»Das hat sie auch gesagt. Trotzdem hätte sie es wenigstens versuchen können.«

»Schauen Sie, es ist doch so: Sie haben beide viel um die Ohren. Sie wussten doch, dass es nicht einfach werden würde, als Sie sich damit einverstanden erklärten, dass sie nach Kalifornien zog. Gut, damals dachten Sie noch, Sie würden auch einen neuen Job bekommen. Aber es hat sich eben anders ergeben, und nun müssen Sie das Beste daraus machen. Es ist doch nicht Merediths Schuld, dass aus der Stelle nichts geworden ist.« Annas Worte waren sehr vernünftig.

Doch Steven ärgerte sich darüber, dass sie ihn nicht bedauerte. Eigentlich hatte er das erwartet. »Müssen Sie mir das auch noch unter die Nase reiben?«, fauchte er und zuckte dann die Achseln. Kurz darauf entschuldigte er sich. »Es tut mir Leid. Ich hatte einfach ein Scheißwochenende. Seit Freitag habe ich kein Auge zugetan. Dieser ganze Mist hier macht mich krank, und ich vermisse meine Frau. Ich bekomme allmählich den Eindruck, dass sie überhaupt nicht mehr hierher kommen will, und das macht mich verrückt.«

»Fahren Sie doch zu ihr«, schlug Anna vor. »Am nächsten Samstag ist Valentinstag. Sie könnten sie überraschen.«

»Und was ist, wenn sie dieselbe Idee hat und wir uns verpassen?« Steven war viel zu müde, um darüber nachzudenken.

Dafür war Anna hellwach. Im Grunde ihres Herzens war sie trotz ihrer oft harschen Worte und ihrer burschikosen Art eine Romantikerin. »Erzählen Sie ihr einfach, dass Sie Dienst haben. Dann wird sie nicht kommen, und Sie setzen sich in den nächsten Flieger und überraschen sie. Sie wissen schon ... Pralinen, Rosen, das komplette Programm. Sehr romantisch. Es wird ihr gefallen.« Anna lächelte Steven aufmunternd zu und wünschte sich im Stillen, es gäbe jemanden, der das Gleiche für sie tun würde, doch da war niemand. Seit Jahren nicht.

»Anna, Sie sind ein Genie!«, sagte Steven und strahlte glücklich. »Ich danke Ihnen.«

Dann ging er nach Hause, um wenigstens ein paar Stunden zu schlafen. Am nächsten Morgen würde er frühzeitig zurück im Krankenhaus sein.

»Nennen Sie mich doch einfach Cupido«, rief sie ihm nach.

Steven war so müde, dass er sich kaum noch auf den Beinen halten konnte und verdächtig schwankte. Anna war froh, dass er nicht mit dem Wagen fuhr. Er würde ein Taxi nehmen. Seine Wohnung hatte er ihr noch immer nicht gezeigt. Lange schon ahnte sie, dass er nicht wollte, dass sie sich schlecht fühlte, weil er in derartigem Luxus lebte. Sie wusste, dass seine Frau das Geld dafür verdiente. Steven kam manchmal auf ein Glas Wein oder einen ihrer *burritos* zu ihr. Mit Felicia hatte er Freundschaft geschlossen, und Mutter und Tochter freuten sich jedes Mal, wenn er sie besuchte.

Am selben Abend reservierte Steven telefonisch für Freitagmittag einen Flug. Wegen der Zeitverschiebung würde er in Palo Alto eintreffen, wenn Meredith gerade Feierabend hatte.

Auf der Station blieb alles ruhig, so dass Anna ihn nicht anzurufen brauchte. Sie kam auch allein gut zurecht. Noch immer hoffte sie, dass sich aus der Vertretung eine feste Anstellung ergeben würde, obwohl es dafür keinerlei Anzeichen gab. Es sah nicht so aus, als ob Steven bald umziehen würde. Und als sie darüber nachdachte, während sie an jenem Abend in Stevens Büro saß, stellte sie fest, dass es sie glücklich machte.

# 15

»Was hast du denn am Sonntag vor?«, fragte Callan am Freitagmorgen. Geheimnisvoll schaute er Meredith an.

»Nichts Besonderes«, sagte sie und lächelte ihm zu. Am Sonntag war Valentinstag, und sie ahnte schon, was er vorhatte. Sie würde über das Wochenende in Kalifornien bleiben. Steven hatte ihr schon vor Tagen gesagt, dass er arbeiten müsse und es sich nicht lohne, wenn sie nach New York käme. Ein weiteres Wochenende ging dahin, und Meredith stellte besorgt fest, dass das Leben sie unaufhaltsam auseinander trieb. Bestürzt bemerkte sie andererseits, dass ihre Beziehung zu Callan sich immer mehr festigte. Mittlerweile verbrachten sie beinahe jede Nacht zusammen, und wenn es irgendwie möglich war, blieb Callan bis zum folgenden Morgen bei ihr. Meredith aß mit ihm und den Kindern zu Abend und begleitete die vier an jedem Wochenende zu Basketballspielen, ging mit ihnen ins Kino oder verbrachte anderweitig die Zeit mit ihnen. Allmählich war sie zu einer Art Familienmitglied geworden. Callan schien es beinahe, als wäre er mit ihr verheiratet.

In der Firma hatte noch niemand etwas bemerkt, und sie bemühten sich weiter darum, dass sich daran nichts änderte. Auch die Kinder schienen ahnungslos. Alle gingen davon aus, dass Callan und Meredith nur gute Freunde waren. Doch früher oder später – das wusste Meredith – würde irgendjemand ihr Geheimnis entdecken und sie in Schwierigkeiten bringen. Es gefiel ihr gar nicht, dass die Leute erfahren könnten, dass sie ihren Mann betrog.

»Was hältst du morgen Abend von einem Dinner im *Fleur de Lys*?«, schlug Callan beiläufig vor.

Meredith grinste vergnügt. »Gute Idee.« Eigentlich hatte sie den Tag mit Steven in New York verbringen wollen, und sie fühlte sich schuldig, weil sie sich darauf freute, bei Callan in San Francisco zu bleiben.

»Du könntest heute Abend zu uns kommen und über

Nacht bleiben. Ich leihe ein paar Videos aus, und wir machen Popcorn«, sagte Callan.

»Die Videos kann ich doch besorgen«, bot Meredith an, während sie einige Unterlagen in ihre Aktentasche steckte. Sie nahm sich immer weniger Arbeit über das Wochenende mit nach Hause. Statt in den Papieren zu lesen, verbrachte sie ihre Zeit mit Callan.

»Gut, du holst die Videos, und ich mache uns ein schönes Dinner, wenn die Kinder gegessen haben.«

Das war eine wunderbare Idee. Meredith gab sich alle Mühe, nicht darüber nachzudenken, was das alles bedeutete. Sie lebte mit Callan in einer Traumwelt, die zwangsläufig wie eine Seifenblase zerplatzen würde, wenn Steven einen Job fand und nach Kalifornien kam. Im Augenblick konnten sie diesen Tatsachen noch ausweichen, doch eines Tages würden sie sich ihnen stellen müssen. Aber jetzt noch nicht, sagte sich Meredith. Noch nicht. Ihre Beziehung zu Callan wollte sie noch nicht aufgeben. Das war zwar egoistisch, doch trotz ihrer Schuldgefühle gegenüber Steven war sie nicht bereit, mit Callan zu brechen.

»In zwei Stunden bin ich bei dir«, versprach sie. Ein Bad und ein bisschen Ruhe würden ihr jetzt gut tun. Außerdem hätte Callan so ein wenig Zeit für seine Kinder, ehe sie sich zu ihnen gesellte. Das gute Verhältnis zu den dreien, das sich inzwischen entwickelt hatte, durfte auf keinen Fall allzu sehr beansprucht werden.

Meredith fuhr nach Hause in ihre möblierte Wohnung. Noch immer hatte sie kein Haus gefunden, das ihr zusagte. Inzwischen kümmerte sie sich auch immer weniger darum, eines zu finden. Solange Steven in New York war, konnte sie sich ohnehin nicht vorstellen, in der Stadt zu leben. In Palo Alto war sie wenigstens in Callans Nähe. Er hatte ihr angeboten, die Wohnung so lange zu behalten, wie es nötig war.

Kaum hatte sie die Wohnungstür aufgeschlossen, spürte sie ein merkwürdiges Unbehagen, obwohl sich offensichtlich nichts verändert hatte. Als sie das Wohnzimmer betrat, war ihr regelrecht unheimlich zumute. Sie stellte die Aktentasche auf den Boden, und im selben Augenblick kam Steven mit einem riesigen Strauß Blumen aus dem Schlafzimmer. Meredith zuckte erschrocken zusammen. Mit diesem Anblick hatte sie überhaupt nicht gerechnet.

»Was machst du denn hier?«, fragte sie entgeistert.

Steven schaute sie irritiert an, während er auf sie zutrat. »Ich dachte, du freust dich über einen Überraschungsbesuch«, sagte er enttäuscht.

»Ich freue mich doch.« Meredith rang um Fassung und ging auf ihn zu. »Ich bin nur ... ich habe nicht mit dir gerechnet. Du hast doch gesagt, dass du am Wochenende Dienst hast.«

»Ich wollte dich überraschen«, antwortete er und legte die Blumen auf den Esstisch. Dann schlang er die Arme um sie, und Meredith betete, dass er keinerlei Widerstand spürte. Seit Callan und sie sich näher gekommen waren, hatte sie Steven nicht mehr gesehen, und sie fürchtete, dass er etwas bemerken könnte. Doch als er sie küsste, beruhigte sie sich.

»Alles Gute zum Valentinstag, Merrie«, sagte er zärtlich und sichtlich erfreut darüber, dass ihm die Überraschung gelungen war.

Merediths Gedanken überschlugen sich. »Was für eine schöne Überraschung!«, erwiderte sie beherzt.

Steven verschwieg, dass es eigentlich Annas Idee gewesen war. »Es ist offenbar viel einfacher herzukommen, als dich von deiner Arbeit hier loszueisen. Aber an diesem Wochenende solltest du dir freinehmen. Morgen Abend gehen wir zum Dinner aus.«

Das hatte auch Callan vorgeschlagen, doch nun war es unmöglich. Der Valentinstag gehörte Steven. Schließlich hatte er keine Mühe gescheut, um bei seiner Frau zu sein. Meredith wusste, dass sie jede Minute mit ihm verbringen musste. Irgendwie schien es ihr sogar ein Segen zu sein.

»Also, was machen wir heute Abend?«, fragte Steven strahlend. Es war klar, was er am liebsten tun würde, doch anschließend könnten sie zum Essen ausgehen oder ins Kino gehen.

»Ich weiß nicht. Wir können doch einfach hier bleiben.« Meredith war vollkommen durcheinander und hatte das merkwürdige Gefühl, einem Fremden gegenüberzustehen. Die Tatsache, dass sie mit Callan geschlafen hatte, schien ihr ganzes Leben aus dem Gleichgewicht gebracht zu haben.

»Ich könnte uns etwas kochen«, schlug Steven vor. »Oder wir bestellen einfach eine Pizza.«

»Gut, Schatz«, sagte Meredith entgegenkommend. »Was immer du möchtest. Du bist doch bestimmt vollkommen erledigt.« Das hoffte sie wenigstens, doch Steven sah trotz der Zeitverschiebung und der endlosen Arbeitstage, die hinter ihm lagen, überraschend ausgeruht aus.

»Ich habe im Flugzeug geschlafen und fühle mich großartig.« Wieder schlang er die Arme um sie. »Du hast mir so gefehlt.«

Seit fünf Wochen hatten sie sich nicht mehr gesehen, und drei Wochen lang hatte Meredith sich sogar der Illusion hingegeben, dass Steven gar nicht existierte. Doch nun war er plötzlich wieder allzu präsent in ihrem Leben.

»Du hast mir auch gefehlt«, log sie nervös, löste sich aus seiner Umarmung und nahm die Blumen vom Tisch, um sie zu bewundern.

Während er seine Frau beobachtete, spürte Steven plötzlich, ohne dass er den Grund dafür hätte nennen können, dass sich etwas zwischen ihnen verändert hatte. Vielleicht lag es an der Überraschung, die sie noch nicht verdaut hatte.

»Wie war deine Woche?«, fragte er beiläufig.

»Ganz gut.«

»Es sieht ja so aus, als hättest du seit Hawaii Tag und Nacht gearbeitet.« Steven hatte einige Male vergeblich versucht, Meredith zu erreichen. Sie hatte ihn ihrerseits vom Büro aus angerufen, denn abends war Callan immer bei ihr gewesen.

»Ich hatte jede Menge zu tun«, entgegnete sie vage.

»Ich gehe jetzt schnell unter die Dusche, und dann ruhen wir uns eine Weile aus. Was hältst du davon?«, schlug Steven lächelnd vor.

Meredith wusste, was das bedeutete. Wenn sie für eine Weile getrennt gewesen waren, hatte die körperliche Liebe sie stets wieder zurück auf den richtigen Weg gebracht und die alte Vertrautheit wieder hergestellt. Doch diesmal erfüllte sie schon der Gedanke daran mit Panik. »Das wäre schön, aber ich habe leider schlechte Neuigkeiten.« Sie spürte, wie sie errötete.

»Welche denn?«, fragte Steven besorgt.

»Für eine heiße Romanze ist es der falsche Augenblick ...« Sollte er doch seine eigenen Schlussfolgerungen ziehen.

»Hast du deine Periode?«

Meredith nickte. Es war eine Lüge, doch sie wollte sich nicht den körperlichen Aspekten ihres Doppellebens stellen. Sie hatte sich nie gefragt, was auf sie zukommen würde, wenn sie Steven wiedersah.

»Das ist doch kein Problem«, lächelte er. »Als wir im College waren, hat es uns doch auch nicht gestört, oder?«

Meredith fühlte sich wie benommen. Er hatte sie ertappt.

»Wenn wir weiterhin an zwei verschiedenen Küsten leben, werden wir die Dinge so nehmen müssen, wie sie gerade kommen. Schließlich sehen wir uns nur so selten.«

»Ja, du hast Recht«, flüsterte Meredith.

Steven wandte sich ab, ging ins Schlafzimmer, um sich auszuziehen und zu duschen.

Kaum hörte Meredith das Rauschen des Wassers, griff sie zum Telefon und wählte Callans Nummer.

Beim zweiten Klingeln antwortete er und war glücklich, ihre Stimme zu hören. »Wann kommst du? Ich habe zwei Steaks und eine schöne Flasche Wein besorgt.«

»Ich kann nicht«, erwiderte Meredith hastig.

»Warum nicht? Was ist passiert?« Die Anspannung in ihrer Stimme entging ihm nicht.

Obwohl es gar nicht nötig war, flüsterte Meredith in den Hörer: »Steven ist hier. Er hat mich überrascht.«

Ein langes, schmerzliches Schweigen entstand.

»Ich verstehe ... also, das ist interessant. Womit haben wir denn dieses Vergnügen verdient? Nein ... lass mich raten. Weil Valentinstag ist, nicht wahr? Er ist auf eine kleine Romanze aus.« Wie gewohnt versuchte Callan, mit Zynismus seinen Schmerz niederzukämpfen. Dies war der Preis, den er für eine Affäre mit einer verheirateten Frau zu zahlen hatte.

»Wahrscheinlich. Ich weiß es nicht, Cal.« Nun belog Meredith auch Callan. Der Traum verwandelte sich ganz allmählich in einen Albtraum, doch damit hatten sie von Anfang an gerechnet. Der Einzige, der keine Ahnung davon hatte, was um ihn herum geschah, war Steven. »Morgen können wir uns auch nicht treffen«, fügte sie traurig hinzu.

»Das ist offensichtlich.« Dann schien Callan sich von dem ersten Schreck zu erholen. »Es ist schon in Ordnung, Merrie. Ich verstehe das.« Beide hatten sie sich beharrlich geweigert, über die Zukunft zu sprechen, denn bis Steven endlich eine Stelle fand, konnten sie in ihrer Fantasiewelt leben. Doch nun war er da, und sie mussten der Wahrheit und ihren Konsequenzen ins Auge blicken. »Nächste Woche gehen wir abends zusammen essen und sprechen über alles. Wir sehen uns am Montag. Er nimmt doch am Sonntag bestimmt den Nachtflug, oder?« Trotz allem klang seine Stimme hoffnungsvoll.

»Noch hat er nichts gesagt.«

Inzwischen hatte Steven das Wasser abgedreht.

Meredith musste das Gespräch beenden. Die ganze Situation machte sie sehr nervös. »Ich rufe dich an, sobald ich kann.«

»Mach dir deshalb keine Sorgen. Ich verbringe ein ruhiges Wochenende mit den Kindern. Vergiss nur eines nicht.«

»Was denn?«

»Ich liebe dich.«

Meredith hatte plötzlich das Gefühl, dass sie Callan gar nicht verdient hatte. Steven auch nicht. Beiden gegenüber fühlte sie sich schuldig. Sie waren gute Männer, und sie liebte sie. Doch die Tatsache, dass sie beiden nur die Hälfte ihres Herzens schenkte, war weniger, als sie verdienten. Allmählich wurde sie darüber verrückt.

»Ich dich auch«, sagte sie in dem Augenblick, als Steven, ein Handtuch um die Hüften geschlungen, das Wohnzimmer betrat. Wassertropfen glänzten in seinem Haar und auf seiner Haut. »Schönes Wochenende«, fügte sie schnell hinzu und legte auf.

Steven schaute sie lächelnd an. »Wer war das?«

»Meine Sekretärin ... Joan ... sie muss am Wochenende noch ein paar Sachen erledigen.«

So reihte sich eine Lüge an die andere. Meredith verabscheute sich selbst dafür. Doch wie hätte sie Steven gegenüber ehrlich sein können? Was sollte sie ihm sagen? Dass es Callan war, mit dem sie soeben gesprochen hatte? Dass sie Callan liebte?

»Ihr arbeitet alle viel zu hart«, stellte Steven fest. Dann ging er in die Küche und spähte in den Kühlschrank. Er trank gern Bier, doch es gab keins. Nur ein Rest von dem Weißwein war übrig, den Meredith mit Callan getrunken hatte. »Du hast kein Bier mehr«, sagte Steven, schaute die Flasche Wein an und runzelte die Stirn. »In letzter Zeit trinkst du aber ordentlich teures Zeug. Du trinkst doch nie Wein, wenn du allein bist«, fügte er hinzu, doch es war eher eine Frage als ein Vorwurf.

»Ich hatte Besuch ... letztes Wochenende ... die Japaner.«

»Schade, dass du keinen Sake für sie gekauft hast. Der schmeckt doch viel besser. Nun ja, wir können ja später noch Bier kaufen.«

»Ich habe nicht mit dir gerechnet. Deshalb habe ich keins da.«

»Ist nicht schlimm.« Steven grinste lausbubenhaft.

Verglichen mit dem eleganten Callan glich er einem großen Jungen. Mit Unbehagen stellte Meredith fest, dass sie nun die Gesellschaft ihres Liebhabers der ihres Ehemannes vorzog. In den vergangenen Monaten hatte sich das Leben einschneidend verändert.

»Sollen wir nicht für ein Weilchen ins Bett hüpfen?«, fragte Steven schelmisch und nahm gleich darauf ihre Hand, um sie ins Schlafzimmer zu ziehen.

Meredith trug immer noch das dunkelblaue Kostüm, die goldene Kette und die Perlenohrringe, die sie im Büro getragen hatte. Sie sah aus wie die kühle Geschäftsfrau, die alles andere als Sex oder eine Romanze im Sinn hatte. Doch sie konnte sich Steven nicht verweigern. Sie hatte bereits ihre Periode vorgeschoben, doch er war nicht darauf eingegangen. Ehe sie Callan kennen gelernt hatte, wäre sie darauf versessen gewesen, mit Steven zu schlafen, nachdem sie sich so lange nicht gesehen hatten. Wenn sie sich jetzt verweigerte, hätte es – bei ihrem sonst so anregenden Liebesleben – verräterisch gewirkt.

Also zog sie das Kostüm aus, legte es auf einen Stuhl, streifte die Schuhe von den Füßen und nahm den Schmuck ab. Nach einem kurzen Umweg ins Bad schlüpfte sie in Unterwäsche ins Bett.

Im nächsten Moment lag er auch schon neben ihr und hielt sie in seinen Armen. Sie spürte, wie sehr er sie begehrte, und plötzlich übermannten sie ihre Gefühle für ihn – doch es war keine Leidenschaft mehr, sondern nur noch Mitgefühl.

»Was ist denn los, Liebling?« Steven kannte Meredith viel zu gut, und bestürzt stellte er fest, dass sie zitterte.

Mit Tränen in den Augen sah sie ihn an. Sie verhielt sich ihm gegenüber so unfair. Sie hatte ein riesiges Chaos angerichtet und konnte ihm nicht einmal davon erzählen. Es hätte ihn nur verletzt. Was hätte sie ihm sagen sollen? Dass sie eine Affäre hatte und in einen anderen Mann verliebt war? Das wäre einfach zu grausam gewesen. »Ich weiß es nicht«, bemühte sie sich schließlich zu erklären. »Es ist schwer für mich, damit zurechtzukommen, dass wir uns so lange nicht sehen und dann zusammen ins Bett gehen ... es ist irgendwie komisch, nicht wahr?«

»Für mich nicht«, sagte Steven sanft. In seiner rauen Stimme schwang sein Verlangen nach ihr mit. »Aber Frauen sind da eben anders.«

Ja, dachte Meredith bei sich, Callan sagt dasselbe von Charlotte ... sie sind zutiefst unehrlich. Sie hasste sich selbst für das, was sie tat. Sie war keinen Deut besser als Charlotte.

»Es tut mir Leid.« Sie klammerte sich an Steven wie ein verlorenes Kind. Immer war er ihr Freund, ihr Trost, ihr Mentor gewesen, und nun erschien er ihr plötzlich wie ein Fremder.

»Es braucht dir nicht Leid zu tun, Merrie. Ich werde dich einfach nur halten.«

Nach einer Weile entspannte Meredith sich, doch als Steven versuchte, sie zu lieben, versteifte sie sich unwillkürlich und fühlte sich so elend, dass sie sich fragte, ob dies erste Anzeichen für Frigidität sein konnten, zumindest gegenüber Steven. Mit Callan sah alles ganz anders aus.

»Vielleicht war die Idee mit der Überraschung doch nicht so gut«, sagte Steven schließlich. Er wollte Meredith nicht zwingen, mit ihm zu schlafen. Andererseits konnte er es kaum ertragen, sie nicht endlich für sich zu haben. Er stieg aus dem Bett und ging im Zimmer auf und ab. Plötzlich fiel sein Blick auf den Schmuck, den sie auf den Tisch gelegt hatte. »Was ist das denn?«, fragte er beiläufig, als er die Uhr entdeckte. Er nahm sie in die Hand. Sie war schwer und machte einen kostspieligen Eindruck.

»Meine Uhr«, antwortete Meredith und beobachtete ihn.

»Das sehe ich. Woher hast du sie?«

»Bulgari. Sie ist ein Weihnachtsgeschenk von Cal.« Wenigstens einmal musste sie die Wahrheit sagen.

»Das ist aber ein teures Geschenk«, stellte Steven fest. Die Sache schien ihm zu missfallen. »Die hat ihn doch sicher ein Vermögen gekostet.«

»Er ist seinen Angestellten gegenüber sehr großzügig«, erklärte Meredith kühl.

Steven wandte sich um und blickte sie mit schmerzerfülltem Blick fragend an. »Kann es sein, dass du mehr für ihn bedeutest als eine Angestellte?«

Meredith schüttelte langsam den Kopf. Sie würde ihm nichts darüber erzählen, dessen war sie sich plötzlich sicher. Es wäre einfacher, Steven zu erschießen, als ihm davon zu erzählen. Sie verspürte weder den Wunsch danach, noch hatte sie den Mut.

»Nein, keine Sorge. Die Uhr bedeutet überhaupt nichts.«

Steven nickte und legte sie wieder zurück auf den Tisch. Für den Rest des Wochenendes fiel Callans Name nicht mehr.

Am selben Abend gingen sie aus, um eine Pizza zu essen. Am nächsten Tag blieben sie zu Hause. Abends führte Steven Meredith zu einem Hamburger aus. So feierte er eben den Valentinstag. Am Samstagabend liebten sie sich endlich, doch die Leidenschaft vergangener Tage war erloschen. Steven spürte, dass etwas nicht stimmte, als er Meredith anschließend in seinen Armen hielt.

»Dieses Leben schadet uns«, sagte er ruhig. »Wir müssen etwas unternehmen, sonst ist es bald aus, nicht wahr?« Das war eher eine Feststellung als eine Frage.

»Ich weiß. Wir müssen nur Geduld haben«, entgegnete Meredith sanft.

»Der Preis wird zu hoch.« Steven stand auf, um sich ein Bier zu holen. Morgens hatten sie ein Six-Pack gekauft. Er hatte keine Ahnung, dass der Preis bereits gezahlt worden war. »Ich werde noch einmal die Krankenhäuser anrufen, sobald ich wieder zu Hause bin. Vielleicht bahnt sich ja doch noch etwas an. So kann es jedenfalls nicht weitergehen.«

Meredith nickte und schwieg. In der Nacht lag sie stundenlang an Stevens Seite und starrte in die Dunkelheit. Am liebsten hätte sie Callan angerufen, doch sie wagte es nicht. Wenn Steven aufwachte und sie hörte, würde es zu einer Katastrophe kommen.

Am folgenden Tag saßen sie herum und lasen Zeitung. Steven studierte die Immobilienanzeigen auf der Suche nach einem Haus in Pacific Heights. Er war verärgert, weil Meredith noch keines gefunden hatte, doch sie redete sich damit heraus, dass sie zu viel um die Ohren hatte.

»Das geht uns beiden so«, stellte er fest und fügte hinzu, dass sie in Zukunft häufiger hin- und herfliegen müssten. Die befangene Atmosphäre, die sich zwischen ihnen eingestellt hatte, bereitete ihm großes Unbehagen.

Er versuchte nicht mehr, mit Meredith zu schlafen. Am Abend zuvor war es alles andere als ein Erfolg gewesen. Meredith hatte danach geweint. Am Flughafen nahmen sie ein spätes Dinner ein, und später starrte Meredith noch lange das Flugzeug an, das Steven über Nacht nach New York bringen würde. Ehe er eingestiegen war, hatte er sie geküsst, und sie hatte ihn umarmt. Es schien ihr, als würde sie ihn für immer verlieren, wenn er sie diesmal verließ. Am liebsten hätte sie ihn gebeten zu bleiben, doch die Worte kamen ihr nicht über die Lippen. Außerdem wusste sie, dass das Krankenhaus nicht auf seine Dienste verzichten konnte. Er musste nach New York und zu seiner Arbeit zurückkehren.

Als das Flugzeug auf die Startbahn rollte, wandte sie sich ab und ging davon. Auf dem Weg nach Hause weinte sie verzweifelte Tränen. Ein grauenvolles Wochenende lag hinter ihr. Als sie in der Wohnung ankam, klingelte das Telefon. Sie war sicher, dass Callan am anderen Ende der Leitung sein würde, und nahm den Hörer ab. Doch es war Steven, der noch einmal aus dem Flugzeug anrief.

»Ich möchte dich nur an eines erinnern, Merrie«, sagte er.
»Woran denn?«
»Daran, wie sehr ich dich liebe.«

Dasselbe hatte Callan gesagt, als Meredith am Freitag zuletzt mit ihm gesprochen hatte.

»Ich liebe dich auch«, erwiderte sie mit bebender Stimme. »Es tut mir sehr Leid, dass das Wochenende so furchtbar war.« Sie schuldete ihm viel mehr als das, doch es war auch für sie alles zu viel geworden. Sie hatte keine Ahnung, wie die Sache mit Callan nun weitergehen sollte.

»So schlimm war es nun auch wieder nicht. Es braucht halt ein bisschen Zeit, bis wir uns wieder aneinander gewöhnen. Wenn ich kann, komme ich in zwei Wochen wieder. Versuch du doch, am nächsten Wochenende nach New York zu kommen. Wir werden es schon wieder hinbiegen, Liebling. Wenn ich nicht bald eine Stelle finde, werde ich eben Taxi fahren, wenn's sein muss.«

»Das würde ich niemals zulassen«, entgegnete Meredith traurig.

»Warten wir einfach ab, was geschieht, wenn Lucas wieder da ist. Das dauert nur noch zwei Wochen. Vielleicht packe ich einfach meine Sachen und komme zu dir.«

Diese Worte klangen wie eine Drohung in Merediths Ohren. Sie musste sich entweder von Steven trennen oder die Beziehung zu Callan beenden. Beide Aussichten erfüllten sie mit Entsetzen.

»Ich liebe dich, Steve«, sagte sie und meinte es auch so. Sie fühlte sich vollkommen elend und war verwirrter als jemals zuvor in ihrem Leben. Doch sie hatte nichts anderes verdient.

»Ich liebe dich auch, Schatz«, erklärte Steven noch einmal, bevor er auflegte. Meredith setzte sich und weinte für eine Weile. Was sollte sie nur tun?

Eine Stunde später klingelte das Telefon erneut. Diesmal war es Callan. Seine Stimme klang sehr niedergeschlagen, und er gestand, dass er das Wochenende wie in einem Albtraum verbracht hatte. Ständig hatte er an Meredith denken müssen und war dabei beinahe durchgedreht. Er wollte ihr nicht sagen, wie eifersüchtig er gewesen war, während er sich vorgestellt hatte, wie sie die Zeit mit Steven im Bett verbrachte. Jetzt wollte er sie so schnell wie möglich sehen.

»Darf ich kommen?«, fragte er.

Meredith hätte am liebsten abgelehnt, doch wie immer fühlte sie sich zu ihm hingezogen. Mit Vernunft hatte das alles nichts zu tun, sie war ihren Gefühlen hoffnungslos ausgeliefert.

»Ich bin in einer furchtbaren Verfassung«, warnte sie. »Das war das schlimmste Wochenende meines Lebens.«

»Für mich auch. Lass uns doch gemeinsam versuchen, darüber hinwegzukommen.«

Meredith war vollkommen ratlos. Was sollte sie nur tun, wenn sie ihn wiedersah? Nicht einmal über ihre Gefühle war sie sich im Klaren. Doch in dem Augenblick, als sie die Tür öffnete, waren alle Zweifel wie fortgewischt. Sie fiel in Callans Arme und schluchzte erbarmungswürdig, während sie sich an ihn klammerte. Er konnte nichts weiter tun, als sie zu halten und zu küssen, und wenige Minuten später fielen sie schon auf das Bett, das sie in der Nacht zuvor noch mit Steven geteilt hatte. Doch daran wollte Meredith jetzt nicht denken. Sie wollte nur noch Callan, ebenso verzweifelt wie er sie. Er nahm sie mit all der Kraft der Leidenschaft, die sie miteinander verband. Danach lagen sie sich in den Armen und klammerten sich bis zum nächsten Morgen aneinander wie zwei verlorene Seelen.

## 16

»Und? Wie war's?«, fragte Anna am Montagmorgen, als Steven zum Dienst erschien.

Er hatte am Flughafen ein Taxi zum Krankenhaus genommen. Er sah müde und abgespannt aus, und wie immer waren seine Kleider verknittert.

»Wie es war?« Verdutzt schaute er sie an. »Wenn ich ehrlich sein soll: Ich habe keine Ahnung. Ich weiß nicht, was nicht in Ordnung ist, aber es stimmt gar nichts mehr. Für Meredith war ich wie ein Fremder. Wenn sie sich nicht dagegen gewehrt hat, mit mir zu schlafen, war sie anschließend in Tränen aufgelöst. Kurzum, ich hatte ein fantastisches Wochenende, vielen Dank der Nachfrage.« Er sah nicht nur so aus, auch seine Stimme klang erschöpft.

»Mist«, sagte Anna mitfühlend und fragte sich, ob es vielleicht ein Fehler gewesen war, anzuregen, Steven solle seine Frau doch einfach überraschen. »Haben Sie denn gar keine Ahnung, was mit ihr los ist?«

»Ehrlich, ich weiß es nicht. Ich glaube, sie arbeitet zu viel. Vielleicht kommt sie auch einfach nicht damit klar, allein zu leben. Was weiß ich ...«

Die nächste Frage lag schon auf Annas Zungenspitze, doch sie wagte es nicht, sie zu stellen. Sie wollte Steven auf keinen Fall verletzen.

Doch ihm entging nicht, dass ihr noch etwas anderes durch den Kopf ging. Er schenkte sich einen Styroporbecher voll Kaffee und fragte dann: »Was wollten Sie sagen?« In den zwei Monaten, die sie mittlerweile zusammenarbeiteten, hatten sie einander schon recht gut kennen gelernt.

»Wahrscheinlich ist es eine wirklich dumme Frage, aber ... trifft sie sich eventuell mit einem anderen? Vielleicht fühlte sie sich schuldig.«

»Meredith?« Steven war geradezu amüsiert. »Auf keinen Fall. Wir haben einander noch nie betrogen. Ich vertraue ihr vollkommen. Ich glaube, durch die Trennung wird sie allmählich frigide und neurotisch. Das ist eine wahrhaft tolle Kombination.«

»Vielleicht braucht sie eine Therapie«, überlegte Anna praktisch.

»Vielleicht braucht sie einfach nur mich. Aber ich stecke hier fest, arbeite wie ein Pferd und finde in Kalifornien einfach keinen Job. Die Lage ist wirklich beschissen.«

»Niemand hat behauptet, dass es einfach werden würde.«

»Danke für die Fünf-Cent-Analyse. Aber jetzt erzählen Sie mal, was am Wochenende hier los war.«

Steven setzte sich mit grimmiger Miene, als sie zum Geschäftlichen übergingen.

»Zwei Gehirnoperationen, ein komplizierter Oberschenkelbruch, drei Frontalzusammenstöße mit insgesamt dreizehn Opfern, vier Schießereien mit zwei Todesopfern. Die übrigen konnten am nächsten Tag bereits wieder nach Hause gehen. Das war alles ... ach, warten Sie ... zwei verstauchte Knöchel gab's auch noch.« Anna rasselte die Ereignisse wie eine Liste auswendig gelernter Vokabeln herunter.

»Gott, Sie machen doch Witze!«

»Im Gegenteil. Wir hatten tatsächlich ein anstrengendes Wochenende. Klingt aber trotzdem insgesamt lustiger als das, was Sie hinter sich haben.«

»Da haben Sie wohl Recht.«

Steven fühlte sich nun, da er wieder im Krankenhaus bei seiner Arbeit war, schon viel besser. Irgendwie war die Atmosphäre gesünder, und er fand sich darin viel besser zurecht.

Anna zeigte ihm die Operationslisten und ging die einzelnen Fälle mit ihm durch. Er war beeindruckt von der Leistung, die sie am Wochenende erbracht hatte, und dankbar für die Schulter, die sie ihm geboten hatte, damit er sich wegen des vergeudeten Wochenendes ausweinen konnte.

Am Nachmittag und die Nacht über arbeiteten sie zusammen in der Chirurgie. Am Dienstagmorgen ging Anna nach Hause zu ihrer Tochter. Steven hatte am Abend frei, ein Kollege, der im letzten Jahr seiner Facharztausbildung war, würde den Dienst übernehmen.

»Möchten Sie auf ein paar Käsemakkaroni und einen Hotdog zum Essen kommen?«, fragte Anna, ehe sie ging.

»Das ist eine bemerkenswerte Kombination. Was halten Sie denn von Steaks? Ich könnte welche besorgen.«

»Ich brauche keine Almosen, Steve«, entgegnete Anna offensichtlich verletzt. »Wenn Sie mit dem, was auf dem Speiseplan steht, einverstanden sind, lade ich Sie herzlich ein. Wenn Sie allerdings etwas Nobleres bevorzugen, gehen Sie am besten in ein Restaurant.« Sie war sehr stolz und hatte gleichzeitig ein großes Herz und mehr Courage als die meisten Männer. Ihre Armut störte sie nicht weiter, und sie wollte keinerlei Unterstützung, von niemandem.

»Ich wollte Ihre Kochkünste nicht beleidigen. Ich liebe Käsemakkaroni«, erwiderte Steven und warf ihr einen bewundernden Blick zu. »Wann soll ich denn da sein?«

»Wann immer Sie wollen. Wenn Sie hier fertig sind. Sie können auch bei mir duschen, wenn Sie möchten, oder einfach so bleiben, wie Sie sind.«

Auch das gefiel Steven an Anna. Sie spielte sich nicht auf und erwartete auch umgekehrt nichts dergleichen von ihm. Sie war ein aufrichtiger Mensch, der immer das sagte, was er dachte.

»Dann komme ich so gegen sieben. Darf ich denn ein paar Dosen Bier mitbringen, oder bekomme ich auch dafür einen Tritt in den Hintern? Ich steh nämlich nicht besonders auf Orangensaft.«

Etwas anderes hatte Anna beim letzten Mal nicht im Haus gehabt.

»Einverstanden, Bier ist erlaubt, aber weder Wein noch Champagner.« Sie wusste, dass er wohlhabend war, doch daran wollte sie nicht teilhaben. Reichtum machte sie im Gegenteil nervös.

»Darf ich denn in meinem Wagen kommen?«

»Wie immer Sie wollen. Auch mit dem Flugzeug, wenn's denn sein muss.« Anna lächelte.

Steven wusste, dass sie ihm wegen der Steaks verziehen hatte. Manchmal gab sie sich nach außen hin etwas kratzbürstig, doch sie hatte einen weichen Kern.

»Kann ich denn mit meinem Hubschrauber überhaupt auf dem Dach landen?«

»Oh, jetzt ist es aber genug! Gehen Sie endlich an Ihre Arbeit!«, lachte Anna und machte sich auf den Weg zu Felicia.

Um halb sieben am selben Abend erschien Steven in der Wohnung an der West Side. Der Kollege war schon früh zum Dienst angetreten, so dass Steven die Gelegenheit hatte zu verschwinden, ehe neue Patienten eingeliefert wurden, die ihn vielleicht doch noch zum Bleiben gezwungen hätten.

Anna öffnete ihm in Jeans und einem weißen Angorapulli die Tür. Sie war hübsch und sanft, und ihre Figur, die in der Krankenhauskluft stets verhüllt war, kam gut zur Geltung. Die Jeans saßen wie eine zweite Haut, und der Pulli schmiegte sich in einer Art und Weise um ihre Brüste, die Steven verwirrte. Das Haar trug sie offen, und ihre Füße steckten in bequemen, abgetragenen Latschen. Felicia hüpfte in einem rosafarbenen Flanellpyjama umher. Die Kakerlaken schienen verschwunden zu sein. Der Vermieter hatte einige Tage zuvor doch noch für ihre Beseitigung gesorgt. Anna beklagte sich jedoch darüber, dass dieser Zustand gewöhnlich nur zehn Minuten lang anhielt.

Trotz des geringen Aufwands war das Abendessen köstlich. Die Käsemakkaroni und die Hotdogs waren köstlich. Außerdem hatte Anna Körnerbrot gebacken. Steven hatte zwei Six-Packs Bier mitgebracht – eins würde er dalassen – und einen Schokoladenkuchen, der im Delikatessenladen einen tollen Eindruck gemacht hatte.

»Sie brauchen ihn nicht zu essen«, scherzte er, »wenn Sie das Gefühl haben, dass ich Sie kaufen will.«

»Aber ich möchte was davon haben!«, rief Felicia.

»Ich helfe dir«, sagte Steven und legte der Kleinen ein großes Stück auf den Teller.

Anna lächelte. Er war immer sehr freundlich zu ihrer Tochter, und es war schade, dass er keine eigenen Kinder hatte. Manchmal fragte sie sich, was für eine Sorte Frau Meredith eigentlich war, und konnte sich oft des Eindrucks nicht erwehren, dass Steven sich eine Menge Illusionen machte.

Auch für Anna legte Steven ein Stück Kuchen auf einen Teller. Nachdem alle probiert hatten, stellten sie fest, dass er köstlich war.

Gegen acht Uhr brachte Anna ihre Tochter ins Bett. Steven erklärte sich bereit, der Kleinen eine Geschichte vorzulesen, während Anna den Abwasch übernahm. Als sie damit fertig war, schlief Felicia bereits tief und fest. Steven gesellte sich zu Anna in die kleine Küche.

»Was haben Sie ihr denn vorgelesen?«, fragte Anna neugierig. Felicia hatte eine ganze Menge Lieblingsgeschichten.

»Eines meiner medizinischen Fachbücher. Ich hatte gedacht, dass Sie Wert darauf legen, dass sie schon früh unter den richtigen Einfluss gerät.«

»Sehr komisch!«, stellte Anna fest, während sie mit einem Geschirrtuch ihre Hände trocknete.

Alles in der Wohnung war sehr abgenutzt, aber untadelig sauber. Anna war es gelungen, diese Bleibe in ein behagliches Heim für sich und ihre Tochter zu verwandeln. Damit hatte sie sich einer großen Herausforderung gestellt. Die Farbe an den Wänden blätterte ab, die Zimmer waren klein, und die Fenster gaben die Aussicht auf ein weiteres hässliches Gebäude frei. Der Unterschied zu Stevens Wohnung ließ sich nur in Lichtjahren messen, doch Anna hatte sie noch nie gesehen.

Er reichte ihr jetzt ein Bier, und gemeinsam setzten sie sich auf die Couch. Sie unterhielten sich wie immer über das Krankenhaus. Anschließend drehte sich das Gespräch um Puerto Rico, und Anna gestand, dass sie oft Heimweh hatte.

»Meine Familie, meine Freunde, ich vermisse sie alle so! Viele Dinge fehlen mir.« Dann sprach sie über ihre Träume. Eines Tages wollte sie in ein Entwicklungsland gehen, um den Menschen zu helfen, die noch größeren Mangel litten als die Bandenkids, die sie jeden Tag operierte. »Vielleicht ist es ja eines Tages so weit ...«, sagte sie und stellte die Bierdose auf den Tisch.

»Mein einziger Wunsch ist es, so bald wie möglich nach Kalifornien zu ziehen«, erklärte Steven. »Das ist mein Entwicklungsland. Sie sind viel mutiger, als ich es bin.«

»Ich bin eben nicht so verwöhnt«, scherzte Anna. Immer

wieder betonte sie, dass sie auf materielle Dinge keinen Wert legte. Aber das stimmte nur zum Teil. Sie waren ihr nur nicht so wichtig wie den meisten anderen Menschen, Steven und Meredith eingeschlossen. Manchmal legte Anna es geradezu darauf an, dass Steven sich schuldig fühlte, doch sie hatte keinen Erfolg damit.

»Sie sind so verdammt politisch korrekt, dass ich krank davon werde«, sagte Steven grinsend. Er fühlte sich wohl in ihrer Gegenwart, war sogar glücklich. Der Schmerz über das vergangene Wochenende begann allmählich zu versiegen. Er glaubte inzwischen sogar, dass es gar nicht so furchtbar gewesen war, wie er zunächst gedacht hatte. Doch nun wollte er mit Anna nicht über Meredith sprechen. Die Unterhaltung drehte sich vielmehr um sie beide. Anna erzählte von Yale und ihren Wünschen für Felicias Zukunft. »Sie soll einmal Juristin werden. Die verdienen viel mehr als wir.«

»Jeder Müllmann verdient mehr als wir. Übrigens, bisher habe ich geglaubt, dass Sie es ablehnen, viel Geld zu verdienen.«

»Nicht, wenn es sich um meine Tochter handelt«, grinste Anna gut gelaunt.

Sie war ein wunderbarer Mensch und eine gute Mutter, und sie gefiel Steven. Außerdem war sie schön und sexy.

»Wie kommt es, dass Sie keinen Freund haben?«, fragte er nach einer Weile.

Anna lächelte ihn an. Keiner von beiden nahm ein Blatt vor den Mund oder scheute sich, auch persönliche Fragen zu stellen. »Ich habe einfach keine Zeit. Ich arbeite zu viel. Außerdem habe ich seit Jahren niemanden kennen gelernt, der sich wirklich für mich interessiert hätte. Die Männer, die ich treffe, sind entweder schwul oder Arschlöcher oder verheiratet.«

»Das klingt wirklich verlockend«, stellte Steven fest. »Was stimmt denn mit den Schwulen nicht?«

»Ich teile nicht gern meine Kleider mit den Männern, mit denen ich ausgehe. Normalerweise sehen sie darin nämlich besser aus als ich.«

»Das wird so einfach nicht sein.«

Anna freute sich über das indirekte Kompliment und lächelte.

»Also, so viel zu den Schwulen«, sagte Steven. »Die Arschlöcher sind vermutlich meistens knallharte Typen, aber manchmal vielleicht ganz interessant. Sie haben durchaus einen gewissen Charme, das müssen Sie zugeben. Was ist mit den Verheirateten?«

»Ich spiele keine Spielchen, die ich nicht gewinnen kann«, entgegnete Anna. »Diese Lektion habe ich schon früh gelernt.« Im Fall von Felicias Vater hatten ihre Chancen schlecht gestanden, und seine Familie hatte das Spiel schließlich gewonnen.

»Das ist vernünftig«, stimmte Steven zu. »Ich habe so etwas auch noch nie gemacht. Das wäre Merrie gegenüber nicht fair gewesen. Außerdem habe ich nie eine Frau kennen gelernt, die mir besser gefallen hätte.«

»Ist das immer noch so?« Anna hielt seinen Blick fest.

Steven seinerseits bemühte sich redlich, nicht auf ihre Brüste zu starren, die sich unter dem Pulli abzeichneten.

»Sie sind wirklich ein sehr tugendhafter Mann, wenn Sie einer Frau treu bleiben, die sie ein- oder zweimal im Monat sehen, manchmal sogar seltener. Das ist beeindruckend.«

»Vermutlich ist es einfach nur dumm.«

Er ist wirklich ein netter Mann, stellte Anna im Stillen fest. »Was wäre denn, wenn Sie erfahren würden, dass sie Ihnen untreu ist?«

»Das ist unmöglich. Ich kenne sie. Sie denkt sowieso nur an ihre Arbeit. Sie lebt nur für ihren Job.«

»Das ist alles andere als sexy«, stellte Anna unverblümt fest.

»In letzter Zeit kann man das wohl sagen.« Steven hatte keinen Grund, es nicht zuzugeben. Traurigkeit schlich sich in seine Augen, als er die Worte aussprach. Er glaubte nicht, dass Meredith ihn betrog, doch es war offensichtlich, dass sie im Begriff waren, einander zu verlieren. Das hatte er am vergangenen Wochenende deutlich gespürt.

»Sie lieben sie sehr, nicht wahr?«

Er nickte, aber als er Annas prüfenden Blick auf sich spürte, ergänzte er: »Ich liebe sie. Doch ich muss zugeben, dass sich etwas verändert hat, seit sie fort ist. Manchmal habe ich das Gefühl, dass wir gar nicht mehr miteinander verheiratet sind, dass wir uns nur aus Gewohnheit verabreden ... dass wir nur noch Freunde sind ... oder so ähnlich. Diese riesige Entfernung führt dazu, dass ich den Eindruck habe, dass ich sie gar nicht mehr erreiche, wenn wir uns endlich sehen. Es ist ein furchtbares Gefühl.«

»Das glaube ich.« Anna hatte ihre eigenen Theorien, doch sie wollte ihn nicht verletzen, also schwieg sie. Aber sie kannte die Frauen besser als er und war insgeheim bereits zu dem Schluss gekommen, dass er wohl besser nicht nach Kalifornien zöge. Die Lage hatte sich offensichtlich ganz anders entwickelt, und seine Frau schien nicht länger darauf versessen zu sein, ihn bei sich zu haben. Doch auch das sprach sie nicht aus. Außerdem hing er mit Leib und Seele an der chirurgischen Abteilung, und sie konnte sich einfach nicht vorstellen, dass er fortging.

»Es ist schon komisch, wie es die Leute auseinander treibt. Ich war mal mit einem Typen zusammen, der wegzog. Ein Jahr lang war ich wie besessen von ihm und konnte nur an ihn denken. Als ich ihn schließlich wiedersah, war er ein anderer Mensch geworden. Ich hatte ein Bild von ihm bewahrt, das gar nichts mehr mit der Wirklichkeit zu tun hatte. Er hatte sich zu einem Arschloch entwickelt«, schloss sie.

Steven lächelte ihr zu. »Wenigstens war er weder schwul noch verheiratet. Es muss doch noch andere Männer da draußen geben, Anna, Junggesellen zum Beispiel. Vielleicht versuchen Sie es einfach nicht beharrlich genug.«

»Diese Männer gibt es nicht, glauben Sie mir. Außerdem ist es viel zu aufwändig, sie zu suchen.«

»Das ist das eigentliche Problem: Sie sind einfach faul.«

Steven wusste genau, dass Anna alles andere als faul war. Doch vielleicht hatte sie zu viel Angst, sich mit einem Mann einzulassen. Ihre alten seelischen Wunden führten dazu, dass sie sich versteckte.

Sie saßen noch für eine Weile zusammen und unterhielten sich. Gegen zehn Uhr gähnte Anna plötzlich, und Steven blickte auf seine Uhr.

»Ich gehe dann mal«, sagte er, obwohl ihm der Sinn gar nicht danach stand, in seine leere Wohnung zurückzukehren. Viel lieber hätte er sich noch länger mit Anna unterhalten.

»Das brauchen Sie nicht. Vor Mitternacht gehe ich sowieso nicht schlafen.«

»Was machen Sie denn die ganze Zeit so allein?«

»Meistens lese ich.«

»Das klingt nach Einsamkeit«, stellte er sanft fest. Beide waren sie in einer Stadt, die voller Menschen war, einsam.

»Manchmal bin ich wirklich einsam, aber es stört mich nicht. Einsamkeit kann auch gut tun. Man denkt viel nach und erfährt Dinge, die einem sonst verborgen blieben. Ich habe keine Angst davor, allein zu sein«, sagte Anna.

»Ich manchmal schon«, erwiderte Steven ehrlich. »Es ging mir viel besser, als meine Frau noch hier war. Zu Hause wartet niemand auf mich. Sie dagegen haben Felicia.«

»Das ist wahr.« Anna nickte.

Steven schaute sie an und strich ihr unwillkürlich über die Wange. Ihre Haut fühlte sich an wie Seide. Sie war ausgesprochen verführerisch und sehr sexy. Zu seiner Überraschung zog sie sich nicht zurück, als er sie berührte. Er wurde kühner, zog sie an sich und küsste sie. Anna wehrte sich nicht.

»Bin ich hier vielleicht gerade im Begriff, eine Dummheit zu begehen?«, fragte Steven flüsternd. »Ich bin zwar nicht schwul, aber verheiratet, und könnte leicht zu einem Arschloch werden.«

»Das glaube ich nicht«, gab Anna ebenso leise zurück. »Ich kenne das Spiel ... und die Grundregeln.«

»Und wie lauten die?« Er war erstaunt, dass sie so offen war. Beide waren sie einsame, hungrige Menschen, und auf dem Tisch wartete ein Mahl, dem sie kaum widerstehen konnten. Es war schwierig, es zurückzuweisen. Zudem vertrauten sie einander.

»Die Grundregeln lauten: Erstens, du liebst deine Frau, und zweitens, du ziehst vielleicht nach Kalifornien.«

»Nicht vielleicht, sondern ganz bestimmt.« Steven wollte keine falschen Hoffnungen wecken.

»Klar, ich verstehe«, sagte Anna und schob eine Hand unter Stevens Pullover. Er trug immer noch die Krankenhaushose, und mit zärtlichen Fingern nestelte sie an den Bändern. »Möchtest du heute Nacht hier bleiben?«, fragte sie.

Steven nickte und küsste sie erneut, diesmal jedoch viel leidenschaftlicher. Er begehrte sie. Dies hier war alles ganz anders als das, was er am Wochenende erlebt hatte. Es war süß, rein, einfach und ehrlich, und als er sie berührte, spürte er ihr Verlangen und ihre Leidenschaft. Sie machte sich keine Illusionen, verlangte keine Versprechungen. Was immer sie von ihm erwarten konnte, lag wie ein offenes Buch vor ihr.

»Komm, wir gehen ins Schlafzimmer«, schlug Anna vor.

Steven hatte Meredith noch nie betrogen, und doch schien es ihm auf eine merkwürdige Art fair zu sein, dass es nun mit Anna geschehen würde. Er begehrte sie verzweifelt.

Er folgte ihr in einen Raum, der nicht größer als eine Abstellkammer war und in dem das Bett gerade eben Platz fand. Daneben stand eine Lampe. Anna schaltete sie ein, gerade lange genug, dass sie sich in der Kammer orientieren konnten. Dann schaltete sie das Licht wieder aus und schloss die Tür. Steven zog sie im Dunkeln aus und legte sich neben sie auf das Bett. Er spürte sie mehr, als dass er sie sah. Durch die Straßenbeleuchtung fiel jedoch genügend Licht herein, um die Silhouette ihrer Schönheit bewundern zu können.

Es gab weder Worte noch Versprechungen zwischen ihnen, auch keine Lügen, sondern nur die reine, ungetrübte Lust, die sie beide empfanden. Als Steven sie nahm, stöhnte Anna auf und bewegte sich auf eine Weise, die ihn unglaublich erregte. Die Leidenschaft überwältigte ihn. Das Zusammensein mit ihr war wie eine Explosion, und als er später erschöpft in ihren Armen lag, schwiegen sie für eine lange Zeit. Schließlich strich sie ihm wie einem Kind über das Haar und drückte ihn an sich. Seit langer Zeit war er nicht mehr so glücklich gewesen.

»Ich will dir nicht wehtun, Anna«, sagte Steven traurig. »Dies hier könnte ein unschönes Ende nehmen.« Das war so gut wie sicher.

»Das kann sein. Aber jetzt ist es wunderbar. Wenn du damit leben kannst, kann ich es auch.«

Sie verlangte so wenig von ihm, wollte ihm nichts nehmen, und was sie ihm zu geben hatte, lag im Augenblick in seinen Armen. Es war viel mehr, als seine Frau ihm zu geben bereit war.

»Sag mir, wenn es vorbei ist, wenn du gehen willst. Du brauchst die Tür dann nicht zuzuschlagen, sondern kannst sie leise hinter dir schließen.«

Doch Steven wollte keine Türen schließen. Er war noch dabei, sie zu öffnen. Wieder erforschte er Anna mit Händen und Lippen. Sie erwiderte seine Zärtlichkeiten und schenkte ihm eine Nacht, an die er sich noch lange erinnern würde.

## 17

In dem Monat, der auf das Valentinswochenende folgte, sahen Meredith und Steven sich nicht. Meredith flog mit Callan nach Tokio und Singapur, und auch Steven schien dem Krankenhaus kaum jemals den Rücken kehren zu können. Jeder Tag trieb sie weiter auseinander, und auch am Telefon sprachen sie immer seltener miteinander.

Meredith war mittlerweile seit fünf Monaten in Kalifornien und hatte seit beinahe zwei Monaten das Verhältnis mit Callan. Sie spürte, dass sie immer mehr in Callans und immer weniger in Stevens Leben gehörte. Sie war nun ständig mit Callan zusammen, entweder im Büro oder bei ihm zu Hause. Die Nächte verbrachten sie aber in ihrer Wohnung, und an den Wochenenden unternahmen sie gemeinsam etwas mit den Kindern.

Mitte März warf Andy Meredith eines Tages einen neugierigen Blick zu und stellte ihr eine Frage, die sie völlig aus der Fassung brachte: »Zieht denn Ihr Mann eigentlich wirklich hierher?« Er meinte es gar nicht frech, sondern wollte es einfach nur wissen.

»Ich weiß es nicht, Andy«, antwortete Meredith ehrlich. Es sah nicht danach aus, und sie war sich auch nicht sicher, ob sie es überhaupt noch wollte.

Eine Woche später fragte Andy seinen Vater, ob Meredith nicht doch seine Freundin sei.

»Wir sind einfach nur gute Freunde«, erklärte Callan.

Mary Ellen hob eine Augenbraue, sagte aber nichts.

Callan und Meredith konnten niemandem mehr etwas vormachen, außer sich selbst. Aber auch Steven sprach schon längst nicht mehr über irgendwelche Stellen, die er nicht bekommen hatte. Er beklagte sich auch nicht mehr, wenn Meredith an den Wochenenden nicht nach New York kam. Es hätte sie bekümmert, wenn sie darüber nachgedacht hätte, doch sie verdrängte es einfach. Callan stellte keine Fragen. Er war zufrieden, wenn er nur seine Zeit mit Meredith verbringen konnte, und vertraute darauf, dass irgendwann eine Entscheidung getroffen würde. Er war ohnehin noch nicht bereit für eine feste Bindung. In mancher Hinsicht war der gegenwärtige Zustand für beide perfekt. Wenn Meredith häufiger versucht hätte, Steven zu Hause zu erreichen, hätte sie festgestellt, dass er dort gar nicht mehr übernachtete. So vermutete sie, dass er gelegentlich im Krankenhaus schlief, und war erleichtert, wenn sie nicht mit ihm sprechen musste.

Harvey Lucas hatte zwei Wochen zuvor seinen Dienst wieder aufgenommen, doch Steven hatte nichts mehr von seinen Plänen erwähnt, nach Kalifornien zu ziehen. Stattdessen hatte er Harvey darum gebeten, Anna eine feste Anstellung anzubieten.

Harvey musste zugeben, dass Anna eine großartige Ärztin war. Im Augenblick würde sie auf jeden Fall bleiben, wenn auch zunächst nur mit einem befristeten Vertrag.

Als Meredith aus Singapur zurückkehrte, bestand Steven auf einem Treffen. Er hatte die Zeit genutzt und viel nachgedacht. Seine Besorgnis über die Entwicklungen nahm zu.

Diesmal fragte er, ob es ihr recht sei, wenn er nach Kalifornien käme, denn er wollte es nicht riskieren, sie ein zweites Mal zu überraschen. Im ersten Moment schien Meredith zu zögern, doch sie hatte keinen Grund, ihn zurückzuweisen. Seit einem Monat hatte sie ihn nicht mehr gesehen, und sie konnte ihm nicht für immer aus dem Weg gehen.

»Was wirst du ihm sagen?«, fragte Callan. »Wirst du ihm von uns erzählen?« Er war sich nicht ganz sicher, ob er es sich wünschen sollte.

»Ihm was sagen? Dass ich eine Affäre habe? Dass unsere Ehe gescheitert ist?« Meredith hatte keine Ahnung, was sie Steven sagen wollte. Sie wusste noch nicht einmal, was sie selbst über all das dachte.

»Das ist deine Sache, Merrie.«

»Wo stehen wir beide denn, Cal?«

»Macht das einen Unterschied?«

»Vielleicht.«

»Ich glaube, dass du allein die Entscheidung treffen musst. Ich möchte nicht verantwortlich dafür sein, dass deine Ehe zerbricht.«

Callans Worte verrieten Meredith, dass er ein anständiger Mann war, aber ebenso verwirrt wie sie selbst.

Tatsächlich wusste er nur, dass es ihm gar nicht gefiel, dass Meredith das Wochenende mit Steven verbringen würde.

Doch er schwieg. Er wollte sie keinesfalls unter Druck setzen und ihr das Leben noch schwerer machen.

Als Meredith Steven endlich wiedersah, war sie noch verwirrter als zuvor. Er war ihr so vertraut, doch als er mit ihr schlafen wollte, bestand sie auf einem Gespräch. Also setzten sie sich auf die Couch, aber Meredith wusste immer noch nicht, was sie ihm eigentlich sagen sollte. Nur verletzen wollte sie ihn nicht, dessen war sie sich sicher.

»Ich habe eine Entscheidung getroffen, Meredith«, kam Steven ihr zuvor.

Meredith wappnete sich innerlich gegen das, was nun folgen würde. Wahrscheinlich würde er sie um die Scheidung bitten, und sie konnte es ihm nicht einmal vorwerfen. Sie hatte keine Ahnung, was sie dazu sagen würde.

Doch Steven überraschte sie, wie schon so viele Male in ihrem Leben. »Ich glaube nicht, dass wir noch sehr viel Zeit haben«, sagte er behutsam. »Wenn wir noch länger warten und so weitermachen, wird es vorbei sein. Wir treiben immer weiter auseinander, Merrie. Und wir beide wissen es.«

Meredith nickte, denn er hatte Recht. Sie fragte sich, ob er sie wohl nach dem Grund dafür fragen würde, doch das tat er nicht. Vielleicht kannte er ihn ja auch und wollte es nicht aus ihrem Mund hören. Also schwieg sie, und er fuhr fort: »Ich werde in New York kündigen. Ich habe schon mit einem Krankenhaus hier in der Stadt gesprochen. Es ist zwar klein, aber anständig, und es gibt dort eine ordentliche Notaufnahme. Nichts Großartiges, aber dort ist eine Teilzeitstelle frei. Viel normales Zeug: Knochenbrüche, Bauchschmerzen, Säuglinge mit Ohrenschmerzen. Für eine Weile kann ich damit leben, wenn's sein muss. Wenn ich noch länger auf den perfekten Job warte, ist es aus mit uns. Also, wenn ich nach New York zurückkehre, kündige ich und komme so bald wie möglich zu dir.«

Meredith war zwar im ersten Moment wie betäubt, doch sie wusste ebenso gut wie Steven, dass es keine andere Möglichkeit gab, wenn sie ihre Ehe retten wollten. »Wann willst du denn kommen?«, fragte sie. Ihre Gedanken rasten. Stevens Ankündigung bedeutete, dass sie die Affäre mit Callan beenden musste. Dazu fühlte sie sich zwar nicht bereit, doch sie hatte keine andere Wahl.

»In zwei Wochen«, erklärte Steven. »Harvey ist wieder zurück, und Anna kann meine Position einnehmen.« Anna wusste noch nichts von seinen Plänen. Zuerst hatte er mit Meredith sprechen wollen. Außerdem hatte er das Gefühl, dass Anna ohnehin etwas ahnte. In den letzten Wochen hatten sich die Dinge zwischen ihnen nur allzu gut entwickelt, und das war gefährlich. Er musste sich aus dem Staub machen, ehe er sie ernsthaft verletzte. Seit vier Wochen wohnte er mehr oder weniger bei ihr, und wenn er nicht bereit war, irgendwann eine ernsthafte Verbindung mit ihr einzugehen, würde er nicht nur ihr, sondern auch Felicia wehtun. Beide bedeuteten ihm jedoch zu viel, als dass er ihnen so etwas antun wollte. In Übereinstimmung mit den Kategorien, in die Anna die Männer einzuteilen pflegte, war er dabei, sich zu einem Arschloch zu entwickeln.

Meredith schaute ihn entsetzt an. »Zwei Wochen?« Ihre Stimme brach.

Doch Steven hatte Recht: jetzt oder nie, und beide wussten es. Dass sie beide auch denselben Grund hatten, die Dinge endlich voranzutreiben, ahnten sie jedoch nicht einmal.

»Wir können nicht mehr länger warten, Merrie. Es gibt hier eine freie Stelle, und Harvey kommt ohne mich klar. Wenn wir überhaupt noch diesen ganzen Aufwand treiben wollen, dann jetzt. Immerhin liegen mittlerweile fast sechs Monate der Trennung hinter uns. Das ist eine verdammt lange Zeit, in meinen Augen viel zu lang.«

»Ich weiß«, nickte Meredith. Doch sie konnte nur noch an eines denken: Wie sollte sie Callan das alles erklären? Wie sehr würde sie ihn vermissen?

»Du siehst nicht besonders glücklich aus, Merrie«, stellte Steven traurig fest. Sie waren in ihrer Ehe an einem heiklen

Punkt angelangt. Doch er wollte ihnen eine letzte Chance geben, bevor es für immer vorbei war.

Auch Meredith war noch nicht bereit, ihn endgültig aufzugeben.

»Glaubst du, dass wir es schaffen werden?«, fragte Steven.

»Das wünsche ich mir«, sagte sie leise, und so war es. Sie wusste zwar nicht, ob es ihnen gelingen würde, aber einen Versuch war es wert. Fünfzehn glückliche Ehejahre konnte man nicht einfach so über den Haufen werfen, und es spielte dabei keine Rolle, wie sehr sie von Callan betört war. Sie fragte sich, ob sie ihren Job wohl würde aufgeben müssen, wenn sie ihm von Stevens Plänen erzählte. Sie hatte keine Ahnung, wie Callan reagieren würde. In jedem Fall musste sie ihn informieren, ehe Steven ihr zuvorkam. Wenn sie die Stelle bei *Dow Tech* tatsächlich verlor, kam Stevens Umzug nach Kalifornien gar nicht mehr in Frage. Stattdessen würde sie nach New York zurückkehren.

»Packen wir's an, Merrie«, sagte Steven.

Meredith nickte nur. Ihre Gefühle überwältigten sie, und sie brachte kein Wort hinaus.

Anschließend verlief der Abend sehr ruhig. Steven und Meredith sprachen noch eine Weile über die Zukunft, doch Meredith schien seltsam verändert. Steven spürte, dass sie traurig war, als ob sie einen Verlust erlitten habe, aber er fand keine Erklärung dafür. Anna hatte ihm schon vor einer Weile gesagt, dass sie der Meinung war, dass Meredith eine Affäre hätte, doch Steven hatte erwidert, dass so etwas nicht zu seiner Frau passe. Davon war er noch immer überzeugt.

Sie liebten sich nicht, um ihre Pläne zu feiern. Beide hatten nicht das Gefühl, dass sie Anlass hätten zu feiern, doch sie hatten immerhin eine wichtige Entscheidung getroffen. Am Samstag ging Steven in die Stadt, um das Krankenhaus aufzusuchen, und sobald er aus dem Haus war, rief Meredith Callan an.

»Wir müssen uns sehen«, sagte sie ohne eine weitere Erklärung.

Zehn Minuten später trafen sie sich bei Callan.

»Was ist los?« Die Besorgnis stand ihm ins Gesicht geschrieben.

Meredith kam ohne Umschweife zur Sache. »Steven kommt in zwei Wochen. Er hat eine Stelle in einem kleinen Krankenhaus angenommen, in der Notaufnahme. Er glaubt, dass zwischen uns alles aus sein wird, wenn er es jetzt nicht wagt, und er hat Recht. Ich fühle mich gar nicht mehr so, als ob ich mit ihm verheiratet wäre. Ich fühle mich, als ob ich mit dir verheiratet wäre, Cal. Aber ich glaube nicht, dass es das ist, was du möchtest. Und ich bin mir auch nicht sicher. Ich muss es noch ein letztes Mal mit Steve versuchen. Wenn es nicht funktioniert, können wir auch später über eine gemeinsame Zukunft sprechen, wenn du es dann noch willst. Doch im Augenblick schulde ich es Steve, dass wir beide prüfen, was von unserer Liebe noch übrig geblieben ist. Ich glaube nicht, dass es viel ist, doch wir haben eine lange gemeinsame Geschichte. Und uns beide verbinden nur zwei gemeinsam verbrachte Monate und eine unsichere Zukunft. Außerdem wussten wir immer, dass dies eines Tages geschehen würde«, erklärte Meredith traurig.

Callan unterbrach sie kein einziges Mal, doch er war am Boden zerstört. Obwohl er gewusst hatte, dass es irgendwann dazu kommen würde, war er nicht darauf vorbereitet. Er diskutierte nicht mit ihr, machte ihr keinen Antrag und sagte ihr auch nicht, dass er sie liebte. Er wollte sie weder verwirren noch unter Druck setzen. Mit steinerner Miene saß er da, während er sich darüber klar wurde, dass er nach den zurückliegenden zwei Monaten tatsächlich keine Ahnung hatte, was sein Ziel war. Er wollte Meredith, doch er wusste nicht, unter welchen Bedingungen. Eine feste Bindung bedeutete ein großes Wagnis, und er war nicht bereit, es nach sieben Wochen der Leidenschaft schon einzugehen. Im Grunde hätte er erleichtert sein müssen, weil sie nun endlich eine Entscheidung traf. Doch während er ihr zuhörte, hatte er trotzdem das Gefühl, dass die Welt über ihm zusammenbrach. Und im Grunde war es tatsächlich so: Die Welt, die er mit Meredith geteilt hatte, brach zusammen.

»Von dir muss ich jetzt wissen, was mit meinem Arbeitsplatz geschieht«, fuhr Meredith fort. »Soll ich kündigen? Ich möchte nicht, dass Steve seine Stelle aufgibt und herkommt, um herauszufinden, dass ich gefeuert wurde. Wenn du möchtest, dass ich gehe, sag es jetzt. Dann erzähle ich ihm, dass ich mich entschlossen habe, zu ihm nach New York zurückzukehren. Cal, was willst du?« Sie sprach so liebenswürdig, wie es ihr möglich war. Ihr Job war das geringste der Probleme, mit denen sie nun konfrontiert war, und im Grunde interessierte sie diese Frage nicht wirklich.

»Ich möchte, dass du die Finanzchefin von *Dow Tech* bleibst«, entgegnete Callan mit rauer Stimme. »Ich will dich nicht verlieren.« Auch die Beziehung zu ihr wollte er nicht aufgeben, doch er wusste, dass er nicht das Recht hatte, darüber auch nur ein Wort zu verlieren. Sie schloss es aus, dass sie ihre Affäre fortführten, und hatte eine andere Entscheidung getroffen. Von Anfang an hatte sie ihm gesagt, dass sie ihre Ehe auf keinen Fall aufgeben würde, und ob es ihm nun gefiel oder nicht, er musste es respektieren.

»Bist du sicher, Cal?«, fragte sie sanft. »Es würde für uns beide sehr schwer werden.«

»Wann kommt er?«

»Am ersten April, in zwei Wochen.«

»Ich werde mich sowieso den größten Teil des Monats in Europa aufhalten und mich um neue Projekte kümmern. Das gibt uns genug Zeit, uns an die neue Situation zu gewöhnen. Du kannst in Ruhe herausfinden, was du tun willst. Vielleicht bleibt er ja nicht lange.« Ohne es zu beabsichtigen, klang seine Stimme voller Hoffnung.

»Da bin ich nicht so sicher. Ich glaube, dass er alles daransetzen wird, dass es funktioniert.« Meredith wusste nicht, ob sie ihre Ehe noch retten konnten. »Es klingt sicher grausam,

Cal, aber ich liebe dich. Vielleicht mehr als ich ihn im Augenblick liebe. Doch ich muss herausfinden, was das Richtige für mich ist – meine Ehe oder das, was ich mit dir teile. Ich glaube, wir beide wissen es nicht.«

Callan stritt nicht mit ihr darüber, doch während er ihr zuhörte, sah er verärgert aus. Callan Dow verlor nicht gern. In den vergangenen Wochen hatte er nur die Wahrheit zu ihr gesagt. Er liebte sie. Doch er hatte gewusst, dass sie verheiratet war und dass sie es nicht für immer verdrängen konnten. Aber er war noch nicht bereit, ihr einen Heiratsantrag zu machen.

»Ehe er kommt, werde ich nach Europa reisen. Ich möchte nicht, dass du *Dow Tech* den Rücken kehrst, Meredith. Das sollst du wissen.«

»Danke«, sagte sie und erhob sich. Tränen standen in ihren Augen, doch sie streckte nicht einmal die Hand nach ihm aus. Für einen langen Augenblick schaute sie ihn an und ging dann zur Tür.

Seine Stimme ließ sie innehalten. »Wann fliegt er denn wieder zurück?«

»Morgen früh«, antwortete sie, ohne sich umzudrehen. Ihre Hand lag bereits auf der Klinke. Sie wäre so gern bei ihm geblieben, aber das war nun unmöglich. Niemals wieder würde es dazu kommen, solange sie nicht wusste, was mit Steven geschehen würde. Vielleicht war es für immer vorbei.

»Ich rufe dich an«, sagte Callan.

Trotz all der Dinge, die sie zu ihm gesagt hatte, verspürte sie einen Stich im Herzen. Sie musste ihn loslassen, solange es noch möglich war. Wenn es überhaupt noch möglich war, aber sie musste es wenigstens versuchen.

»Das ist vielleicht keine gute Idee«, gab sie sanft zurück.

Callan schwieg, als sie leise hinausging und die Tür hinter sich schloss.

Steven wartete bereits, als Meredith nach Hause kam. Die Anspannung stand ihm ins Gesicht geschrieben, doch im Krankenhaus hatte er alles unter Dach und Fach gebracht. Den Rest des Tages verbrachten sie damit, Zukunftspläne zu schmieden. Sie schliefen an jenem Wochenende nicht ein einziges Mal miteinander. Ihr Verhältnis erinnerte eher an eine geschäftliche Beziehung als an eine Ehe. Steven flog am Sonntagmorgen nach New York zurück, wo er eine Menge zu erledigen hatte. Als er fort war, blieb Meredith in düsterer Stimmung zu Hause. Es galt nun, ein Haus in der Stadt zu finden, aber eigentlich stand ihr der Sinn gar nicht danach. Nichts gefiel ihr mehr. Sie wollte Callan nicht aufgeben, sie wollte nicht mit Steven zusammenleben. Sie wollte gar nichts außer dem, was sie während der vergangenen zwei Monate gehabt hatte, doch sie wusste, dass sie das nun aufgeben musste. Am Sonntagnachmittag saß sie noch immer tatenlos herum, als es an der Tür klingelte.

Es war Callan. Er stand einfach da und schaute sie an. Ohne ein Wort zog er sie in seine Arme und küsste sie. Er sah ebenso unglücklich aus wie sie. Verzweifelt hatte er versucht, sie für ihre Worte zu hassen, doch es war ihm nicht gelungen. Er begehrte sie viel zu sehr. Schweigend zog er sie ins Schlafzimmer, und sie leistete keinen Widerstand.

»Uns bleiben noch zwei Wochen, Merrie«, war alles, was er sagte. Für beide klang es eher wie das Geläut von Totenglocken, nicht wie eine Verheißung. Doch sie konnten einfach nicht voneinander lassen. Und sie hatten noch etwas Zeit, bis sie dazu gezwungen sein würden.

## 18

Noch während des Fluges nach New York versuchte Steven, Anna im Krankenhaus zu erreichen. Die Schwester in der Telefonzentrale überprüfte den Dienstplan und teilte ihm anschließend mit, dass Anna bis Donnerstag dienstfrei habe. Steven selbst wurde erst am Montagmittag im Krankenhaus erwartet. Am Montagmorgen machte er sich daher auf den Weg zu Annas Wohnung. Normalerweise war Felicia morgens in der Schule, und tatsächlich war Anna allein, als er an ihrer Tür klingelte. Zuvor hatte er angerufen, um ihr zu sagen, dass er kommen würde. Offenbar hatte sie sich gefreut, von ihm zu hören.

Doch als sie jetzt in sein Gesicht schaute, wusste sie sofort, dass sich etwas zusammenbraute. Seine Miene war ernster als gewöhnlich, und er war äußerst wortkarg, als er sich setzte, während sie Kaffee für ihn kochte.

»Darf ich fragen, wie es war? Oder geht es mich nichts an?« Anna hatte keine Ahnung, was geschehen war, doch der Ausdruck in Stevens Augen hatte sich verändert. Außerdem hatte er sich am Wochenende nicht ein einziges Mal bei ihr gemeldet, obwohl er bereits am Sonntagabend zurückgekehrt war.

»Es war in Ordnung«, entgegnete er, nahm ihr den Becher mit dem Kaffee aus der Hand und stellte ihn auf den Tisch. »Es war nicht so schlimm wie beim letzten Mal. Wir haben viel miteinander geredet.«

»Und waren es gute Gespräche?«, fragte sie und musterte ihn. Sie versuchte die Antwort aus seinen Augen abzulesen, doch es gelang ihr nicht. Ihre Affäre dauerte nun schon vier Wochen lang, und obwohl Anna Steven bereits recht gut kannte, gab es Themen, über die er nicht gern sprach, insbesondere, wenn es dabei um Meredith und den Umzug nach Kalifornien ging. Anna war nicht neugierig, doch sie hätte Steven gern geholfen.

»Ich denke schon«, antwortete Steven. Dann holte er tief Luft, bevor er den Sprung ins kalte Wasser wagte. Es fiel ihm schwer, aber er durfte den Tatsachen nicht ausweichen. Vor allem wollte er Anna nicht verletzen. »Anna ...«, begann er zögernd.

Allein beim Klang seiner Stimme, als er ihren Namen aussprach, stellten sich die Härchen in ihrem Nacken auf. Sie ahnte bereits, was nun kommen würde.

»Ich ziehe fort von hier.«

»Das ist doch nichts Neues«, stellte Anna ruhig fest. Sie versuchte, Zeit zu gewinnen, wollte auf keinen Fall die Fassung verlieren.

»In zwei Wochen schon. Ich wollte es dir unbedingt sagen.«

»Hast du eine Stelle gefunden?«, fragte Anna und spürte, wie Panik in ihr aufstieg.

»Mehr oder weniger. Ich habe etwas in einer Notaufnahme gefunden. Nichts Tolles, aber für den Augenblick reicht es. Du bedeutest mir sehr viel«, fügte Steven vorsichtig hinzu und wählte seine Worte mit Bedacht, obwohl er wusste, dass er sie unweigerlich verletzen würde. Deshalb wollte er es lieber jetzt als später hinter sich bringen. Er hatte erkannt, dass er auf dem besten Wege war, sich ernsthaft in sie zu verlieben. Deshalb hatte er Meredith unter Druck gesetzt und beschlossen, sobald wie möglich nach Kalifornien zu ziehen. Wenn er noch länger damit wartete, würde es für Anna nur noch schwerer werden. »Es muss jetzt sein«, ergänzte er. »Wenn ich noch länger warte, wird alles nur noch schlimmer. Ich will mich nicht noch mehr in dein Leben drängen, als ich es in den vergangenen vier Wochen bereits getan habe. Wir leben hier in einer Traumwelt, die mir sehr gefällt. Ich möchte bei dir sein, an deiner Seite arbeiten, nachts mit dir einschlafen und mit Felicia spielen. Doch ich habe nicht das Recht dazu. Ich bin mit Meredith verheiratet, seit fünfzehn Jahren schon. So miserabel die Lage im Augenblick auch ist, ich muss nach Kalifornien und die Dinge wieder gerade rücken.«

»Will sie es denn auch?«, fragte Anna. Sie hatte die Arme vor der Brust verschränkt und saß mit zusammengekrümmtem Oberkörper da. Ihr Magen schmerzte, oder war es ihr Herz? Sie hätte es nicht sagen können.

Steven verabscheute sich selbst, weil er ihr solchen Schmerz zufügte. »Sie ist jedenfalls einverstanden. Sie weiß ebenso gut wie ich, dass es mit uns endgültig vorbei sein wird, wenn wir noch länger warten. Wir müssen die Dinge zwischen uns entweder in Ordnung bringen oder aufgeben. Ich möchte nicht, dass du auf mich wartest. Du musst davon ausgehen, dass ich in Kalifornien bleibe, und mich vergessen.« Er sprach mit sanfter, aber fester Stimme.

Für einen Augenblick glaubte Anna, dass seine Worte sie umbringen würden. »Das ist nicht so einfach«, sagte sie mit Tränen in den Augen. »Dich zu vergessen ist ein schwieriger Auftrag. Manchmal bist du zwar irgendwie ein Arschloch, aber ich liebe dich trotzdem.«

»Erinnere dich einfach daran, dass ich ein Arschloch bin.«

»Das dürfte nicht so schwierig sein«, überlegte Anna mit der ihr eigenen Burschikosität, doch Steven erkannte trotzdem, dass sie fast zusammenbrach. An Felicia wollte er jetzt gar nicht denken. Auch in die Kleine hatte er sich verliebt. Sie war die Tochter, die er nie gehabt hatte, und sie verdiente viel mehr als das, was Anna ihr geben konnte. Sie brauchte einen Vater. Doch diesen Job konnte er nicht übernehmen, denn er hatte bereits einen anderen: Er war Merediths Ehemann.

»Ich weiß nicht, was ich dir noch sagen soll«, stieß er mit rauer Stimme hervor. »Ich liebe dich. Ich will mit dir zusammen sein. Wenn ich frei wäre und du dumm genug, mich zu nehmen, würde ich dich heiraten. Doch ich kann dir nichts dergleichen bieten. Ich betrüge dich und auch mich selbst, wenn ich hier bleibe. Auch Merrie gegenüber trage ich Verantwortung.«

»Sie hat wirklich Glück«, stellte Anna heiser fest und fuhr dann fort: »Was ist, wenn es nicht funktioniert? Kommst du dann zurück?«

»Nein.« Das Wort klang selbst in Stevens Ohren schrill. Er wollte ihr keine Hoffnungen machen, das wäre nicht fair gewesen. Wenn alles gut ginge, würde er bei Meredith bleiben. Und nur Gott wusste, was geschehen würde, wenn nicht. »Wenn es sich nicht mehr einrenken lässt«, fügte er hinzu und versuchte, nicht nur Anna, sondern auch sich selbst zu überzeugen, »werde ich etwas ganz anderes machen. Vielleicht gehe ich auch in irgendeine Klinik in der Dritten Welt.«

»Ihr Reichen habt wirklich Glück«, sagte Anna mit Bitterkeit in der Stimme. »Ihr könnt tun, was immer euch in den Sinn kommt, braucht euch nicht darum zu kümmern, hungrige Mäuler zu stopfen, Rechnungen zu bezahlen oder euch um eure Kinder zu sorgen. Ihr packt einfach eure Sachen und geht, wohin es euch gerade treibt.«

Steven wusste, dass sie selbst gern in einer Klinik in der Dritten Welt gearbeitet hätte, wahrscheinlich mehr als er selbst. Doch im Augenblick hielt er es für eine gute Idee für den Fall, dass seine Ehe doch noch scheiterte.

»Ich bin nicht reich«, erinnerte er sie. »Meine Frau hat das Geld. Das ist ein großer Unterschied. Ich will nichts von ihr, nur eines Tages Kinder. Aber dir, Anna, stehle ich schon seit einem Monat die Möglichkeit, dem Richtigen zu begegnen, jemandem, der dich heiraten und für dich und Felicia sorgen will, und mit dem du noch mehr Kinder haben könntest.« Steven wusste, dass Anna sich noch Kinder wünschte, doch im Augenblick verdiente sie kaum genug für sich und Felicia. »Ich habe nicht das Recht, dir diese Chance zu nehmen. Ich gebe dir dein Leben und deine Freiheit zurück.«

»Wie nobel«, entgegnete Anna traurig. »Aber habe ich da nicht auch ein Wörtchen mitzureden?« Allmählich wurde sie ärgerlich. Mit welchem Recht traf er allein diese Entscheidung, die auch sie betraf? Sie liebte ihn mehr, als sie je einen Mann geliebt hatte. Die Regeln hatte sie von Anfang an gekannt. Sie hatte jedoch nicht damit gerechnet, sich so schnell und so heftig in ihn zu verlieben. Es fiel ihr schwer, ihn gehen zu lassen.

»Du hast keine Wahl«, stellte Steven sachlich fest. »Wenn du willst, kannst du mich hassen oder dich entschließen, nie wieder mit mir zu sprechen. Aber du kannst meine Entscheidung, nach Kalifornien zu gehen, nicht beeinflussen.«

»Das würde ich mir gar nicht anmaßen«, sagte sie. »Ich will es nicht. Du hattest immer die Freiheit zu tun, was du wolltest, genau wie ich. Das war von Anfang an klar. Ich habe nur nicht damit gerechnet, dass du so bald schon fortgehen würdest. Ich dachte, es würde Monate dauern, bis du eine Stelle findest, vielleicht noch länger. Auf den Gedanken, dass du auch gehen könntest, obwohl du keinen Job hast oder einen, der weit unter deinem Niveau liegt, wäre ich gar nicht gekommen.« Anna wurde bewusst, wie verzweifelt Steven sich darum bemühte, seine Ehe zu retten. Sie glaubte zwar, dass es der Mühe nicht wert war, doch wichtig war nur, dass er offenbar davon überzeugt war. »Gibt es sonst noch etwas, was du mir sagen willst?«, fragte sie und erhob sich.

»Nein, im Grunde nicht. Nur dass ich dich liebe, Anna. Ich wünsche dir nur das Beste. Ich möchte, dass du glücklich wirst, auch ohne mich.«

»Das ist mir klar, war es übrigens immer. Du schuldest mir nichts. Das sollst du wissen. Ich wollte nie etwas anderes von dir außer ein bisschen Zeit. Du warst für mich wie eine warme Decke im kalten Winter.«

»Du warst für mich viel mehr als das. Ich möchte, dass du das weißt. Ich liebe dich wirklich, Anna.«

»Und? Trotzdem gehst du fort.« Ihre Augen schwammen in Tränen. »Auch Felicias Vater hat behauptet, mich zu lieben, doch er hatte nicht einmal die Kraft, seinen Eltern die Stirn zu bieten. Vielleicht bist du einfach nicht stark genug, der Tatsache ins Auge zu sehen, dass deine Ehe schon längst am Ende ist.«

»Das weiß ich nicht. Deshalb gehe ich ja fort. Aber wenn es tatsächlich so ist, werde ich mich dem stellen.«

Anna nickte und ging langsam zur Tür, um sie zu öffnen. Steven hätte sie am liebsten in die Arme geschlossen, sie mit Küssen bedeckt und sie ein letztes Mal geliebt. Aber sie bedeutete ihm zu viel, und er wollte ihr nicht noch unnötig wehtun. Also folgte er ihr schweigend, während er sie beobachtete, als wolle er ihre Züge für immer in sein Gedächtnis brennen. Es würde schwierig werden, in den nächsten zwei Wochen mit ihr zusammenzuarbeiten, doch wenigstens würde er sie noch sehen.

Steven trat über die Schwelle in das Treppenhaus. Mit einem letzten Blick und ohne ein weiteres Wort schloss Anna die Tür hinter ihm. Lange Zeit stand er einfach so da und fragte sich, ob sie wohl noch einmal öffnen würde. Er hörte, dass sie leise weinte, doch er klopfte nicht und drückte auch nicht auf die Klingel. Er stand einfach nur schweigend im Treppenhaus. Nach ein paar Minuten ging er langsam die Treppe hinunter. Was hatten die vergangenen vier Wochen mit Anna ihm bedeutet? Sie hatte ihm ein Heim gegeben, ihm Unterschlupf gewährt. Doch nun hatte er sie in die Wirklichkeit zurückgeworfen und sich selbst zu einem Leben in Kalifornien verurteilt, dessen Ausgang ungewiss war.

Steven machte sich auf den Weg zum Krankenhaus, um Harvey Lucas endlich darüber zu informieren, dass er kündigte. Harvey war zwar enttäuscht, aber er zeigte auch Verständnis dafür, dass Steven jetzt endlich wieder bei Merrie sein wollte. Er bedauerte, dass Steven nur eine Stelle in einer Notaufnahme gefunden hatte, doch ihm war klar, dass dies im Augenblick die einzige Möglichkeit war. Wenn Steven seine Ehe retten wollte, hatte er keine Alternative.

»Was hast du übrigens mit Anna Gonzalez angestellt?«, fragte Harvey so beiläufig wie möglich.

»Nichts. Warum?« Steven fühlte sich unbehaglich und fragte sich, ob Harvey wohl von seiner Affäre erfahren hatte.

»Sie hat vorhin angerufen, kurz bevor du kamst. Sie sagte, dass du in letzter Zeit wegen irgendeiner Meinungsverschiedenheit recht grob zu ihr warst und dass sie nicht mehr arbeiten möchte, wenn du Dienst hast. Sie bat mich darum, den Dienstplan entsprechend zu ändern. Ich hatte den Eindruck, dass sie dich überhaupt nicht mehr sehen will.«

Harvey Lucas' Worte trafen Steven wie ein Schlag mitten ins Gesicht. Er war davon ausgegangen, dass er Anna bis zu seiner Abreise jeden Tag sehen und mit ihr zusammenarbeiten würde. Doch sie hatte Recht. Sie wollte einen sauberen Schnitt, und er musste es akzeptieren.

»Vermutlich habe ich es wie üblich etwas übertrieben«, gestand Steven. »Wir hatten ein paar lange Tage und harte Nächte ohne Schlaf, da habe ich sie wohl angemeckert. Wir hatten eine Auseinandersetzung wegen einer Diagnose. Natürlich hatte sie Recht, und ich habe mich entschuldigt. Aber sie selbst ist auch nicht ohne. Wahrscheinlich konnte sie mir nicht verzeihen. Sie ist eine verdammt gute Ärztin, Harvey. Es wird dir bestimmt Spaß machen, mit ihr zu arbeiten.«

»Das weiß ich. Aber ich bedaure trotzdem sehr, dass ich dich verliere, Steve. Außerdem sind meine Pläne mit der Forschung jetzt zum Teufel. Ich werde hier niemals wegkommen. Zwei Jahre werden wir bestimmt brauchen, bis wir einen Ersatz für dich gefunden haben.«

»Das ist doch Quatsch, aber ich fühle mich geschmeichelt. Dass aus deinem Forschungsvorhaben jetzt erst einmal nichts wird, tut mir wirklich Leid.«

»Nicht zu ändern. Wenn's in Kalifornien nicht klappt, dann komm zurück. In fünf Minuten habe ich dich wieder eingestellt, und noch weitere fünf Minuten brauche ich dann, um von hier zu verschwinden. Ich fühle mich total ausgebrannt.«

»Unsinn, die Arbeit hier ist genau das Richtige für dich. Du hängst mit Leib und Seele an diesem Laden, und das weißt du auch«, sagte Steven und fügte dann nachdenklich hinzu: »Mir wird dieses Krankenhaus jedenfalls fehlen.«

»Nein, das glaube ich nicht – es sei denn, du langweilst dich, weil du deine Zeit damit verbringst, Prellungen mit Eisbeuteln zu versorgen. Das könnte dir in der Tat recht schnell zum Hals heraushängen. Doch du wirst bestimmt schnell etwas anderes finden. Halt mich jedenfalls auf dem Laufenden.«

»Das verspreche ich. Und pass auf Anna auf. Du wirst hoffentlich netter zu ihr sein, als ich es war.« Um ein Haar wäre Steven bei diesen Worten in Tränen ausgebrochen.

»Selbst Godzilla wäre netter zu ihr als du, wenn du vier Tage hintereinander im Dienst warst und drei Nächte nicht geschlafen hast. Himmel, in diesem Zustand hasse selbst ich dich aus tiefster Seele.«

Die beiden Männer lachten und verließen gemeinsam den Operationssaal. Beide waren am Nachmittag in der Chirurgie eingeteilt, und Steven fragte sich, ob er Anna überhaupt noch wiedersehen würde. Er bezweifelte es, und tatsächlich ergab es sich auch nicht mehr.

In den folgenden zwei Wochen hatte Steven stets an anderen Tagen Dienst als Anna. Gleichzeitig war er nicht mehr so eingespannt wie zuvor, so dass er den Umzug organisieren und sich um den Verkauf der Wohnung kümmern konnte. Der Makler hatte schon bald einen Käufer gefunden, der zwar den Kaufpreis drückte, doch die Summe lag immer noch in dem Rahmen, den Steven und Meredith sich vorgestellt hatten. Letztendlich war es einfacher, die Wohnung zu verkaufen, als sie leer stehen zu lassen oder zu vermieten. Die Möbel und sämtliche Umzugskartons ließ er von einem Unternehmen per Schiff auf die Reise nach Palo Alto schicken. Für die letzten drei Tage mietete Steven sich ein Zimmer in einem Hotel. An seinem letzten Arbeitstag gaben die Schwestern eine Abschiedsparty für ihn, zu der Anna allerdings nicht erschien. Die meisten Schwestern weinten, als er sich verabschiedete. Niemand konnte sich die Unfallchirurgie ohne ihn vorstellen.

Als Steven am ersten April New York verließ, regnete es. Er hatte nur seine Arzttasche und einen kleinen Koffer bei sich. Nun dachte er nur noch an Meredith. Während der letzten zwei Wochen hatte er Anna zwar sehr vermisst, doch er wusste, dass er die richtige Entscheidung getroffen hatte, für sie beide. Wenn er geblieben wäre und die Affäre fortgesetzt hätte, wäre es am Ende für beide noch schlimmer gewesen. Anna hatte viel mehr verdient, als er ihr geben konnte. Er wünschte ihr von Herzen, dass sie endlich einen guten Mann fand, der weder verheiratet noch ein Arschloch war. Sie verdiente das Beste.

Steven schaute gedankenverloren aus dem Fenster, während das Flugzeug eine Kurve in Richtung Westen flog und New York am Horizont verschwand.

# 19

Anders als Steven und Anna in New York verbrachten Meredith und Callan während der letzten zwei Wochen, die ihnen blieben, jede freie Minute miteinander. Die Beziehung wurde noch intensiver, und das letzte Wochenende verlebten sie in einem kleinen Hotel in Carmel Valley. Viele Stunden verbrachten sie im Bett, unternahmen lange Spaziergänge, hielten Händchen und küssten sich immer wieder. Nachts lagen sie stundenlang wach und unterhielten sich, nachdem sie sich geliebt hatten. Die Zukunft spielte in den Gesprächen keine Rolle, denn es gab für sie beide keine Zukunft. Nur diese letzten Augenblicke waren ihnen noch vergönnt.

Dann kam der Tag, an dem Steven eintreffen sollte und Callan nach London fliegen würde. In der Nacht zuvor blieb er bis weit nach Mitternacht bei Meredith. Die Wohnung würde sie nun aufgeben und mit Steven in eine andere in der Stadt ziehen.

»Ich würde gern behaupten, dass ich dir und Steven nur das Beste wünsche«, sagte Callan beim Abschied. »Doch das wäre gelogen. Ich wünsche mir, dass es überhaupt nicht funktioniert. Ich will, dass du zu mir zurückkommst. Ruf mich an und halte mich auf dem Laufenden.«

Meredith konnte sich ein Leben ohne Callan gar nicht mehr vorstellen. Es schien ihr, als wäre sie längst mit ihm verheiratet und hätte nun vor, ihn mit Steven zu betrügen. Doch ihre Beziehung zu Callan war dennoch nur eine Fantasie, eine Illusion, ein Streich, den die Wirklichkeit ihr spielte. Sie liebten sich, doch es gab keinerlei Versprechen zwischen ihnen. Meredith war an Steven gebunden. Obwohl Callan behauptete, das alles durchaus zu verstehen, war er verärgert darüber, dass sie mit Stevens Umzug einverstanden gewesen war und versuchen wollte, ihre Ehe zu retten. Auch mit sich selbst haderte er, weil er ihr keinen Antrag gemacht hatte, aber dafür war es nun zu spät. Meredith würde versuchen, die Dinge mit Steven in Ordnung zu bringen.

»Ich kann nicht einfach fünfzehn Jahre über den Haufen werfen, ohne ihm eine letzte Chance zu geben, Cal. Ich würde mich für den Rest meines Lebens fragen, was wohl geschehen wäre.«

Callan nickte zustimmend, und doch hasste er sie in diesem Augenblick, weil sie sich ihrem Mann gegenüber so fair verhielt. Andererseits hatte er gerade ihre Fairness immer besonders geschätzt. »Es wird nicht funktionieren, das weißt du ganz genau«, stellte er erbittert fest. »Deine Ehe ist gescheitert, Merrie, stell dich endlich den Tatsachen.«

Beiden fiel es nicht leicht zu akzeptieren, dass Meredith zu Steven zurückkehrte und die gemeinsame Affäre zu Ende war. Bereits der Gedanke daran führte bei Meredith zu Entzugserscheinungen. Callan seinerseits war vollkommen verstört. Er war inzwischen zu dem Schluss gekommen, dass Steven gar nicht der Richtige für Meredith war.

»Ihr habt doch gar nichts gemeinsam«, sagte er.

»Immerhin genug, um all die Jahre an unserer Ehe festzuhalten«, widersprach Meredith, doch sie war selbst nicht mehr wirklich überzeugt davon.

»Das war einfach Glück, sonst nichts. Seit Jahren schon verfolgt ihr beide unterschiedliche berufliche Ziele. Ich glaube, er versteht überhaupt nicht, was du tust, und es kümmert ihn auch nicht. Er weiß nicht einmal, wie gut du bist. Du verschwendest dich an ihn.« Callan hielt diese Rede eher für sich selbst.

Meredith ließ sich jedoch nicht beirren. Sie musste es mit

Steven noch einmal versuchen, das war sie sich und ihm schuldig.

Callan wurde immer zorniger und fühlte sich zurückgewiesen. Mit hängenden Schultern verließ er schließlich die Wohnung. »Pass auf dich auf, Merrie«, sagte er traurig und küsste sie ein letztes Mal.

Meredith weinte noch stundenlang, nachdem er fort war, und als Steven am nächsten Tag eintraf, sah sie krank aus. Sie war totenbleich und blickte ihren Mann aus geschwollenen Augen an.

»Bist du krank?«, fragte Steven besorgt.

»Eine Erkältung oder eine Allergie, ich weiß es nicht.«

»Du siehst schrecklich aus, Schatz.«

Steven gab ihr Antihistamin-Tabletten, doch Meredith nahm sie nicht ein.

Innerhalb von zwei Stunden hatte Steven für ein Riesenchaos gesorgt. Seine Kleider waren im Schlafzimmer verstreut, sein Rasierzeug lag im Waschbecken. Nun bereitete er in der Küche das Abendessen zu.

Seine Ankunft war kein Anlass für ein Freudenfest. Enttäuscht nahm er zur Kenntnis, dass Meredith in der Stadt nur eine Wohnung gemietet hatte. Er hätte am liebsten ein Haus gekauft oder wenigstens eines gemietet. Am Abend seiner Ankunft brachte er zudem das Thema Kinder auf den Tisch. Es war Teil seiner Versöhnungsstrategie. Kinder würden das Band zwischen ihm und Meredith stärken, so glaubte er jedenfalls.

»Daran möchte ich im Augenblick nicht einmal denken«, fauchte Meredith und fragte sich im Stillen, wo Callan wohl war. Wahrscheinlich war er soeben in London gelandet. Sie waren übereingekommen, nicht miteinander zu telefonieren. Nur mit Mühe gelang es Meredith, sich an diese Abmachung zu halten. Schließlich war Steven noch nicht mal einen Tag bei ihr.

»Einen besseren Zeitpunkt für ein Kind gibt es doch gar

nicht«, beharrte Steven. »Am Anfang werde ich nicht allzu viel zu tun haben, so dass ich dir zur Hand gehen kann, wenn du dich in den ersten Monaten nicht gut fühlen solltest.«

»Ich *will* aber kein Kind. *Niemals!* Kannst du das nicht endlich begreifen!«, rief Meredith verzweifelt. Sie wusste ja nicht einmal, ob sie Steven überhaupt noch wollte. »Ein Kind würde mein ganzes Leben durcheinander bringen. Außerdem will ich mich nicht monatelang schlecht fühlen. Ich will es einfach nicht.«

»Wann hast du denn diesen Entschluss gefasst?«

»Ich weiß nicht«, entgegnete Meredith müde. Ihre Nerven waren zum Zerreißen gespannt. Stevens Rückkehr, der Umzug, das Ende ihrer Affäre mit Callan – das Letzte, woran sie jetzt denken wollte, war ein Baby. »Ich glaube, ich wollte noch nie ein Kind. Aber du hast mir ja einfach nicht zugehört!«

»Trotzdem ist es nett, dass ich endlich davon erfahre«, stellte Steven fest und wechselte dann das Thema. »Wann ziehen wir denn um?«

»Nächstes Wochenende.«

Plötzlich klingelte das Telefon. Meredith sprang auf, doch es war nur ein junger Mann, der Zeitungsabonnenten warb.

»In zwei Wochen kommen unsere Sachen aus New York hier an«, sagte Steven. Am folgenden Montag würde er seine Stelle in der Notaufnahme antreten.

Meredith hatte das Gefühl, im Chaos zu versinken.

Als sie wieder ins Büro gehen musste, war sie regelrecht erleichtert. Callan versorgte sie unter der Woche mit einem Stapel Faxe, in denen er sie über seine Besuche bei potentiellen Kunden und europäischen Forschungslabors auf dem Laufenden hielt. Er beschränkte sich stets auf das Geschäftliche und rief Meredith nicht ein einziges Mal an.

Am Ende der Woche fühlte sie sich wie ein Wrack, und jeder sah es ihr an. Ihre Nerven lagen bloß, und sie hatte den Eindruck, dass Stevens Unordnung die ganze Wohnung überschwemmte. Längst hatte sie vergessen, wie es war, mit ihm zusammenzuleben. Ständig war sie damit beschäftigt, seine Socken, Hemden und Hosen vom Boden im Wohnzimmer aufzulesen. Anstatt eines Paars eleganter Schuhe kaufte er sich Turnschuhe, und Meredith bemerkte, dass sie diese Dinge zunehmend störten. Insgeheim verglich sie Steven ständig mit dem makellosen, eleganten Callan, der schon früh morgens wie aus dem Ei gepellt aussah und darüber hinaus ihre Ordnungsliebe teilte.

Der Umzug wurde ein Albtraum. Das Bett, das Meredith gekauft hatte, konnte nicht geliefert werden. Die Hälfte des neuen Geschirrs war in tausend Scherben zerbrochen. Nirgendwo konnten sie sich setzen oder gar schlafen, und sie hatten nicht einmal genügend zu essen.

»Komm, Schatz, nimm's nicht so schwer, das kriegen wir schon hin. Bis unsere Sachen aus New York kommen, essen wir eben von Papptellern, und ich kaufe einfach ein Futon«, versuchte Steven, Meredith zu trösten.

So hatte Meredith sich das alles nicht vorgestellt. Demnächst würde sie obendrein für den Weg zur Arbeit eineinhalb Stunden brauchen.

Am Sonntagabend saß sie mit Steven auf dem Boden und teilte sich mit ihm eine Pizza, als sie plötzlich bemerkte, dass sie Callans Kinder vermisste. Natürlich erwähnte sie es Steven gegenüber nicht. Es gab keine Möglichkeit, ihm zu erklären, was sie empfand.

Die Spannungen zwischen ihnen nahmen noch zu, als Steven seine neue Stelle antrat. Es stellte sich heraus, dass man ihn belogen hatte. Er wurde als eine Art Sanitäter eingesetzt, und selbst die Schwestern trugen mehr Verantwortung als er. Während der ersten beiden Wochen war er an der Patientenaufnahme beschäftigt und musste stundenlang in Formularen blättern. Diese Tätigkeit verabscheute er aus tiefster Seele, doch wenn Meredith abends erschöpft von der Arbeit nach Hause kam, sagte er nichts. Häufig saß er vor dem Fernseher, den er gekauft hatte, ein leeres Sixpack Bier neben sich. Er konnte sich nicht einmal aufraffen, das Abendessen zuzubereiten, und so lebten sie von chinesischem Essen, *burritos* und Pizza, die sie sich ins Haus liefern ließen.

»So geht das doch alles nicht mehr weiter«, sagte Meredith eines Abends.

Steven hatte einen besonders schlechten Tag hinter sich. Diesmal hatte er als Babysitter fungiert und sich um einen Vierjährigen gekümmert, dessen Mutter ein weiteres Kind bekam.

»Du verabscheust deine Arbeit, und mir geht die Fahrerei auf die Nerven«, erklärte sie.

»Und nebenbei beginnen wir einander zu hassen«, ergänzte Steven.

»Das habe ich nicht gesagt.«

»Nein, aber es steht dir ins Gesicht geschrieben. Jeden Abend, wenn du nach Hause kommst, hast du die Nase gestrichen voll und lässt es an mir aus. Was ist los mit dir?«

Doch Meredith konnte ihm nicht sagen, was es war. Sie vermisste Callan, und das Zusammenleben mit Steven stellte sich als schwieriger heraus, als sie jemals geahnt hatte. Die Monate des Alleinlebens und die Affäre mit Callan hatten einiges verändert. Sie war nicht mehr derselbe Mensch, der sie noch in New York gewesen war. Steven ging ihr nur noch auf die Nerven.

»Ich hasse es einfach, wie im Zeltlager auf dem Boden zu schlafen«, gab sie zu, »genau wie diese Fahrerei nach Palo Alto jeden Morgen.«

»Und ich hasse meinen Job und diese Wohnung hier«, sagte Steven. »Aber die Frage ist doch, was wir überhaupt noch aneinander mögen. Früher gab es so vieles, was mir an dir gefiel, Merrie. Deine Klugheit, deine Schönheit, deine Geduld, dein Sinn für Humor. Doch in letzter Zeit bist du so verdammt unglücklich, dass du das reinste Gift versprühst.«

Steven sagte die Wahrheit, und Meredith fühlte sich schuldig. »Es tut mir Leid, Steve. Es wird wieder besser werden. Das verspreche ich.«

Doch stattdessen wurde alles noch schlimmer. Als Callan aus Europa zurückkehrte, behandelte er Meredith wie seine schlimmste Feindin. Es schien, als hätte er die vier Wochen genutzt, um alle Tore für immer vor ihr zu verschließen. Meredith hatte gehofft, dass sie Freunde bleiben würden, so wie sie es am Anfang gewesen waren. Doch nun erkannte sie, dass viel zu viel geschehen war. Zwischen ihnen hatte es zu viel Liebe, zu viel Hoffnung und zu viele Enttäuschungen gegeben. Callans Enttäuschung darüber, dass ihre Beziehung zu Ende gegangen war, hatte sich offenbar in Wut verwandelt, die er jetzt an Meredith ausließ. Ständig hackte er auf ihr herum, fragte zehnmal am Tag nach irgendwelchen Unterlagen und stritt mit ihr über jede ihrer Äußerungen. Während einer Vorstandssitzung wäre es beinahe zu einer offenen Auseinandersetzung gekommen.

So etwas war noch nie zuvor geschehen, und anschließend stellte Meredith Callan zur Rede. »Es schert mich einen Dreck, ob du meiner Meinung bist, Cal. Unter vier Augen darfst du gern mit mir diskutieren, aber du kannst mich doch nicht in aller Öffentlichkeit derart bloßstellen.«

»Du übertreibst, Meredith«, entgegnete Callan knapp und stürmte aus ihrem Büro.

Doch er übertrieb ebenso. Jeder konnte es sehen. Die Mitarbeiter wussten nicht warum, doch allmählich fragten sie sich, ob er Meredith vielleicht kündigen wollte. Meredith stellte sich dieselbe Frage, denn Callan schien eine Fehde gegen sie zu führen.

Das eigentliche Problem bestand für Callan jedoch darin, dass er sich erbitterte Vorwürfe machte, weil er Meredith nicht gefragt hatte, ob sie ihn heiraten wollte. Andererseits zweifelte Callan daran, ob ein Heiratsantrag tatsächlich etwas geändert hätte, denn Meredith war Steven gegenüber ausgesprochen loyal. Doch vielleicht hätte er sich wenigstens besser gefühlt. Er hasste es ohnehin, zu den Verlierern zu gehören.

»Du siehst aus, als wärest du bester Stimmung«, stellte Steven sarkastisch fest, als Meredith am selben Abend nach Hause kam.

Seine Bemerkung gab ihr den Rest. »Wenn du's genau wissen willst: Das bin ich nicht«, fauchte sie wütend zurück. »Ich habe einen Scheißtag hinter mir. Ich hasse mein Leben. Außerdem hatte ich auf der Rückfahrt auch noch einen verdammten Plattfuß. Wie war's bei dir?«

»Etwas besser, aber auch nicht viel. Heute musste ich einem Jungen einen Kaugummiklumpen aus dem Ohr holen und einen gebrochenen Finger schienen. Wahrscheinlich bekomme ich dafür den Nobel-Preis.« Steven war bereits beim fünften Bier. Er saß wieder einmal auf dem Boden, denn die Ankunft ihrer Habseligkeiten hatte sich wegen einer Überschwemmung in Oklahoma um weitere zwei Wochen verschoben.

»Warum ziehen wir eigentlich nicht in ein Hotel, bis die Sachen kommen?«, schlug Meredith vor, als Steven ihr davon erzählte.

»Wir sind doch nicht so verwöhnt, dass wir nicht einmal für ein paar Wochen auf dem Boden schlafen können. Früher gab es gar keine Betten und Sofas.«

»Ich habe die Nase einfach voll von diesem Provisorium.« Meredith hatte keine Lust mehr, so zu leben, weder mit Steven noch mit einem anderen. Außerdem war sie wütend auf Callan, weil er sie so schlecht behandelte. Er war bockig wie ein kleines Kind und machte ihr das Leben im Büro zur Hölle. Im Augenblick lief nichts in ihrem Leben wirklich rund.

»Und ich habe die Nase voll von deinem Benehmen«, sagte Steven und erwiderte ungerührt Merediths vollkommen frustrierten Blick.

»Es tut mir Leid, Steve, aber ich kann im Moment einfach nicht anders. Ich versuch's ja, aber es will mir nicht gelingen. Diese verdammte Fahrerei raubt mir den letzten Nerv. Sollen wir uns nicht doch nach einem Haus in Palo Alto umschauen?«

»Weil sich die ganze verfluchte Welt nur um deinen Job dreht, Meredith? Wenn ich jemals eine anständige Stelle finde, bin ich darauf angewiesen, in der Nähe des Krankenhauses zu wohnen. Ich kann es mir nicht leisten, eine Stunde in der Gegend herumzufahren, ehe ich bei meinen Patienten bin.«

»Ich würde glatt behaupten, dass ein Kind mit einem Kaugummiklumpen im Ohr durchaus einen oder zwei Tage auf dich warten kann.«

Eine solch zynische Bemerkung passte überhaupt nicht zu Meredith, und kurz darauf stürmte Steven empört aus der Wohnung. Als er zurückkehrte, war er betrunken. Er hatte drei Tequilas getrunken und anschließend einen Brandy hinuntergespült. Doch Meredith sagte nichts. Sie lag auf dem Futon und gab vor, bereits zu schlafen. Die ganze Zeit über hatte sie geweint. So wollte sie nicht leben. Es gab keine Kameradschaft, kein Mitgefühl und auch keine Freundschaft mehr zwischen ihr und ihrem Mann. Sie schliefen kaum noch miteinander, und wenn es doch dazu kam, war es wie zwischen zwei Fremden. Beide hatten sich noch vor kurzem viel besser gefühlt, doch sie erzählten einander nichts davon. Sie lagen einfach da in ihrem einsamen Elend, und die Mauer zwischen ihnen wurde höher und höher. Die meiste Zeit verbrachten sie damit, einander aus dem Weg zu gehen.

Als die Möbel aus New York schließlich eintrafen, war es nur ein schwacher Trost. Sie schienen ein Relikt aus einer verlorenen Welt zu sein und gar nicht in die neue Wohnung zu passen. In Merediths Augen war sie ohnehin ein düsterer Ort.

Ende Mai waren Steven und Meredith hoffnungslos zerstritten. Außerdem wurde es für Meredith auch immer schwieriger, mit Callan zu arbeiten, und sie dachte darüber nach, ihre Stelle zu kündigen.

»Was willst du eigentlich von mir?«, fragte Steven eines Abends. »Ich kam hierher, um unsere Ehe zu retten. Ich habe einen Job angenommen, den ich verabscheue, nur weil ich mit dir zusammen sein wollte. Ich habe in New York alles aufgegeben. Und du scherst dich einen Dreck um mich, seit ich hier bin. Womit, um Himmels willen, habe ich deinen Hass verdient, Merrie?«

Steven hatte ihre Beziehung zu Callan zerstört, aber Meredith hasste ihn nicht dafür. Sie liebte ihn einfach nicht mehr und konnte dieser Tatsache nicht ins Auge sehen. Sie machte jeden, am meisten sich selbst, für das, was geschehen war, verantwortlich. Die Zeit hatte sie in einem tosenden Fluss mit sich gerissen, und ihren Mann hatte sie in den Fluten verloren. Wenn sie um sich blickte, schaute sie nur auf die Trümmer ihrer Ehe.

»Ich hasse dich nicht«, sagte Meredith, und zum ersten Mal seit langer Zeit sprach sie mit ruhiger Stimme. »Ich bin nur unglücklich.«

»Ich auch«, erwiderte Steven traurig.

Am folgenden Tag wartete er bereits auf sie, als sie nach Hause kam. Wie in früheren Tagen hatte er das Abendessen zubereitet. Während er ihr ein Glas Wein einschenkte, teilte er ihr mit, dass er eine Entscheidung getroffen habe. »Ich gehe fort, Merrie«, sagte er freundlich und erinnerte sie zum ersten Mal seit langem wieder an den Mann, den sie einst gekannt hatte. Während der vergangenen zwei Monate hatten sie festgestellt, dass der Abstand zwischen ihnen bereits viel zu groß war, und vor Enttäuschung waren sie übereinander hergefallen.

»Wohin?«, fragte Meredith verwirrt.

Steven sah nun alles ganz klar. Endlich hatte er eine Entscheidung getroffen, über die er zwar nicht glücklich war, doch er fühlte sich viel besser. »Ich gehe nach New York zurück.«

»Wann?«

»Morgen.«

»Warum morgen?« Meredith war fassungslos.

»Weil es vorbei ist. Wir wissen es beide, und wir haben beide nicht den Mumm, irgendetwas daran zu ändern. So funktioniert das alles nicht, weder für dich noch für mich. Ich habe keine Ahnung, was du mit deiner Stelle machen willst, das musst du entscheiden. Aber ich kann hier nicht länger bleiben. Und wir können uns auch nicht länger an unserer Ehe festklammern.«

»Meinst du das ernst?« Meredith fühlte sich wie betäubt. Sie hatte ihn in der letzten Zeit wirklich schlecht behandelt, doch sie wäre nie auf den Gedanken gekommen, dass er sie verlassen könnte.

»Ich meine es sogar sehr ernst.«

»Was ist mit deinem Job?«

»Ich habe heute Morgen gekündigt. Glaub mir, die werden mir keine Träne nachweinen. Ich hätte ebenso gut beim Roten Kreuz Bandagen aufrollen können.«

»Willst du in die Unfallchirurgie zurück?«

»Ich glaube nicht. Ich habe heute schon ein paar Bekannte in New York angerufen. Eine Zeit lang werde ich wahrscheinlich für eine Wohltätigkeitsorganisation arbeiten, vielleicht in einem Entwicklungsland oder in den Appalachen. Ich weiß es noch nicht. Ich werde ein paar Gespräche führen und sehen, wo man mich braucht.«

»Aber so etwas war dir doch immer zuwider«, erinnerte sich Meredith.

Steven lächelte sie traurig an. Sie war so schön, doch sie gehörte nicht mehr zu ihm. Er hatte sie verloren, als sie New York verlassen hatte, und es nur nicht bemerkt. Doch jetzt war es ihm klar, und er war bereit, den Tatsachen ins Auge zu blicken. Er hatte keine Wahl.

»Ich glaube, ich bin endlich erwachsen geworden«, sagte er ruhig. »Für eine Weile könnte mir eine solche Arbeit schon gefallen. Immerhin hätte ich das Gefühl, etwas Gutes für die

Menschheit zu tun, anstatt nur kaputte Knochen zusammenzuflicken.«

»Und was ist mit uns?«

»Dieses ›Uns‹ existiert doch gar nicht mehr. Da bin ich mir sicher. Deshalb gehe ich ja fort.«

»Aber das will ich nicht«, sagte Meredith, und Tränen liefen ihre Wangen hinunter. Verzweifelt streckte sie die Hand nach ihm aus. In dieser Welt hatte sie nur ihn, es gab weder Familie noch Freunde. Auch Callan war aus ihrem Leben verschwunden. Nur Steven war ihr geblieben, und er war gerade dabei, ihr zu erklären, dass alles vorbei war. Es war ein entsetzliches Gefühl.

»Ich kann hier nicht bleiben, Merrie. Es wäre nicht gut, weder für dich noch für mich.«

»Soll ich kündigen und mit dir kommen?«

Steven schüttelte den Kopf. »Nein, du hast dir hier doch dein Leben aufgebaut. Ich nicht. Aber ich werde immer für dich da sein. Wo immer ich auch bin, wenn du mich brauchst, bin ich sofort bei dir. Fünfzehn Jahre vergisst niemand so leicht, Merrie. Aber so geht es nicht weiter. Wir sind am Ende.« Seine Stimme klang ruhig, und er wusste, dass sie, wenn sie den ersten Schock erst einmal verdaut hätte, ebenso wie er erleichtert sein würde. »Es tut mir Leid, Schatz«, fügte er leise hinzu.

»Verlass mich nicht«, flüsterte Meredith.

»Sag so etwas nicht.« Steven ging um den Tisch herum und schlang die Arme um sie. Seine Absichten würde er nicht mehr ändern, gleichgültig was sie sagte oder anbot.

»Wann gehst du?«, fragte sie wieder.

»Morgen früh.«

»Was ist mit unserem Geld, mit deinem Anteil am Verkauf der Wohnung? Du kannst nicht einfach verschwinden. Wir müssen das alles regeln. Hast du schon einen Anwalt eingeschaltet?« Offensichtlich stand Meredith unter Schock.

»Nein, noch nicht. Du kannst tun, was du willst. Ich will

gar nichts regeln, weder mit unserem Geld noch mit der Wohnung. Du hast das Geld verdient, nicht ich. Es gehört dir. Ich will nichts, Merrie. Dich wollte ich. Aber auch damit ist es nun vorbei.«

»Das kann ich nicht glauben.« Seine Worte erfüllten sie mit Entsetzen. »Ist es dir wirklich ernst damit?«

»Ja. Wir hätten es schon längst tun sollen ... als du damit anfingst, nach Ausreden zu suchen, um nicht nach New York zu kommen. Ich wollte nur nicht wahrhaben, was da geschah, und ich glaube, dir erging es ähnlich.« Steven fragte nicht, ob es damals einen anderen gegeben hatte, obwohl er mittlerweile ahnte, dass es so gewesen war. Offensichtlich war es damit ohnehin vorbei. Meredith schien ebenso einsam und unglücklich zu sein wie er selbst. Von Anna erzählte er nichts. Das spielte keine Rolle mehr, und er wollte Meredith nicht unnötig verletzen. Anna gehörte der Vergangenheit an, und sie hatte ohnehin keinen Einfluss auf seine Ehe genommen. Im Gegenteil, sie hatte ihn dazu überredet, sie zu retten. Doch nun wusste er, dass dies von vornherein unmöglich gewesen war.

Meredith lag in jener Nacht in seinen Armen und schluchzte. Am folgenden Morgen meldete sie sich krank. Als schließlich die Zeit des Abschiednehmens nahte, weinte sie bitterlich. Lange Zeit hielt er sie in seinen Armen, ehe er aufbrach. Er wollte das Flugzeug nicht verpassen, und das Taxi wartete schon.

»Ich liebe dich, Steve«, schluchzte Meredith. »Es tut mir so Leid.«

»Mir auch.«

Steven küsste sie ein letztes Mal, nahm seine Tasche und lief die Treppe hinunter. Meredith stand am Fenster, als er ihr noch einmal zuwinkte. Dann war er fort.

Ungläubig starrte Meredith auf die Straße. Fünfzehn Jahre ihres Lebens waren zu Ende, und sie blieb allein zurück. Steven war fort. Callan war fort. Außer auf sich selbst konnte sie sich nun auf niemanden mehr verlassen. Steven war in ein neues Leben aufgebrochen.

Während Meredith so dastand und aus dem Fenster schaute, hatte sie das Gefühl, als sei ihr nichts mehr geblieben.

## 20

Zwei Tage lang blieb Meredith zu Hause, und als sie schließlich wieder im Büro erschien, war sie ungewöhnlich schweigsam. Callan war wie immer in letzter Zeit ungenießbar, und sie wechselte kaum ein Wort mit ihm. Ihr Privatleben ging ihn nichts mehr an. Nur über berufliche Angelegenheiten sprach sie noch mit ihm.

Als der Schock über Stevens unerwartete Abreise sich zu legen begann, erkannte Meredith, dass er Recht gehabt hatte. Sieben Monate lang hatten sie beide eine Leiche mit sich herumgeschleppt, die sie eigentlich viel früher hätten begraben müssen.

Als Meredith sich ein wenig beruhigt hatte, fühlte sie sich auch ihrer Arbeit wieder gewachsen. Steven meldete sich aus New York, um sich davon zu überzeugen, dass bei ihr alles in Ordnung war. Er wohnte einstweilen bei Freunden und gab ihr die Telefonnummer. Doch so einsam sie sich auch an den Abenden fühlte, sie rief ihn nicht an. Er hatte ein Recht auf sein neues Leben, und sie musste ihrerseits erst einmal zu sich selbst finden.

Meredith dachte darüber nach, die Stelle bei *Dow Tech* zu kündigen und nach New York zurückzukehren. Einen Monat wollte sie sich für die Entscheidung noch Zeit lassen. Vielleicht renkte sich die Sache mit Callan ja doch noch ein. Er schien immer noch wütend auf sie zu sein, aber mittlerweile wehrte sie sich, wenn er unverschämt wurde, so dass er sich allmählich zurückzog und die Botschaft zu verstehen schien.

Nach und nach begannen sie sich wieder gegenseitig zu achten, aber die freundschaftlichen Gefühle, die sie einst verbunden hatten, stellten sich nicht wieder ein.

Drei Wochen nachdem Steven Meredith verlassen hatte, bat Callan sie darum, sich gemeinsam mit ihm um einige Analysten aus London zu kümmern. Meredith war nicht darauf erpicht, abends mit ihm auszugehen, doch Callan hatte bereits im *Fleur de Lys* einen Tisch gebucht, und schließlich erklärte sie sich einverstanden, sich in der Stadt mit ihm und seinen Gästen zu treffen. Callan wollte sie auf dem Weg zum Restaurant abholen. Meredith sagte zwar, das sei nicht nötig, doch er bestand darauf.

Der Abend verlief harmonisch, und Callan schien sich zu entspannen. Meredith trug ein neues Kleid und war am selben Morgen beim Friseur gewesen. Allmählich fühlte sie sich wieder wie ein Mensch, nicht wie der, der in Callan verliebt gewesen war, aber doch wie der, der sie gewesen war, bevor sie ihm begegnete. Er schien es zu spüren. Während des Dinners behandelte er sie voller Respekt, beinahe freundlich. Anschließend brachte er sie zurück zu ihrer Wohnung.

»Wie geht's Steve?«, fragte er höflich, als er vor dem Gebäude hielt. »Gefällt ihm sein neuer Job?«

»Sehr«, antwortete Meredith und dankte ihm für das Essen. »Und wie geht's den Kindern?«

Callan berichtete, dass die drei in ein paar Tagen aufbrechen würden, um einen Monat bei ihrer Mutter zu verbringen. Der Juni ging zu Ende, und die Schulferien hatten bereits begonnen. Meredith sagte nicht, wie sehr sie die drei vermisste, und erkundigte sich auch nicht, ob sie nach ihr gefragt hatten. Callans Kinder gingen sie nichts mehr an, ebenso wie ihr Leben ihn nicht mehr zu interessieren hatte. Sie waren nur noch Arbeitgeber und Angestellte.

»Gefällt dir das Leben in der Stadt?«, fragte Callan, als Meredith die Wagentür öffnete.

»Die Fahrerei ist etwas anstrengend, aber die Wohnung gefällt mir.« Das war gelogen. Doch Callan hatte kein Recht mehr auf die Wahrheit. Es gab so vieles, woran Meredith sich nun gewöhnen musste: ans Alleinsein, an das Leben einer geschiedenen Frau. Sie hatte bereits mit einem Anwalt Kontakt aufgenommen und das Scheidungsverfahren eingeleitet. Es war alles ganz einfach. Steven stellte keinerlei Ansprüche an sie. Er würde mit leeren Händen aus ihrem Leben verschwinden, genauso wie er es gewollt hatte.

»Ich würde mir die Wohnung gern einmal anschauen«, sagte Callan, als er sie zum Hauseingang begleitete.

Meredith hätte am liebsten nach dem Grund gefragt, doch sie sagte stattdessen: »Komm doch einfach einmal vorbei, wenn du das nächste Mal in der Stadt bist.« Doch im Grunde meinte sie es gar nicht ernst, denn sie hatte nicht vor, ihn jemals wieder zu sich einzuladen.

»In welcher Etage wohnt ihr denn?« Callan blickte in die Höhe. Das Gebäude war eins der schöneren in Pacific Heights, aber nichts Besonderes.

»Ganz oben«, antwortete Meredith. Die Fenster der Wohnung waren dunkel.

»Arbeitet Steven noch?«

»Nein, er ist in New York«, erwiderte Meredith mit gewohnter Ehrlichkeit. Schließlich spielte es gar keine Rolle, ob Callan die Wahrheit kannte oder nicht. Es war alles aus zwischen ihnen. Dann zögerte sie für einen Augenblick und fuhr fort: »Er wohnt nicht mehr hier. Wir lassen uns scheiden. Letzten Monat ist er nach New York zurückgegangen. Er hat vor, für eine Wohltätigkeitsorganisation zu arbeiten und vielleicht in ein anderes Land zu gehen.«

Callan machte ein Gesicht, als habe sie ihm eine Ohrfeige gegeben. »Warum hast du mir nichts davon erzählt, Meredith?«

»Ich hielt es für nicht so wichtig.«

»Wie kannst du so etwas auch nur denken?« Callan war fassungslos und verletzt, weil sie ihm nichts gesagt hatte. Das verriet, dass sie nichts von ihm erwartete.

»Vor drei Monaten wäre das etwas anders gewesen, Cal. Aber wir hatten ein Abkommen: Sobald Steven hierher käme, wäre unsere Beziehung zu Ende. Du hast nie gesagt, dass du mehr wolltest. Ich wollte dich einfach nicht belästigen, als er fort war.« Meredith erkannte plötzlich, dass sie keine Affäre mehr wollte. Sie wollte mehr als das: ein Leben mit einem Mann, der zu ihr stand. »Es wäre nicht recht gewesen, dich anzurufen, als Steve fortging. Du warst ganz schön sauer auf mich, seit die Sache zwischen uns zu Ende war.«

»Ich war verletzt. Außerdem war ich stinksauer auf mich selbst, weil ich mich so dämlich angestellt hatte. Ich hatte Angst, mich zu binden, Meredith. Es war einfacher, dich zu ihm zurückkehren zu lassen, gleichgültig wie sehr ich dich liebte. Abgesehen davon musstest du es ausprobieren.«

Meredith nickte. Das konnte sie nicht abstreiten. »Und wenn ich es nicht getan hätte? Was hätte das geändert? Du glaubst doch nicht an feste Beziehungen, Cal. Das hast du selbst gesagt, und ich respektiere es.«

Callan ging darauf nicht ein. »Die letzten drei Monate müssen furchtbar für dich gewesen sein«, sagte er stattdessen mitfühlend.

Meredith ihrerseits war über das, was er über seine Liebe zu ihr gesagt hatte, zu Tränen gerührt. »Ja, es war eine harte Zeit. Doch ich habe eine Menge gelernt. Nicht nur über Steven, sondern auch über mich selbst ... wer ich bin und was ich eigentlich will.«

Irgendetwas an ihr war in den vergangenen Wochen weicher geworden. Callan spürte es deutlich. »Was willst du denn, Merrie?«, fragte er und beobachtete sie. Sie schien verändert, und es gefiel ihm.

»Eine ganze Menge. Ehrlichkeit, einen Menschen, auf den ich mich verlassen kann. Ich habe einen Fehler gemacht und dafür bezahlt, einen hohen Preis sogar. Doch nun weiß ich, dass ich für jemanden da sein möchte und jemanden brauche, der für mich da ist. Aber nicht nur in guten Zeiten.« Sie lächelte. »Vielleicht will ich sogar eines Tages Kinder. Wahrscheinlich hast du doch Recht gehabt, und Steven war einfach nicht der Richtige. Wir waren zu verschieden, und ich glaube, tief im Innern habe ich es immer gewusst.« Und dann überraschte sie ihn erneut. »Ich denke darüber nach, nach New York zurückzukehren. In ein paar Wochen hätte ich dir davon erzählt. Ich gehöre im Grunde doch gar nicht hierher.«

»Ich dachte, es würde dir hier gefallen.« Callan war offensichtlich verletzt.

»Das dachte ich auch. Doch nun glaube ich, dass es eine falsche Entscheidung war, nach Kalifornien zu ziehen.«

Immerhin hatte es sie ihre Ehe gekostet. Wahrscheinlich wäre sie immer noch mit Steven verheiratet, wenn sie in New York geblieben wäre, doch dafür war es nun zu spät. Sie hatte sich freiwillig in diese Situation begeben, und Steven war wie durch einen unsichtbaren Sog von ihr fortgezogen worden.

»Ich glaube, es wäre ein Fehler zurückzukehren«, sagte Callan mit fester Stimme.

»Keine Sorge, ich lass dir genug Zeit, Cal. Ich bin ja nicht wie Charlie.«

»Das weiß ich doch. Ich dachte dabei eher an dich.«

»Wenn es so weit ist, werde ich dich darüber informieren, wie ich mich entschieden habe.«

»Ich wäre gern an deiner Entscheidung beteiligt. Lass uns doch darüber sprechen.«

»Nein, lieber nicht«, entgegnete Meredith ruhig. »Es gibt nicht mehr viel, was wir uns noch zu sagen haben, nicht wahr?«

»Ich dachte, wir sind Freunde.« Ihre Worte schmerzten Callan sehr. Außerdem war er verwirrt. Sie hatte vieles gesagt, was er erst einmal verdauen musste.

»Das dachte ich auch«, gestand sie leise. »Aber vielleicht war es doch nur ein Irrtum.«

»Du hast so viel Wunderbares für mich getan, Merrie.

Nicht nur in der Firma, sondern auch für mich persönlich. Ich war außer mir, als du zu Steven zurückgekehrt bist. Das weißt du doch.«

»Ja«, gab Meredith traurig zu. »Es tut mir Leid, dass du meinetwegen so etwas durchmachen musstest.«

»Ich wusste schließlich, worauf ich mich einließ. Ich hatte nur keine Ahnung, was am Ende dabei herauskommen würde. Du doch auch nicht. Ich habe wirklich daran geglaubt, dass es mit euch beiden funktionieren würde. Es überrascht mich, dass es nicht so war.«

»Du hast mir viel zu sehr gefehlt«, sagte Meredith ehrlich und lächelte. »Hier in Kalifornien habe ich mich sehr verändert. Hier bin ich erst erwachsen geworden. Das habe ich auch dir zu verdanken.«

»Ich verstehe. Ist es sehr vermessen, wenn ich dich frage, welche Pläne du für morgen Abend hast?«

»Nicht gerade vermessen«, sagte sie lächelnd, »aber wahrscheinlich reichlich dumm. Wir waren doch schon einmal so weit und haben aufgegeben. Wir sind darüber hinweg. Warum sollten wir es ein zweites Mal riskieren?«

»Ich will mich mit dir unterhalten.« Eindringlich blickte er sie an.

»Wir sollten es lieber bleiben lassen. Worüber sollten wir uns unterhalten, Cal? Über deine Abneigung gegenüber festen Bindungen? Über die Gründe, warum zwei Menschen sich nicht über den Weg trauen sollten und sich nicht aufeinander verlassen können? Darüber will ich mich nicht unterhalten. Das habe ich alles schon gehört und begriffen. Wir hatten unsere Zeit, wir haben daraus gemacht, was uns möglich war und uns weiterentwickelt. Dabei sollten wir's lassen.« Entschlossen erwiderte sie seinen Blick.

»Du gibst mir also keine Chance.«

Meredith lachte leise. »Ich bemühe mich jedenfalls. Ich möchte nämlich nicht, dass du mich wieder durcheinander bringst.« Auf keinen Fall wollte sie die Affäre wieder aufleben lassen und das Risiko neuer Verletzungen auf sich nehmen. Sie fühlte sich älter, klüger, und vor allem war sie mehr auf der Hut.

»Lass es mich doch wenigstens versuchen«, sagte Callan lächelnd.

In diesem Moment sah Meredith in ihm wieder den Mann, in den sie sich einst verliebt hatte. Doch sie wollte es nicht zulassen, und auch er sollte in ihr nur noch die Finanzchefin seines Unternehmens sehen.

»Ich rufe dich morgen an«, fügte er hinzu.

Meredith nahm sich vor, nicht ans Telefon zu gehen, dankte ihm noch einmal für das Dinner, schloss die Haustür auf und betrat das Haus. Callan stand immer noch auf dem Bürgersteig, als sie das Licht in ihrer Wohnung einschaltete. Erst dann stieg er in den Wagen und fuhr davon. Meredith stand am Fenster und dachte an ihn. Es kam überhaupt nicht in Frage. Für sie war das alles endgültig vorbei.

Am nächsten Tag rief er wie versprochen an, doch Meredith sagte ihm, dass sie für den Abend bereits andere Pläne habe und gab vor, ihn vergessen zu haben. Als das Telefon am späten Abend erneut klingelte, ging sie nicht an den Apparat. Sie hatte Callan nichts mehr zu sagen. Es gab auch nichts, was sie gern von ihm erfahren hätte. Während das Telefon klingelte, verspürte sie eine seltsame innere Ruhe.

Als sie am Sonntagmorgen das Haus verließ, um einen Spaziergang zu machen, konnte sie Callan jedoch nicht mehr ausweichen. Er wartete vor dem Haus auf sie.

Meredith war überrascht. »Was machst du denn hier, Cal?«, fragte sie verwirrt.

Er lachte ein wenig dümmlich. »Ich warte auf dich. Du gehst ja nicht mehr ans Telefon und willst auch nicht mit mir ausgehen. Also bleibt mir nichts anderes übrig, als wie ein unreifer Teenager vor deiner Tür herumzuhängen.«

»Wir sehen uns doch in der Firma.«

»Ich will nicht übers Geschäft reden, Merrie.«

»Warum nicht? In meinem Job bin ich doch wirklich gut.«
»Ich weiß, das sind wir schließlich beide. Dafür sind wir ziemliche Versager, wenn es um menschliche Beziehungen geht. Ich auf jeden Fall. Ich glaube, dass du ein bisschen mehr von diesen Dingen verstehst als ich, und ich bin längst nicht so mutig wie du. Während der letzten neun Jahre bin ich immer wieder zurückgeschreckt vor dem, was eine feste Bindung bedeutet – und was ich durch dich wieder kennen gelernt habe: Liebe, Fürsorge, das Leben mit einem anderen Menschen teilen, Vertrauen, Glauben, verletzlich sein ... Ich liebe dich, Merrie. Komm zurück zu mir. Zeig mir, wie man mit einem Menschen zusammenleben kann.« Bei diesen Worten konnte sie an Callans Gesichtsausdruck ablesen, wie verwundbar er eigentlich war.

Am liebsten hätte Meredith ihn in die Arme geschlossen, doch stattdessen sagte sie mit Tränen in den Augen: »Wie kann ich dir irgendetwas zeigen? Ich habe schließlich aus meinem Leben ein einziges Chaos gemacht.«

»Das stimmt doch gar nicht. Du hast alles richtig gemacht. Ich glaube, wir hatten einfach beide Angst. Ich habe geglaubt, ich würde verrückt, als du zu Steven zurückgekehrt bist. In Europa habe ich mich wie ein Irrer aufgeführt.«

»Und ich habe Steve ziemlich schlecht behandelt«, gab sie zu. »Armer Steve. Ich habe ihm das Leben zur Hölle gemacht.«

»Hat er dich deshalb verlassen?«, fragte Callan neugierig.

»Er hat mich verlassen, weil er klug genug war, herauszufinden, dass wir uns nicht mehr lieben. Jedenfalls nicht genug. Und er war so mutig, die Konsequenzen zu ziehen. Ich nicht. Er hat das einzig Richtige getan. Es hat nur eine Weile gedauert, bis ich es eingesehen habe.«

»Bei mir hat es eine Weile gedauert, bis ich eingesehen habe, wie viel du mir bedeutest, Merrie ... wie viel du mir noch immer bedeutest ... Ich liebe dich.«

»Und was soll daraus werden? Sollen wir etwa jahrelang

nebeneinander herlaufen und uns davor fürchten, dem anderen die Hand zu reichen? Das genügt mir nicht, Cal. Ich brauche mehr.«

»Ich auch. Ich reiche dir jetzt meine Hand. Gib mir eine Chance ... lass es uns doch versuchen. Diesmal werden wir es schaffen. So schlecht ist es doch zwischen uns gar nicht gelaufen.«

»Und was dann? Was, wenn es funktioniert?«

»Dann heiraten wir«, sagte Callan.

Meredith starrte ihn an und versuchte zu begreifen, was er soeben vorgeschlagen hatte.

Doch er war noch nicht fertig und schaute sie ängstlich, aber entschlossen an. »Eigentlich will ich dich sofort heiraten.«

»Warum?« Meredith stand auf dem Bürgersteig und schaute ihn ratlos an.

»Weil ich dich liebe, deshalb. So soll es doch sein, oder etwa nicht?«

»Ich weiß nicht, Cal ...«

Tränen standen in Merediths Augen, als Callan sie umarmte und an sich drückte.

»Ich habe nie aufgehört, dich zu lieben. Eine Weile lang habe ich versucht, dich zu hassen, aber es ging nicht. Ich habe dich so vermisst, dass ich dachte, ich würde daran sterben.«

»Mir ging es genauso«, sagte sie leise, wollte ihm glauben und fürchtete sich gleichzeitig davor.

»Heirate mich, Merrie ... bitte ...«

»Und wenn es nicht funktioniert?«, flüsterte sie. Gerade erst hatte sie erleben müssen, wie fünfzehn Jahre ihres Lebens im Nichts verschwanden. Es war schwierig, wieder jemandem zu vertrauen. Doch tief in ihrem Herzen wusste sie, dass sie keine andere Wahl hatte. Von Anfang an hatte sie sich unwiderstehlich zu Callan hingezogen gefühlt. Eine geheimnisvolle Kraft, der sie sich beide nicht hatten widersetzen können, hatte sie aufeinander zugetrieben.

»Es wird funktionieren«, sagte er und schlang seine Arme noch fester um sie. »Es ist das Richtige für uns beide, und wir wissen es.«

Meredith nickte, und Callan neigte seinen Kopf und küsste sie zärtlich. Während sie Hand in Hand davonschlenderten, erzählte er ihr eifrig über seine neuesten geschäftlichen Pläne, und Meredith hörte ihm lächelnd zu.

## 21

Vom Flughafen aus fuhr Steven auf direktem Wege zu der Agentur, von der ihm ein Kollege erzählt hatte. Dort würde man ihm die Art Job, die er nun suchte, vermitteln können. Ein verbeultes Schild wies ihm den Weg zu einem schmuddeligen Büro. Hier sah es genauso aus wie an den Orten, an denen die Mitarbeiter eingesetzt wurden. Man reichte Steven eine Broschüre, eine lange Liste mit den Namen der Länder, in denen die Organisation arbeitete, und eine Beschreibung der Stellen, die im Angebot waren. Es schien das Richtige für ihn zu sein, und man sagte ihm, dass es einige Wochen dauern würde, bis seine Anfrage bearbeitet wäre. Dies stellte jedoch für Steven im Augenblick kein Problem dar, er konnte sich so viel Zeit lassen, wie er wollte; es gab keinerlei Druck und keine Eile. Er dachte daran, Harvey Lucas zu besuchen, doch er war noch nicht bereit, über Meredith und das, was sie in Kalifornien erlebt hatten, zu sprechen, so dass er es sich doch noch anders überlegte.

Er quartierte sich bei einem alten Freund ein und verbrachte den größten Teil seiner Zeit mit Spaziergängen und Museumsbesuchen. Zum ersten Mal in diesem Jahr hatte er so etwas wie Freizeit zu seiner Verfügung. Er ging an den Strand und sah sich im Kino die neuesten Filme an. Ständig dachte er daran, sich bei Anna zu melden, entschied sich schließlich aber doch dafür, dieses Kapitel seines Lebens als beendet zu betrachten.

Ende Juni erhielt er endlich einen Anruf von der Agentur. Die Bearbeitung seiner Anfrage war abgeschlossen, und es gab mehrere Jobs für ihn. Peru, Chile und Botswana kamen für ihn in Frage. Alles klang recht ungemütlich, aber sehr faszinierend. Steven entschied sich am Ende für Peru, und vier Tage später sollte er einen Zwei-Jahres-Vertrag unterschreiben.

Sobald er wusste, dass er sich bald wieder aus dem Staub machen würde, entschloss Steven sich, bei Harvey Lucas anzurufen. Nachdem er das erledigt hatte, nahm er sich vor, bei Anna vorbeizufahren. Er wollte sich wenigstens von ihr verabschieden und ihr sagen, wie sehr er es bedauerte, dass er ihr gegenüber so grob gewesen war, bevor er nach Kalifornien gezogen war. Er dachte nicht daran, die Beziehung zu ihr wieder aufzunehmen, dazu hatte er kein Recht. Er wollte sich nur davon überzeugen, dass bei ihr alles in Ordnung war – und er wollte Felicia wiedersehen. Wie ihre Mutter hatte er auch sie sehr vermisst. Es war nicht richtig gewesen, dass er dem Kind nicht einmal Lebewohl gesagt hatte und einfach ohne jede Erklärung aus ihrem Leben verschwunden war. Noch schlechter fühlte er sich allerdings, wenn er daran dachte, wie er sich aus Annas Leben verabschiedet hatte.

Es war ein warmer, sonniger Junitag. Noch hatte keine große Hitzewelle das Leben in der Stadt lahm gelegt, und die Menschen wirkten bei dem schönen Wetter glücklicher als gewöhnlich.

Steven rief bei Anna an und erfuhr von ihrem Babysitter, dass sie gegen drei Uhr von der Arbeit käme. Er wartete bis fünf Uhr und entschloss sich dann, gleich zu ihr zu gehen. Wahrscheinlich hätte sie ihm eine Abfuhr erteilt, wenn er ein zweites Mal angerufen hätte.

Steven nahm den Bus zum Broadway und ging dann westwärts die 102$^{nd}$ Street entlang, bis er vor dem vertrauten Gebäude stand. In der Sommersonne machte es einen etwas besseren Eindruck. Es war jedoch noch immer ein heruntergekommener Ort, und es gefiel ihm überhaupt nicht, dass Anna dort wohnte.

Er ging die zwei Stufen zum Hauseingang hinauf und wollte gerade auf die Klingel drücken, als sich zwei junge Männer in T-Shirts und Jeans näherten. Sie schienen ihn etwas fragen zu wollen. Tatsächlich richtete einer der beiden das Wort an ihn.

»Entschuldigung, was haben Sie gesagt?« Steven war mit seinen Gedanken bei Anna.

»Ich will deine Brieftasche, du Arschloch, das habe ich gesagt.«

Steven starrte die beiden für einen Augenblick an und überlegte, ob er ihnen die Brieftasche geben oder lieber versuchen sollte, es ihnen auszureden. Doch während er noch zögerte, richtete der zweite Mann bereits eine Pistole auf ihn. Der andere hatte plötzlich ein Springmesser in der Hand.

»Immer mit der Ruhe, Jungs. Ihr bekommt die Brieftasche, aber es ist nicht viel drin.« Mit zitternden Händen griff Steven in die Innentasche seiner Jacke.

Währenddessen wurde der Mann mit der Pistole zusehends nervös. »Beeil dich, Mann! Wir haben nicht den ganzen Tag Zeit!«

Der Typ mit dem Messer griff nach der Brieftasche, und Steven schaute ihm ins Gesicht.

Der Schuss traf ihn aus heiterem Himmel. Ohne Vorwarnung hatte der andere abgedrückt und aus nächster Nähe mitten auf Stevens Brust gefeuert. Steven gab einen erstickten Laut von sich und drückte instinktiv auf den Klingelknopf, neben dem Annas Name stand. Dann rutschte er langsam die Stufen zum Hauseingang hinunter auf den Bürgersteig.

Dort lag er dann mit dem Gesicht nach unten und konnte sich nicht rühren. Hoch oben wurde ein Fenster geöffnet, laute Stimmen ertönten, doch die Männer waren schon auf und davon, und niemand konnte sie aufhalten.

Von weit her drangen Stimmen an Stevens Ohr, und nach

einer Weile spürte er, wie jemand an ihm zerrte. Als man ihn vorsichtig herumdrehte, um die Verletzung zu begutachten, verlor er das Bewusstsein.

So bemerkte er nicht, dass jemand davonlief, um Anna zu Hilfe zu holen. Ihre Nachbarn wussten, dass sie Ärztin war. Sie kam mit der Arzttasche in der Hand heruntergeeilt. Man hatte ihr gesagt, dass jemand verletzt worden sei. Den Schuss hatte sie zwar gehört, aber bei dem Knall an die Fehlzündung eines Lastwagens gedacht. In der Ferne ertönten bereits die Sirenen des Rettungsdienstes, den jemand benachrichtigt hatte. Anna untersuchte zunächst die Wunde, dann blickte sie dem Opfer ins Gesicht und erstarrte, als sie Steven erkannte. Voller Entsetzen erriet sie, dass er auf dem Weg zu ihr gewesen war.

Sie presste Mull auf die Schusswunde, als die Sanitäter eintrafen. Hastig teilte sie ihnen mit, was sie benötigte. So schnell wie möglich wurde Steven auf eine Rollliege gelegt. Anna bat eine Nachbarin darum, sich um Felicia zu kümmern.

»Wollen Sie mitfahren?« Die Sanitäter waren erstaunt, als sie ihnen das Unfallkrankenhaus nannte, an dem sie arbeitete.

Steven war noch immer bewusstlos und verlor viel Blut. Während er an den Tropf gehängt wurde, versorgte Anna die Schusswunde und fragte sich, warum er wohl zu ihr gewollt hatte. Seit drei Monaten hatte sie nichts mehr von ihm gehört und nicht damit gerechnet, ihn jemals wiederzusehen.

Stevens Blutdruck war bereits dramatisch gesunken, als der Rettungswagen das Krankenhaus endlich erreichte. Glücklicherweise hatte Harvey Lucas Dienst. Anna erklärte, was geschehen war, und Harvey eilte davon, um alles für eine Operation vorzubereiten. Anna blieb bei Steven, und das OP-Team übernahm den Patienten von den Sanitätern.

»Kennen Sie seinen Namen?«, rief eine Schwester den Sanitätern zu.

Anna antwortete: »Es ist Steven Whitman.« Ihr Gesicht war aschfahl.

»Was, um Himmels willen, tut er hier? Ich dachte, er wäre

in Kalifornien«, sagte eine Schwester, während sie Stevens Kleider zerschnitt.

»Ich weiß es nicht«, gab Anna angespannt zurück. Hastig zog sie sich um und folgte den anderen in den OP. »Außerdem hat er ein Loch so groß wie Texas im Bauch. Herrgott, könnt ihr denn nicht schneller machen?«

»Wir beeilen uns ja schon ...«

Anna wusste, dass es um Leben und Tod ging. Inzwischen hatten sie die Tür zum OP erreicht. Lucas wartete bereits. Er trug die Maske, die Kappe und Handschuhe.

»Bitte rette ihn, Harvey«, flüsterte Anna und ging zum Waschbecken. Sie wäre am liebsten bei Steven geblieben, doch andererseits wollte sie Harvey assistieren und musste sich desinfizieren.

Stevens Blutdruck fiel immer noch, als sie wieder an seiner Seite war. Er war bereits intubiert worden und ahnte nicht, was mit ihm geschah. Während die Menschen, die einst seine Freunde gewesen waren, um sein Leben kämpften, befand er sich in einer anderen Welt.

»Was zur Hölle ist denn eigentlich geschehen?«, fragte Harvey, während sie nach der Kugel suchten.

»Ich glaube, er wollte mich besuchen«, erklärte Anna durch zusammengebissene Zähne hindurch. »Irgendjemand hat auf ihn geschossen.«

»Sie sind wirklich eine gefährliche Frau«, stellte Harvey fest. Es war ihm noch immer nicht gelungen, die Kugel zu lokalisieren. Steven erhielt inzwischen Blutkonserven.

»Und er ist ein Arschloch«, fügte Anna hinzu, während ihr die Tränen an der Maske hinunterliefen. Schließlich bat sie Lucas, es sie versuchen zu lassen. »Ich bin ganz gut darin«, sagte sie.

»Das habe ich gehört.«

Anna übernahm die Instrumente und suchte nach der Kugel. Nach einer Weile hatte sie sie tatsächlich gefunden und stieß ein befriedigtes Grunzen aus. Weitere zwanzig Minuten brauchte sie, um die Kugel zu entfernen. Stevens Blutdruck hatte sich inzwischen stabilisiert, doch er blutete noch immer sehr stark. Eine Stunde später war die Blutung gestoppt. Drei Stunden nachdem Steven in den OP gefahren worden war, konnte Anna mit dem Vernähen der Wunde beginnen. Stevens Zustand war mittlerweile stabil.

»Ich glaube, er wird's schaffen«, sagte Harvey, als Steven in den Aufwachraum geschoben wurde. Er warf Anna einen prüfenden Blick zu. »Mit Verlaub, Sie sehen beschissen aus, Dr. Gonzalez.«

»Danke, Dr. Lucas.«

Tatsächlich war Annas Gesicht schon eine Weile lang grau, und nun, da alles vorbei war, begannen ihre Knie zu zittern. Schweigend setzte sie sich an Stevens Bett. Zwei Stunden später rührte er sich endlich. Benommen öffnete er die Augen, und als er Anna erblickte, lächelte er.

»Anna? Ich wollte dich besuchen«, flüsterte er.

»Das ist dir nicht gelungen.« Sie erwiderte sein Lächeln, und wieder traten Tränen in ihre Augen. Sie hatte geglaubt, ihn niemals wiederzusehen, und von einer Sekunde auf die andere hatte sie damit rechnen müssen, dass er starb, weil sie ihn nicht retten konnte.

»Was ist geschehen?«, fragte er.

»Jemand hat auf dich geschossen.«

»Nette Nachbarschaft«, stellte er fest.

Unter Tränen lächelte Anna ihm zu. »Was wolltest du denn dort?« Sie ahnte schon, was er jetzt sagen würde.

»Ich wollte mich von dir verabschieden.«

»Das hast du doch schon vor drei Monaten getan«, gab sie leise zurück.

Steven schien erneut wegzudämmern, doch dann öffnete er die Augen und setzte das Gespräch fort. »Ich wollte Felicia wiedersehen. Ich vermisse sie.«

»Sie vermisst dich auch«, erwiderte Anna. Dann entschloss sie sich, all ihre Vorsicht in den Wind zu schreiben und ihm die Wahrheit zu sagen. »Ich vermisse dich übrigens auch, obwohl du ein Arschloch bist.«

Steven lächelte. »Ich lasse mich scheiden und gehe nach Peru.«

Anna runzelte die Stirn. »Ich glaube, er fantasiert«, sagte sie zu einer der Schwestern.

»Aber es ist wahr ... scheiden ... Peru ...«, wiederholte Steven schwach.

»Sprich nicht so viel ... du kannst mir alles später erklären. Schlaf jetzt noch ein bisschen«, sagte Anna sanft. Sie war immer noch voller Sorge um ihn.

»Meine Brust tut so weh.«

»Beklag dich bloß nicht! Du wurdest von einem großartigen Chirurgen operiert.« Anna blickte ihn grinsend an.

Steven beobachtete sie. »Wer war's?«

»Ich. Die Kugel in deiner Brust war so groß wie ein Ei. Aber jetzt halt endlich den Mund und schlaf, ehe ich dir eine Ohrfeige verpasse.«

»Ich liebe dich, Anna«, flüsterte er kaum hörbar.

Anna verstand ihn trotzdem, neigte sich zu ihm hinunter und wisperte so leise, dass nur er es hören konnte: »Ich liebe dich auch.«

»Heirate mich.«

Sie wusste, dass er es trotz seines Dämmerzustandes ernst meinte.

»Auf keinen Fall«, gab sie zurück. »Dagegen bin ich allergisch.«

»... gute Sache ... gut für Felicia ... für mich ... und für dich ... mehr Kinder ... ein Baby ...«

»Ich brauche kein Kind mehr, wenn ich mich um dich kümmern muss. Du bist schlimmer als zehn Kinder auf einmal ...«

»Wirst du mich heiraten?«

»Nein. Außerdem stehst du unter Drogen. Du weißt ja gar nicht, was du redest.«

»Doch, weiß ich wohl ... nicht verheiratet ...« Nun klang Stevens Stimme kräftiger. »Und ich bin nicht schwul.«

»Wovon redet er?« Harvey Lucas, der neben das Bett getreten war, um Stevens Zustand zu überprüfen, hatte den letzten Satz verstanden. »Wer hat denn behauptet, dass er schwul ist? Ist er nicht.«

»Nein, aber er ist ein Arschloch«, sagte Anna mit fester Stimme und warf Steven einen Blick zu.

Lucas war mit dem Zustand des Patienten zufrieden und ließ die beiden wieder allein.

»Ich dachte, du wärst für immer fort«, sagte Anna leise.

»Das dachte ich auch ... bin zurück ...«

»Das sehe ich. Warum bleibst du denn nicht hier? Später musst du mir von deinem neuen Job erzählen.«

Doch selbst in seinem Dämmerzustand hatte Steven nicht vergessen, dass er die Verträge noch nicht unterzeichnet hatte. Er erinnerte sich an alles, daran, dass er Meredith verlassen hatte, dass er Kalifornien den Rücken gekehrt hatte, dass er Anna hatte besuchen wollen. Doch dann gab es in seiner Erinnerung ein großes schwarzes Loch ... bis zu dem Moment, als er Anna im Aufwachraum erblickt und die Schmerzen in seiner Brust bemerkt hatte.

»Ich liebe dich«, wiederholte er, entschlossen, sie zu überzeugen.

»Ich liebe dich auch, aber jetzt musst du dich ausruhen. Ich werde hier bleiben. Ich gehe nirgendwohin, Steve.« Niemals zuvor war Anna so glücklich gewesen. Drei Monate lang hatte sie jede Nacht um ihn geweint. Doch nun war er tatsächlich gekommen, um sie wiederzusehen.

»Warum willst du mich nicht heiraten?«

»Das brauche ich nicht. Außerdem habe ich dir schon gesagt, dass ich reiche Kerle hasse.«

»Ich habe ihr alles gelassen. Jetzt bin ich arm ...«

»Du bist verrückt«, sagte Anna lächelnd.

»Du auch«, gab er zurück und lächelte ebenfalls. Dann glitt er in den Schlaf hinüber.

»Wie geht es ihm? Ist alles in Ordnung?« Es war Harvey,

der noch einmal Stevens Vitalfunktionen überprüfen wollte. Mit den Ergebnissen war er wieder sehr zufrieden.

»Er wird es schaffen«, antwortete Anna.

Harvey Lucas zog sich zurück. Steven war nun in guten Händen. Er hatte an jenem Nachmittag großes Glück gehabt, doch das hatte er auch verdient. Harvey warf einen Blick zurück über die Schulter, als er den Aufwachraum verließ, und sah, dass Anna Stevens Hand hielt und ihn anlächelte.

»Ist das da drin etwa Steve Whitman?«, fragte eine der Schwestern. Die Neuigkeit hatte sich auf der Station in Windeseile verbreitet.

»Und ob.«

»Was macht er hier?« Alle waren verwirrt, denn sie hatten Steven in Kalifornien vermutet.

»Er erholt sich, hoffe ich«, antwortete Harvey Lucas. »Dann kann er nämlich seinen alten Job wieder antreten, und ich kann endlich verschwinden und mich in die Forschung stürzen.«

»Will er denn bleiben?«, fragte die Schwester am Empfang.

»Kann sein«, grinste Harvey Lucas. »Wer weiß? Es sind schon seltsamere Dinge geschehen.«

Derweil saß Anna an Stevens Bett, hielt seine Hand und wachte über seinen Schlaf. Mehr wünschte sie sich nicht, mehr brauchte sie nicht. Sie brauchte weder Versprechungen noch Eheringe oder gar Geld. Sie wollte nur bei ihm sein, und nun war er wieder da. Der Albtraum und die Einsamkeit hatten für beide schließlich doch noch ein Ende gefunden.

# Danielle Steel

*Fesselnde Frauenromane der beliebten amerikanischen Bestsellerautorin.*

*»Danielle Steel Fans werden begeistert sein.«*
**The New York Times Book Review**

01/13621

*Herzstürme*
01/13621

*Licht am Horizont*
01/13622

*Die Traumhochzeit*
01/13632